grafit

Chemnitzer Str. 31, D-44139 Dortmund
Internet: http://www.grafit.de
E-Mail: info@grafit.de

Umschlaggestaltung: Dorothea Posdiena, www.posdiena.de
Umschlagbild: *Erwachende Germania*, Christian Köhler 1849; akg-images
Druck und Bindearbeiten: CPI books, Leck
ISBN 978-3-89425-606-7
1. 2. 3. 4. 5. / 2010 2009 2008

Für Miriam und Miriam

Prolog

Später Juli im sechsten Herrscherjahr des Kaisers Hadrian (123 n. Chr.)

Die Sonne verschwand hinter den Baumkronen des endlosen Waldes. Tagsüber war die flirrende Hitze kaum auszuhalten gewesen, kein Lufthauch hatte für Linderung gesorgt. Nur langsam sank die Temperatur und die Tiere der Wildnis erwachten zögernd aus ihrer Regungslosigkeit.

Ein kleiner Junge mit langen, blonden Haaren streifte durch das Dickicht, auf der Suche nach Feuerholz. Er mochte diese Arbeit nicht, aber sein Großvater hatte sie ihm aufgetragen, also gehorchte er. Mürrisch bückte er sich nach einem Ast, als plötzlich zwei Rehe an ihm vorbeirannten. Er hielt inne. Er hatte die Tiere nicht aufgescheucht, etwas anderes musste sie erschreckt haben. Ein Raubtier, vielleicht sogar ein Bär? Dieses Jahr gab es ungewöhnlich viele Bären im Land der Chatten. Doch bisher waren sie nur weiter östlich gesehen worden, wie der Junge wusste, denn erst vor wenigen Tagen waren die Männer seines Dorfes zur Jagd aufgebrochen. Bären bedeuteten saftiges Fleisch und warme Felle. Sollte sich nun eines der gefährlichen Raubtiere hier herumtreiben?

Der Junge drückte das Bündel Äste fest an seine Brust und rannte los. Atemlos erreichte er die Lichtung. Dort stand einsam das Haus seines Großvaters. Es war sehr groß und üppig mit Holzschnitzereien verziert, wie es sich für den mächtigsten Mann des Stammes geziemte. Ein Gefühl der Erleichterung durchströmte den Jungen. Doch sogleich schämte er sich, einfach davongelaufen zu sein. Besser, wenn er seinem Großvater nichts von dem Vorfall erzählte.

Er wollte gerade aus dem Unterholz heraustreten, als er ihn in der Dämmerung sah: Ein Mann lief gebückt über die Lichtung, das hohe Gras als Deckung nutzend. Im nächsten Moment schlichen weitere Männer aus dem Wald, fast lautlos näherten sie sich dem Haus. In ihren Händen hielten sie kurze Schwerter und ihre Körper wurden von metallenen Rüstungen und Helmen geschützt. Römer!

Den Jungen packte panische Angst. Der Feind war hier! Mitten in ihrem Land, dem Land der Chatten!

Er wollte schreien, wollte loslaufen, doch er war wie gelähmt. Es war niemand hier, der ihm hätte helfen können, und das Dorf lag mindestens zehn Minuten entfernt, selbst wenn er alles geben würde. Außerdem befanden sich dort wegen der Bärenjagd zurzeit eh nur Frauen, Greise und Kinder. Niemand, der sich römischen Legionären in den Weg stellen konnte.

Es war wie ein Albtraum. Der Junge hatte natürlich davon gehört, dass Borgar mit einigen chattischen Kriegern einen Beutezug in die römische Provinz Germania Inferior unternommen hatte. Sie hatten einige kleine Siedlungen überfallen, angeblich, um ihre Vorratslager aufzubessern, denn die Ernte war sehr dürftig ausgefallen. Vor allem aber hatten sich die jungen Krieger auf ihrem ersten Kriegszug Ruhm und Ehre verdienen wollen.

Das Oberhaupt seines Dorfes, sein Großvater Agyntir,

hatte sich auf dem letzten Thing strikt gegen eine Beteiligung an diesem, wie er es nannte, »dummen Überfall« ausgesprochen. Es sei gefährlich, die Römer zu provozieren, nachdem man viele Jahre friedlich mit ihnen Handel getrieben hatte. Auch wenn einige junge Männer des Dorfes darüber enttäuscht gewesen waren, hätten sie es nie gewagt, die Entscheidung Agyntirs zu kritisieren. Er hatte sich als mächtiger Krieger, aber auch als weiser Ratgeber einen Namen gemacht, den selbst die Römer mit Respekt nannten.

Der Junge hatte vernommen, dass Borgars Trupp nach seinen Überfällen unbehelligt zurückgekehrt sei, obwohl die Römer ihn bis über den Rhenus verfolgt hatten. Aber das war viele Tagesreisen weiter nördlich passiert, dort wo der Limes zu Ende war. Und nun waren die Römer hier und schlichen zum Haus seines Großvaters Agyntir.

Ein Mann mit einem prächtigen, weißen Federbusch auf dem Helm richtete sich gerade neben der Tür auf und die übrigen neun Legionäre gingen in Stellung. Vorsichtig öffnete der Anführer die Tür und verschwand im Haus.

Der Junge wusste, dass Agyntir allein war. Ein lauter Schrei ertönte und vor seinem geistigen Auge sah der Junge den alten Mann mit den immer noch mächtigen Schultern von seinem Lager aufspringen. Der Enkel hoffte, dass Agyntir den feigen Angreifer mit seinem kampferprobten Langschwert niedermähen würde, wie er es früher in vielen Schlachten getan hatte.

Doch im nächsten Moment stürmten auch die anderen Legionäre in das Haus. Dem Jungen wurde klar, dass sein Großvater keine Chance hatte. Ein erneuter Schrei dröhnte über die Lichtung. Es war der eines sterbenden Menschen. Tränen liefen dem Jungen über die Wangen.

Wenig später verließen die Römer das Haus ebenso lautlos, wie sie gekommen waren. Der Mann mit dem weißen Federbusch kam als Letzter heraus. Er fuhr mit seinem Schwert mehrmals durch das hohe Gras, um das Blut abzuwischen.

Die Legionäre sahen sich nach allen Seiten um und zogen sich dann rasch in den Wald zurück.

Der Junge war immer noch wie erstarrt. Die Männer liefen keine drei Schritte entfernt an ihm vorbei. Sie redeten leise miteinander. Obwohl er die fremde Sprache nicht beherrschte, verstand er doch ein Wort klar und deutlich: »Colonia.«

I. Tag

»Du musst aufstehen, Herr!«

Gnadenlos rüttelte jemand an Rainolfs Schulter, doch der sträubte sich hartnäckig, aus seinen Träumen aufzuwachen.

»Lssmichinruh!«, murmelte der junge Ubier missmutig.

»Was meinst du, Herr?«, erklang es übertrieben laut in seinem Ohr.

Rainolf ergab sich. »Schon gut, du hast gewonnen, ich stehe auf!«, stöhnte er verärgert und warf Caledus einen bösen Blick zu.

Der alte Mann lächelte dezent. Rainolf verspürte eine gewisse Wut in sich aufsteigen. Julia, die Tochter des Prokonsuls, mit der er seit einigen Monaten liiert war, hatte es für eine gute Idee gehalten, ihm einen ihrer Sklaven zu überlassen, damit er Rainolf römische Manieren beibrachte.

In Wirklichkeit hat Caledus vor, mich in den Wahnsinn zu treiben, dachte Rainolf und rieb sich die Augen.

In dem Moment stellte der Sklave mit einem heftigen Knall eine Schale mit kaltem Wasser auf den Schemel vor dem Bett. Rainolf schrak zusammen, war aber nun endgültig wach. Manchmal fragte er sich, wer von ihnen beiden eigentlich der Sklave war.

»Erinnere mich daran, dich heute Abend auspeitschen zu lassen!«, knurrte Rainolf.

Caledus wusste natürlich, dass die Drohung nicht ernst gemeint war, und reagierte nicht darauf.

Das Waschen jeden Morgen war eine der römischen Sitten, die Rainolf fürchterlich gegen den Strich gingen. Eine andere war das Aufstehen bereits bei Sonnenaufgang. Wahrscheinlich, so überlegte Rainolf, hatten die Römer nur deshalb ein riesiges Imperium erobern können, weil sie immer ihre noch schlafenden Feinde im Morgengrauen überfallen hatten. Einfach unmenschlich!

Seit er einen Mordanschlag auf den Prokonsul vereitelt und eine Intrige im Praetorium aufgeklärt hatte, erkannte Rainolf sein Leben kaum wieder. Aus Dankbarkeit hatte ihn Quintus Caius Justinus zum Aedil ernannt.

Noch nie hatte ein Ubier in Colonia Claudia Ara Agrippinensium eine solche Karriere hingelegt, dabei zählte Rainolf gerade zweiundzwanzig Jahre. Vom Sohn eines einfachen germanischen Händlers über Nacht zum römischen Beamten mit der Vollmacht, für Ordnung zu sorgen, Streit zwischen den Bürgern zu schlichten, die Feuerwehr zu befehligen und Verbrechen aufzuklären. Natürlich konnte man das Amt in Colonia nicht mit dem eines Aedils in Rom vergleichen, der zum Beispiel auch Festspiele auszurichten hatte, was Rainolfs finanzielle Möglichkeiten bei Weitem überstiegen hätte. Doch neben den Annehmlichkeiten, wie etwa ein regelmäßiges Einkommen und eine eigene Wohnung, brachte sein Amt auch einige unangenehme Pflichten mit sich. Der tägliche Gang in die Amtsstube der Curia und das Anhören von Bürgerbeschwerden war sehr mühsam und manchmal sehr nervenaufreibend. Meist musste er sich kleinliche Streitereien unter Nachbarn anhören und sie schlichten. Oder einen jugendlichen Dieb bestrafen, der auf dem Forum Lebensmittel gestohlen hatte. In der Regel hielt Rainolf in solchen Fällen eine kurze Standpauke und entließ den Delinquenten dann mit einer Mahnung, es nie wieder zu tun oder sich wenigstens nicht mehr erwischen zu lassen. Der Ubier hielt nichts von den römischen Vorschriften, bereits Kinder öffentlich züchtigen zu lassen oder sie tagelang in den Kerker zu sperren, wo sie sich Krankheiten oder gar den Tod holten. Schließlich stahlen die meisten dieser kleinen Diebe nicht aus Habgier, sondern aus Hunger.

Außerdem verabscheute Rainolf körperliche Gewalt. Vielleicht, weil er selbst als Kind häufig Prügel hatte einstecken müssen, da er an Körpergröße und Kraft den meisten anderen gleichaltrigen Jungen unterlegen war. Dafür hatte ihn das Erlernen von lesen, schreiben und rechnen fasziniert. Mit Begeisterung hatte er sich auf jede Schriftrolle gestürzt, die er in die Finger bekam, und sich ein beachtliches Wissen angelesen. Seine Spielkameraden hatten ihn dafür ausgelacht. Rainolf seufzte bei der Erinnerung.

Das typische Schlurfen von Ledersandalen auf dem Steinfußboden kündigte die Rückkehr Caledus' an. Rainolf benetzte schnell seine Haare mit ein paar Tropfen Wasser, um den Eindruck zu erwecken, er habe sich gewaschen.

»Nun, Herr, wenn du mit deiner morgendlichen Reinigung fertig bist, werden wir dir deine Tunika anziehen und uns in deine Amtsstube begeben«, verkündete Caledus.

»Moment, was ist mit meinem Frühstück?«

Rainolf traf ein tadelnder Blick. »Unsere Vorfahren haben nie schon morgens Nahrung zu sich genommen. Das konnten sie sich gar nicht leisten und diese Entsagung hat sie hart gemacht.«

Der Gescholtene verdrehte die Augen. »Ich bin aber kein Römer, schon wieder vergessen?«

»Dennoch solltest du dich als Aedil den römischen Sitten und Gebräuchen anpassen.«

»Ich halte es doch lieber mit den germanischen Sitten und Gebräuchen – und meine Vorfahren haben sich schon am Morgen den Wanst vollgeschlagen! Also, mach mir gefälligst etwas zu essen, wenn ich es dir sage!«

Mürrisch verzog sich Caledus in die Culina.

Mit spitzen Fingern hob Rainolf die bereitgelegte Tunika hoch und musterte sie missmutig. Sein dienstälterer Kollege Lucius Curilius hatte Rainolf bei seinem Amtsantritt klar zu verstehen gegeben, dass man sich als Aedil wie ein Römer zu kleiden hatte. Hose und Hemden, wie bei den Germanen üblich, seien dem Amt nicht angemessen. Das war das erste Mal, dass Rainolf heftig mit Curilius zusammengerasselt war. Doch selbst Julia hatte Rainolf ermahnt, eine Tunika zu tragen. Er argumentierte dagegen, dass es von Vorteil sein könne, wenn er wie ein Germane gekleidet sei, denn die meisten Leute, mit denen er zu tun habe, seien nun mal Germanen. Ein Vertrauensverhältnis könne entstehen, wenn sich der Aedil als einer der ihren zu erkennen gebe. In Wahrheit empfand Rainolf diese knapp knielangen Tücher mit den kurzen Ärmeln als lächerlich. Erst Caledus war es durch ständiges Insistieren gelungen, Rainolf dazu zu bewegen, wenigstens hin und wieder eine Tunika zu tragen.

Seufzend streifte sich der Ubier das weiße Kleidungsstück mit den roten Verzierungen über. Er wollte seine Schlafkammer schon verlassen, als ihn ein Gedankenblitz durchfuhr. Er spähte durch den Türspalt, um sich zu vergewissern, dass Caledus nicht in der Nähe war, raffte rasch seine blaue Hose und das sandfarbene Leinenhemd zusammen und rollte beides in ein großes Stück Leder, welches er mit seinem breiten Gürtel verschnürte.

Schon wesentlich besser gelaunt betrat er die Culina, das Bündel unter den Arm geklemmt. Aber als er dort auf den Tisch blickte, rümpfte er die Nase. »Das soll ein Frühstück sein? Trockenes Brot und Wasser?«

Caledus spielte den Unschuldigen: »Herr, du hast mir nur aufgetragen, etwas zu essen zu richten, aber nicht gesagt, was du haben möchtest.«

Wut überkam Rainolf. Er stürzte das Wasser in einem Zug hinunter, schnappte sich das harte Stück Brot und stapfte wortlos aus dem Raum. Das Grinsen seines Sklavens konnte er regelrecht im Genick spüren.

Das werde ich dir heimzahlen, du Pedant, dachte Rainolf grimmig.

Sie verließen die Mietwohnung im ersten Stock der Insula nahe des Cardo Maximus'. Auf den Straßen herrschte bereits reges Treiben. Viele Menschen strömten zum Forum, wo heute Markt abgehalten wurde.

»Hast du schon eingekauft?«, fragte Rainolf den ihm folgenden Caledus, ohne ihn dabei anzusehen.

»Nein, Herr, natürlich nicht. So früh am Tag hatte ich noch keine Zeit, wie du weißt.«

»Ach, gehört es nicht zu den römischen Tugenden, alles dem Wunsch des Herrn gemäß zu erledigen?«

»Doch, sicher, aber ...«

»Und vor allem, ihm nicht zu widersprechen! Ich erteile dir hiermit den Auftrag, einzukaufen und mir heute Abend ein anständiges Essen aufzutragen. Und sei nicht wieder so knauserig bei der Größe der Portionen wie letztes Mal!«

Caledus wollte etwas erwidern, aber der finstere Blick seines Herrn ließ ihn die Bemerkung hinunterschlucken. Rainolf warf ihm eine Münze zu und der Sklave drehte sich beleidigt um.

Noch ein paar Schritte behielt Rainolf die eingeschlagene Richtung ein, doch als Caledus außer Sichtweite war, bog er nach rechts ab in eine kleine Gasse. Endlich war er den nervigen Aufpasser los. Rainolf beschloss, die muffige Amtsstube und die nörgeligen Streithähne warten zu lassen und erst mal seiner Familie einen Besuch abzustatten.

Sein Blick wanderte an den Häuserfassaden hoch. Bis zu fünf Stockwerke ragten sie in den Himmel. In einem einzigen der sogenannten Insulae kam problemlos ein Dutzend Familien unter, trotzdem litt Colonia unter Platzmangel. Vor den Toren wuchsen deshalb die Ansammlungen von Hütten, in denen die Armen hausten: Tagelöhner, Bettler und Hilfsarbeiter, die in Töpfereien, Schmieden und Glasbläsereien tätig waren. Da diese Betriebe mit offenem Feuer hantierten, mussten sie sich außerhalb der Stadtmauer ansiedeln. Zu leicht konnten Häuser in Brand geraten. Die Vigiles, die Feuerwehr, bekam auch so genug zu tun, wie Rainolf sehr wohl wusste.

In den Straßen des Viertels, das Rainolf nun erreichte, reihten sich kleine Geschäfte und Handwerksbetriebe aneinander. Er kannte die meisten Bewohner seit seiner Kindheit. Das Geschäft seines Vaters befand sich nur wenige Ecken weiter, in der Nähe der Porta Iovis, des Tors nach Bonna.

Als er den Laden betrat, stapelten die beiden Sklaven Albuin und Baldwin gerade Robbenfelle und etliche Ballen Schafwolle, die Rainolfs älterer Bruder Tyrgard von seiner Reise zu den Friesen, die am Mare Germanicum siedelten, mitgebracht hatte. Es war ein Tick seines Vaters, die Waren ständig neu ordnen zu lassen. Die zwei kräftigen Sklaven murrten zwar oft, aber im Grunde waren sie sehr zufrieden mit ihrem Leben. Rainolfs Vater Sigolf hatte sie bereits als Kinder in einem Dorf in der Silva Ardenna südwestlich von Colonia gekauft und sie damit wahrscheinlich vor dem Hungertod bewahrt. Ihre Eltern waren gestorben und die Verwandten, bei denen sie lebten, hatten selbst nicht genug Nahrung.

»Ah, der Aedil, welche Ehre für uns!«, rief Albuin spöttisch und verbeugte sich übertrieben tief.

Bevor der Sklave weitersprechen konnte, hob Rainolf warnend den Zeigefinger. »Noch eine dumme Bemerkung und ich lasse euch wegen Faulheit öffentlich auf dem Forum mit dem Stock schlagen!«

Von dem Gelächter der drei angelockt, kam eine blonde, junge Frau die Treppe herunter. Als sie Rainolf erblickte, strahlten ihre blauen Augen. »Hallo, Brüderchen, wie schön, dich zu sehen!«

Farhild war drei Jahre jünger als Rainolf. Sie hatte vor vier Wochen den Steinmetz Markolf geheiratet. Endlich, wie ihr Vater Sigolf immer wieder betonte, denn mit neunzehn Jahren war sie seiner Meinung nach für eine Heirat längst überfällig gewesen.

»Was treibt dich zu uns?«, fragte Farhild.

Im gleichen Augenblick bemerkte sie das Bündel unter dem Arm ihres Bruders und begriff. »Du befindest dich auf der Flucht vor Caledus!«

Rainolf stieß einen Seufzer aus. »Dieser Sklave ist eine Landplage.«

»Wenn man bedenkt, dass eigentlich der Herr über den Sklaven bestimmen sollte …«, neckte sie.

»Du kennst doch Julias Dickkopf. Sie besteht darauf, dass mich Caledus in römischen Sitten und Gebräuchen unterweist.« Er zerrte am Ausschnitt der Tunika. »Wie zum Beispiel im Tragen dieses dämlichen Fetzens.«

Farhild zupfte an seinem Ärmel. »Die Tunika sieht doch sehr hübsch aus.«

»Ich hasse diese Dinger. Außerdem kratzen sie im Nacken«, gab er trotzig von sich.

»Kratzen? Das ist feinstes Leinen, mit Sicherheit von edlerer Qualität als deine alten Hemden.«

»Ist mir egal, ich will sie nicht tragen!«

Rainolf stapfte an seiner Schwester vorbei die Treppe hoch in seine alte Kammer im ersten Stock, die er bis vor drei Monaten noch bewohnt hatte, um sich umzuziehen. Als er die Tür aufstieß, erstarrte er: Ein Mann, kaum älter als er, stand dort im Zimmer. Es handelte sich eindeutig um einen Germanen, er war groß, blond und von kräftiger Statur.

»Du musst Rainolf sein«, sagte der Fremde und streckte ihm die Hand entgegen.

Automatisch erwiderte Rainolf den Händedruck und vergaß dabei, dass er immer noch das Bündel mit seiner Kleidung unter dem Arm geklemmt hatte. Seine Sachen verstreuten sich auf dem Boden. Der Mann lachte laut, aber wenigstens freundlich, auf.

»Wer bist du?«, brachte Rainolf schließlich verwirrt heraus. »Und was machst du in meiner Kammer?«

»Oh, du hast ihn schon entdeckt!« Farhild war ihm nach

oben gefolgt. Sie hatte ihren Bruder absichtlich nicht gewarnt, weil sie zu gerne sein Gesicht hatte sehen wollen. Der Ausdruck war so verblüfft, wie sie gehofft hatte.

»Das ist Teruwar, unser neuer Angestellter«, erklärte sie mit einem amüsierten Lächeln.

»Neuer Angestellter?« Hätte sie Rainolf gesagt, dass im Haus eine Seuche ausgebrochen wäre, hätte er nicht entsetzter klingen können. »Wieso braucht Vater einen neuen Angestellten?«, präzisierte er die Frage.

»Brüderchen, überleg mal: Du bist jetzt Aedil und unser Bruder Tyrgard ist mal wieder auf Handelsreise. Allein können Vater und Walraban das Geschäft nicht führen, dazu gibt es zu viel zu tun.«

Natürlich war sich Rainolf dessen bewusst, dennoch wollte er nicht wahrhaben, dass nun ein anderer seine Arbeit im Handel seines Vaters machen würde.

»Ja, aber du könntest doch im Laden helfen«, wandte Rainolf ein.

»Hallo, leidest du unter Gedächtnisverlust? Ich habe Markolf geheiratet und bin zu ihm gezogen. Da kann ich kaum täglich herkommen, um zu helfen.«

»Oh, richtig.« Rainolf gab sich einen Ruck. »Nun denn, Teruwar: Willkommen in unserem Haus!«

Er betrachtete den anderen nun genauer und musste zugeben, dass er eigentlich recht sympathisch zu sein schien. Teruwar hatte einen offenen Blick und ein gewinnendes Lächeln. Außerdem war er attraktiv, wie Rainolf mit einem leisen Anflug von Neid registrierte. Rainolf selbst war für einen Germanen relativ klein, kaum größer als ein Römer, und eher schmächtig gebaut. Außerdem hatte er die dunkle Haarfarbe seiner früh verstorbenen Mutter geerbt.

»Wo kommst du her?«, fragte er neugierig.

»Ich bin Cherusker. Mein Dorf liegt ungefähr sieben Tagesmärsche östlich von hier.«

In den letzten Jahren war ein reger Handel mit den Cheruskern entstanden. Die Schlacht gegen Prokonsul Publius Quintilius Varus, bei der gleich drei römische Legionen komplett aufgerieben worden waren, lag schließlich bereits über ein Jahrhundert zurück. Auch wenn die Römer sehr nachtragend sein konnten und die Schmach bestimmt nicht vergessen hatten, schätzten sie die Cherusker mittlerweile als Handelspartner.

»Du kommst von weit her! Wieso hast du ausgerechnet bei meinem Vater um Arbeit nachgefragt?«

»Oh, ich will unbedingt Händler werden. Doch bei uns gibt es nur Jäger und Bauern, also habe ich beschlossen, mein Glück in Colonia zu versuchen. Ich habe schon in meiner Heimat von Sigolf, dem Händler aus Colonia, gehört. Deshalb habe ich ihn nach meiner Ankunft direkt aufgesucht und ich hatte Glück. Denn der Zeitpunkt war günstig, nachdem du nun Aedil geworden bist.«

»Das scheint sich rasch herumzusprechen.«

Rainolf sah Farhild ein wenig vorwurfsvoll an, doch Teruwar entgegnete lächelnd: »Dein Vater hat mir alles über deine Heldentat berichtet, wie du dem Prokonsul das Leben gerettet hast. Er ist sehr stolz auf dich.«

»Ach, wirklich?«, antwortete Rainolf verlegen und wechselte schnell das Thema: »Wo ist Vater eigentlich?«, fragte er seine Schwester.

»Er hat sich in der Therme mit einem römischen Händler verabredet, der gestern Abend überraschend hier im Laden aufgetaucht ist.«

»Wie heißt der Händler?«

»Keine Ahnung, ich habe Vater heute auch noch nicht gesehen. Walraban hat mir das nur kurz erzählt, bevor er das Haus verließ.«

Rainolf überlegte, um wen es sich handeln könnte. Sein Vater hatte natürlich mehrere römische Geschäftspartner, die er im ganzen Imperium, von Hispania bis nach Hellas, regelmäßig mit germanischen Waren wie Fellen, Honig, blonden Frauenhaaren oder den sehr begehrten kunstvoll verzierten Gläsern aus Colonia belieferte.

»Und wo steckt Walraban?«

»Er ist zum Hafen, um eine Warenladung auf ein Schiff nach Augusta Treverorum zu verladen.« Farhild deutete lächelnd auf Teruwar. »Glücklicherweise haben wir einen neuen Mitarbeiter, der sich als hervorragender Verkäufer entpuppt hat.«

So weit war es also schon gekommen, dachte Rainolf missgestimmt, man konnte ganz auf seine Hilfe verzichten.

Nachdem er sich umgezogen hatte, begab sich Rainolf zurück in den Laden. In dem Moment betrat ein hochgewachsener Mann mit angegrauten Haaren den Raum. Er mochte etwa Mitte vierzig sein, hatte scharf geschnittene Gesichtszüge, aber die Lachfalten um die Augenwinkel verrieten, dass er Sinn für Humor besaß.

»Salve, Walraban!«, begrüßte Rainolf ihn.

Der ehemalige Sklave seines Vaters war für Rainolf nicht nur ein väterlicher Freund, sondern auch Vorbild. Walraban war der Sohn eines batavischen Stammesfürsten, was er bis vor Kurzem geheim gehalten hatte, denn die Römer hatten den Krieg mit den Batavern noch nicht vergessen. Sigolf hatte Walraban als Sklave gekauft und ihm nach einigen Jahren die Freiheit geschenkt.

»Sei gegrüßt, Rainolf, edler Aedil von Colonia!«, rief Walraban.

Irgendwie nahm ihn niemand aus seinem Freundeskreis als Aedil ernst, bemerkte Rainolf nicht zum ersten Mal.

»Schön dich zu sehen, aber müsstest du nicht in der Curia sitzen und dir die Beschwerden der Bevölkerung anhören?«

Rainolf zuckte mit den Schultern. »Die werden sie mir auch morgen noch vortragen wollen.«

»Das scheint mir nicht die richtige Einstellung für einen römischen Beamten zu sein.«

»Bin ich Römer?«

»Du hast Teruwar bereits kennengelernt?«

»Ja«, antwortete Rainolf einsilbig.

Walraban kannte ihn schon zu lange, als dass er nicht ahnen würde, was in dem Jüngeren vorging.

»Er ist nicht hier, um deinen Platz einzunehmen, sondern weil wir Hilfe brauchen.«

Rainolf blickte ihn verwundert an. »Hilfe? Wieso?«

»Seit du den Mord an dem Quaestor aufgeklärt hast, hat sich die Zahl unserer Kundschaft verdoppelt. Alle wollen im Geschäft vom Vater des Helden Rainolf einkaufen.«

»Nur wegen mir?« Rainolf staunte. Er hatte sich nie als Held betrachtet, er fühlte sich immer noch als derselbe, der er vorher gewesen war.

Walraban nickte vielsagend. »Bei manchen Waren kommen wir kaum mit dem Bestellen hinterher. Deshalb bemüht sich dein Vater um Kontakte zu neuen Lieferanten.«

»Ach richtig, wer ist der Römer, mit dem mein Vater gerade unterwegs ist?«

»Wart es ab, du kennst ihn!«, lachte Walraban, wohl wissend, dass der junge Ubier stets mit seiner Neugier zu kämpfen hatte.

»Komm schon, sonst muss ich dich wegen Verweigerung der Aussage gegenüber einem römischen Beamten festnehmen!«, drohte Rainolf scherzhaft.

Doch Walraban ließ sich nicht erweichen und schwieg eisern.

Es dauerte nicht lange, dann wurde Rainolfs Neugier befriedigt. Sigolf kehrte in Begleitung eines dunkelhaarigen Mannes von etwa vierzig Jahren zurück. Er war kräftiger, aber nicht übergewichtiger Statur und seine Frisur und die prächtig bestickte Toga zeichneten ihn als wohlhabenden Römer aus.

»Rainolf!«, begrüßte Sigolf seinen Sohn gut gelaunt. »Sieh her, wer uns wieder mit seinem Besuch beehrt: Petronius Bassus!«

Rainolf erinnerte sich. Bassus war ein reicher Händler aus Rom. Selbst Patrizier und Politiker in hohen Ämtern gehörten zu seinen Kunden. Angeblich gab es nichts, was er nicht besorgen konnte. Dafür hatte er Geschäftspartner im gesamten Imperium. Nach Colonia kam er nur unregelmäßig, das letzte Mal lag bereits zwei Jahre zurück. Dass er sich an Sigolf wandte, war eine Ehre. Denn zwar war im Laufe der Jahre zwischen den beiden Händlern fast so etwas wie ein freundschaftliches Verhältnis entstanden. Aber trotzdem tätigte der Römer seine hiesigen Geschäfte normalerweise mit Fridugar, den Bassus bekanntermaßen nicht sonderlich mochte, der aber am Forum das vornehmste Handelsgeschäft der Stadt führte. Sigolf konnte aus Kostengründen nicht jeden Luxusgegenstand liefern.

Rainolf war ein kleiner Junge gewesen, als er das von einer hakenförmigen Nase gezierte Gesicht Bassus' zum ersten Mal erblickt hatte. Mittlerweile hatten sich einige Falten dazugesellt, doch die Haare waren immer noch von kräftigem Schwarz, weshalb Rainolf ein Färbemittel vermutete.

Bassus ließ ein dröhnendes Lachen ertönen. »Der kleine Rainolf! Ein richtiger Mann ist aus dir geworden!«, rief er und schlug ihm auf die Schulter.

Unter der Wucht zuckte Rainolf zusammen und brauchte eine Sekunde, bis er antworten konnte. »Die Freude ist ganz meinerseits, edler Petronius Bassus.«

»Dein Vater hat mir alles von deinen großen Taten berichtet. Natürlich hatte ich sie schon längst auch in Rom vernommen. Der tapfere Ubier, der dem Prokonsul das Leben rettete und ganz nebenbei auch noch die Provinz Germania Inferior!«

»Danke«, murmelte Rainolf verlegen und wechselte rasch das Thema. »Was führt dich nach Colonia?«

»Geschäfte, was sonst.« Mit einem Augenzwinkern wandte er sich an Farhild. »Zurzeit sind blonde Perücken bei den Damen Roms sehr begehrt. Wenn du dich von deiner Haarpracht trennen würdest, könntest du ein Vermögen verdienen.«

Farhild griff sich erschrocken an ihre langen, hellblonden Haare, auf die sie sehr stolz war.

Bassus blickte amüsiert. »Keine Angst, mein Kind, ich werde sie dir nicht nehmen! Aber sei dir bewusst, was für Werte du mit dir trägst.«

»Farhilds Wert ist nicht mit Gold aufzuwiegen«, erklärte Sigolf, »und damit meine ich nicht ihr Haar.«

Was seine Tochter anging, war Sigolf sehr empfindlich.

Zwar liebte er auch seine beiden Söhne, aber Farhild war für ihn immer etwas ganz Besonderes gewesen, erst recht seit dem Tod ihrer Mutter vor sechs Jahren.

»Schon gut, alter Freund«, winkte der Römer ab. »Ich habe es selbstverständlich nicht ernst gemeint.« Er klopfte Sigolf ermunternd auf den Rücken. »Lass uns zum Geschäftlichen kommen!«

Bassus winkte einem Sklaven, der sich bisher unauffällig im Hintergrund gehalten hatte. »Zaraxes, gib mir die Liste!«

Die Haut des drahtigen Mannes war braun gebrannt, seine Augen waren wie seine Haare pechschwarz. Die Herkunft des Sklaven war schwer zuzuordnen, wahrscheinlich stammte er aus den asiatischen Provinzen. Der Angesprochene bewegte sich überraschend lautlos. Er wirkte irgendwie teilnahmslos, empfand Rainolf, jedenfalls blieb das Gesicht des Sklaven ohne jede Regung.

Zaraxes zog eine Wachstafel aus seiner Tunika, klappte den Holzdeckel auf und überreichte sie seinem Herrn.

»Wie rasch kannst du mir diese Waren besorgen?«, fragte Bassus und reichte Sigolf die Liste.

Der Ubier vertiefte sich grübelnd in die Aufstellung. Es dauerte eine Minute, ehe er sich räusperte. »Nun, ich denke, das meiste habe ich vorrätig, den Rest kann ich in wenigen Tagen beschaffen.«

»Ausgezeichnet!« Der Römer klatschte in die Hände. »Wie wäre es mit einem Becher Mulsum, um auf unser Geschäft anzustoßen?«

»Mit dem größten Vergnügen! Farhild, hol uns bitte eine Amphore Wein aus dem Cella, aber den guten aus Etruria!«

»Wie lange warst du unterwegs und wie lange bleibst du in Colonia?«, erkundigte sich Rainolf. Es war schließlich kein

Spaziergang von Rom hierher, selbst auf dem kürzesten Weg musste man mindestens drei Wochen einplanen.

»Ich bin bereits vor über zwei Monaten in Rom aufgebrochen, weil ich noch Geschäfte in Massilia, Lugdunum, Argentorate und Augusta Treverorum erledigen musste. Ich plane, zwanzig Tage hierzubleiben. Vielleicht auch etwas länger, du weißt, wie sehr ich Colonia schätze.« Er zwinkerte verschmitzt.

Rainolf nickte. »Wo wohnst du?«

Bassus machte eine wegwerfende Handbewegung. »In einer bescheidenen Wohnung am Forum. Ich habe zwei Etagen im Haus neben dem Tempel des Merkurs gemietet.«

Rainolf hielt unwillkürlich die Luft an. Er kannte das Haus, es war eines der luxuriösesten in ganz Colonia – und Bassus beanspruchte gleich zwei Stockwerke!

Der fuhr fort: »Der Besitzer der Wohnung ist ein alter Bekannter, der die Winter regelmäßig in Rom verbringt. Er hat mir die Wohnung gerne überlassen und sich für ein paar Wochen auf seinen Landsitz zurückgezogen.«

Rainolf räusperte sich vernehmlich. »Ich muss euch nun leider verlassen, meine Pflichten als Aedil rufen mich.«

Wenigstens in diesem Punkt konnte er Bassus übertrumpfen. Denn ein politisches Amt hatte Bassus trotz seines Reichtums nicht.

Vor seinem Raum in der Curia warteten etwa ein Dutzend Bürger, die alle nicht sehr fröhlich aussahen. Schon stürzte der erste Beschwerdeführer auf Rainolf zu.

»Ah, da bist du ja endlich, Aedil! Wir warten hier schon seit Stunden!«, empörte sich der dicke Gewürzhändler.

Der Mann war Dauergast bei Rainolf. Irgendetwas gab es immer, über das er sich aufregte.

»Hat dein Nachbar letzte Nacht wieder zu laut geschnarcht, Nurigmor?«, fragte Rainolf gelangweilt.

»Nein, du wirst es nicht für möglich halten, aber diesmal hat er vorsätzlich den Rauch seines Kohlebeckens in meine Wohnung geblasen!«

»Das ist ja ungeheuerlich«, entgegnete Rainolf, aber dem aufgebrachten Gewürzhändler entging die Ironie.

Als er die Tür zu seinem Raum öffnete, wollte sich Nurigmor mit in das Zimmer schieben, doch Rainolf hielt ihn zurück. »Warte, bis ich dich rufe!«

Der junge Ubier schloss die Tür hinter sich und ließ sich mit einem Seufzer auf den grün gestrichenen Holzstuhl fallen. Er legte die Füße auf den Tisch und starrte aus dem Fenster, dessen Rahmen ebenso grün war wie die restlichen Möbel. Rainolf hatte sich schon oft gefragt, wieso in der römischen Curia alle Möbel grün gestrichen waren, hatte das Geheimnis bislang aber nicht ergründen können.

Endlich raffte er sich auf und rief nach Nurigmor, der kaum einen Wimpernschlag später im Raum stand und wortreich seine Beschwerde vorbrachte. Rainolf nickte gelegentlich, war mit seinen Gedanken aber ganz woanders. Plötzlich bemerkte er, dass der Gewürzhändler ihn erwartungsvoll anblickte. Offensichtlich hatte der Mann ihm eine Frage gestellt, die Rainolf natürlich nicht mitbekommen hatte.

»Ja, äh, die Sachlage scheint mir noch nicht ganz klar zu sein«, begann er und hoffte, Nurigmor würde etwas sagen, was ihm einen Hinweis auf die Fragestellung gab.

»Wie könnte die Sache denn noch klarer sein?«, entrüstete sich Nurigmor.

»Nun, vielleicht könntet ihr euch ja gütlich einigen?«

»Gütlich einigen? Aedil, hast du denn nicht zugehört?«

Eine junge Germanin, die in den Raum stürzte, ersparte Rainolf die peinliche Antwort.

»Komm schnell, Aedil, sonst schlagen sie sich die Köpfe ein!«

Erleichtert sprang Rainolf auf. »Du entschuldigst, Nurigmor, aber ich werde dringend gebraucht. Wir sprechen später über deine Angelegenheit.«

Der Gewürzhändler wollte protestieren, doch da war Rainolf bereits an ihm vorbei.

Die junge Frau rannte den Gang schon wieder zurück. Rainolf hastete ihr nach. Auch wenn sich am Eingang der Curia wie immer ein paar Soldaten der Cohortes Urbanae, der Stadtwache, befanden, verzichtete Rainolf darauf, sie mitzunehmen. Er mochte es überhaupt nicht, gleich mit der römischen Staatsgewalt bei Streitigkeiten aufzutauchen. Eine Einstellung, die ihm von seinem Amtskollegen Lucius Curilius schon so manchen Vorwurf eingebracht hatte.

Als er aufgeschlossen hatte, fragte er die junge Frau, wer sie war und um was es eigentlich ging.

»Ich bin Lungrit, mein Vater ist der Schneider Degamer. Ein Kunde wollte den vereinbarten Preis für eine Hose nicht zahlen und ist furchtbar wütend geworden. Als mein Vater auf seinem Lohn bestand, hat der Kerl ihn geschlagen.«

Lungrit war etwa achtzehn Jahre alt, eher wohlgenährt als schlank, hatte braunes Haar und bernsteinfarbene Augen. Eine ungewöhnliche Kombination für eine Germanin, dachte Rainolf. Er kannte den Schneider Degamer flüchtig, war sich aber bisher nicht bewusst gewesen, dass er eine Tochter hatte.

Keuchend erreichten sie vier Kreuzungen weiter das Haus, in dessen Erdgeschoss Degamer seine Schneiderei betrieb.

Schon von Weitem hörte Rainolf den Lärm. Jemand brüllte aus vollem Hals.

Als er eintrat, empfing ihn ein Chaos: Stühle und Tische waren umgeworfen, Kleider lagen verstreut auf dem Boden. In einer Ecke hockte ein magerer Mann, der eine Platzwunde über dem Auge hatte und dem Blut aus der Nase lief. Sein Gegner hielt einen kleinen Schemel in der mächtigen Faust, bereit, damit zuzuschlagen.

Rainolf erhob seine Stimme: »Was ist hier los?«

Der Mann drehte sich um. Er war groß und schwer und seine Arme hatten etwa den gleichen Umfang wie Rainolfs Oberschenkel.

»Was willst du, Knirps?«, schrie er mit einem satten Bass.

»Ich bin Rainolf, Aedil in Colonia Claudia Ara Agrippinensium, und du stellst sofort den Schemel wieder hin!«, sagte er gebieterisch, obwohl ihm die Angst den Magen zusammenzog. Ein Schlag von dem Hünen und er würde die nächste Stunde nicht mehr aufstehen.

»Was?« Der Mann schien nicht der Hellste zu sein, in seinem Gehirn setzte sich das Gehörte nur langsam zu einer Information zusammen. Immerhin ließ er den Schemel sinken.

Lungrit nutzte den Moment, um zu ihrem Vater zu eilen. Mit Tränen in den Augen beugte sie sich über ihn und tupfte mit ihrem Rockzipfel das Blut aus seinem Gesicht.

»Was, in Wodans Namen, hat dich dazu veranlasst, den Schneider zu schlagen? Und wer bist du überhaupt?«

»Ich bin Verist, ich züchte Rinder, draußen vor Colonia«, dröhnte der massige Mann. Anklagend zeigte er mit seinem Zeigefinger, der die Größe und Form einer Wurst hatte, auf Degamer. »Der Kerl wollte mir für eine Hose, die ich in Auftrag gegeben habe, fünf Sesterzen abknöpfen.«

»Und? War das nicht der vereinbarte Preis?«

»Doch, aber die Hose passt nicht, sie ist viel zu eng.« Demonstrativ zog Verist sein Hemd aus groben Leinen hoch. In der Tat schnitt der Bund arg in den mächtigen Bauch und die dicken Schenkel des Rinderzüchters drohten die Nähte der Hosenbeine zu sprengen.

Nun meldete sich der Schneider zu Wort. »Ich hatte genau Maß genommen und die Hose exakt danach angefertigt.«

»Und warum passt sie dann nicht?«, brüllte Verist.

Rainolf ermahnte ihn streng, die Lautstärke zu senken. »Wann hast du die Hose in Auftrag gegeben?«, fragte er dann.

Der Kuhzüchter schien erneut geistige Höchstleistungen vollbringen zu müssen. Er zog die Stirn kraus und seine Augen wanderten hin und her. »Das muss so vor drei Monaten gewesen sein«, antwortete er schließlich.

»Für wann hattest du ihm die fertige Hose versprochen?«, wandte Rainolf sich an Degamer.

»Ich habe ihm gesagt, dass ich eine Woche für die Arbeit benötigen würde.«

»Wieso holst du sie erst jetzt ab?«, wandte sich der Aedil an Verist.

»Weil ich viel zu tun hatte und einen ganzen Tag bis nach Colonia brauche.«

»Verstehe, es war Schlachtzeit, nicht wahr?«

Es hatten einige hohe Feste der Römer angestanden, zu denen sie nicht nur den Göttern ganze Rinder opferten, sondern das Fleisch auch selbst gerne vertilgten.

Verist nickte bestätigend.

»Ich habe gehört, die Rinder standen dieses Jahr besonders gut im Futter. Das brachte viel fettes Fleisch«, gab sich Rainolf unverbindlich und redselig.

Der große Kerl kratzte sich am Kopf, offenbar war er unsicher, worauf der Aedil hinauswollte.

»Du kannst sicherlich Rindfleisch zu einem hervorragenden Mahl zubereiten.«

»Ja, das kann ich wohl«, bestätigte Verist mit kaum verhohlenem Stolz.

»Da gab es bei euch sicher viel Leckeres zu essen«, sagte Rainolf fröhlich und stupste den Dicken mit dem Ellbogen verschwörerisch in die Seite.

»Ja, fast jeden Tag«, antwortete der und lachte verwirrt.

»Fast jeden Tag«, wiederholte Rainolf, nun wieder ernst. »Dann wird dein Bauchumfang in den letzten drei Monaten wohl deutlich zugenommen haben.«

Schlagartig wich die Fröhlichkeit aus Verists Gesicht.

»Mit anderen Worten: Vor drei Monaten hätte dir die Hose noch gepasst. Weil du aber so viel gefressen hast, bist du selbst schuld, wenn dir die Hose nun zu eng ist.«

Rainolf wandte sich an den Schneider, der sich inzwischen mithilfe seiner Tochter hochgerappelt hatte.

»Du wirst ihm die Hose innerhalb einer Woche ändern, sodass er sie anziehen kann, ohne sie dabei zu zerreißen!«, befahl er.

»Was? Ich …«, wollte Degamer protestieren, doch Rainolf hob seine Hand und gebot ihm zu schweigen. Er drehte sich zu dem Viehzüchter um. »Dafür wirst du ihm nicht fünf, sondern zehn Sesterzen zahlen.«

»Was, so viel? Das ist die Hose doch gar nicht wert!«, rief Verist.

Rainolf setzte seinen allerstrengsten Blick auf. »Außerdem weitere drei Sesterzen für die Schläge, die du ihm gegeben hast.«

»Aber, ich habe doch nur …«

»Und noch einmal zwei Sesterzen für die Verwüstung des Ladens«, ergänzte Rainolf scharf.

Verist verstummte.

Rainolf wandte sich lächelnd an Lungrit. »Falls der Kerl in einer Woche die fünfzehn Sesterzen nicht zahlen sollte, holst du mich wieder. Dann werde ich mit der Stadtwache kommen und Verist in den Kerker werfen.«

Das rundliche Gesicht der jungen Frau strahlte ihn an. »Danke, Aedil, das ist sehr freundlich von dir«, hauchte sie und wurde rot.

Eigentlich wäre es seine Pflicht als Aedil gewesen, Verist wegen der Schlägerei festzunehmen. Dessen war sich Rainolf durchaus bewusst. Aber der Kerker war ohnehin überfüllt. Und es hätte Tage, wenn nicht Wochen gedauert, ehe ein Richter den Viehzüchter abgeurteilt hätte. Das Gericht in Colonia sei völlig überlastet, behaupteten die Richter immer. Rainolf hatte seine Zweifel an der Richtigkeit dieser Aussage, denn er sah die römischen Richter häufiger in der Therme und im Amphitheater sitzen als in der Basilika, wo die Urteile gefällt wurden.

Jedenfalls hätte Verist am Ende wahrscheinlich genau die Geldstrafe auferlegt bekommen, zu der ihn Rainolf jetzt verdonnert hatte. Während der Zeit im Kerker hätte sich aber vielleicht niemand um seine Tiere gekümmert und deren Fleisch und Milch hätten dann später in Colonia gefehlt. Letztendlich wäre der Stadt und den Einwohnern also ein wesentlich größerer Schaden zugefügt worden, wenn er sich streng an die Vorschriften gehalten hätte, dachte Rainolf zufrieden.

Gemächlich schlenderte er zur Curia zurück. Er hatte es nicht eilig. Einerseits, weil er das angenehme Gefühl auskosten wollte, einen Streit durch ein geschicktes Urteil beigelegt zu haben, andererseits verlangte es ihn überhaupt nicht danach, wieder auf Nurigmor zu treffen. Er hoffte, dass der nörgelnde Gewürzhändler mittlerweile die Amtsstube verlassen hatte.

Vielleicht sollte er sicherheitshalber einen Abstecher machen, überlegte Rainolf und schlug den Weg zum Forum ein. Der große Platz war voller Menschen. Am Westende waren die Geschäfte in einem Halbkreis angeordnet und ein Wandelgang bot Schutz vor schlechtem Wetter. Im Osten schlossen sich zwei große Hallen an, in denen ebenfälls Läden untergebracht waren. Hier bekam man alles, was die Provinz Germania zu bieten hatte, und auch viele exotische Waren aus dem restlichen Imperium Romanum, von Früchten aus Mesopotamia bis zu Streitwagen aus Italia.

Rainolf hielt Ausschau nach einem rötlichen Haarschopf und entdeckte ihn schnell.

Garawan begrüßte seinen Freund mit übertriebenen Gesten. »O ehrenwerter Aedil, habt Gnade mit einem armen Barbar!«

»Halt die Klappe, Garawan, es muss ja nicht jeder wissen, wer ich bin!«, knurrte er.

»Richtig, du hast mal wieder auf das Anlegen deiner Tunika verzichtet. Wenn das Lucius Curilius wüsste!«

»Erinnere mich bloß nicht an den Pedanten.«

»Was treibt dich um diese Stunde auf das Forum?«

Rainolf schilderte kurz den Vorfall bei dem Schneider. Garawan bog sich vor Lachen und entblößte seine beiden ungewöhnlich großen Schneidezähne.

»Ich hätte zu gerne das dumme Gesicht von diesem Kuhzüchter gesehen. Fünfzehn Sesterzen für eine Hose! Und ich dachte, die Zeiten des Wuchers seien vorbei.«

»Fortuna sei Dank! Seit Quintus Caius Justinus die Verfolgung der Chatten abgebrochen hat und kein Krieg mehr droht, ist wieder Normalität eingekehrt.«

»Ja, das war typisch: Kaum überfallen die Chatten irgendein Dorf im Hinterland, schon jammern die Leute, dass der Handel zusammenbrechen würde, und die Preise schnellen hoch. Als die Nachricht kam, dass der Prokonsul von den Chatten abließ, bekam man alle Waren schlagartig um die Hälfte billiger.«

»Ich glaube, auch mein Vater hat in den letzten Wochen gute Geschäfte gemacht«, erklärte Rainolf mit einem säuerlichen Gesicht. Er hatte es nicht gutgeheißen, dass sein Vater von den Ängsten der Leute profitiert und die Preise erhöht hatte.

»Das ist ja noch gar nichts!«, winkte Garawan ab. »Du hättest unsere Schmiede sehen sollen: Die Leute haben uns die Schwerter aus den Händen gerissen und jeden Fantasiepreis dafür bezahlt. Als hätten die Chatten bereits vor den Toren Colonias gestanden«, lachte er.

Garawans Vater Sifnogur galt als einer der besten Waffenschmiede in ganz Germanien. Sein jüngster Sohn interessierte sich allerdings mehr für das Glücksspiel und alle anderen Vergnügungen. So kam es aber auch, dass Garawan halb Colonia kannte. Wenn Rainolf Informationen über bestimmte Leute oder Kreise in der Stadt brauchte, wandte er sich meistens an Garawan – vorausgesetzt, er war auffindbar. Es konnte durchaus passieren, dass der Rothaarige tagelang verschwunden blieb, weil er entweder die Nächte beim

Würfelspiel durchzechte oder eine neue Eroberung gemacht hatte. In seiner engen Wohnung im obersten Stockwerk einer Insula im Norden der Stadt war er entsprechend selten anzutreffen.

»Wieso hat der Prokonsul eigentlich den Feldzug gegen die Chatten wieder abgeblasen?«, fragte Garawan nun etwas ernster.

»Es scheint sich nur um eine kleine Gruppe von Chatten gehandelt zu haben. Wahrscheinlich ist es denen in ihren Wäldern zu langweilig geworden, und sie wollten sich mal wieder anständig prügeln.«

»Ich dachte, sie wären mordend und brandschatzend durch die Provinz gezogen?«

»Die Gerüchte waren wohl stark übertrieben. Der Prokonsul hat mit der Classis Germanica nur drei geplünderte Dörfer einen Tagesritt südlich von Bonna entdeckt. Dort hat es außer Getreide nicht viel zu holen gegeben.«

»Besser, dass es nicht zum Krieg gekommen ist«, meinte Garawan. »Solange die Pax Romana herrscht, geht es auch uns in Colonia gut.«

Als Rainolf den Eingang der Curia erreichte, trat ein hagerer Mann mit einer langen, gebogenen Nase und eng zusammenstehenden Augen heraus. Beim Anblick des jungen Ubiers blieb er abrupt stehen. Der zweite Aedil von Colonia, Lucius Curilius, war durch und durch römischer Beamter. Mit wenig Humor, dafür mit umso mehr Pflichtbewusstsein ausgestattet, wachte er nicht nur akribisch über die Einhaltung des Rechts, sondern vor allem über die öffentliche Ordnung.

Auf Rainolf war er nicht gut zu sprechen. Curilius empfand es als Demütigung, dass man ihm einen Ubier, noch dazu einen zehn Jahre jüngeren, gleichgestellt hatte. Deshalb beobachtete er Rainolf mit Argusaugen und wartete darauf, dass dieser Fehler machte. Es wäre dem Römer ein Vergnügen, wenn Rainolf wegen Missachtung von Vorschriften seines Amts enthoben werden würde.

Hätte Curilius eben die Szene bei Degamer miterlebt, dachte Rainolf, dann wäre der Römer umgehend zum Prokonsul geeilt, um Meldung zu machen.

»Es gibt viele Bürger, die mit ihren Anliegen in die Curia kommen. Es wirft kein gutes Licht auf die Verwaltung Colonias, wenn niemand da ist, der ihnen zuhört«, wies ihn Curilius ohne Unschweife zurecht.

»Auch ich grüße dich, edler Aedil!«, antwortete Rainolf ironisch.

Die Gesichtsfarbe des Römers wechselte deutlich ins Dunkelrot. »Als Aedil hast du Pflichten zu erfüllen!«, sagte er mit mühsam beherrschter Wut.

»Es gibt nichts, was mir wichtiger wäre.«

Curilius trat auf ihn zu, bis er fast auf Tuchfühlung vor ihm stand. Rainolf stellten sich die Nackenhaare auf, er versuchte jedoch, nicht zu zucken.

»Du wirst dich nicht ewig hinter dem Prokonsul verstecken können!«, zischte Curilius und marschierte raschen Schrittes davon.

Rainolf stieß langsam die Luft aus.

Die Leute standen tatsächlich immer noch Schlange.

Kaum war Rainolf in Sichtweite, ertönte auch schon die anklagende Stimme Nurigmors. »Ah, da bist du ja endlich wieder! Wie lange willst du einen hart arbeitenden Steuerzahler noch warten lassen? Glaubst du, ich hätte nichts Besseres zu tun?«

Rainolf verdrehte die Augen. »Zwing mich nicht, darauf zu antworten«, murmelte er.

»Was hast du gesagt?«, fragte Nurigmor.

»Also, um was ging es noch mal?«, seufzte Rainolf.

Wieder setzte der Gewürzhändler zu einer ausufernden Anklage gegen seinen Nachbarn an. Mit Wehmut dachte Rainolf an die Zeit, als er noch im Handel seines Vaters gearbeitet hatte. Wieso hatte er das Amt bloß angenommen? Zu dem Aedil ging doch jeder nur, um sich auszuheulen. Er hatte gehofft, dass es geheimnisvolle Mordfälle zu lösen gäbe. Stattdessen hatte es bisher nur vier gewaltsame Todesfälle gegeben, allesamt Folgen von Schlägereien in irgendwelchen Tabernae. Die Täter waren noch an Ort und Stelle gefasst worden – die Raufbolde waren zu betrunken gewesen, um fliehen zu können.

So macht das einfach keinen Spaß, bedauerte Rainolf sich selbst. Es war, als hätte sich ganz Colonia vorgenommen, keine Schwerverbrechen mehr zu begehen. Keine hinterrücks erschlagenen reichen Kaufleute, keine erwürgten Beamten, keine vergifteten Ehemänner, keine …

In dem Moment stürmte ein Junge, begleitet von den ungehaltenen Rufen der auf dem Gang Wartenden, in das Zimmer. Rainolf kannte den Zwölfjährigen mit den lebhaften, dunklen Augen: Es war Udamir, ein Enkel von Hadumar, dem Fischer.

»Was soll das? Warte gefälligst draußen!«, herrschte Nurigmor ihn an.

Doch der Junge ließ sich nicht beirren und flüsterte Rainolf etwas ins Ohr.

Die Augenbrauen des Aedils wanderten in die Höhe, das Gehörte schien ihn in Sorge zu versetzen.

Nurigmor ahnte Böses. »Du willst mich doch nicht schon wieder hier sitzen lassen?«

Rainolf, innerlich frohlockend, tat fürchterlich zerknirscht: »Es tut mir unendlich leid, aber ein Notfall ruft mich in den Hafen.«

Ehe Nurigmor etwas erwidern konnte, war Rainolf aus dem Zimmer.

Etwas außer Atem traf Rainolf am Ufer des Rhenus ein. Wenn das so weitergeht, dachte er, kann ich mich bald zu den Olympischen Spielen in Hellas anmelden.

Hadumars alter Kahn lag am Kiesstrand, der morgendliche Fang zappelte noch im Bug. Fünf Legionäre bildeten einen Halbkreis um den Fischer. Hadumar war ein Freund seines verstorbenen Großvaters gewesen und hatte Rainolf schon als kleinen Jungen zum Fischfang auf den Rhenus mitgenommen. Er mochte den alten Mann sehr und seine Ratschläge waren vor allem unter den Fischern und Schiffern sehr begehrt. Hadumar galt als weiser Mann, der manchmal Visionen hatte.

Ein römischer Decurio der Classis Germanica, die unweit von Colonia stationiert war, redete lautstark auf Hadumar ein, der stolz mit verschränkten Armen dastand und keine Miene verzog. Der alte Mann mit den vielen Falten im Gesicht war dafür bekannt, nie ein Wort zu viel zu sagen.

»Ich bin Rainolf, Aedil von Colonia. Was ist hier los?«, fragte Rainolf, nach Luft ringend.

Der Decurio sah ihn sichtlich verstimmt an, ehe er antwortete: »Ave, Aedil! Dieser Mann will den zehnten Teil seines Fangs nicht abgeben, wie er nach dem Gesetz verpflichtet ist.«

Rainolf hob in gespielter Verblüffung die Augenbrauen. »Den zehnten Teil muss er doch erst beim Betreten der Stadt abliefern, wenn er seinen Fang dort verkaufen will.«

Der Römer lief rot an. »Aedil, wenn ein römischer Offizier einen germanischen Fischer auffordert, den zehnten Teil abzuliefern, muss dieser doch wohl gehorchen«, erklärte er, mühsam beherrscht.

Rainolf war klar, dass der Decurio die Fische für sich behalten wollte und nicht im Geringsten am Eintreiben von Steuern interessiert war. Allerdings wollte Rainolf einen Offizier nicht direkt der Lüge bezichtigen. Auch wenn er als Aedil von einem Decurio eigentlich nichts zu befürchten hatte, wäre es unklug gewesen, ihn unnötig zu provozieren.

Rainolf verlegte sich deshalb auf sein diplomatisches Geschick. »Sage mir, Decurio, was glaubst du, was der Quaestor Egidius Publius, der unzweifelhaft für die Verwaltung der Steuer in dieser Stadt zuständig ist, mit ein paar toten, stinkenden Fischen anstellen soll? Soll er sie vielleicht in einen Beutel stecken und nach Rom liefern?«

Dem Decurio wurde sichtlich unwohl und schwieg. Er hatte angenommen, dass ein Aedil sich automatisch auf seine Seite stellen würde.

»Fischer«, wandte sich Rainolf an Hadumar und tat so, als würde er ihn zum ersten Mal in seinem Leben sehen. »Was hattest du mit deinem heutigen Fang vor?«

Doch der Befragte gab keine Antwort. Rainolf bemerkte, dass Hadumars Blick sich auf etwas hinter seinem Rücken fokussierte. Der junge Aedil drehte sich um und erstarrte.

Etwa fünfzig germanische Krieger säumten das gegenüberliegende Ufer. Sie waren schwer bewaffnet und trugen Helme und Schilde. Doch sie verhielten sich still. Kein Kriegsgeschrei, kein Klirren von Waffen. Sie standen einfach nur reglos da, beobachteten die Stadt und schienen auf etwas zu warten. Im nächsten Moment tauchten Pferde zwischen den Bäumen auf, die ein zehn Schritt langes Boot zogen.

Rainolf fragte sich, was sie vorhatten. Mit den paar Männern konnte man keine befestigte Stadt wie Colonia angreifen. Er warf einen Blick hoch zu den Mauern und registrierte, dass die Stadtwachen die fremden Krieger ebenfalls entdeckt hatten und bereits in Alarmbereitschaft gegangen waren.

Einige der Männer am gegenüberliegenden Ufer ließen nun das Boot zu Wasser, während die anderen immer noch stumm und unbeweglich dabeistanden.

»Chatten«, sagte Hadumar leise.

»Chatten?«, wiederholte Rainolf ungläubig. »Was wollen die denn hier so weit im Norden?«

In dem Moment geschah etwas, was er am wenigsten erwartet hätte: Eine Frau kam mit majestätischen Schritten auf das Ufer zu. Würdevoll ging sie durch das Spalier der Krieger. Sie war sehr groß und ganz in Weiß gekleidet. Ihr langes, blondes Haar umwallte sie wie ein Schleier, der ihr fast bis zur Hüfte reichte.

»Eine Schamanin!«, flüsterte Hadumar und Rainolf glaubte, einen Anflug von Furcht in der Stimme des alten Fischers mitschwingen zu hören.

Als die Frau in das Boot stieg, brachen die Krieger in Gebrüll aus und schlugen ihre Waffen gegen die Schilde. Allein die Geräuschkulisse ließ Rainolf die Haare zu Berge stehen.

Die Frau stand stolz aufgereckt in dem Boot. Die geschickten Ruderer hielten es so ruhig, dass ihre Passagierin nicht ins Wanken geriet. Ihre Gesichter hatten die Männer mit schwarzer Farbe bemalt, zusammen mit ihrer wilden Haarmähne verlieh ihnen das ein unheimliches Aussehen. Ein Wolfsschädel zierte den Bug des Boots und an der Außenwand waren brennende Fackeln befestigt.

Mit einer Mischung aus Grauen und Faszination beobachtete Rainolf die Szene. Als sich das Boot bis auf einen Steinwurf genähert hatte, gebot die Frau mit einer Handbewegung, die Fahrt zu stoppen. Die Männer drehten den Bug gegen die Strömung und hielten das Boot mit gleichmäßigen Ruderschlägen auf Position.

Die Frau war jetzt nah genug, dass Rainolf ihr Gesicht erkennen konnte. Es hatte ebenmäßige Züge, und ein silbernes Amulett, das von einer dünnen Kette gehalten wurde, blitzte auf der Brust der Frau. Sie war schlank und wirkte gleichzeitig kräftig. An ihrem breiten Gürtel hing ein langes Schwert.

Sie erhob ihre Stimme, sodass sie jeder am Ufer und auf den Mauern Colonias vernehmen konnte. »Hört, Einwohner Colonias! Euer Anführer, der Prokonsul Quintus Caius Justinus, hat Agyntir vom Gau der Raben, Fürst der Chatten, heimtückisch ermordet. Agyntir fiel nicht im ehrlichen Kampf und sein Geist ist nun gezwungen, ruhelos umherzuwandern, bis der feige Mord gesühnt ist. Deshalb verfluche ich, Freya vom Gau der Raben, Quintus Caius Justinus! Ich rufe Wodan, den Zornigen, und Loki, den Listenreichen, und die Geister des Waldes an, ihn für seinen Frevel zu bestrafen!«

Die Schamanin zog mit einer eleganten Bewegung das Langschwert aus der Scheide. Es wog sicherlich einiges, doch ihr schien das Gewicht nichts auszumachen. Sie streckte den Arm mit der Waffe in Richtung der Stadt.

»Quintus Caius Justinus, die Götter werden dich bestrafen, der Tod wird dich bald ereilen! Dies ist Farnir, das mächtige Schwert Agyntirs. Viele ehrenvolle Schlachten hat es geschlagen. Es wird erst seinen Platz neben seinem Herrn einnehmen, wenn dein Geist, Quintus Caius Justinus, sich von deinem Körper getrennt hat und du auf ewig verdammt bist, als ehrlos durch die Nacht zu streifen.«

Sie hob das Schwert über ihren Kopf und spaltete mit einem mächtigen Hieb den Wolfsschädel in zwei Teile. Die Knochen versanken in den Fluten des Rhenus. Mit einem Ruck steckte die Frau das Schwert wieder ein, und im gleichen Moment begannen die Ruderer, das Boot auf dem Fluss zu wenden.

In die Zuschauer, die bis jetzt wie erstarrt gewirkt hatten, kam Bewegung. Viele zogen ihre Glücksamulette hervor, wedelten damit herum oder murmelten fluchabwehrende Beschwörungen.

Rainolf war beeindruckt. Einem echten Todesfluch hatte er noch nie beigewohnt. Normalerweise war es den Hohepriestern vorbehalten, sie auszusprechen. Das geschah aber nur unter Einhaltung höchster Sicherheitsmaßnahmen. So mussten etwa andere Priester bereitstehen, damit der Fluch nicht versehentlich unbeteiligte Anwesende traf.

Auch Rainolf tastete nun in seiner Tasche nach dem kleinen Fuchs aus weißem Stein, der ihm Glück bringen sollte. Seine verstorbene Mutter hatte ihm den Talisman geschenkt, als er noch ein kleines Kind gewesen war. Dabei konnte Rainolf noch immer nicht den Blick von der Schamanin lösen. Die Ruderer legten sich kräftig in die Riemen und erreichten das gegenüberliegende Ufer in kürzester Zeit. Die große Frau sprang mit einem Satz auf den Sand und schritt, ohne sich auch nur einmal umzusehen, auf die Bäume zu. Die Krieger folgten ihr auf dem Fuß. Zuletzt zogen die Ruderer das Boot mithilfe der Pferde aus dem Wasser und verschwanden ebenfalls rasch im Unterholz.

Auch der Decurio erwachte aus seiner Erstarrung und rief hektisch nach einem seiner Legionäre, einem gebürtigen Ubier. Erst jetzt begriff Rainolf, dass der Römer kein Wort verstanden hatte, denn die Frau hatte Germanisch gesprochen. Das ist wieder typisch, dachte er: Als Besatzer hielten die Römer es nicht für nötig, Germanisch zu lernen. Sie sahen es als selbstverständlich an, dass alle Latein zu sprechen hatten. Wehe den Besiegten, wie Julia immer so zynisch erklärte, wenn er sich über ihre mangelnden Germanischkenntnisse beschwerte.

Trotz des ungewohnten chattischen Dialekts der Schamanin hatte Rainolf die Botschaft problemlos verstanden. Als der ubische Legionär mit der Wiedergabe der Rede fertig war, blickte der Decurio seinen Untergebenen entsetzt an und rannte dann los, ohne auf seine Männer zu warten.

Rainolf war sich sicher, dass der Wachsoldat direkt zu seinem Vorgesetzten eilen würde, um ihm zu berichten.

Aufgeregt wollte sich Rainolf Hadumar zuwenden. Wer war diese Frau und was hatte es mit dem angeblich ermordeten Agyntir auf sich? Doch der alte Fischer war nicht mehr zu sehen. Wahrscheinlich, vermutete Rainolf, befand er sich bereits auf dem Weg zu der Ansammlung von Hütten auf der schmalen Insel vor Colonia. Dort stand der Altar der Schiffsgöttin Nehalennia, die die Fischer zutiefst verehrten. Sicher würde Hadumar ihr umgehend ein Opfer darbringen, um ihren Schutz vor dem Fluch zu erflehen.

Einem Impuls folgend, wollte der junge Aedil sich ins

Praetorium begeben, um zu erfahren, wie der mit dem Fluch belegte Quintus Caius Justinus reagieren würde. Dann überlegte er, dass es dort jetzt erst einmal hektisch zugehen würde. Die wichtigsten Römer der Stadt würden auftauchen, um hitzig zu diskutieren, was zu tun sei. Alle würden lautstark durcheinanderreden – auch das war eine typische römische Eigenheit. Und der Prokonsul selbst würde die Nachricht erst einmal verarbeiten müssen. Es war sicher kein gutes Gefühl, mit einem Todesfluch belegt zu sein.

Rainolf fiel ein, wer ihm Auskunft geben konnte. Es gab kaum jemanden in Colonia, der besser über die Germanenstämme Bescheid wusste als sein Vater. Auf vielen Handelsreisen hatte Sigolf die Völker jenseits des Rhenus besucht und deren Sitten und Gebräuche kennengelernt.

Als Rainolf im Haus seines Vaters eintraf, fand er Walraban allein im Laden vor. Doch aus der Culina vernahm er lautes Lachen. Der junge Ubier blickte den Freigelassenen fragend an, der die Augen nach oben verdrehte und dann mit dem Daumen über seine Schulter deutete. »Du findest deinen Vater in der Culina. Immer noch mit Petronius Bassus. Aber Vorsicht: Sie sind sehr gut gelaunt!«

Zögernd betrat Rainolf den angrenzenden Raum. Die beiden Männer saßen, jeder einen Becher vor sich, auf kleinen Hockern am Tisch.

»Ah, der junge Aedil schon wieder!«, rief der Römer ausgelassen. »Komm, trink mit uns! Der Wein aus Etruria ist hervorragend!«

Rainolf fiel auf, dass kein Wasser auf dem Tisch stand, die beiden Männer tranken den Wein also unverdünnt. Das galt bei den Römern als unfein, aber beschleunigte die Wirkung natürlich ungemein. Eine bereits geleerte Amphore lag auf dem Boden, was den glänzenden Ausdruck in den Gesichtern der Männer erklärte.

»Was ist mit dir, Rainolf? Du siehst so fürchterlich ernst aus. Trink einen Becher mit uns und es wird dir besser gehen«, forderte Sigolf ihn auf.

»Ich habe Neuigkeiten, leider keine guten«, eröffnete Rainolf. Er berichtete von dem Auftritt der Schamanin und dem Fluch gegen den Prokonsul.

Fast schlagartig wirkten die beiden Männer ernüchtert. Bassus starrte ihn mit zusammengezogenen Augenbrauen an und Sigolf murmelte: »Das ist schlimm, sehr schlimm!«

»Ich muss wissen, was es mit dem Mord an Agyntir und mit dieser Freya auf sich hat«, sagte Rainolf ungeduldig.

»Was hast du damit zu schaffen? Diese Schamanin hat schließlich nicht dich, sondern den Prokonsul verflucht. Du solltest dich da raushalten, denn ein Fluch kann auch Leute treffen, die sich einmischen«, ermahnte Bassus.

Ein wenig verlegen fuhr sich Rainolf durch seinen dichten Haarschopf. »Da ich als Aedil für die Ordnung in der Stadt verantwortlich bin und dieser Fluch für erhebliche Unruhe sorgen wird, ist es meine Aufgabe, zumindest Nachforschungen über die Sache anzustellen«, erklärte er schließlich.

Er hätte sich lieber die Zunge abgebissen, als zuzugeben, dass ihn einfach nur unbändige Neugier trieb. »Vater, du warst in deinem Leben doch schon öfter bei den Chatten. Was kannst du mir über sie erzählen?«

Sigolf, der sich stets geschmeichelt fühlte, wenn man ihn auf sein Wissen ansprach, kratzte sich am Kinn. »Die Chatten leben in einem bergigen Gebiet, das sich etwa fünf Tagesreisen südöstlich von hier befindet. Es ist ein großer

Stamm mit vielen, weit verstreut liegenden Dörfern. Sie selbst unterteilen sich in Gaue, das sind mehrere Dorfgemeinschaften, die miteinander verwandt oder befreundet sind. Die Chatten haben vor allem sehr gute Felle, Wolle und Honig zu bieten und leben noch ganz in der Tradition ihrer Vorfahren. Eine ihrer Sitten ist mir noch in Erinnerung: Die jungen Männer lassen sich so lange das Haupthaar und den Bart wachsen, bis sie ihren ersten Feind erschlagen haben. Sie glauben, dass erst dann die Schuld gegenüber den Göttern und ihren Eltern für ihre Geburt abgetragen ist.«

Bassus mischte sich ein: »Vergiss nicht, dass sie wilde Kämpfer sind, die Rom bereits zwei erbitterte Kriege geliefert haben. Kaiser Domitian hat keinen entscheidenden Sieg gegen sie erringen können. In den dichten Wäldern Germaniens konnten die Legionen ihre Kampfkraft nicht entfalten. Und bevor es ihm wie einst dem dämlichen Varus erginge, beschloss Domitian, den Limes zu errichten, um das Imperium Romanum gegen die Chatten und andere Germanenstämme zu schützen.«

»Wer ist dieser angeblich ermordete Agyntir?«, wollte Rainolf wissen.

»Agyntir ist der berühmteste Krieger der Chatten«, erklärte Sigolf. »Es ist mir allerdings neu, dass er ermordet worden sein soll. Er muss schon sehr alt sein, denn er hat bereits an dem Krieg gegen Domitian vor über dreißig Jahren teilgenommen. Niemand hat mehr Feinde besiegt als er. Wenn er auf dem Schlachtfeld erschienen ist, haben manche schon bei seinem Anblick die Flucht ergriffen. Ich habe ihn einst in seinem Dorf getroffen. Er war gewaltig groß und hatte viele Narben auf den Armen und im Gesicht. Mein Vater und ich wollten Felle von ihm kaufen.« Sigolf schüttelte mit einem entrückten Lächeln den Kopf. »Ich weiß noch, wie wir in seinem Langhaus gesessen haben. Agyntir hat alles auftischen lassen, was seine Vorratskammer hergab. Du weißt, dass uns Germanen die Gastfreundschaft heilig ist. Agyntir hat auch darin alle anderen übertroffen. Ich hatte damals Angst, er könne beleidigt sein, wenn ich etwas ablehnte, und aß immer weiter, obwohl mir schon schlecht war. Agyntir trank mit meinem Vater bis zur Besinnungslosigkeit Cervisia. Die beiden hatten am nächsten Morgen einen Schädel so dick wie den eines Ochsen.«

Er hielt einen Moment inne, um seine Erinnerungen besser in Worte fassen zu können. »Aber Agyntir ist auch ein kluger Mann. Es ist kein Zufall, dass die übrigen Fürsten Agyntir auf dem Thing fast immer zu ihrem Heerführer wählten. Er weiß sehr genau, dass die römischen Legionen den Chatten zahlenmäßig überlegen sind und sie beinahe unbegrenzt Truppennachschub aus Gallien und anderen Provinzen anfordern können. Also hat er sie taktisch geschickt in den Wäldern in Hinterhalte gelockt und erst, als sie weit genug dezimiert waren, in einer offenen Feldschlacht angegriffen.«

»Die Chatten sind das einzige germanische Volk, das in der Schlacht eine Hierarchie und eine straffe Kampfordnung einhält, das hat bereits Tacitus berichtet«, ergänzte Bassus. »Selbst in Rom spricht man mit Respekt von ihrer Taktik. Vor allem aber besitzen sie außergewöhnlich gute Waffen. Das Eisen ihrer Schwerter und Lanzen ist von bester Qualität. Aber letztendlich konnten die Barbaren natürlich unsere glorreichen Legionen nicht besiegen.«

Ein bisschen ging Rainolf Bassus' Gerede auf die Nerven. Immer prahlten die Römer mit ihrer angeblichen Überlegenheit. »Und deshalb ließ Domitian ganz glorreich den Limes bauen?«, fragte Rainolf spöttisch.

Die Bemerkung brachte ihm einen missbilligenden Blick seines Vaters ein. Doch Bassus schien nicht pikiert zu sein. »Domitian wollte auf eine günstige Gelegenheit warten, die Chatten vernichtend zu schlagen. Bis dahin musste er die Grenze sichern. Aber leider verstarb Domitian, ohne dass sich ihm eine Chance geboten hätte. Danach haben weder Kaiser Trajan noch unser geliebter Imperator Hadrian Interesse am Land der Chatten gezeigt.« Bedauern schwang in des Händlers Stimme mit.

Rainolf ging nicht weiter auf diese Ausführungen ein, sondern wandte sich wieder an seinen Vater: »Hast du je von einer Schamanin namens Freya gehört?«

Sigolf runzelte die Stirn. »Es gibt seit einigen Jahren Gerüchte über eine mächtige Schamanin der Chatten. Ich weiß nicht, was dran ist. Sie soll schon viele Männer verhext haben und sich selbst in ein Tier verwandeln können. Manche sagen, sie heiße Freya wie die Göttin der Liebe und Fruchtbarkeit. Ich habe aber auch schon Stimmen vernommen, dass sie in Wirklichkeit die Riesin Hel sei, die an der Brücke über den Totenfluss Gjöll wacht.«

Rainolf grinste. »Vielleicht ist es Hel am Gjöll zu langweilig geworden? Immer nur Tote um sich herum, da muss man ja irgendwann trübsinnig werden. Also schaut sie sich lieber bei den noch lebendigen Chatten um. Ihr Vater Loki tummelt sich ja auch dauernd heimlich unter den Menschen.«

»Sprich nicht so leichtfertig über die Götter!«, ermahnte ihn sein Vater scharf.

Sigolf verehrte die uralten germanischen Götter zutiefst und vor jeder Handelsreise brachte er heimlich Wodan ein

Opfer dar, ehe er ganz offiziell im Tempel des Jupiters opferte. Obwohl die Römer andere Religionen tolerierten, sahen sie es mit Wohlwollen, wenn auch die Ubier den römischen Göttern huldigten.

»Und die Schamanin hat wirklich Quintus Caius Justinus als Mörder beschuldigt?«, erkundigte sich Petronius Bassus.

»Ja, laut und deutlich. Und dann hat sie ihn unter Anrufung von Wodan, Loki und den Geistern des Waldes verflucht.«

»Hat sie denn noch irgendwas zu dem Mord an Agyntir gesagt? Ich kann mir nicht vorstellen, wie Justinus ihn umgebracht haben soll.«

»Nur, dass er ihn heimtückisch und feige ermordet habe.«

Ein Moment herrschte Stille. Die Bedrohung durch den Fluch lastete wie ein unsichtbares Gewicht auf ihnen.

Rainolf erhob sich mit einem Ruck. »Ich gehe ins Praetorium und werde den Prokonsul selbst fragen, was es mit der Anschuldigung auf sich hat.«

Der Fluch der Schamanin sorgte in der Stadt für enorme Aufregung. Überall standen Leute zusammen und diskutierten. Einige hatten sich so mit Amuletten zur Abwehr von Flüchen behangen, dass sie aussahen, als trügen sie eine Rüstung.

Etwas verkrampft hielten sich die Wachen vor dem Eingang des Praetoriums an ihren Lanzen fest. Es war heiß und das stundenlange Stehen in der Sonne zehrte an den Nerven. Als die Legionäre Rainolf bemerkten, nahmen sie schlagartig Haltung an und versperrten ihm mit ihren Lanzen den Weg.

»Ave, Aedil! Was ist dein Begehr?«, brüllte der eine ihm entgegen.

Rainolf schoss die Frage durch den Kopf, warum alle Soldaten die Angewohnheit hatten zu schreien. Auf dem Schlachtfeld machte es ja Sinn, aber hier vor dem Praetorium? Altgediente Legionäre müssten eigentlich stocktaub sein.

»Den Prokonsul zu sprechen«, sagte Rainolf. Er wusste auch nach drei Monaten seiner Amtszeit nicht, wie man auf die Frage militärisch korrekt antwortete.

Er passierte das Tor und erinnerte sich grinsend, dass man ihm hier noch vor Kurzem keinen Einlass gewährt hatte. Stattdessen war er heimlich über die Mauer auf der Rückseite des Praetoriums geklettert, um Julia zu treffen.

Rainolf betrat die Exedra, die große Empfangshalle. In dem hohen Gewölbe hatten sich viele Menschen versammelt und redeten lautstark miteinander: Beamte, Berater, Geschäftsleute und Offiziere.

Es war nicht schwer, Quintus Caius Justinus auszumachen. Er saß auf seinem kurulischen Stuhl, der wiederum auf einem Podest stand. Dieses mit roter Seide überzogene Sitzmöbel, eigentlich nur ein zusammenklappbarer Hocker, durfte in Germania Inferior nur der Prokonsul benutzen. Um ihn herum standen seine zwölf Liktoren, die mit ihren obligatorischen Fasces, dem Rutenbündel samt Beil, die Macht des Prokonsuls demonstrieren sollten.

Selbst aus der Entfernung sah der Prokonsul aus, als sei er schlagartig gealtert. Seine Haut wirkte grau und die Falten hatten sich noch tiefer in sein Antlitz gegraben. Neben ihm kniete Julia auf einem Kissen und hielt seine Hand, während sie leise mit ihm redete.

Jedes Mal, wenn Rainolf die junge Römerin erblickte, war er von ihrer Schönheit und Anmut überwältigt. Kunstvoll umrahmten schwarze Locken ihr ebenmäßiges, fein geschnittenes Gesicht mit den großen, dunklen Augen.

Sie hätte bestimmt jeden Mann in Rom haben können,

und doch hat sie sich für mich entschieden, machte sich Rainolf nicht zum ersten Mal bewusst.

Er holte tief Luft und drängte sich durch die Menge. Dabei schnappte er Gesprächsfetzen auf. Die Frage, die sich alle Anwesenden stellten, lautete: Wie wirkungsvoll ist der Fluch einer germanischen Schamanin? Würde es genügen, wenn der Sacerdos, der Hohepriester, einen Gegenfluch aussprach und den Schutz der Götter für den Prokonsul erflehte? Alle empörten sich über die Frechheit der Chatten und viele verlangten, sofort Truppen loszuschicken. Andere warnten, man solle erst eine Entscheidung aus Rom abwarten.

Endlich hatte sich Rainolf bis zum kurulischen Stuhl vorgekämpft. Doch inzwischen hatte der Sacerdos namens Naevius Perellus den vordersten Platz eingenommen und trug dem Prokonsul unaufgefordert seine Ansichten vor. Als oberster Vorsteher des Jupiter-Tempels, in dem sich mit dem Ara Ubiorum das höchste Heiligtum der Stadt befand, fühlte sich Perellus stets berufen, seine Meinung kundzutun.

Der kahlköpfige Priester stand zwei Stufen unterhalb von Justinus, denn während einer offiziellen Audienz durfte niemand den Prokonsul überragen, und versuchte, die Angelegenheit herunterzuspielen: »Sei unbesorgt, Prokonsul! Ich werde sogleich einen Gegenfluch aussprechen und dich unter den Schutz Jupiters und Minervas stellen. Im Tempel laufen bereits die Vorbereitungen. Diese Barbarin kann dir mit ihrer lächerlichen Beschwörung nichts anhaben.«

Rainolf entging nicht die Nervosität Perellus'. Im Grunde übte Freya die gleiche Funktion wie der Sacerdos aus, wenn auch für andere Gottheiten. Aber so einen eindrucksvollen Fluch hatte Perellus wahrscheinlich noch nie ausgesprochen. Sein Ansehen würde schweren Schaden nehmen, wenn sich erweisen würde, dass er, der Hohepriester des Jupiter-Tempels, nicht gegen eine dahergelaufene germanische Schamanin ankommen konnte.

Ein drahtiger, weißhaariger Mann, der auf der anderen Seite des kurulischen Stuhls stand, ergriff das Wort: »Die XXI. Legion in Bonna und die XVI. Legion in Novaesium könnten die Vorbereitungen für einen groß angelegten Feldzug ins Land der Chatten in zwei Wochen abgeschlossen haben. Aber du kennst meine Meinung zu einem Krieg gegen die Chatten, Quintus.« Vitus Flaminius bekleidete das Amt des Tribunus Militum und war damit in Germania Inferior der höchste militärische Befehlshaber nach dem Prokonsul. Er entstammte einer alten Patrizierfamilie und kannte Justinus schon seit seiner Kindheit in Rom.

Der Prokonsul nickte müde. »Ich teile deine Meinung, Vitus, es würde nichts bringen. Selbst Kaiser Domitian hat sich an den Chatten die Zähne ausgebissen. Die Wälder dort sind riesig, undurchdringlich und die Chatten kennen jeden Schlupfwinkel.«

Die Meinung des Prokonsuls provozierte einige der Umstehenden zu einem vernehmlichen Murren.

»Wir müssen diese Schamanin fangen und sie zwingen, ihren Fluch zu widerrufen. Anschließend werden wir sie dann köpfen, nur so können wir sicher sein, dass sie es nicht noch einmal versucht«, ereiferte sich der Hohepriester erneut.

Rainolf trat vor. »Verzeih, Prokonsul, wenn ich mich einmische, aber das ist doch völliger Unsinn! Wenn du Agyntir gar nicht getötet hast, kann der Fluch auch nicht wirksam sein, denn die Götter kennen die Wahrheit.«

Ein wütender Blick von Perellus traf ihn. Rainolf war sich bewusst, soeben bei dem Sacerdos in Ungnade gefallen zu sein.

Justinus hingegen sah ihn ernst, aber wohlwollend an. Er schätzte den scharfen Verstand seines neuen Aedils. Statt einer Antwort gab er seinem Sekretär den Befehl, ihm ein Papyrus zu reichen, das dieser die ganze Zeit bereitgehalten hatte. Der Prokonsul erhob den Arm. Schlagartig verstummten die Gespräche in der Halle.

»Leider stellt sich der Sachverhalt bezüglich des Todes des Chattenfürsten Agyntir nicht so einfach dar«, erklärte Justinus und entrollte das Schriftstück. »Gleich mehrere unserer Spione haben uns von der anderen Seite des Rhenus gemeldet, dass sich die Nachricht vom Tod Agyntirs seit einigen Tagen wie ein Lauffeuer verbreitet. Es heißt, dass er bei einem nächtlichen Überfall auf sein Haus im Schlaf erschlagen worden sei. Bei den Attentätern soll es sich um römische Legionäre gehandelt haben, die sich auf der Verfolgung des Chattenhäuptlings Borgar und seiner Krieger befanden.« Justinus ließ seinen Blick durch die Runde schweifen. »Der Mörder Agyntirs soll der Prokonsul der Provinz Germania Inferior persönlich gewesen sein!« Er atmete tief durch. »Ich!«

Lauter Protest erhob sich von allen Seiten, doch Justinus hob erneut den Arm. »Ich habe keine Ahnung, wie dieses Gerücht entstanden ist. Und ich schwöre bei allen Göttern, dass ich nichts mit der Ermordung Agyntirs zu tun habe. Wir haben die Horde Borgars zwei Wochen lang bis in ihr Land verfolgt, wo sie in ihren Urwäldern verschwunden sind. Ich habe die Verfolgung abbrechen lassen, denn ich nahm an, dass es den Chatten Lehre genug war. Ich bin in meinem ganzen Leben nie auf Agyntir getroffen.«

Rainolf dachte über die Tragweite der Anschuldigung gegen den Prokonsul nach. Wäre Agyntir von einem Germanen umgebracht worden, hätte Agyntirs Familie dem Mörder und dessen Angehörigen Blutrache geschworen. Man hätte sich mit einem Trupp Krieger aufgemacht und die betreffende Sippe nach Kräften massakriert. Das hätte selbstverständlich Vergeltungsmaßnahmen der überfallenen Familie nach sich gezogen. Spätestens dabei hätten sich beide Seiten so weit dezimiert, dass von den Stammesoberhäuptern ein Thing einberufen worden wäre, um über eine angemessene Wiedergutmachung zu verhandeln und den Streit beilegen zu können.

Im vorliegenden Fall war die Lage wesentlich komplizierter. Es gab für die Familie Agyntirs keine Möglichkeit, Blutrache zu nehmen, da sie des Prokonsuls nicht habhaft werden konnte. Vermutlich deshalb hatten sich die Angehörigen Agyntirs an die Schamanin gewandt. Falls Justinus nun trotz des Fluchs nicht sterben sollte, würden die Chatten wohl bald in den Krieg ziehen. Falls sich aber hingegen der Fluch der Schamanin erfüllen sollte, würden wiederum die Römer die Sache wohl kaum auf sich beruhen lassen. Wenn jemand durch einen gezielten Fluch getötet wurde, war das genauso, als hätte man ihm ein Schwert in die Eingeweide gestoßen. Es galt als glatter Mord. Und ein Mord am Prokonsul von Germania Inferior wäre für Rom eine Kriegserklärung.

Wie Rainolf die Sache auch drehte und wendete, es sah so aus, als ob der Konflikt auf jeden Fall auf einen Krieg hinauslaufen würde. Es hatte schon seit Jahrzehnten keinen Krieg mehr zwischen Römern und Germanen gegeben. Und besonders bedenklich war, dass die Chatten zu den wenigen Stämmen gehörten, die den Legionen ernsthaft gefährlich werden konnten. Wenn es sein musste, konnten sie ein starkes Heer von vielen tausend Mann aufstellen – und Colonia angreifen. Rainolf fühlte eine unheimliche Kälte in sich aufsteigen.

Auf der untersten Stufe des Podestes stehend, beobachtete Rainolf über die Köpfe der anderen hinweg, dass zwei weitere Männer eintrafen. Er musste grinsen. Denn als die beiden Neuankömmlinge sich bemerkten, zuckten sie erst zurück, um sich dann geflissentlich zu ignorieren. Das gelang ihnen nur so lange, bis sie nebeneinander vor dem Prokonsul standen und ihm fast synchron ihren Gruß darbrachten.

Der neue Vize-Prokonsul Aurelius Taticenus fing sich als Erster und wandte sich betont gelassen an Titus Celsus, den Nauarchus der Classis Germanica. »Ave, Titus Celsus! Wie schön, dass auch der Nauarchus schon den Weg zum Prokonsul gefunden hat!«

Der Soldat entbot ihm einen betont knappen Gruß, um sich dann wieder auf den Prokonsul zu konzentrieren.

»Wir sollten sofort mit der Classis Germanica über den Rhenus setzen und diese Barbaren samt ihrer Schamanin erschlagen, noch ehe sie sich in ihren heimischen Wäldern verkriechen können«, erklärte Titus Celsus ungefragt und so laut, dass ihn alle Personen, die um Justinus versammelt waren, hören konnten. Der Nauarchus verkündete seine Ansichten, die fast immer grobe Gewalt vorsahen, gerne vernehmlich. Zur Bekräftigung seiner Worte schlug Celsus mit der Faust gegen seinen Brustpanzer, sodass es dumpf dröhnte.

Rainolf mochte ihn nicht. Er hatte Titus Celsus vor einigen Wochen während einer Audienz beim Prokonsul zum ersten Mal flüchtig kennengelernt. Er hatte gleich den Eindruck gewonnen, dass der Nauarchus einer jener typischen verbissenen und humorlosen Militärs war, wie sie nur allzu häufig unter den Offizieren der Legion anzutreffen waren.

Außerdem verachtete der Nauarchus alles, was nicht römisch war. Celsus hatte den ubischen Aedil deutlich merken lassen, dass er Germanen für Barbaren ohne jegliche Kultur hielt.

Sichtlich verstimmt erwiderte der Prokonsul: »Ich sagte doch bereits, dass es keinen Zweck hat, diese Schamanin mit ihren Kriegern zu verfolgen. Wie du weißt, haben wir wochenlang vergeblich versucht, die plündernde Chattenhorde von Borgar zu fassen – und die haben eine wesentlich deutlichere Spur hinterlassen.«

»Prokonsul, ich würde alles daransetzen, sie zu erwischen. Ich könnte …«

»Glaubst du etwa, das hätte ich nicht? Hältst du mich für unfähiger als dich selbst?«, brauste der Prokonsul auf.

So unbeherrscht hatte ihn Rainolf selten erlebt.

»Nein, natürlich nicht«, antwortete der Nauarchus betreten.

»Du kennst Germanien nicht, Titus Celsus. Die Wälder und Sümpfe dort sind schlimmer als alles, was du dir vorstellen kannst. Nichts ist undurchdringlicher, nichts gefährlicher. Sie verschlucken ganze Legionen spurlos. Die Chatten kennen jeden Berg, jedes Tal und jeden Weg ihres Landes ganz genau. Wenn sie nicht gefunden werden wollen, könnten alle Legionen des Römischen Imperiums dort einmarschieren, ohne auch nur einen einzigen von ihnen zu Gesicht zu bekommen.«

Die sonst so kantige und selbstbewusste Gestalt des Nauarchus schien in sich zusammenzuschrumpfen.

Hämisch schaltete sich nun Aurelius Taticenus ein: »Wir könnten den Chatten natürlich einfach drohen, dass wir unseren tüchtigen Nauarchus Titus Celsus zu ihnen schicken, wenn sie uns ihre Schamanin nicht ausliefern. Das wird sie bestimmt vor Angst erzittern lassen.«

Es brachte ihm einen wütenden Blick des Verhöhnten ein. Taticenus amüsierte sich ungerührt. Der neue Vize-Prokonsul der Germania Inferior hatte sein dreißigstes Lebensjahr gerade erreicht, besaß dichtes, schwarzes Haar und weiche Gesichtszüge. Obwohl er, seinem politischen Amt entsprechend, eine dreijährige Militärlaufbahn hatte durchlaufen müssen, war er von eher schmaler Körperstatur. Rainolf fiel es schwer, sich vorzustellen, wie er ein Schwert schwang. Dafür war die Zunge von Taticenus ungewöhnlich scharf.

Erneut entbrannte nun bei allen Umstehenden eine heftige Diskussion, was zu tun sei. Es war eine merkwürdige Angewohnheit der Römer, in Situationen, die sie ratlos machten, viel zu reden, obwohl sie nichts zu sagen hatten. Das germanische Naturell pflegte zu schweigen, wenn es nichts Sinnvolles mitzuteilen gab, und genau das machte Rainolf.

Auch Julia hielt sich, ganz die brave Tochter, aus den Gesprächen heraus, hörte aber sehr genau zu. Sie saß immer noch auf einem Kissen seitlich ihres Vaters. Nun warf Rainolf ihr einen Blick zu und machte eine unauffällige Bewegung mit dem Kopf. Julia verstand sofort und zog sich wortlos zurück.

Rainolf folgte ihr durch die Halle. Sie waren seit drei Monaten ein Liebespaar, und zwar mit der offiziellen Genehmigung ihres Vaters, des Prokonsuls. Rainolfs Ernennung zum Aedil hatte diese Verbindung möglich gemacht – insofern war er Justinus in doppelter Hinsicht dankbar. Doch nicht alle begrüßten diese Entscheidung: Es gab auch böses Gerede in der römischen Aristokratie über Rainolf und Julia. Die Tochter eines Patriziers konnte, nach Meinung gewisser konservativer Kreise, unmöglich mit einem Ubier liiert sein.

Manche bezeichneten Rainolf gar als Barbar, der sich das Amt erschlichen hätte.

Natürlich machten Rainolf diese Schmähreden wütend, aber er versuchte, sich nicht provozieren zu lassen. Er wusste, dass seine Gegner darauf warteten, ihn in Misskredit bringen zu können. Als Aedil hatte er zwar eine hohe Position inne, aber es machte ihn nicht unangreifbar.

Julia konnte es sich als Tochter des mächtigsten Mannes in Germania Inferior erlauben, sich anders zu verhalten. Sie ging ihre zumeist weiblichen Gegner offen an und es blieb dabei nicht nur bei verbalen Attacken. Der aufgeblasenen Gattin eines Patriziers hatte sie ein blaues Auge verpasst, nachdem die Frau sie als »Flittchen eines Barbaren« bezeichnet hatte.

Nach dem Motto ›Jetzt erst recht‹ demonstrierten Rainolf und Julia ihre Liebe öffentlich und gingen oft miteinander auf das Forum oder in das Amphitheater. Nur ihre gemeinsamen Nächte im Praetorium versuchten sie, geheim zu halten. Solange sie nicht verheiratet waren, galt es sowohl unter Römern als auch unter Germanen als unsittlich, im gleichen Bett zu schlafen. Julias Sklaven hatten strikte Anweisungen, Rainolfs Besuche zu verschweigen, nicht einmal ihr Vater durfte davon etwas erfahren.

Als sie Julias Cubiculum betraten, drehte sie sich abrupt um. Ihre Augen schienen Feuer zu versprühen und ihr Gesicht spiegelte unverhohlene Wut. Ohne eine Begrüßung legte sie los: »Was bildet sich diese Hexe eigentlich ein, einen römischen Prokonsul mit einem Fluch zu belegen?«

»Sie glaubt, dass dein Vater Agyntir ermordet hat, und will es nun der Seele des Getöteten ermöglichen, doch noch nach Walhalla einzugehen und nicht bei Hel zu vegetieren.«

»Verteidigst du diese Furie etwa noch?« Sie stampfte wütend mit dem Fuß auf.

Rainolf dachte unwillkürlich, dass ihn die tobende Julia mehr an eine Furie erinnerte als die beherrscht auftretende Freya. »Nein«, beeilte er sich zu versichern, »natürlich nicht. Ich wollte nur ihre Beweggründe erklären.«

»Dieses widerliche Weib wagt es, sich gegen das Römische Imperium zu stellen und meinem Vater zu drohen!«

Als widerlich hätte Rainolf die Schamanin nicht bezeichnet, aber er hütete sich, Julia dies zu sagen. »Die Chatten haben …«, begann er, doch Julia unterbrach ihn gleich wieder: »Diese dummen Barbaren haben keinerlei Kultur!«

»Nur weil die Chatten keine riesigen Städte bauen, müssen sie noch lange nicht dumm sein«, entgegnete Rainolf, der sich in seiner Ehre als Germane gekränkt fühlte. Auch wenn er wenig Ahnung von den Chatten hatte, betrachtete er sich doch eher ihnen als den Römern zugehörig – Aedil hin oder her.

»Sie leben in Holzhäusern mit ihrem Vieh zusammen unter einem Dach! Das nennst du Kultur?«

»Gib uns Germanen ein bisschen Zeit und wir werden genauso viel erschaffen wie ihr«, behauptete Rainolf, obwohl er selbst nicht davon überzeugt war.

»Wie viel Zeit? Ein paar Jahrhunderte?«, fragte sie spöttisch.

»Du unterschätzt uns. Wir wissen viel über die Natur und über die Geister, die in ihr stecken.«

»Das ist doch alles fauler Zauber! Ein römischer Sacerdos kann direkt die Götter anrufen, das ist doch wohl allemal mächtiger als dieses alberne Getue einer stinkenden und zerlumpten Hexe.«

»Ob sie gestunken hat, weiß ich nicht, dafür war sie zu

weit weg, aber zerlumpt war sie gewiss nicht. Im Gegenteil, das weiße Kleid stand ihr ausnehmend gut.«

Im gleichen Moment hätte Rainolf sich am liebsten auf die Zunge gebissen.

»Was soll das heißen? Hat sie dir etwa gefallen?«

»Nein!«, wehrte er sofort ab. »Ich wollte nur zum Ausdruck bringen, dass sie nicht ärmlich gekleidet war.«

Julia musterte ihn misstrauisch und zischte: »Von Mode haben diese Barbaren mit Sicherheit keine Ahnung!«

»Woher willst du das wissen? Du warst doch noch nie auf der anderen Seite des Rhenus.«

Zu Rainolfs Erleichterung tauchte in diesem Moment Lucilia auf, sonst wäre der Streit höchstwahrscheinlich eskaliert. Vorwurfsvoll fragte die beleibte Sklavin: »Kinder, was ist denn los?«

Lucilia war bereits Julias persönliche Sklavin gewesen, als diese noch in den Windeln gelegen hatte. Nach dem Tod von Julias Mutter war die aus Latium stammende Lucilia ihre engste Vertraute geworden. Für eine Sklavin durfte sie sich deshalb bemerkenswert viel gegenüber ihrer Herrin herausnehmen.

Lucilia mochte Rainolf und er wusste dieses Privileg zu schätzen, denn bisher war der resoluten Sklavin kein Mann für Julia gut genug gewesen. Vielleicht hatte Rainolf ihr Wohlwollen gewonnen, weil Lucilia selbst mit einem Ubier namens Valentrix, einem Schreibtafelhersteller, liiert war. Auch das Verhältnis war wohl nicht ohne Konflikte, denn neulich hatte Rainolf Valentrix mit einer rot geschwollenen Wange aus dem Praetorium schleichen sehen.

Julia besann sich: »Du hast recht, es gibt wirklich wichtigere Dinge«, erklärte sie seufzend. »Der Sacerdos muss umgehend einen Gegenfluch aussprechen, um meinen Vater zu schützen. Ich bin überzeugt, dass der Schutz Jupiters und Minervas mächtiger sind als der Fluch einer Schamanin aus den finsteren Wäldern.«

Rainolf schluckte eine Bemerkung hinunter. Im Grunde hoffte er schließlich genauso wie sie, dass der Todesfluch ohne Wirkung bleiben würde. »Wird dein Vater bei der Zeremonie im Tempel anwesend sein?«

»Natürlich, er wird persönlich einen Stier opfern. Das dürfte wohl reichen.«

In dem Moment klopfte es vernehmlich an der Tür. Als Lucilia öffnete, stand Caledus davor.

»Ist der Aedil hier zu finden?«, fragte er. In seiner Stimme schwang ein deutlicher Vorwurf mit.

Rainolf stöhnte leise auf. »Das Fleisch gewordene Gewissen hat mich erwischt«, raunte er Julia zu.

Sie gab ihm mit einem Blick zu verstehen, dass er sich jeglichen bösartigen Kommentar über ihren alten Sklaven verkneifen solle.

»Caledus, ich habe deine betörende Art richtig vermisst!«, sagte Lucilia ironisch. »Ja, Rainolf ist hier.«

Sie trat beiseite, um Caledus den Weg freizugeben. Doch der blieb vor der Tür stehen.

»Nur einem Ehemann geziemt es, das Cubiculum einer Frau zu betreten«, erklärte er schneidend.

»Schon gut, ich wollte sowieso gerade gehen«, knurrte Rainolf.

Allerdings konnte er sich nicht die Gelegenheit entgehen lassen, den Alten zu schockieren. Zum Abschied nahm er Julia in den Arm und gab ihr einen Kuss.

Caledus schnappte hörbar nach Luft.

Rainolf schritt an ihm vorbei: »Los, Quälgeist, gehen wir!«

Auf der Straße wollte Rainolf von Caledus wissen: »Was hat dich veranlasst, im Praetorium aufzutauchen? Ich hoffe, du hattest einen triftigen Grund.«

»Ein Bote von Lucius Curilius kam schon vor einer Stunde zu uns. Der Aedil lässt dir ausrichten, dass man deine Anwesenheit in der Curia erwartet, da man wegen des schrecklichen Fluchs Unruhen in der Stadt befürchtet.« Caledus griff rasch zu einem kleinen Talisman um seinen Hals und rieb ihn.

»Wieso Unruhen?«, rief Rainolf und sah sich um. »Vielleicht bin ich ja blind, aber siehst du irgendwelche Unruhen?«

Die Menschen gingen ohne Hast ihres Weges, nur wenige standen noch in Grüppchen zusammen und diskutierten.

»Das zu beurteilen steht mir nicht zu!«, antwortete der Sklave mit seiner ihm eigenen Arroganz.

»Dir bereitet es doch nur wieder Vergnügen, mich zurechtweisen zu können! Und jetzt begib dich nach Hause und sieh zu, dass ich nachher etwas Anständiges zu essen bekomme!«

Damit drehte er sich um und beeilte sich, zur Curia zu gelangen. Dort war es ruhiger geworden, viel ruhiger, als Rainolf es gewohnt war. Als er das Zimmer seines Amtskollegen Lucius Curilius betrat, blickte dieser schlecht gelaunt von einem Schriftstück hoch.

Rainolf empfand den Raum als zu protzig eingerichtet. Römer liebten es, andere mit Luxusgegenständen zu beeindrucken.

»Du hast mir einen Boten gesandt«, begann Rainolf grußlos die Konversation.

»Bereits vor über einer Stunde«, entgegnete Curilius im gleichen kalten Tonfall.

»Ich hörte, du befürchtest Unruhen in der Stadt.«

Der Römer beugte sich über seinen aufwendig verzierten Schreibtisch und schob den Unterkiefer vor. »Wenn ein Feind Colonia bedroht, müssen alle Schutzmaßnahmen ergriffen werden. Als Aedil sollte man dies wissen!«

»Soll ich mich auf einen der Türme begeben und nach der Schamanin Ausschau halten?«, erkundigte sich Rainolf.

»Ich erwarte von dir, deiner Pflicht nachzukommen!«

Das war eine klare Provokation. Rainolf war Curilius als Aedil gleichgestellt und ihm keinerlei Rechenschaft schuldig.

»Ich tue das, was ich für richtig halte!«, verkündete Rainolf. »Wenn es etwas wirklich Wichtiges gibt, kannst du mir einen Boten schicken – aber nur dann!«

Rainolf knallte die Tür hinter sich zu und stapfte wütend zu seinem Dienstzimmer. Als wäre er nicht schon genug gestraft, saß dort immer noch Nurigmor und sah ihm vorwurfsvoll entgegen. Rainolf setzte sich seufzend und ergab sich in sein Schicksal.

II. Tag

Schon zu früher Stunde pochte jemand an der Wohnungstür. Rainolf war noch nicht allzu lange auf, da er Caledus, der ihn bereits kurz nach Sonnenaufgang hatte wecken wollen, wütend aus dem Cubiculum geworfen hatte.

Zu Rainolfs Überraschung stand Julia vor der Tür. Freudig umarmte er sie. »Was treibt dich so früh zu mir?«

»Zum einen die gute Nachricht, dass mein Vater gestern Abend einen Stier im Kapitolinischen Tempel geopfert hat. Der Sacerdos Perellus hat gesehen, dass Jupiter das Opfer mit Wohlwollen angenommen hat. Er sagt, dass der Fluch dieser Schamanin meinem Vater nun nichts mehr anhaben kann.«

»Das beruhigt mich sehr«, nickte Rainolf froh. »Und was gibt es noch?«

»Mein Vater will heute Abend ein Essen geben. Er würde sich freuen, wenn du auch kommen würdest.«

Rainolf zog erstaunt die Augenbrauen hoch. »Eine Cena? Trotz des Fluchs?«

»Er will demonstrieren, dass er dem Fluch einer germanischen Schamanin keinerlei Bedeutung beimisst. Alles soll in Colonia weiter seinen normalen Gang nehmen.«

Der junge Ubier zollte dem Mut des Prokonsuls hohen Respekt. Nicht jeder würde so kühn auf einen Todesfluch reagieren. »Übermittle deinem Vater bitte meinen Dank für die Einladung! Ich werde selbstverständlich kommen. Hat sich etwas Neues ergeben, wie es zu dem Gerücht kam, dass dein Vater Agyntir ermordet haben soll?«

Julia schüttelte den Kopf. »Nein, aber ich denke, da diese Barbaren den Mörder nicht kennen, ist ihnen wohl nichts Besseres eingefallen, als meinen Vater zu beschuldigen. Wahrscheinlich sind die Chatten einfach wütend auf ihn, dass er in ihr Land eingedrungen ist. Dabei sind sie selbst schuld, schließlich ist Borgar zuerst bei uns eingefallen.«

Die Erklärung erschien Rainolf plausibel. Er schätzte den klaren Verstand von Julia sehr. »Was gedenkt dein Vater gegen die Provokation Freyas zu unternehmen?«

»Vorerst nichts.«

Rainolf machte ein überraschtes Gesicht.

»Mein Vater sieht keinen Sinn darin, erneut einen Strafzug gegen die Chatten zu unternehmen, der letzte sollte ihnen Warnung genug gewesen sein, sich nicht mit Rom anzulegen.«

»Aber genau das hat Freya doch getan.«

»Wer ist schon diese Freya?«, fragte Julia mit einem verächtlichen Schnaufen.

Nun verstand Rainolf die Strategie des Prokonsuls. Eine Strafexpedition war eine Sache, aber ein Feldzug mit dem Ziel, die Chatten endgültig zu erobern, eine ganz andere. Er würde immens viele Tote – auch unter den römischen Legionären – fordern. Deshalb tat Justinus so, als würde er die Schamanin nicht ernst nehmen – auch wenn die eilige Opferung des Stiers etwas anderes verriet.

»Ich denke, du solltest nun deinen Pflichten als Aedil nachkommen und dich in die Curia begeben«, riss Julia ihn aus seinen Gedanken.

Unwillkürlich sah Rainolf zu Caledus hinüber. Das war eigentlich der Standardspruch des Alten. Manchmal fragte Rainolf sich, ob Julia ihrem Sklaven nicht heimlich Anweisungen gab.

Rainolf fand sich etwas zu spät im Praetorium ein. Er hatte sich bis heute nicht daran gewöhnt, dass die Römer bereits um drei Uhr mit dem Abendessen, das sie als Cena bezeichneten, begannen. Eine weitere dieser unverständlichen römischen Sitten, dachte Rainolf. Den ganzen Tag über aßen die Römer kaum etwas, es galt sogar als verpönt. Aber dann bekamen sie derartig großen Hunger, dass sie schon am frühen Nachmittag mit der Völlerei begannen, die sich bis in die Nacht ziehen konnte.

Das Essen beim Prokonsul fiel für seine Verhältnisse allerdings eher bescheiden aus. Die Köche hatten Hühner, Wachteln und Fische gebraten, einige Siebenschläfer in Honig eingelegt, einheimische Schinken und exotische Früchte aufgefahren. Ein Dutzend Sklaven, die meisten von ihnen germanischer Herkunft, eilten zwischen Culina und Triclinium hin und her, sorgten dafür, dass keine Speise fehlte, und füllten die Becher mit erlesenen Weinen, sobald sie geleert waren.

Die dreißig geladenen Gäste stellten die Oberschicht Colonias dar. Die wichtigsten Beamten, der Adel und natürlich der Sacerdos waren versammelt. Die Militärs hatte Justinus diesmal ausgespart, wie Rainolf erleichtert feststellte. Dafür war zu seiner Überraschung Petronius Bassus anwesend. Der Händler hatte sich auf einer Liege am anderen Ende des

Raums niedergelassen und winkte Rainolf kurz zu, ehe er sich wieder in ein Gespräch mit einem Beamten vertiefte, der für die Versorgung der Stadt zuständig war. Bassus gelingt es, tatsächlich mit jedem ins Geschäft zu kommen, dachte Rainolf lächelnd.

Neben Justinus lag Aetius Paccius, einer der beiden Duumvirn Colonias. Paccius war der größte Bauunternehmer der Stadt und konnte sich den Posten des Duumvirs aufgrund seines immensen Reichtums leisten. Er war zwar gebürtiger Ubier, hatte sich aber einen lateinischen Namen zugelegt, was ihm bei seinen Geschäften mit den Römern dienlich war.

Rainolf trat auf den Prokonsul zu und grüßte ihn, wie es sich gehörte.

»Ave, Rainolf, mein tüchtiger Aedil! Leg dich zu uns!«, forderte Justinus ihn freundlich auf und deutete auf die letzte freie Liege, die fast am Ende der halbkreisförmig aufgestellten Tische stand.

Rainolf bedankte sich für die Einladung und begab sich zu dem ihm zugewiesenen Platz. Im Vorbeigehen entbot er Julia nur kurz seinen Gruß, was diese mit einem Lächeln quittierte. Der Etikette zuliebe verzichteten sie heute dann doch darauf, ihre Beziehung allzu deutlich zur Schau zu stellen. Die Stimmung war schließlich sowieso schon etwas aufgeladen.

Julia saß auf einem mit rotem Tuch bespannten Stuhl und versuchte, möglichst anmutig auszusehen, was ihr nicht schwerfiel. Für römische Frauen galt es im Gegensatz zu den Männern als unziemlich, bei Tisch zu liegen. In diesem Punkt beneidete Rainolf Julia, denn es fiel ihm schwer, in der Horizontalen zu essen. Caledus hatte ihn gnadenlos die römischen Tischsitten üben lassen, doch ohne zu kleckern, schaffte es Rainolf selten.

Nachdem er sich etwas umständlich auf der Liege niedergelassen hatte, kam sogleich ein Sklave und reichte ihm ein kostbares Glas, das mit blauen Fäden umwickelt war. Der süße Wein von den Hängen der Mosella schmeckte im Prinzip vorzüglich, war jedoch für seinen Geschmack mit zu viel Wasser gemischt.

Für die Unterhaltung sorgten einige wirklich gute Tänzerinnen aus Hispanien und ein fürchterlich schlechter junger Nachwuchsdichter. Mit schiefer Stimme sang er seine Verse, wobei er sich selbst auf der Lyra begleitete.

Genervt von dem hoffnungslosen Sänger verlagerte Rainolf sein Gewicht und verschüttete prompt etwas von dem Wein auf der Liege. Rasch wischte er die kleine Pfütze mit der Hand weg. Dass sein Missgeschick nicht unbeobachtet geblieben war, signalisierte ihm ein dezentes Lachen von der Nachbarliege.

Erst jetzt registrierte Rainolf, dass er neben Aurelius Taticenus lag. Wie bei den reichen Römern üblich, trug er zum Cena eine Synthesis, ein aus Griechenland stammendes Gewand. Es war zum Liegen wesentlich bequemer als eine Toga. Rainolf fiel auf, dass der Stoff mit echten Goldfäden durchwirkt war. Das Kleidungsstück musste ein Vermögen gekostet haben. Rainolf selbst hatte seine ihm dienstlich gestellte Tunika angezogen.

»Es gestaltet sich mitunter schwierig, fremde Gebräuche zu übernehmen«, sagte Taticenus erheitert.

Rainolf räusperte sich verlegen. »Ich arbeite daran«, gab er schließlich zurück.

»Mach dir keine Gedanken, die meisten fremden Völker haben Schwierigkeiten mit unseren Esssitten. Ich hatte einst das Vergnügen, am Hofe von Dolmäis, des Königs von Syria, zu einem Festmahl eingeladen worden zu sein. Der König wollte unbedingt demonstrieren, wie sehr er Rom ergeben war, und hatte seinem gesamten Hofstaat befohlen, auf Liegen zu essen. Mit dem Erfolg, dass von den Speisen mehr auf ihrer Kleidung als in ihren Mägen landete.«

Rainolf war sich nicht sicher, ob die Anekdote Trost oder Hohn sein sollte. Bei Taticenus wusste er nie so recht, woran er war. Vorsichtshalber wechselte er das Thema. »Wie ist der Gegenfluch im Tempel des Jupiters verlaufen?«

»Absolut zufriedenstellend, auch wenn Perellus wieder fürchterlich langwierig in seinen Beschwörungen war. Ein ganzer Stier wurde Jupiter geopfert, das sollte reichen, um seine schützende Hand über den Prokonsul zu halten.«

»Das wollen wir hoffen«, sagte Rainolf.

»Nun, Aedil, wie ich dich einschätze, hast du bereits mit Nachforschungen über die geheimnisvolle Schamanin aus den unheimlichen Wäldern Germaniens und ihren Fluch begonnen. Was kannst du mir berichten?«

Damit erwischte Taticenus ihn völlig auf dem falschen Fuß. »Ich weiß gewiss nicht mehr als du.«

»Interessiert es dich denn nicht?«, stichelte der Vize-Prokonsul.

»Doch«, beeilte sich Rainolf zu versichern. »Aber bis jetzt habe ich noch nichts von Bedeutung herausfinden können.«

In dem Moment trat eine Sklavin mit einem großen, silbernen Teller in den Händen auf ihre Liegen zu. Auf dem kostbaren Geschirr lagen knusprig gebratene Wachteln, doch Rainolfs Aufmerksamkeit galt allein der jungen Frau. Sie war bildschön, hatte fein geschnittene Gesichtszüge, eine gerade Nase und lange, hellblonde Haare, um die sie jede Römerin beneiden musste. Rainolf schätzte ihr Alter auf höchstens siebzehn Jahre. Die Formen ihres Körpers wurden von einem weißen Kleid aus hauchdünnem Stoff mehr betont als verhüllt. Als sie ihren Blick hob, zeigte sie große, himmelblaue Augen.

Sie hielt ihm den Teller hin. Vor lauter Verlegenheit agierte Rainolf etwas hektisch. Er nahm einen der gebratenen Vögel und grinste dümmlich. Doch die Sklavin blieb völlig ernst und wirkte selbst ein wenig nervös, als sie weiterging. Sie muss neu im Praetorium sein, dachte Rainolf, sonst wäre sie ihm sicher schon früher aufgefallen.

Taticenus war das Verhalten des Aedils natürlich nicht entgangen. Nachdem sich die Sklavin entfernt hatte, bemerkte er: »Manche Menschen überschütten die Götter geradezu verschwenderisch mit Schönheit.«

»Äh, was?«, fragte Rainolf betont unschuldig.

Taticenus war sichtlich amüsiert. »Deine Überraschung braucht dir nicht peinlich zu sein. Auch ich habe selten eine so schöne Frau gesehen – und ich stamme aus Rom!« Dann hob er mahnend den Zeigefinger. »Aber Vorsicht! Sie ist die Sklavin von Justinus und er sähe es gar nicht gerne, wenn man sich an seinem Eigentum vergreifen würde.«

Rainolf sah Taticenus fassungslos an. Vergreifen? Er hätte nicht einmal im Traum daran gedacht. Er liebte Julia über alles. »Das würde ich niemals tun! Es wäre ehrlos!«, gab er verärgert zurück.

Der Vize-Prokonsul lachte auf. »Ah, unser junger Germane legt Wert auf seine Ehre! Aber in diesem Falle besteht wohl keine Gefahr, dein Ansehen zu beschädigen, schließlich ist sie nur eine Sklavin. Justinus hat sie erst vor einer Woche gekauft und ich möchte wetten, dass sie seitdem jede

Nacht sein Bett teilen musste. Nur für Küchenarbeiten wäre so ein Wesen doch viel zu schade.«

Rainolf hatte sich bisher nie Gedanken darüber gemacht, was der Prokonsul in seinen einsamen Nächten trieb. Julias Mutter Cassia war vor fünf Jahren gestorben und seitdem hatte Justinus keinerlei Ambitionen gezeigt, wieder zu heiraten. Dass ihm stattdessen, wie den meisten reichen Römern, nachts Sklavinnen zu Diensten waren, hielt Rainolf zwar für wahrscheinlich, aber das war Justinus' Privatsache.

»Ein germanischer Sklavenhändler von jenseits des Rhenus hat das Mädchen nach Colonia gebracht und sie natürlich als Erstes Justinus angeboten. Der Kerl konnte sicher sein, dass er für diese Sklavin beim Prokonsul einen Höchstpreis erzielen würde«, erklärte Taticenus und fügte seufzend hinzu: »Zu schade, dass sie nicht zuerst mir angeboten wurde!«

Peinlich berührt bemerkte Rainolf, dass Julia ihn von der anderen Seite des Raumes beobachtete. Rasch stopfte er sich etwas Fleisch in den Mund.

Dann fiel ihm ein, dass er die Gelegenheit nutzen konnte, ein paar Informationen einzuholen. »Sag mir, edler Aurelius Taticenus, was du von dem angeblichen Mord an Agyntir und dem merkwürdigen Gerücht, dass der Prokonsul ihn getötet haben soll, hältst!«

Der Römer betrachtete nachdenklich sein Weinglas. »Fakt scheint zu sein, dass Agyntir umgebracht wurde. Wenn es die Chatten für nötig halten, eine Schamanin nach Colonia zu schicken, um einen Fluch gegen Justinus auszusprechen, scheinen sie von seiner Schuld überzeugt zu sein. Offensichtlich hat ihnen das irgendjemand eingeredet, denn ich kann dir versichern, dass unser verehrter Prokonsul kein

Mörder ist. Ich habe schließlich auch an der Verfolgung der Chatten teilgenommen.«

»Richtig, du warst ja dabei.« Diese Tatsache war Rainolf ganz entfallen. Dabei hatte es ihn damals überrascht zu hören, dass der schmächtige Vize-Prokonsul bei der Strafexpedition dabei sein würde.

»Wieso wundert dich das?«, antwortete der Römer und musterte Rainolf dabei mit einem scharfen Blick.

»Nun, ich hatte angenommen, dass du hier in Colonia deine Aufgabe als Stellvertreter des Prokonsuls wahrnehmen würdest.«

»Ich hatte Justinus gebeten, ihn begleiten zu dürfen. Die Strafexpedition gegen die Chatten wollte ich mir nicht entgehen lassen. Es erschien mir zu interessant, endlich mit eigenen Augen zu sehen, was Tacitus in seiner *Germania* beschrieben hat.«

Rainolf kannte die Schrift des berühmten römischen Autors. Bei den Germanen sorgten die Ausführungen des Publius Cornelius Tacitus stets für Erheiterung. Es war bekannt, dass der Römer nie in Germanien gewesen war, er aber glaubte, ein Urteil über die Einwohner abgeben zu können. Sein Wissen bezog er aus fremden Quellen und mündlichen Berichten. Das Ergebnis war ein zum Teil haarsträubendes Bild von dummen, unkultivierten Barbaren.

»Haben sich die Beschreibungen des Tacitus als richtig erwiesen?«, fragte Rainolf und konnte sich einen spöttischen Unterton nicht verkneifen.

»Du meinst, ob die Germanen wirklich so verwegene und todesverachtende Krieger sind? Ob sich selbst ihre Weiber mit wildem Geschrei und Schwertern auf den Feind stürzen? Ob sie lieber sterben, als in die Hände des Gegners zu fallen?«

Taticenus hielt einen Moment inne, während Rainolf ihn erwartungsvoll ansah.

»Keine Ahnung, ob es stimmt«, fuhr der Vize-Prokonsul schließlich fort. »Die wenigen Dörfer der Chatten, durch die wir kamen, waren verlassen. Die Einwohner waren geflohen, als sie hörten, dass sich eine römische Armee näherte.«

Beinahe hätte Rainolf laut aufgelacht. Die Kunst, in einer Rede Spannung aufzubauen, beherrschte der Vize-Prokonsul wirklich meisterlich.

»Du hast also keinen einzigen Chatten zu Gesicht bekommen?«

Taticenus schüttelte bedauernd den Kopf.

»Mir ist zu Ohren gekommen, dass Borgar in den überfallenen Dörfern so gut wie nichts gestohlen hat«, bohrte Rainolf nach.

»Anscheinend fanden die Chatten einfach Vergnügen daran, die Häuser niederzubrennen und alles zu töten, was ihnen über den Weg lief, ob Mensch oder Vieh.«

»Seltsam«, stellte Rainolf verwundert fest, »sonst nehmen sie alle Nahrungsmittel mit, die sie finden können, besonders das Vieh.« Er dachte einen Moment nach, ehe er fragte: »Wie viele Dörfer haben sie überfallen?«

»Zum Glück nur drei. Dann haben sich die Feiglinge vor unseren herannahenden Truppen über den Rhenus in Sicherheit gebracht.« Mit Appetit knabberte Taticenus an seiner gebratenen Wachtel.

»Wer könnte eine so hinterhältige Lüge, dass der Prokonsul Agyntir ermordet hätte, verbreiten?«, fragte Rainolf und hoffte, dass Taticenus ihm einige Namen aus der römischen Politik nennen würde, die Justinus nicht wohlgesonnen waren.

Der Vize-Prokonsul zuckte die Achseln. »Möglicherweise ein nachtragender germanischer Stammesfürst, der irgendwann einmal von Justinus besiegt worden ist. Vielleicht war es ja Borgar selbst, der das Gerücht gestreut hat, um den Hass auf uns weiter zu schüren.«

»Gibt es denn nicht auch nachtragende Persönlichkeiten in Rom?«, fragte Rainolf nun direkt.

»Soll das heißen, du verdächtigst lieber Römer als Germanen?«

Die Gegenfrage fiel scharf aus, und Rainolf hob entschuldigend die Hände. »Durchaus nicht, aber wenn man keine Anhaltspunkte hat, muss man in alle Richtungen ermitteln.«

Der Gesichtsausdruck des Vize-Prokonsuls entspannte sich ein wenig. »Wie wahr, mein lieber Aedil.«

Rainolfs Augen verfolgten erneut die junge Sklavin, die mit gesenktem Blick vor dem Wandgemälde des Bacchus entlangging. Der Weingott gab sich in der Szene seiner Lieblingsbeschäftigung, dem Trinken, hin.

Nun trug die schöne Sklavin eine kleine Silberschale mit Kirschen in Honig. Erst vor der Liege des Prokonsuls hielt sie an und reichte ihm die Früchte. Rainolf wusste, dass Justinus eine Vorliebe für Kirschen hegte. Die Römer hatten die Obstpflanze vor etlichen Jahrzehnten aus den Provinzen in Asien nach Germanien gebracht und kultivierten die süßen Früchte sehr erfolgreich.

Der Prokonsul pflückte eifrig die Kirschen aus dem Honig und zerkaute das Fruchtfleisch genüsslich. Neben ihm ereiferte sich Aetius Paccius wortreich. Obwohl Rainolf ihn auf die Entfernung nicht verstehen konnte, ahnte er, dass Paccius versuchte, die Gefahr durch die Chatten herunterzuspielen. Er war schließlich nicht nur Duumvir, sondern auch Bauunternehmer und ein Krieg würde seinen Geschäften schaden. In dieser Hinsicht teilte Rainolf die Meinung des ansonsten ziemlich aufgeblasenen Duumvirs.

Nach einer Weile fiel Rainolf auf, dass Justinus ebenfalls viel redete und Paccius immer verwirrter wirkte. Der Prokonsul gestikulierte wild mit seinen Händen, als wollte er seine Zuhörer mit aller Macht überzeugen.

Paccius beugte sich schließlich zu Justinus hinüber und legte ihm mit einer besorgten Geste die Hand auf den Unterarm. In dem Moment sprang der Prokonsul auf und griff nach dem flachen Tisch vor sich. Teller und Becher flogen durch die Gegend, als er das Möbelstück durch den Raum schmiss. Entsetzt beobachteten die Anwesenden, wie Justinus mit weit aufgerissenen Augen um sich schlug und dabei unverständliche Laute von sich gab. Schließlich wälzte er sich sogar auf dem Mosaik, zerriss seine Toga und zerkratzte sich Gesicht und Arme.

Als Erster erwachte Siazes, der Leibwächter des Prokonsuls, aus seiner Verblüffung. Der riesige Nubier, der bislang dezent im Hintergrund gestanden hatte, packte seinen Herrn und hielt ihn mit eisernem Griff fest. Rainolf sprang von seiner Liege, um Siazes zu helfen.

Julia schrie ihren Vater verzweifelt an, sich zu beruhigen. Alle anderen begannen, aufgeregt durcheinanderzurufen.

»Holt den Arzt!«, brüllte Rainolf schließlich.

Einer der Sklaven rannte los, als hätte er nur auf das Signal gewartet.

Wenig später stürzte Patrokles, der griechische Leibarzt des Prokonsuls, in den Saal. Voller Entsetzen blickte er auf den Rasenden am Boden. Doch schnell fing sich der Grieche, sah dem Prokonsul in die Augen und befühlte die Stirn, soweit ihm das bei dem ständigen Zucken des Römers möglich war.

Schließlich befahl er Rainolf, einen Arm des Prokonsuls auszustrecken. Der junge Aedil mühte sich verzweifelt, den rechten Arm des Widerspenstigen hinunterzudrücken. Er hätte nie für möglich gehalten, dass solche Kräfte in Justinus stecken könnten. Nun gelang es Patrokles auch, den Puls zu fühlen.

»Bringt ihn in sein Cubiculum«, forderte er schließlich Siazes und zwei weitere Sklaven auf. »Doch passt auf, dass er sich nicht verletzt!«

Es war nicht einfach, den sich wild gebärdenden Prokonsul festzuhalten und aus dem Triclinium zu befördern. Julia wollte die Männer begleiten, doch der Arzt verwehrte ihr mit einer Geste den Weg. »Nein, Julia, es ist besser, wenn du nicht dabei bist.«

Wie üblich wollte die stolze Patrizierin ihren Dickkopf durchsetzen und Patrokles ignorieren, aber Rainolf hielt sie zurück. »Julia, bleib hier! Nur Patrokles kann ihm helfen.«

Weinend klammerte sie sich an Rainolf. »Was ist bloß in meinen Vater gefahren?«, schluchzte sie.

Er strich ihr tröstend über den Rücken. Es war, als hätte ein Dämon von Quintus Caius Justinus Besitz ergriffen. Rainolf durchfuhr es siedend heiß. Oder der Fluch der Schamanin erfüllte sich!

Sie warteten vor der Tür des Cubiculums. Merkwürdige Geräusche und die Stimme von Patrokles drangen gedämpft nach draußen. Julias Augen waren gerötet und immer wieder bejammerte sie den Fluch, der ihren Vater getroffen hatte. Für sie stand es außer Frage, dass die Schamanin ihr Ziel erreicht hatte und irgendwelche grausamen germanischen Götter sich ihres Vaters bemächtigt hatten.

Rainolf redete beruhigend auf sie ein, obwohl er selbst mehr als nervös war. Er schätzte den Prokonsul sehr. Quintus Caius Justinus gehörte nicht zu den gewissenlosen Römern, die die eigene Bereicherung über die Interessen der von ihnen verwalteten Provinz stellten.

Es schien eine Ewigkeit zu dauern, bis Patrokles endlich aus dem Cubiculum trat. Der Arzt sah Julia ernst an.

»Was ist mit ihm?«, fragte sie mit zitternder Stimme.

»Er schläft jetzt. Ich habe ihm ein Schlafmittel eingeflößt.«

»Wird er wieder ...«, es gelang ihr nicht, den Satz zu beenden.

Patrokles Gesichtsausdruck wurde sogar noch ernster. »Das liegt in der Hand der Götter«, erklärte er und hob theatralisch den Blick zum Himmel. »Du solltest heute Nacht bei deinem Vater bleiben und ihm regelmäßig kalte Umschläge auf die Stirn legen. Falls er wach wird und wieder um sich schlägt, müssen wir ihn an sein Bett fesseln. Ansonsten besteht die Gefahr, dass er sich selbst verletzt.«

Julia holte tief Luft, um ihre Anspannung zu unterdrücken. »Ja«, erklärte sie dann einigermaßen gefasst, »das werde ich tun.«

Sie wandte sich um und öffnete die Tür zum Cubiculum. Rainolf blieb unschlüssig zurück.

»Was kann ich für den Prokonsul tun?«, erkundigte er sich.

»Geh nach Hause und schlaf!«, sagte der Grieche und legte ihm die Hand auf die Schulter. »Je ausgeruhter du morgen bist, desto besser kannst du helfen. Ich werde das Gleiche tun. Wenn der Prokonsul aufwacht, wird mich ein Sklave sofort holen.«

Rainolf nickte widerstrebend. Es fiel ihm nicht leicht, aber der Arzt hatte recht. Er konnte dem Prokonsul und Julia im Moment nicht helfen.

Rainolf war viel zu aufgewühlt, als dass er hätte schlafen können. Wie immer, wenn ihn etwas quälte, ging er zum Haus seines Vaters.

Sigolf hatte noch die Einnahmen gezählt und wollte sich gerade in seine Kammer zurückziehen, als es an die bereits verriegelte Haustür klopfte. Er bemerkte sofort den Kummer im Gesicht seines Sohnes. »Was ist passiert?«

Auch Walraban hatte den späten Besucher kommen hören und betrat den Laden. Rainolf berichtete den beiden von den jüngsten Ereignissen.

Betretene Mienen und zunächst Stille waren die Reaktion. Dann schob Sigolf seinen Sohn in die Küche und Walraban holte eine Amphore mit Wein. Das Leben des Prokonsuls hing an einem seidenen Faden und mit ihm das Wohl Colonias.

Sigolf und Walraban waren sich einig, dass die Stadt noch nie einen besseren Mann an der Spitze gehabt hatte. Unter Quintus Caius Justinus war der Handel erblüht und der Wohlstand der Bürger gestiegen. Auch war es ihm gelungen, Frieden mit den umliegenden Stämmen zu halten, was sicher keine einfache Aufgabe war.

Im Falle des Todes von Justinus stand Rainolf zudem eine persönliche Tragödie bevor: Der Kaiser würde umgehend einen neuen Prokonsul benennen und Julia müsste nach Rom zurückkehren. Sie wäre dann Vollwaise und würde bei

Verwandten in der Hauptstadt leben müssen, bis diese einen geeigneten Mann für sie gefunden hätten. Rainolf zweifelte stark, dass sie einen Ubier als passenden Gatten ansehen würden. Er würde Julia verlieren!

Es war spät in der Nacht, als er das Haus seines Vaters verließ. Trotzdem fand er lange keinen Schlaf. Erst kurz vor dem Morgengrauen dämmerte er in die Traumwelt hinüber.

III. Tag

Selbst Caledus war die Besorgnis anzumerken. Seine Augen waren verquollen. Dem Sklaven ging das Schicksal von Quintus Caius Justinus, dem er nun schon viele Jahre diente, sehr nah.

Ganz im Gegensatz zu seinen sonstigen Gepflogenheiten bereitete er seinem Herrn ein reichhaltiges Frühstück zu, was Rainolf jedoch verschmähte. Stattdessen eilte er sofort ins Praetorium.

Auf dem Weg zum Cubiculum des Prokonsuls lief er Patrokles über den Weg, der einen Krug mit einer intensiv riechenden Flüssigkeit in der Hand hielt. Der Grieche berichtete, dass der Zustand des Prokonsuls unverändert sei, er hoffe aber, mit dieser Medizin etwas Besserung erreichen zu können.

Rainolf konnte nicht an sich halten und trug seine Bedenken vor. »Kann die Medizin gegen den Fluch einer Schamanin etwas ausrichten?«

Trotz der unglücklichen Umstände erschien ein Lächeln im Gesicht des Arztes. »Mein lieber Rainolf, Flüche sind zwar eine ernste Angelegenheit, dienen jedoch häufig mehr zur Einschüchterung des Gegners, als dass sie Wirkung zeigen würden.«

Rainolfs Gesicht war ein einziges Fragezeichen.

»Ich würde sagen, bei Quintus Caius Justinus hat jemand nachgeholfen, vielleicht um es als Erfüllung des Fluchs erscheinen zu lassen«, erklärte der Arzt. »Jemand hat ihn vergiftet. Ich habe ihn in letzter Minute mit einer geheimen Methode retten können. Da er die Nacht überstanden hat, denke ich, dass er mit dem Leben davonkommt.«

Rainolf seufzte erleichtert auf. »Was für eine geheime Methode?«, wollte er dann wissen.

»Ich habe mein Allheilmittel bei Vergiftungen angewandt.«

»Und das wäre?«

Patrokles sah sich um, ob auch niemand sie belauschte. »Ich habe ihm so lange den Finger in den Hals gesteckt, bis er alles erbrochen hat«, erklärte er dann flüsternd.

Rainolf zuckte verblüfft zurück.

»Dann habe ich ein paar Heilkräuter gekocht und ihm den Sud zu trinken gegeben«, fuhr der Grieche fort. »Die Kräuter haben das Fieber gesenkt und ihn schlafen lassen. Viel trinken und schlafen ist bei Vergiftungen wichtig für den Körper, auch bei Atropa.«

»Atropa?«

»Ja, bei uns in Griechenland heißt eine der drei Parzen, die den Lebensfaden durchschneidet, Atropos. Nach ihr hat man die Frucht, die auch der Prokonsul gegessen hat, Atropa benannt. Bei euch Germanen heißt sie Tollkirsche.«

»Man hat den Prokonsul mit Tollkirschen vergiftet?«, rief Rainolf fassungslos. Er wusste, dass Menschen, die die dunkle Frucht gegessen hatten, nach einer Weile Wahnvorstellungen und Wutanfälle bekamen, deshalb nannte man sie Tollkirsche. Ihr Verzehr war in vielen Fällen tödlich.

Patrokles legte warnend den Finger vor den Mund, damit Rainolf seine Stimme senkte.

»Bist du dir sicher?«, fragte der Ubier leiser.

»Natürlich, schließlich habe ich zwangsläufig zu sehen bekommen, was der Prokonsul ausgespuckt hat. Aber auch seine Reaktionen waren typisch: der plötzliche Tobsuchtsanfall, der hohe Puls und die heiße Haut.«

»Er hat gestern Abend Kirschen gegessen, das stimmt. Und jetzt, wo du es sagst, fällt mir auf, dass niemand sonst Kirschen bekommen hat.«

Patrokles zog die Augenbrauen zusammen, sodass sie einen geraden Strich bildeten. »Es war auf jeden Fall Absicht: Um einen gesunden Mann mit Tollkirschen umzubringen, muss man ihm schon mindestens zehn bis fünfzehn der Früchte zu essen geben. Es kann also nicht versehentlich nur eine Tollkirsche zwischen normale Kirschen geraten sein.«

Rainolf und der Arzt tauschten einen besorgten Blick. Den beiden war der gleiche Gedanke gekommen.

»Damit stünde Justinus' Leibkoch Rufius ganz oben auf der Liste der Verdächtigen«, sprach ihn Rainolf schließlich aus.

Patrokles schüttelte ungläubig den Kopf. »Aber Rufius ist schon seit einer Ewigkeit bei Justinus. Ich kann mir beim besten Willen nicht vorstellen, dass er ihm auf einmal Böses will.«

»Es gibt da noch eine Möglichkeit«, murmelte Rainolf mehr zu sich selbst. Dabei kam ihm ein weiterer Gedanke. Hektisch packte er den Arzt an beiden Armen und schüttelte ihn leicht. »Patrokles, du musst mir versprechen, dass du noch wartest, bis du Aurelius Taticenus Bericht erstattest. Und kein Wort über die Tollkirschen! Sag einfach, dass du nicht genau wüsstest, um was für ein Gift es sich handele.«

Der Grieche sah den Aedil verblüfft an, war aber so überrumpelt, dass er es versprach. Rainolf verabschiedete sich und hastete den Gang entlang.

Er setzte seinen Weg zu den privaten Gemächern des Prokonsuls fort. Doch statt zu Justinus' oder Julias Cubiculum begab er sich zur Culina. Die typische Geräuschkulisse war schon von Weitem zu hören. Rainolf stellte sich mit dem Rücken an die Wand neben die Tür und spähte vorsichtig in den Raum. Ein reges Treiben herrschte dort, die Vorbereitungen für das Mittagessen waren in vollem Gange.

Trotz des Gewühls entdeckte Rainolf rasch die schöne Sklavin, die am Vorabend die Wachteln serviert hatte. Sie wusch Teller ab. Ihr goldenes Haar fiel ihr dabei in die Stirn. Auch wenn sie nun ein graues, eher schlichtes Kleid trug, waren ihre körperlichen Reize sichtbar. Rainolf fragte sich, wie viele der Köche und Küchensklaven sich ihr schon zu nähern versucht hatten.

In dem Moment trat Rufius neben die junge Frau und redete auf sie ein. Rainolf wusste, dass der Koch aus Neapolis stammte und ein wahrer Künstler in der Zubereitung von Speisen war. Dass er auch selbst den weltlichen Genüssen nicht abgeneigt war, zeigte seine immense Leibesfülle. Zwar konnte Rainolf kein Wort verstehen, aber als Rufius mit dem Arm nach draußen deutete, atmete der Ubier auf. Er hatte kaum zu hoffen gewagt, dass die Sklavin die Culina so bald verlassen würde.

Als sie auf den Gang trat, versperrte er ihr den Weg und legte rasch den Zeigefinger vor seine Lippen. Er packte die junge Frau am Ellbogen und führte sie von der Culina weg. Wenige Schritte weiter befand sich eine Vorratskammer.

Rainolf schob die Sklavin hinein und vergewisserte sich mit einem kurzen Blick, dass sie niemand gesehen hatte, dann schloss er die Tür. Hier waren alle Köstlichkeiten des Römischen Imperiums versammelt und verführten mit ihren Gerüchen. Doch im Augenblick hatte Rainolf keinen Sinn für ausgefallene lukullische Genüsse.

»Keine Sorge, ich werde dir nichts tun!«, beeilte er sich der jungen Frau zu erklären.

Sie sah ihn mit angstvoll geweiteten Augen an. »Bitte, Herr, ich bin nur eine einfache Sklavin ...«, stammelte sie.

»Ich will keine Hand an dich legen! Ich möchte nur mit dir reden.«

Ihre Angst wich nun Verblüffung. »Ihr wärt der Erste, der hier im Praetorium nur mit mir reden wollte.«

»Ich gebe dir mein Wort! Sag mir deinen Namen!«

»Ylynta«, hauchte sie.

»Wo kommst du her?«

Sie wurde blass, schien es Rainolf.

»Ein Sklavenhändler namens Avingar hat mich an den Prokonsul verkauft«, sagte sie schließlich vorsichtig.

»Ich will nicht wissen, wer dich verkauft hat, sondern wo du geboren wurdest.«

Ylyntas sinnliche, volle Lippen öffneten sich leicht, was ihre Attraktivität noch steigerte, wie Rainolf nervös feststellte. Beherrsch dich, ermahnte er sich selbst, sie ist gefährlich!

»Also, ich höre!«, forderte Rainolf sie erneut auf.

»Aus dem Freien Germanien.«

»Woher genau?«

Sie schlug die Augen nieder und blieb stumm.

»Dein Schweigen sagt mir ebenso viel wie Worte. Du bist

Chattin und es ist kein Zufall, dass du an den Prokonsul verkauft wurdest.«

»Herr, ich weiß nicht, was Ihr meint.«

»Lüg mich nicht an!«, rief er und versuchte, einschüchternd zu wirken. »Du hattest den Auftrag, den Prokonsul mit Tollkirschen zu vergiften!«

Wenn sie eben erbleicht war, so färbte sich ihr Gesicht jetzt weiß wie eine frisch gekalkte Wand. Sie presste ihre zitternde Hand vor den Mund und ihre Augen füllten sich mit Tränen.

Hart bleiben, ermahnte sich Rainolf, sie hat versucht, den Prokonsul umzubringen! Doch als die ersten Tränen über ihr Gesicht liefen, fühlte er deutlich, dass seine Wut dahinschmolz wie heißes Wachs.

»Du bist wohl kaum allein auf die Idee gekommen. Wer hat dich angestiftet?«

Jetzt weinte sie ungehemmt und hielt beide Hände vor die Augen. Rainolf stand hilflos vor ihr und wusste nicht, was er tun sollte.

»Beruhige dich!«, sagte er schließlich etwas sanfter. »Vielleicht lässt sich ja ein Ausweg finden. Aber erst musst du mir alles erzählen.«

»Was?«, schluchzte sie. »Ich werde nicht hingerichtet?«

Der junge Ubier kratzte sich verlegen am Kopf. »Nein, nicht zwangsläufig«, erwiderte er, obwohl auf einen Mordanschlag natürlich genau diese Strafe stand. Als Sklavin hatte sie noch nicht einmal Anspruch auf ein Gerichtsverfahren. »Doch du musst mir die ganze Wahrheit sagen! Wer steckt hinter dem Mordversuch?«

Ylynta holte tief Luft und versuchte, sich zu beruhigen. »Freya, die Schamanin vom Gau der Raben.«

Rainolf zog die Augenbrauen hoch und verschränkte die Arme. »Der Fluch allein scheint also selbst Freya nicht verlässlich genug zu sein.«

»Das kann ich nicht beurteilen. Freya kam vor zwei Wochen in mein Dorf, es liegt zwei Tagesmärsche von dem ihren entfernt. Ich habe sie letztes Jahr beim dortigen Marktfest kennengelernt, mein Vater hat ihr ein Schaf verkauft. Freya war damals überrascht, dass ich etwas Latein spreche.« Sie blickte Rainolf mit ihren großen blauen Augen an und er konnte sich ihrer Faszination kaum entziehen. »Ich habe die Sprache gelernt, weil auch römische Händler zu uns kommen, um Wolle zu kaufen. Unsere Schafe geben die beste Wolle im ganzen Land«, verkündete sie mit einem gewissen Stolz. »Jedenfalls kam Freya in unser Haus und verlangte von meinem Vater, dass ich mit ihr kommen solle. Mein Vater wollte zunächst nicht, aber als sie andeutete, dass sie ihn sonst mit einem Fluch belegen würde, dass ihm sämtliche Schafe verendeten, willigte er ein. Erst als wir ihr Dorf erreichten, erklärte Freya, was sie von mir wollte. Sie sagte, sie habe mich dazu auserkoren, Agyntir zu rächen. Dafür müsse ich nach Colonia gehen und im Praetorium als Sklavin arbeiten. Ich solle dort, sobald ich eine entsprechende Botschaft erhalte, dem Prokonsul Tollkirschen zu essen geben.«

Bei der Erinnerung versagte Ylynta fast die Stimme.

»Ich wollte nicht, aber Freya drohte, dass die Götter mich und meine Familie bestrafen würden, wenn ich mich weigerte. Tags darauf bin ich mit ihrem Bruder Wulfir aufgebrochen. Er gab sich als Sklavenhändler Avingar vom Stamm der Nemeter aus. In Colonia gingen wir sofort zum Praetorium und er bot mich Ambrosius, dem Atriensis des Prokonsuls, als Sklavin an. Er willigte in das Geschäft ein, zumal Wulfir nur einen geringen Preis forderte.« Sie stockte kurz in ihrem Redefluss, als könne sie die Ereignisse selbst nicht fassen. »Freya hatte mir versprochen, sobald der Prokonsul tot sei, würde man für mich im Praetorium keine Verwendung mehr haben und Wulfir würde erneut nach Colonia kommen, um mich zurückzukaufen. Danach könne ich wieder heim zu meiner Familie.«

Rainolf hielt den Schluss des Plans für eine leere Versprechung Freyas an Ylynta. »Wer hat dir die Botschaft überbracht, dass du gestern Abend dem Prokonsul die Tollkirschen zu essen geben sollst?«, wollte er wissen.

»Ich war mit Rufius und ein paar anderen Sklaven gestern auf dem Forum. Wir mussten die Zutaten für den Abend einkaufen. Im Gewühl stand plötzlich ein Mann neben mir und sprach mich leise an. Er war auch Chatte, das merkte ich sofort an seinem Dialekt. Er drückte mir heimlich einen kleinen Beutel mit Tollkirschen in die Hand. Er sagte, Freya schicke ihn und ich solle dem Prokonsul noch am selben Abend die Früchte zu essen geben. Der Bote riet mir, die Tollkirschen in Honig zu tunken, damit der Geschmack nicht verräterisch wirke.«

»Du kanntest den Boten nicht?«

Sie schüttelte den Kopf. »Ich habe ihn noch nie vorher gesehen und seinen Namen hat er mir nicht genannt.«

»Wie sah er aus?«

»Er war groß, blond und etwa so alt wie du. Ach ja, er sagte, im Notfall solle ich mich zum Haus des Händlers Sigolf begeben. Dort würde mir geholfen.«

Rainolf klappte die Kinnlade herunter und für ein paar Sekunden war er unfähig, ein Wort herauszubekommen.

Die junge Chattin war irritiert. »Geht es dir nicht gut?«

»Was? Doch, doch!«, antwortete er hektisch. Die Beschreibung passte nur auf einen Menschen im Haus seines Vaters. »Weißt du sonst noch irgendetwas?«

Ylynta zögerte kurz, ehe sie antwortete: »Nein, Herr, mehr weiß ich nicht.«

»Bist du dir sicher?«

Sie nickte, wich aber seinem Blick aus.

Rainolf betrachtete sie nachdenklich. Sagte die Chattin ihm die volle Wahrheit?

»Herr, was geschieht jetzt mit mir? Wirst du mich in den Kerker sperren lassen?«, fragte Ylynta schließlich ängstlich.

»Geh wieder in die Culina und tu so, als wäre nichts passiert! Versprich mir, dass du mit keinem über die Geschichte redest und vor allem nicht zu fliehen versuchst! Falls doch, werde ich dich jagen und finden!«

Die junge Frau blickte ihn überrascht an, dann nickte sie, und zum ersten Mal schenkte sie ihm ein kurzes Lächeln. Sie wandte sich zum Gehen, doch dann drehte sie sich wieder um und fragte verschüchtert: »Warum tust du das für mich?«

»Ich ...«, begann Rainolf, doch ihm fiel keine schlüssige Antwort ein.

Vielleicht, weil sie mir einfach leidtut, dachte er. Man hatte sie zu der Tat gezwungen und sie hatte Angst. Außerdem wollte er nicht schuld sein, wenn man ihr den Kopf abschlug.

»Ich muss noch einige Sachen überprüfen, ehe ich etwas unternehme«, erklärte er.

»Herr, werde ich sterben?«, fragte sie mit leicht zitternder Stimme.

Rainolf fasste in dem Moment den Entschluss, sie vor dem Henker zu bewahren. Schließlich hatte Justinus den Anschlag überlebt. Vielleicht war es ein Zeichen der Götter, dass sie dieses zauberhafte Wesen nicht zur Mörderin werden lassen wollten.

Doch wie sollte er Ylynta retten? Er konnte dem Prokonsul auf Dauer nicht verschweigen, dass er die Täterin gefunden hatte. Nun ja, solange Justinus bewusstlos blieb, hatte er Zeit.

»Ich werde mir etwas einfallen lassen, wie du am Leben bleiben kannst.«

Die Sklavin fiel vor ihm auf die Knie und brach erneut in Tränen aus. »Danke, Herr, ich danke dir zutiefst!«

Rainolf war die Situation peinlich, er wollte nicht, dass jemand vor ihm niederkniete. »Steh auf!«, befahl er und gab sich Mühe, seine Stimme grob klingen zu lassen, um seine Verlegenheit zu überspielen. »Geh jetzt! Und denk daran: Kein Wort zu irgendjemand!«

Vorsichtig öffnete er die Tür der Speisekammer und spähte durch den Spalt. Da niemand zu sehen war, schickte er Ylynta rasch nach draußen. Er selbst wartete noch einige Augenblicke, um nicht mit ihr zusammen gesehen zu werden.

Unter normalen Umständen hätte er die Gelegenheit genutzt, um sich über die von Rufius eifersüchtig gehorteten Delikatessen herzumachen. Doch das, was er eben erfahren hatte, war ihm gründlich auf den Magen geschlagen.

Bedrückt begab er sich zum Cubiculum des Prokonsuls. Tausende von Gedanken schwirrten wie Fliegen durch seinen Kopf, doch er konnte keinen fassen. Wie sollte er Ylynta vor dem Henker retten? Konnte er ihr überhaupt trauen? Er hatte das deutliche Gefühl, dass sie ihm etwas verschwieg. Und gewährte sein Vater tatsächlich einem Verräter Unterschlupf?

In Justinus' Cubiculum traf Rainolf Julia an, die ihrem schlafenden Vater kalte Umschläge auf die Stirn legte. Neben dem Bett wachte Siazes und blickte noch finsterer drein als sonst. In solchen Augenblicken empfand Rainolf Furcht vor ihm, auch wenn der Nubier ihn eigentlich mochte.

Auf einem kleinen Hausaltar brannte eine Lampe mit duftenden Ölen, die die Götter gnädig stimmen sollten.

»Wie geht es ihm?«, erkundigte sich Rainolf leise bei Julia.

Die junge Römerin blickte auf. Die Sorge um ihren Vater hatte Falten in ihr hübsches Gesicht gegraben. »Patrokles meint, dass mein Vater das Schlimmste überstanden habe. Aber er ist immer noch nicht aufgewacht und schläft sehr unruhig. Er muss auf Anordnung von Patrokles viel trinken, deshalb flöße ich ihm alle halbe Stunde Wasser ein.«

Ihre Stimme klang besorgt und müde. »Ich werde Aesculapius, dem Gott der Heilkunst, ein Opfer darbringen lassen, als Dank, dass er meinen Vater gerettet hat.«

Rainolf musste an die Schilderung Patrokles' denken, wie er Justinus den Finger in den Hals gesteckt hatte. Aber sollte Julia ruhig weiter glauben, Aesculapius habe seine schützende Hand über ihren Vater gehalten.

Flüsternd fragte er, ob sie kurz mit hinauskäme. Julia musterte ihn verwundert, folgte ihm aber ohne Widerspruch in das Peristylium hinaus.

»Was ist denn?«, fragte Julia.

Rainolf holte tief Luft. Die entscheidende Frage war, wer Agyntir umgebracht hatte und die Tat Justinus anhängen wollte. »Weißt du, ob sich dein Vater Feinde gemacht hat?«

Sie sah ihn an, als hätte er den Verstand verloren. »Machst du Witze? Mein Vater hat bereits vor seiner Zeit als Prokonsul viele Schlachten im halben Imperium geschlagen, einige hohe Ämter in Rom bekleidet und ist außerdem ein persönlicher Vertrauter des Kaisers. Es gibt keinen besseren Weg, sich haufenweise Feinde zu machen. Sowohl bei den besiegten Völkern als auch in Rom. Viele Senatoren hassen traditionell die Freunde des Kaisers und unter den Hofschranzen Hadrians und diversen Patrizierfamilien gibt es unzählige, die meinem Vater seine Vertrauensstellung beim Kaiser neiden. Sie würden Quintus Caius Justinus liebend gerne tot sehen.«

Rainolf hob abwehrend die Hände. »Lass es mich anders ausdrücken: Gibt es jemand Bestimmtes, der dir sofort in den Sinn kommt?«

»Wie viele Stunden hast du Zeit, dass ich sie dir alle aufzählen kann?«

So kam er nicht weiter, überlegte Rainolf.

Julia schien plötzlich ein Gedanke zu kommen: »Glaubst du etwa, mein Vater ist nicht Opfer des Fluchs, sondern eines Attentats geworden?«

»Er ist mit Tollkirschen vergiftet worden.«

Die Nachricht traf sie wie ein Schock. Julias sonst so wunderbar gebräuntes Gesicht wurde blass und ihre ohnehin schon großen Augen weiteten sich. »Vergiftet?«, flüsterte sie schließlich. »Wer hat das getan?«

»Kann ich nicht sagen, ich, äh, suche den Täter noch«, log Rainolf. Sonst wäre Ylyntas Leben verwirkt gewesen.

»Aber es kann doch nur jemand gewesen sein, der Zutritt zum Praetorium hat!«, rief Julia aufgeregt.

»Das ist noch nicht gesagt«, versuchte er abzulenken.

In dem Moment betrat Aurelius Taticenus das Peristylium. Als der Vize-Prokonsul die beiden jungen Leute entdeckte, eilte er auf sie zu.

»Kein Wort über die Tollkirschen!«, flüsterte Rainolf, bevor der Römer in Hörweite war.

»Hier habt ihr euch versteckt! Julia, dein Vater ist aufgewacht und will dich sehen.«

Sie stieß einen Freudenschrei aus und stürmte davon. Ehe Rainolf ihr nacheilen konnte, hielt ihn Taticenus zurück. »Warte! Mit dir muss ich noch reden.«

Rainolfs Misstrauen erwachte. Seit dem Gespräch am Vorabend war er gegenüber dem redegewandten Vize-Prokonsul vorsichtig geworden.

»Unsere gestrige Unterhaltung war sehr interessant. Hast du neue Erkenntnisse, wer sich für den Prokonsul ausgegeben und diesen Chattenhäuptling umgebracht haben könnte?«

»Leider nein.«

Taticenus sah ihn scharf an, was Rainolfs Unbehagen noch mehr steigerte.

»Nun gut!«, sagte der Vize-Prokonsul schließlich. »Du unterrichtest mich, sobald du etwas herausfindest! Nicht wahr, mein Freund?«

»Natürlich«, sagte Rainolf gepresst.

»Solange der Prokonsul die Staatsgeschäfte nicht leiten kann, werde ich als sein Stellvertreter sie übernehmen. Ich beauftrage dich hiermit, verstärkt auf fremde Germanen in unserer Stadt zu achten, Aedil. Ich befürchte, dass die Chatten Spione zu uns schicken werden. Ich möchte nicht, dass sie von unserer Mobilmachung erfahren.«

»Mobilmachung?«, fragte Rainolf entsetzt.

Das hieße, ein Krieg war unausweichlich.

»In Kürze werde ich mich darüber mit den Oberkommandierenden der Legionen beraten. Ich beabsichtige, diesen Chatten eine Lektion zu erteilen. Eine, die sie hoffentlich für immer den Respekt vor dem römischen Imperium lehren wird. Und du hältst mich auf dem Laufenden über deine Nachforschungen!«, erklärte Taticenus gelassen.

Rainolf starrte ihn an, unfähig, ein Wort zu sagen.

»Hast du das verstanden?«, fragte Taticenus mit Nachdruck.

Der Ubier nickte rasch und eilte davon.

Ihm schwirrte der Kopf. Die Römer rüsteten zum Krieg, und der Prokonsul war handlungsunfähig. Wer steckte hinter dem Mord an Agyntir? Wer würde von dem Krieg profitieren?

Der Prokonsul war sehr bleich und kaum in der Lage, ein Wort zu sagen. Rainolf verabschiedete sich leise von Julia und verließ das Praetorium. Er musste mit Garawan reden. Sein Freund war der richtige Mann, wenn es darum ging, in Colonia etwas in Erfahrung zu bringen. Auf dem Forum warf Rainolf einen Blick auf die riesige Sonnenuhr, die schon Kaiser Claudius dort hatte aufbauen lassen. Es war früher Nachmittag. Um diese Uhrzeit trieb sich Garawan am liebsten in der Therme herum.

Das lang gestreckte Gebäude ein Block südlich des Forums wurde von massiven Säulen getragen. Für Bürger Colonias war der Eintritt frei. Am Eingang reichte ein Sklave Rainolf ein Handtuch und wünschte ihm einen angenehmen Aufenthalt.

Er überquerte zunächst das großzügig angelegte Gymnasium. Etliche junge Männer übten sich im Ringkampf. Rainolf warf ihnen einen Blick zu: Ihre Gesichter zeigten deutliche Verbissenheit. Er wusste aus Erfahrung, wie schnell aus den spielerischen Übungen ein ernsthafter Kampf entstehen konnte. Am anderen Ende des Platzes liefen vier Jugendliche um die Wette. Rainolf beachtete sie nicht weiter, sondern eilte in die Umkleideräume. Er übergab seine Kleider einem Sklaven und begab sich zu dem ersten Becken. Es war ausgesprochen heiß in dem Raum und Dampf waberte über die Wasserfläche. Rainolf brauchte eine Weile, ehe er den roten Haarschopf ausgemacht hatte. Er sprang direkt neben seinem Freund ins Wasser und drückte ihn dabei mit einer Hand unter die Oberfläche. Prustend und spuckend tauchte Garawan wieder auf.

»Spinnst du?«, rief er wütend.

Rainolf mimte den Unschuldigen: »Verzeih, ich habe dich gar nicht gesehen.«

»Quatsch!«, schnaubte Garawan. »Du willst doch irgendwas von mir.«

»Richtig, mein Freund. Ich habe interessante Neuigkeiten.«

Schlagartig hellte sich Garawans Miene auf. »Erzähl!«

Rainolf sah sich rasch um, doch keiner der übrigen Badegäste war in Hörweite. Dass Garawan bereits von dem mysteriösen Zusammenbruch des Prokonsuls wusste, konnte er voraussetzen. Solche Neuigkeiten erfuhr Garawan meist als Erster, dank eines weitverzweigten Informantennetzes. Manchmal handelte er sogar mit dem neuesten intimen Klatsch und Tratsch und verdiente nicht schlecht dabei.

»Wenn du schwörst, es nicht weiterzuerzählen!«

Rainolf wusste, dass wenigstens er sich auf Garawans Verschwiegenheit verlassen konnte, also genügte ihm ein kurzes Kopfnicken seines Freunds.

»Ich komme gerade aus dem Praetorium. Dem Prokonsul geht es etwas besser, er ist sogar kurz aus dem Fieber aufgewacht.« Rainolf beugte sich ganz nah an das Ohr seines Freundes. »Er ist mit Tollkirschen vergiftet worden!«

Garawan bekam große Augen, doch ehe er etwas sagen konnte, fuhr Rainolf fort: »Es kommt noch besser: Ich weiß, wer es getan hat.«

»Du hast den Attentäter schon?«, fragte Garawan verblüfft.

»Natürlich!« Rainolf grinste. »Hast du etwa an meinen Fähigkeiten gezweifelt?«

»Wer ist es? Nun, sag schon!«

Rainolf berichtete flüsternd von seiner Unterhaltung mit Ylynta.

»Unglaublich!«, entfuhr es Garawan. »Wie kann ich dir helfen?«

»Indem du einen Weg findest, wie Ylynta aus Colonia fliehen kann.«

Garawan glotzte ihn an, als hätte sein Freund den Verstand verloren. »Bist du völlig verrückt? Wieso willst du nicht nur deine Karriere, sondern auch dein Leben für jemanden riskieren, den du kaum kennst?«

Rainolf ermahnte ihn, leiser zu sprechen, und antwortete: »Als Aedil habe ich die Pflicht, der Gerechtigkeit Genüge zu tun. Wenn ein Mensch durch Drohungen gezwungen wird, etwas zu tun, kann man ihn doch wohl kaum dafür schuldig sprechen. Ylynta hätte niemals versucht, den Prokonsul zu vergiften, wenn ihr Freya nicht gedroht hätte, einen tödlichen Fluch über ihre Familie auszusprechen. Außerdem hat Justinus den Anschlag überlebt.«

»Das römische Recht sieht aber schon für den Versuch der Ermordung eines Bürgers die Todesstrafe vor. Und du als römischer Beamter musst dich an die römischen Gesetze halten«, entgegnete sein Freund.

»Dass ausgerechnet du dich so sehr für römische Gesetze einsetzt«, feixte Rainolf.

Garawan betrachtete es als Sport, gegen gewisse Gesetze zu verstoßen. Besonders, was Steuern und Abgaben an den römischen Fiskus anging, zeigte sich Garawan sehr fantasievoll.

»Ich spreche nicht für mich, ich bin schließlich kein Aedil.«

Rainolf hob abwehrend die Hände. »Schon gut, wenn du mir nicht helfen willst ...«

»Wer hat gesagt, dass ich dir nicht helfen will? Glaubst du, ich würde mir die aufregendste Sache des Jahres entgehen lassen?«

Rainolf hatte gehofft, dass Garawan so reagieren würde.

Der Rothaarige überlegte eine Weile. »Es gäbe da vielleicht eine Lösung«, erklärte er schließlich. »Eine der Wachen an der Porta Iovis ist ein Freund meines ältesten Bruders. Ich könnte ihn bei einem Becher Cervisia vorsichtig fragen, ob er bereit wäre, bei seinem nächsten Dienst für einen Moment in eine andere Richtung zu schauen. Wenn sie erst einmal aus der Stadt ist, könnte ich sicher irgendwo ein Boot auftreiben, das sie über den Rhenus nach Süden mitnimmt.«

Ein breites Lächeln überzog Rainolfs Gesicht. »Ich wusste, dass ich mich auf dich verlassen kann.«

»Langsam, noch hat der Kerl von der Wache nicht eingewilligt und umsonst wird er es sicher auch nicht tun.«

Rainolf schlug Garawan klatschend auf die nasse Schulter. »Du machst das schon! Ich kenne keinen besseren Überredungskünstler als dich.«

»Hör auf zu schleimen, sonst überlege ich es mir noch anders.«

»Dann suche ihn doch möglichst gleich auf, um ihn zu fragen«, bat Rainolf.

Garawan stemmte sich aus dem Becken. »Lass uns ins Kaltwasserbecken gehen, sonst fange ich gleich an zu kochen.«

Rainolf hielt sich nicht mehr lange in der Therme auf. Er hatte noch viel zu tun, aber immerhin sah er nun einen Hoffnungsschimmer am Horizont.

Er begab sich zum Haus seines Vaters, wo ihn die nächste, ungleich schwierigere Aufgabe erwartete.

Rainolfs Gefühle schwankten zwischen Wut und Unsicherheit. Wenn der Bote mit den Tollkirschen wirklich der neue Gehilfe seines Vaters gewesen war, handelte es sich um einen Frevel schlimmsten Ausmaßes. Teruwar hätte durch eine Lüge die Gastfreundschaft Sigolfs schändlich ausgenutzt, um einen Mord zu begehen.

Andererseits hatte Rainolf keinerlei Beweise für Teruwars Mittäterschaft, sondern lediglich eine vage Beschreibung. Was, wenn es sich um eine zufällige Ähnlichkeit handelte und Teruwar unschuldig war?

Er würde behutsam vorgehen, nahm sich Rainolf vor. Wenn er Teruwar auf den Kopf zusagen würde, dass er ein Chatte sei und den Prokonsul habe umbringen wollen, würde der es natürlich leugnen.

Nervös betrat Rainolf das Haus seines Vaters. Der glückliche Zufall wollte es, dass Teruwar im Lager mit dem Stapeln und Registrieren neuer Waren beschäftigt war. Rainolf begrüßte seinen Vater flüchtig und gab vor, Teruwar zur Hand gehen zu wollen. Sigolf zeigte sich erstaunt, dass sein Sohn Zeit und Lust hatte, im Laden zu helfen. Rainolf erklärte, dass es nützlich sein könnte, wenn er Teruwar auf ein paar Besonderheiten aufmerksam machen würde. Sein Vater zuckte die Achseln und ließ ihn gewähren.

Im Lager roch es muffig, da sich zurzeit viele Felle und Decken dort befanden. Teruwar ritzte akribisch einen Strich für jede der rund einhundert Amphoren Olivenöl, die am

Morgen per Schiff am Hafen eingetroffen waren, in eine Wachstafel.

»Salve, Teruwar! Gefällt dir deine Arbeit noch?«

Überrascht sah der Angesprochene auf. »Rainolf, was führt dich zu uns?«

»Ich wollte meinem Vater die gute Nachricht überbringen, dass es dem Prokonsul besser geht. Der Fluch scheint sich nicht zu erfüllen.« Rainolf gab sich betont fröhlich, doch er beobachtete Teruwar genau.

Der neue Gehilfe zeigte keinerlei ungewöhnliche Regung. »Die Götter scheinen dem Prokonsul wohlgesinnt«, erwiderte er gleichmütig und fuhr mit seiner Strichliste fort.

»Wahrscheinlich war es nur eine Magenverstimmung. Vielleicht hatte er etwas Falsches gegessen«, erklärte Rainolf.

»Wenn du es sagst.«

Teruwar schien ganz auf seine Arbeit konzentriert zu sein.

»Der Fluch der Schamanin ist wohl nicht so stark wie befürchtet«, sagte Rainolf, als rede er über das Wetter. »Hast du bei deinem Stamm schon einmal von Freya gehört?«

Endlich sah Teruwar von seiner Tafel auf, schüttelte aber den Kopf. »Nein, die Chatten leben weit weg von uns.«

»Was denkst du, wird es zum Krieg kommen?«

Teruwar ließ sich Zeit mit der Antwort. »Wenn der Prokonsul Agyntir wirklich getötet hat und der Fluch wirkungslos bleibt, werden die Chatten Blutrache nehmen. Das verlangt die Ehre.«

Rainolf nickte, als würde er die Lage genauso sehen. »Was wirst du tun, wenn es Krieg gibt?«

Teruwar blickte ihn verwundert an, dann zuckte er mit den Achseln. »Hierbleiben natürlich. In Colonia ist man doch wohl am sichersten.«

»Und dein Stamm? Deine Familie?«

»Was soll mit ihnen sein? Die Römer kämpfen gegen die Chatten, nicht gegen die Cherusker. Mein Stamm hat nichts damit zu tun, also wird meinen Leuten auch nichts passieren.«

»Haben die Chatten eine Chance gegen die römischen Legionen?«

»Woher soll ich das wissen? Ich kenne die Chatten nicht.«

Teruwar wirkte weiterhin überzeugend. Und dennoch traute Rainolf ihm nicht. Sein Instinkt mahnte ihn zur Vorsicht. Gleichwohl begriff er, dass er seine Zeit vergeudete. So einfach würde sich Teruwar nicht verraten.

Rainolf verabschiedete sich deshalb abrupt und kehrte in den Laden zu seinem Vater zurück. Albuin und Baldwin waren ebenfalls anwesend und gingen fröhlich schwatzend ihrer Arbeit nach. Für einen Augenblick beneidete Rainolf sie für ihre Unbekümmertheit.

»Kann ich dich kurz allein sprechen?«, fragte er seinen Vater.

Die Stimmlage seines Sohnes ermahnte Sigolf, sich mit ihm in die Culina zu begeben. Er verschloss die Tür und setzte sich mit verschränkten Armen auf einen Stuhl. »Also, was willst du mir sagen?«

Nervös fuhr sich Rainolf durch die Haare. Wie sollte er anfangen? »Vater, wer könnte von einem Krieg zwischen Römern und Chatten profitieren?«

Sigolf zeigte keinerlei Verwunderung über die Frage, sondern dachte nach. »Von einem Krieg selbst profitiert niemand, außer vielleicht die Schmiede, die viele Waffen zu fertigen hätten. Einen Vorteil kann erst der Sieger daraus ziehen. Wenn die Römer die Chatten besiegen und deren Land besetzen, würden der Prokonsul und sein Militärstab

Ruhm und Ehre ernten. Justinus wäre ein Triumphzug gewiss. Der Kaiser würde mehr Steuern einnehmen und die Waren der Chatten würden in größeren Mengen und zu einem günstigeren Preis nach Rom gelangen. Auf lange Sicht würden sogar die Chatten von einer Niederlage profitieren, denn ihr Land wäre eine römische Provinz, wie es unsere Heimat seit hundertfünfzig Jahren ist. Bei den Chatten würden Städte entstehen und sie würden die Vorzüge der römischen Zivilisation und Wirtschaft genießen können.«

Sigolf überlegte erneut. »Wenn die Chatten jedoch die Römer schlagen würden, hätten sie ihrer Ehre Genüge getan und Agyntir gerächt. Sie könnten weiterhin als freie Menschen so leben wie ihre Vorfahren und niemand würde über sie bestimmen. Es könnte sogar sein, dass sie auf unsere Seite des Rhenus vordringen und den Legionen einige blutige Niederlagen beibringen. Aber dass sie in der Lage sind, uns zu besetzen, halte ich für unwahrscheinlich. Die Chatten sind zwar ein großer Stamm, trotzdem mangelt es selbst ihnen an Leuten. Die Römer hingegen können viele weitere Legionen aus ihrem Imperium an den Rhenus beordern. Es ist eine Sache, neue Gebiete zu erobern, aber bereits besetzte Provinzen werden die Römer mit Zähnen und Klauen verteidigen.«

Rainolf nickte bedächtig. »Was denkst du, wie ein Krieg ausgehen würde?«

»Ich glaube, dass es ein langer, harter Krieg wäre, ähnlich wie zu Domitians Zeiten. Es wird keinen Sieger geben, irgendwann werden sich die Parteien auf ihre jeweilige Seite des Limes zurückziehen. Bis dahin werden die Verluste, sowohl der Römer als auch der Chatten, immens hoch sein. Wahrscheinlich wird es Tausende von Toten geben.«

»Sie würden alle umsonst sterben«, stellte Rainolf fest.

Sigolf schwieg. Es war ihm anzusehen, dass ihm die Vorstellung, was die Zukunft bringen könnte, sehr naheging. »Ja, sie würden alle sinnlos in den Tod gehen.«

Rainolf erhob sich von seinem Stuhl und begann auf und ab zu gehen. »Fassen wir noch einmal zusammen: Chatten und Römer haben seit dreißig Jahren keinerlei Ambitionen mehr gezeigt, sich gegenseitig anzugreifen. Im Gegenteil: Es ist sogar ein reger Handelsverkehr entstanden, von dem beide Seiten profitieren. Dann überfällt plötzlich Borgar mit einer Handvoll Krieger einige Dörfer in der römischen Provinz, zieht sich aber sofort wieder zurück. Was steckt dahinter?«

Sigolf sah seinen Sohn erstaunt an. Für ihn lag die Antwort auf der Hand: »Er wollte wertvolle Sachen erbeuten, das bringt ihm Ruhm ein.«

»Was für wertvolle Sachen sollen denn in Bauerndörfern zu finden sein? Hacken und Schaufeln?«

Der alte Händler zögerte mit einer Erwiderung. »Vielleicht wollte er nur das Vieh stehlen«, erklärte er schließlich verunsichert.

»Nein«, Rainolf schüttelte den Kopf. »Borgar hat nichts gestohlen, nicht einmal Getreide. Er hat die Häuser niedergebrannt, alle Bauern, die nicht rechtzeitig fliehen konnten, getötet und ist dann wieder über den Rhenus gesetzt, ehe die Legionäre eintreffen konnten.«

Sigolf zog die Stirn kraus. »Der Kriegszug war also eine reine Provokation?«

»So sieht es aus. Borgar hat sich mit seinen Überfällen noch nicht einmal Ruhm innerhalb seines Stamms erworben. Das Töten von wehrlosen Bauern, Frauen und Kindern gilt bei allen Germanen als feiger Mord. Nur der Kampf gegen Krieger ist ehrenvoll.«

»Aber warum sollte Borgar es auf einen Vergeltungsschlag der Römer anlegen? Das gibt doch keinen Sinn!«

»Genauso wenig, wie der mysteriöse Mord an Agyntir einen Sinn ergibt. Die Chatten sind davon überzeugt, dass der Prokonsul der Täter ist. Doch Justinus bestreitet es. Und ich glaube ihm, denn wenn er Borgar, einen erklärten Feind Roms, getötet hätte, würde es seinen Ruhm mehren.«

»Du meinst also, jemand versucht, die beiden Völker gegeneinander aufzuhetzen?«

»Ja, genau das glaube ich.«

»Dann tätest du gut daran, bald den Namen des Verantwortlichen herauszufinden, denn viel Zeit bleibt nicht mehr, bis ein Krieg losbricht.«

Einen Augenblick war Rainolf versucht, seinem Vater von Ylynta zu berichten. Er brauchte dringend einen Rat, wie er weiter vorgehen sollte. Doch er brachte es nicht fertig. Rainolf kannte seinen Vater gut genug, um zu wissen, dass Sigolf mit seinem Verhalten nicht einverstanden gewesen wäre. Er hätte höchstwahrscheinlich darauf bestanden, dass Rainolf Ylynta festnahm und die Wahrheit dem Richter mitteilte. In solchen Dingen war Sigolf konsequent: Über Verbrechen musste immer ein Gericht entscheiden.

Die Gedanken schwirrten in Rainolfs Kopf herum, als er das Haus seines Vaters verließ.

Doch ihm blieb keine Zeit, sie zu ordnen, denn vor der Tür wäre er fast mit Garawan zusammengeprallt. Der Rothaarige war außer Atem.

»Hier steckst du! Ich habe es schon in deiner Wohnung

versucht, aber das unfreundliche Wesen, dass sich dein Sklave nennt, sagte mir, dass du seit Stunden weg wärst.«

Rainolf zog Garawan rasch vom Haus weg und senkte die Stimme. »Hast du etwa schon mit dem Freund deines Bruders gesprochen?«

»Du warst schon immer sehr scharfsinnig«, grinste Garawan. »Ja, er hat sich bereit erklärt, morgen Nacht – da hält er das nächste Mal Wache – seinen Kameraden für einen Moment wegzuschicken, dann kannst du mit deiner Begleiterin unbemerkt die Stadt verlassen.«

Rainolf ballte die Fäuste und stieß einen Laut der Erleichterung aus.

»Freu dich nicht zu früh«, sagte Garawan amüsiert. »Er verlangt zehn Sesterzen dafür.«

Augenblicklich hielt Rainolf inne. »Zehn Sesterzen? Was glaubt er, wer ich bin, König Midas?«

Garawan zuckte entschuldigend mit den Achseln. »Zuerst hat er zwanzig Sesterzen haben wollen, ich habe ihn immerhin auf die Hälfte runterhandeln können.«

»Schon gut«, winkte Rainolf ab, »darauf kommt es jetzt auch nicht mehr an.«

»Er sagte, dass du und Ylynta euch gegen Mitternacht an der Porta Iovis einfinden sollt.«

»Hast du ihm ihren Namen genannt?«, fragte Rainolf entsetzt.

»Wofür hältst du mich? Natürlich nicht!«, sagte Garawan beleidigt.

»Tut mir leid! Ich bin nervös.« Rainolf schlug seinem Freund versöhnlich auf die Schulter. »Wie wäre es, wenn wir im *Schwarzen Stier* noch eine Cervisia trinken gehen?«

Dem Vorschlag hatte sein Freund nichts entgegenzusetzen.

Wenig später erreichten sie die Taberna. Wie üblich war sie voll, Leute aus ganz Colonia, hauptsächlich Handwerker und Arbeiter, tranken hier ihre Cervisia und spielten Würfel. Doch auch etliche Fremde aus den Provinzen des römischen Imperiums hockten auf den wackeligen Schemeln und amüsierten sich. Einige grell geschminkte Frauen boten ihre Dienste an.

Rainolf und Garawan waren kaum eingetreten, als eine merkwürdige Gestalt auf sie zustürzte. Der Mann war von undefinierbarem Alter und klapperdürr. Er besaß kaum noch Haare auf dem Kopf und zog deshalb selbst im Hochsommer eine Kappe auf, die er aus einem Katzenfell angefertigt hatte. Er behauptete allerdings stets, es handele sich um ein echtes Biberfell. Seine Leinenhose schillerte in allen möglichen Farben und an seiner Jacke hingen abgeschnittene Mäuseschwänze. Der Mann selbst hielt seine Kleidung für sehr modisch.

Die merkwürdige Gestalt hieß Devicus und hauste in dem Sumpfgebiet gegenüber von Novaesium. An dem Bogen, den der Rhenus dort machte, stand seine einfache Hütte. Devicus tat allerdings so, als wohne er in einem Palast. Niemand wusste, wo er herkam, aber alle ließen den harmlosen Spinner gewähren. Wer an einem solchen Ort seine Wohnstätte errichtete, musste verrückt sein.

Seit Rainolf Devicus einmal vor ein paar Gassenjungen gerettet hatte, die ihm einen üblen Streich spielen wollten, hatte der dünne Mann einen Narren an dem Aedil gefressen. Ungefähr einmal im Monat überquerte er mit seinem kleinen Kahn den Fluss und machte sich auf die Suche nach Rainolf. Oft hatte er irgendetwas dabei, mit dem er hoffte, Eindruck schinden zu können.

»Nicht der Angeber schon wieder«, stöhnte Garawan.

»Rainolf, ich habe dich schon gesucht!«, rief Devicus quer durch die Taberna. Er hielt einen Krug an sich gepresst, dessen Öffnung mit einem Stück Leder verschlossen war. Devicus löste nun das Leder und hielt Rainolf den Krug aufmunternd hin.

»Hallo, Devicus«, grüßte Rainolf. Ihm tat der Mann irgendwie leid und er versuchte meistens, wenigstens ein paar freundliche Worte für ihn zu finden. »Hast du uns mal wieder eine umwerfende Neuigkeit mitgebracht?«

»Das hier musst du probieren!«

»Was ist das?«, fragte Rainolf skeptisch und blickte in die gelbe Flüssigkeit.

Devicus drängte sich nahe an ihn heran, sodass Rainolf seinen Atem riechen konnte. Der Gestank nahm dem Ubier für einen Augenblick die Luft.

»Das ist Cervisia. Ich habe es selbst gebraut«, flüsterte Devicus, als würde er ein Staatsgeheimnis preisgeben.

»Was denn, dort in deinem Sumpf?«, fragte Garawan ungläubig.

»Ja, das kannst du nicht fassen, was ich alles kann, nicht wahr?«

Garawan verdrehte die Augen. Die dürre Gestalt ließ nicht locker und hielt Rainolf immer noch den Krug unter die Nase.

Rainolf fiel etwas ein. »Sag mal, hast du drüben, auf der anderen Seite des Rhenus, in letzter Zeit Chatten gesehen?«

»Chatten?« Devicus' Augen weiteten sich angstvoll. »Nein, Wodan sei Dank!«

»Hast du schon mal von Freya, der Schamanin, gehört?«

Jetzt griff Devicus hastig zu einem Amulett, das um seinen Hals hing, und murmelte eine Beschwörung.

»Sprich den Namen nicht aus!«, flüsterte er ängstlich. »Die bösen Geister des Waldes stehen mit ihr im Bunde.«

»Also weißt du etwas über sie«, stellte Rainolf ungerührt fest.

Furchtsam blickte Devicus in der Taberna umher, als könne sich jeden Moment die Schamanin auf ihn stürzen. »Sie kann Männer in Tiere verhexen. Viele müssen nun als Schlangen oder Kröten durch die Wälder kriechen.«

»Was kannst du mir noch erzählen?«

Der hässliche Mann wand sich, wie unter Zwang. »Sie soll die Anführerin der Chatten sein, seitdem Agyntir tot ist.«

»Du weißt von dem Mord?«

»Ich habe gehört, dass der Prokonsul ihn getötet haben soll. Die Schamanin hat Rache geschworen. Es wird fürchterlich enden.«

»Wissen wir schon, sie hat ihn ja bereits verflucht«, erklärte Garawan genervt. »Aber ihr Fluch hat nichts genützt, der Prokonsul lebt noch.«

»Er kann der Schamanin nicht entkommen, zu mächtig ist ihr Zauber. Glaubt mir, sie wird nicht eher ruhen, bis der Prokonsul tot ist«, flüsterte Devicus.

Rainolf und Garawan sahen sich bestürzt an. Was würde Freya als Nächstes planen?

Devicus trat nervös von einem dürren Bein auf das andere. Dann erinnerte er sich plötzlich wieder des Grunds seiner Anwesenheit und hielt Rainolf den Krug unter die Nase. »Nun koste schon, so etwas hast du noch nicht erlebt!« Er entblößte seine schlechten Zähne zu einem, wie er wohl annahm, aufmunternden Lächeln. Es sah aus, als habe er Schmerzen.

Rainolf wusste, dass Devicus keine Ruhe geben würde, bis

er ihm den Gefallen getan hatte. Also ergriff er den Krug und setzte ihn an den Mund. Im nächsten Moment spuckte er die Flüssigkeit in hohem Bogen wieder aus.

Garawan brach in lautes Gelächter aus. »Ja, so was hat Rainolf wirklich noch nicht erlebt!«

»Das ist ja alt!«, rief Rainolf angewidert. »Wie viele Tage hat das Zeug denn in der Sonne gestanden? Es schmeckt ekelhaft!«

Devicus war fassungslos. »Wie, es schmeckt dir nicht?«, fragte er kleinlaut.

»Nein, verdammt, und jetzt verzieh dich in deinen Sumpf und bleib da!« Rainolf drückte ihm den Krug zurück in die Hand und stapfte verärgert an ihm vorbei.

»Devicus, gib es auf! Du wirst die Kunst des Cervisiabrauens nie beherrschen, selbst wenn du es zweitausend Jahre lang üben würdest«, erklärte Garawan kopfschüttelnd und folgte dann seinem Freund.

Devicus blieb zurück und starrte bekümmert in seinen Krug.

»Wirt, zwei Cervisia!«, rief Rainolf, als sie in einer Ecke einen freien Tisch ergattert hatten. »Ich habe einen Geschmack im Mund, als hätte ich an einer alten Sandale gekaut«, ekelte er sich.

Als der Wirt die beiden Krüge brachte, setzte Rainolf seinen gleich an seine Lippen.

»So muss Cervisia schmecken«, atmete er dann erleichtert auf.

Garawan pflichtete ihm mit einem Rülpsen bei.

Es war schon spät, als Rainolf nach Hause zurückkehrte. Der Abend hatte neue Erkenntnisse gebracht, aber auch viele neue Fragen aufgeworfen. Nachdenklich schloss er die

Tür hinter sich. Da baute sich eine vertraute Gestalt vor ihm auf: Caledus. Ihn hatte Rainolf ganz vergessen, aber sicher nicht vermisst.

»Herr«, begann der Sklave in vorwurfsvollem Tonfall, »die Sonne ist bereits untergegangen. Ein verantwortungsvoller Beamter liegt um diese Zeit schon im Bett und außerdem …«

Rainolf winkte müde ab. »Verschon mich heute ausnahmsweise mit deinen Weisheiten. Ich habe jetzt keine Lust, mich mit dir zu streiten.«

Verdutzt sah Caledus seinem jungen Herrn nach, der an ihm vorbeiging und sich ins Bett fallen ließ.

IV. Tag

Rainolf hatte unruhig geschlafen und wachte schweißgebadet auf. Er wäre am liebsten im Bett liegen geblieben, aber Caledus, der Gnadenlose, schickte ihn unbarmherzig zur Arbeit. Entsprechend schlecht gelaunt schleppte er sich an diesem Morgen zu seinem Amtszimmer.

Die Schlange der Beschwerdeführer reichte den gesamten Gang entlang, was Rainolfs Stimmung noch weiter in Richtung Nullpunkt zog. Ganz vorn in der Reihe stand wieder einmal der Gewürzhändler Nurigmor, der sogleich begann, gegen seinen Nachbarn zu hetzen. Rainolf hatte erneut Schwierigkeiten, sich auf das Vorgetragene zu konzentrieren. Tat er das Richtige, wenn er Ylynta zur Flucht verhalf?

Es war zum Verrücktwerden, nicht einmal als Aedil hatte er die Macht, Ylynta einfach laufen zu lassen. Rainolf ließ ein kurzes Schnaufen vernehmen, was Nurigmor so sehr irritierte, dass er aufhörte zu reden. Die plötzlich eingetretene Stille riss Rainolf aus seinen Grübeleien.

»Fahr fort, ich höre!«, forderte er, um gleich wieder an das Kommende zu denken. Wie sollte er Ylynta überhaupt aus dem Praetorium bringen? Die Sklaven durften ohne ausdrücklichen Befehl ihres Herrn das Gebäude nicht verlassen. Die Wachen am Eingang waren wegen der jüngsten Ereignisse sehr nervös und kontrollierten jeden ganz genau. Ein hübsches Mädchen wie Ylynta fiel dazu noch besonders auf.

Wenn Rainolf als Aedil sie begleiten würde, könnte er Ylynta zwar aus dem Praetorium schleusen, aber die Wachen würden sich daran erinnern, dass die Sklavin in seiner Begleitung gewesen war. Das wiederum würde dem Prokonsul und auch Julia zu Ohren kommen.

In dem Moment kam ein Fabius, ein junger Soldat der Stadtwache, hereingestürzt. »Aedil, du musst schnell kommen! Es hat einen Mord gegeben!«

Rainolf fuhr senkrecht hoch und Nurigmor fiel vor Schreck fast von seinem Stuhl. Ohne zu zögern, rannte der Aedil aus dem Raum.

»Du kannst mich doch nicht schon wieder hier sitzen lassen!«, rief Nurigmor ihm verzweifelt nach.

»Wer ist ermordet worden?«, erkundigte sich Rainolf bei dem Wachsoldaten.

»Eine Frau. Aber wir wissen nicht, wer sie ist«, antwortete Fabius.

»Eine Frau?« Eine böse Vorahnung befiel Rainolf. »Wo ist es passiert?«

»Fast direkt an der Porta Iovis.«

Merkwürdig, dachte Rainolf. Das war kein besonders geeigneter Ort, um ein Verbrechen zu begehen. Die Gefahr, dort auf die Stadtwache zu stoßen, war sehr hoch.

Es dauerte nur wenige Minuten, bis sie in einer kleinen Seitengasse stoppten. Drei weitere Soldaten der Wache standen dort. Hinter einigen leeren Fässern ragten ein Paar zierliche Füße hervor – mit den Zehen nach oben.

Rainolf schluckte und lugte vorsichtig um das vorderste Fass herum. Im nächsten Augenblick erfasste ihn heftige

Übelkeit. Die junge Frau lag mit weit aufgerissenen Augen auf dem Kopfsteinpflaster, den Blick in unendliche Ferne gerichtet. Sie trug ein hübsches, aus feiner Wolle gesponnenes Kleid, dessen ehemals weiße Farbe in der oberen Hälfte einem dunklen Rot gewichen war. Eine klaffende Wunde verlief quer über ihren Hals, eine weitere genau über ihrem Herzen.

Rainolf kannte die junge Frau. Es war Ylynta.

»Welches Schwein tut so etwas?«, fragte Fabius neben ihm bitter. »Ein so hübsches Mädchen!«

Rainolf atmete tief durch und trat nah an die Leiche heran. Der Schnitt durch den Hals wirkte irgendwie obszön, fast wie ein zweiter Mund. Rainolf wusste, dass ein Mensch nach einer solchen Verwundung unfähig war zu schreien und rasch das Bewusstsein verlor, der Tod trat in sehr kurzer Zeit ein. Plötzlich stutzte Rainolf: Es gab so gut wie kein Blut unter der Leiche. Das konnte nur bedeuten, dass Ylynta nicht hier getötet worden war. Ihr Kleid war mit Blut durchtränkt, es musste in Strömen geflossen sein, doch auf den Pflastersteinen waren nur ein paar vereinzelte Blutstropfen getrocknet.

Rainolf fühlte heiße Wut in sich aufsteigen. Er glaubte zu wissen, wer dem Leben der jungen Frau ein so brutales Ende gesetzt hatte.

»Bringt sie zum Hohepriester des Marstempels, Cecilius Sevonius, und sagt ihm, dass ich euch geschickt habe. Er wird die Zeremonie für die Tote vornehmen.«

Die Wachen, fast alles Veteranen der Legion, die in ihrem Leben schon viele Leichen gesehen hatten, nickten beflissen.

Nur Fabius wagte zaghaft einen Einwand. »Sollten wir nicht die Anwohner der umliegenden Häuser befragen, ob sie das Mädchen kennen?«

»Nicht nötig«, Rainolf schüttelte traurig den Kopf, »ich weiß, wer sie ist.«

Er wartete, bis die Soldaten die Leiche in ein Tuch gehüllt und sie weggetragen hatten. Trauer und Wut hielten ihn gleichermaßen gepackt. Mit einem Ruck drehte er sich um und rannte durch die Straßen. Das Haus seines Vaters lag nicht weit entfernt.

Mit einer heftigen Bewegung stieß er die Tür auf. Sigolf, der sich gerade mit Walraban unterhielt, blickte seinen Sohn überrascht an. Grußlos ging Rainolf an den beiden vorbei und sah sich in dem Geschäft um.

»Was ist los mit dir?«, fragte sein Vater verwundert.

»Wo ist Teruwar?«, Rainolf presste die Frage zwischen den Zähnen hervor.

»Er fegt gerade das Lager aus.«

Ohne ein weiteres Wort stürmte Rainolf die Treppe hoch in das Zimmer seines Vaters. Dort öffnete er die schwere Holztruhe und holte das alte Schwert seines Großvaters heraus. Es war schon lange nicht mehr benutzt worden, aber mindestens einmal im Monat polierte und schliff Sigolf die Klinge.

Rainolf zog das Schwert aus der Scheide und eilte in das Lager. Sigolf und Walraban starrten ihm entsetzt nach, doch Rainolf kümmerte sich nicht um sie. Mit vorgestreckter Waffe trat er auf Teruwar zu, der bis an die Wand zurückwich. Rainolf drückte ihm die Spitze an die Kehle.

»Ich schwöre beim Wodan, dass ich dich über den Gjöll schicken werde, wenn du mir nicht die Wahrheit gestehst!«, zischte Rainolf böse.

»Rainolf, was fällt dir ein?«, rief Sigolf, der hinter ihm das Lager betreten hatte, doch sein Sohn beachtete ihn nicht.

»Los, du Cherusker, erzähl mir, woher du stammst!«, schrie Rainolf wütend.

»Ich weiß nicht, was du von mir willst!«, sagte Teruwar heiser.

»Dann sag ich es dir: Du bist kein Cherusker, sondern Chatte! Du hast dich nur bei meinem Vater um Arbeit bemüht, damit du unauffällig in der Stadt bleiben konntest, weil du einen Auftrag zu erfüllen hattest.«

Teruwar blinzelte nervös und schluckte mehrfach.

»Freya, die Schamanin, hat dich geschickt«, redete Rainolf weiter. »Du solltest der Sklavin Ylynta heimlich Tollkirschen übergeben, damit sie den Prokonsul vergiften konnte. Beinahe wäre euer Plan aufgegangen. Nur seinem hervorragenden Arzt hat es Justinus zu verdanken, dass er noch lebt. Damit Ylynta dich nicht verraten konnte, hast du Feigling sie letzte Nacht umgebracht.«

»Was?«, fragte Teruwar fassungslos. »Ylynta ist tot?«

»Tu nicht so unschuldig, du hast ihr die Kehle durchgeschnitten – einer wehrlosen jungen Frau! Du bist ein feiger Mörder!«, brüllte Rainolf.

»Nein, das war ich nicht!«, schrie Teruwar zurück. Der Atem des Chatten ging hektisch, es war ihm anzusehen, dass er nach einem Ausweg suchte. Doch eine Flucht war unmöglich, denn Sigolf, Walraban und die beiden Sklaven versperrten die Tür. Als Teruwar die Aussichtslosigkeit seiner Lage begriff, gab er den Widerstand auf.

»Es ist wahr: Freya hat mich geschickt«, erklärte er endlich mit leiser Stimme. »Wir stammen aus dem gleichen Dorf mit Namen Algonsnir. Ich sollte, nachdem Freya ihren Fluch verkündet hatte, Ylynta die Tollkirschen geben. Aber ich schwöre bei allen Göttern, dass ich Ylynta nicht getötet habe.«

Sigolf und alle anderen Anwesenden sahen Teruwar entsetzt an.

Nur Rainolf war nicht überrascht. »Wer war es dann?«

»Ich weiß es nicht!«

Das Geständnis Teruwars verunsicherte Rainolf. Natürlich hatte der Chatte bewiesen, dass er überzeugend lügen konnte. Aber was, wenn er tatsächlich nichts mit dem Mord an Ylynta zu tun hatte? Wer konnte sonst von dem Tod der jungen Frau profitieren?

»Wer hat von dem Plan, Ylynta ins Praetorium einzuschleusen, gewusst?«

Teruwar versuchte, sich trotz der Klinge an seiner Kehle zu konzentrieren. »Freya, ein paar ihrer engsten Verwandten und ich.«

»Niemand hier in Colonia?«

Der Chatte schüttelte bestimmt den Kopf. »Nein, Freya hielt es für ratsam, nur wenige in den Plan einzuweihen. Alle sollten glauben, dass ihr Fluch den Prokonsul getötet habe.«

»Und selbst die Römer hätten sie wegen ihres Einflusses auf die Götter gefürchtet«, ergänzte Rainolf. »Vor allem aber hätten die Chatten eine so mächtige Schamanin als Kriegsherrin anerkannt. Sie hätte sich sogar gegen Borgar durchgesetzt.«

Teruwar nickte und gab sich jetzt redselig: »Agyntir, der das Oberhaupt des Gaus der Raben war, hat sich auf dem letzten Thing gegen den Raubzug ausgesprochen, zu dem Borgar vom Gau des Ebers aufgerufen hatte. Auch wenn Agyntir bestimmt kein Freund der Römer gewesen ist, so hat er doch eingesehen, dass es besser für unser Volk ist, wenn wir weiter friedlich Handel mit der anderen Seite des Rhenus betreiben, statt Krieg zu führen.«

Rainolf ließ langsam sein Schwert sinken.

»Borgar hat Agyntir Feigheit vorgeworfen«, fuhr Teruwar fort. »Das war natürlich lächerlich, Agyntir war der gewaltigste Krieger der Chatten. Vor allem ihm haben wir es zu verdanken, dass die Römer damals auf weitere Versuche, Germanien zu unterwerfen, verzichtet haben. Aber Agyntir war auch klug und wusste, dass ein Raubzug auf der anderen Seite des Rhenus einen erneuten Feldzug der Römer auslösen würde. Doch Borgar hat trotzdem die Dörfer geplündert.«

Sigolf, Walraban und die beiden Sklaven hatten sich hinter Rainolf aufgebaut und lauschten gebannt.

»Unser Gau wäre weiter friedlich geblieben, wenn nicht Justinus auf die feige Idee gekommen wäre, Agyntir heimtückisch im Schlaf zu ermorden. Warum hat sich der Prokonsul für den Raubzug bloß an ihm gerächt und nicht an Borgar?«

»Justinus hat Agyntir nicht umgebracht! Er weiß nicht, wer es getan hat!«, verteidigte Rainolf den Prokonsul.

»Er ist bei seiner Tat beobachtet worden«, entgegnete Teruwar heftig.

»Hast du es gesehen?«

»Nein, ich befand mich wie die meisten Männer unseres Dorfes auf Bärenjagd, als der Mord geschah. Die Nachricht ereilte uns erst einen Tag später, doch da waren die Römer wie vom Erdboden verschluckt.«

»Wer will den Prokonsul denn gesehen haben?«

»Ein Junge aus unserem Dorf war zufällig in der Nähe Holz sammeln, als die Römer Agyntir töteten. Er sagt, er habe den Prokonsul an seiner Uniform erkannt.«

»Das ist sehr vage. Der Prokonsul hat mir versichert, dass er Agyntir nicht getötet hat – und ich glaube ihm.«

»Dann glaubt einer von uns beiden einem Lügner«, erklärte Teruwar, ohne einen Zweifel daran zu lassen, wen er für den Leichtgläubigen hielt.

Die zwei jungen Männer standen sich feindselig gegenüber. Als Rainolf erneut die Waffe hob, trat Sigolf zwischen sie.

»So kommen wir nicht weiter! Teruwar, wenn du schwörst, nicht zu fliehen, wird Rainolf das Schwert wegstecken und wir werden uns alle friedlich an den Tisch setzen.«

Rainolf sah seinen Vater überrascht an.

»Ich schwöre beim Wodan und beim Donar, hierzubleiben und niemanden anzugreifen«, versprach Teruwar.

Ein Schwur galt den Germanen als heilig und Rainolf ließ das Schwert, ohne zu zögern, sinken. Sigolf befahl seinem Sohn, Teruwar und Walraban, ihm in die Culina zu folgen. Die beiden Sklaven wies er an, sich vor der Tür zu postieren – nur für den Fall, dass Teruwar wortbrüchig werden sollte.

»Nun, wir sollten jetzt genau überlegen, was zu tun ist«, begann der Hausherr.

»Als Aedil muss ich Teruwar als Feind Roms verhaften«, erklärte Rainolf sofort. »Er hat versucht, den Prokonsul umzubringen. Darauf steht die Todesstrafe.«

»Du hattest bereits herausgefunden, dass diese Ylynta versucht hat, den Prokonsul umzubringen, und trotzdem hast du sie nicht festgenommen«, erwiderte Sigolf.

Rainolf merkte, wie ihm die Röte ins Gesicht stieg. »Ich wollte erst sichergehen, dass ich auch ihren Helfer ergreifen konnte. Wenn ich Ylynta verhaftet hätte, wäre Teruwar gewarnt gewesen und hätte fliehen können.«

»Red keinen Unsinn!«, wies Sigolf seinen Sohn zurecht. »Du hättest beide gleichzeitig festnehmen können.«

Rainolf blickte zu Boden, ehe er kleinlaut gestand: »Sie hat mir leidgetan. Freya hat sie zu der Tat gezwungen. Ylynta hatte Angst, ihre Familie würde sonst verflucht.«

Sigolf sah fragend zu Teruwar hinüber.

Der zuckte entschuldigend mit den Achseln. »Für Freya zählt nur, Agyntir zu rächen. In der Wahl ihrer Mittel konnte sie dabei nicht zimperlich sein. Ich kann euch aber versichern, dass sie sonst ein freundliches Wesen besitzt.«

»Freundliches Wesen!«, schnaubte Rainolf verächtlich.

»Ich kenne Freya schon seit meiner Kindheit«, ereiferte sich Teruwar. »Sie verfügt über außergewöhnliche Fähigkeiten. Ihr Weg als Schamanin war ihr vom Schicksal vorgegeben.«

»Warum ist sie eigentlich so wild darauf, Agyntir zu rächen? Es wäre doch eigentlich die Aufgabe seiner Familie«, erkundigte sich Rainolf.

Teruwar sah ihn beinahe mitleidig an. »Freya ist Agyntirs Tochter!«

Rainolf starrte Teruwar lange an, ohne ein Wort zu sagen. In dem Ubier tobten widersprüchliche Gefühle. Schließlich sagte er: »Teruwar, angenommen ich würde dich nicht dem Gericht ausliefern, sondern dich vielleicht sogar freilassen – würdest du dann zu Freya gehen und sie von der Unschuld des Prokonsuls überzeugen?«

Rainolf wusste, dass er viel riskierte. Wenn bekannt werden würde, dass er einen Attentäter hatte laufen lassen, würde die römische Justiz nicht nur Teruwars, sondern auch seinen Kopf fordern. Andererseits glaubte er, dass der Prokonsul sein Handeln billigen würde, wenn er so von dem Fluch befreit und sogar ein Krieg verhindert werden konnte.

»Das kann ich gerne tun, doch Freya ist zutiefst davon überzeugt, dass der Prokonsul Agyntir ermordet hat«, erklärte Teruwar. »Wie gesagt, ein Junge aus unserem Dorf hat die Tat beobachtet. Ich glaube nicht, dass ich ihre Meinung ändern kann.«

»Was will Freya denn jetzt noch unternehmen, wo ihr Mordanschlag vereitelt wurde?«

»Du kennst sie nicht. Sie wird nicht eher ruhen, als bis ihr Vater gerächt ist.«

»Noch einmal wird ein Giftanschlag nicht funktionieren. Justinus ist nun gewarnt und wird entsprechende Vorsichtsmaßnahmen ergreifen. Will Freya sich in einen Raben verwandeln und ihm so lange auf den Kopf hacken, bis er tot umfällt?«, fragte Rainolf spöttisch.

»Unterschätze Freyas Macht nicht!«, brauste Teruwar auf. »Nur weil sie den Prokonsul vergiften wollte, heißt das noch lange nicht, dass ihr Fluch nicht wirkt. Sie kann die Geister des Waldes zu Hilfe rufen. Vergiss nicht: Das erste Opfer hat der Fluch bereits gefordert.«

»Ja, nur war Ylynta das falsche Opfer«, erklärte Rainolf trotzig.

»Ylynta hat sich zur Erfüllung des Fluchs als Vollstreckerin hingegeben«, mischte sich Sigolf mit düsterer Stimme ein. »Ein Todesfluch ist sehr gefährlich. Er kann auch Menschen treffen, die dem Fluch zu nahe gekommen sind.«

»Vater, ich habe Ylynta gesehen: Jemand hat ihr die Kehle durchgeschnitten! Seit wann benutzen Geister Messer?«

Doch Teruwar und Sigolf waren nicht davon zu überzeugen, dass ein Mensch Ylynta getötet hatte. Zu tief steckte in ihnen die Furcht vor den Geistern, die Freya angeblich schicken konnte.

Rainolf wandte sich wieder an den Chatten. »Ich weiß noch nicht, was ich mit dir machen werde, Teruwar. Ich muss darüber nachdenken. Du hast geschworen, nicht zu fliehen. Also geh in meine, äh, deine Kammer und bleib dort, bis ich wieder zurück bin!«

Teruwar erhob sich schweigend und stieg schweren Schrittes die Treppe empor. Die Last auf seinen Schultern war ihm anzumerken. Er bereitete sich innerlich auf den Tod vor.

Wenig später betrat Rainolf das Praetorium. Auf den Gruß der Wache reagierte er überhaupt nicht, zu sehr war er in Gedanken versunken. Er lenkte seine Schritte in Richtung der privaten Gemächer des Prokonsuls.

Vor der Tür stand ein Legionär, der sogleich das Wort an ihn richtete: »Du suchst Julia?«

Irritiert sah Rainolf die Wache an. »Was geht dich das an?«, fragte er gereizt.

»Nichts. Ich wollte dir nur mitteilen, dass du sie hier nicht findest. Sie hat sich vor einer Stunde in ihre Gemächer zurückgezogen.«

Rainolf atmete tief durch und begab sich zu Julias Cubiculum. Er klopfte und betrat den Raum.

Auch wenn sie in der letzten Nacht nur wenig geschlafen haben konnte, sah sie wunderschön aus. Allerdings verrieten ihre geröteten Augen, dass sie geweint hatte. Wortlos schlang sie die Arme um seinen Hals und drückte ihn fest an sich. »Es ist schön, dass du da bist«, flüsterte sie.

Rainolf durchströmte ein Glücksgefühl. Zärtlich strich er ihr über den Rücken und erkundigte sich nach dem Befinden ihres Vaters. Mit sorgenvoller Miene berichtete Julia, dass er immer noch fantasiere.

»Das vergeht bestimmt bald«, tröstete Rainolf sie und überlegte, wie er Julia beibringen konnte, was er herausgefunden hatte. »Du musst mir schwören, dass du das, was ich dir gleich erzählen werde, nicht weitersagen wirst!«

Sie war irritiert und gleichzeitig misstrauisch. »Was ist los?«

»Ich weiß, wer versucht hat, deinen Vater zu vergiften.«

»Wer?«, fuhr sie hoch.

»Schwöre zuerst!«

Julia blickte ihn verwirrt an, doch dann siegte ihre Neugier. »Ich schwöre es bei Minerva, der Göttin der Weisheit.«

Rainolf holte tief Luft und berichtete von Ylynta, Teruwar und dem raffinierten Plan Freyas.

»Dafür müssen sie alle hingerichtet werden!«, rief Julia aufgebracht.

Rainolf schüttelte bestimmt den Kopf. »Was Ylynta betrifft, ist es dafür schon zu spät.«

»Was soll das heißen?«

»Sie ist tot. Jemand hat ihr heute Nacht die Kehle durchgeschnitten.«

Die Nachricht ließ Julia verstummen.

»Wer hat das getan?«, fragte sie nach einer Weile leise.

»Das weiß ich noch nicht. Aber ich bin mir sicher, dass der Mord nicht an dem Ort geschah, wo die Leiche gefunden wurde. Ihr Mörder hat sie nahe der Porta Iovis abgelegt.«

Julia stand auf und ging zum Fenster. Sie sah lange hinaus, ehe sie sich zu Rainolf umwandte. »Ich weiß nicht, was ich denken soll. Einerseits hat sie den Tod verdient, weil sie versucht hat, meinen Vater zu vergiften. Andererseits tut sie mir leid.«

Er trat auf Julia zu und nahm ihre Hände. »Es ehrt dich, dass du so empfindest! Aber wir müssen nach vorne sehen. Wenn du nicht nur deinem Vater, sondern ganz Colonia helfen willst, dann lass mich mit euren Sklavinnen sprechen.«

Julia begriff sofort, worum es ihm ging. »Du willst wissen, ob jemand eine Ahnung hat, wo Ylynta letzte Nacht gewesen ist?«

»Ganz genau. Vielleicht war Ylynta mit ihrem Mörder verabredet und hat es vorher einer anderen Sklavin erzählt.«

Die junge Römerin wurde erneut nachdenklich. »Es ist schon merkwürdig: Ich habe in der kurzen Zeit, in der sie im Praetorium war, Ylynta kaum kennengelernt und nur wenige Sätze mit ihr gesprochen, hatte sie aber als Bereicherung für unser Haus empfunden. Sie war ein sehr hübscher Anblick, klug und fleißig. Vielleicht etwas schüchtern, aber das ist bei Mädchen aus der Provinz nichts Ungewöhnliches. Und jetzt erfahre ich, dass sie vorhatte, meinen Vater umzubringen.«

»Lass uns die Sklavinnen befragen!«, ermahnte Rainolf.

Die Unterkünfte der Sklaven befanden sich in einem kleinen Seitentrakt des Hauptgebäudes, natürlich streng getrennt nach Männern und Frauen. Insgesamt verfügte eine so wichtige Persönlichkeit wie der Prokonsul über zwei Dutzend Sklaven: von Köchen über Wäscherinnen bis zu einem Lehrer für seine Tochter. Zu Hause in Rom gäbe es doppelt so viele, hatte Julia einmal erklärt, aber sie hätten nicht alle in die ›beengten‹ Wohnverhältnisse nach Germanien mitnehmen können.

Die junge Römerin öffnete zielstrebig eine Tür am Ende eines schmalen Gangs. In dem Raum dahinter standen sechs gemauerte Betten mit strohgefüllten Leinensäcken als Matratzen. Rainolf staunte, dass im Praetorium sogar die Sklaven über richtige Betten verfügten.

Eine Frau mittleren Alters und mit dunklen Haaren, die gerade Laken zusammenfaltete, blickte überrascht auf. Rainolf erinnerte sich vage an sie, auch wenn er ihren Namen nicht kannte.

»Secundinia, wann hast du Ylynta das letzte Mal gesehen?«, fragte Julia ohne Umschweife.

Ein wenig verdutzt blickte die Sklavin Julia an. »Gestern Abend, als ich schlafen ging, Herrin. Sie hat das Bett dort.« Sie deutete auf die Schlafstätte direkt neben der Tür.

»Und heute Morgen?«

»Da war sie nicht mehr da. Ich hatte mich noch gewundert, dass sie so früh aufgestanden ist.«

Rainolf schaltete sich in die Unterhaltung ein: »Was denkst du über Ylynta?«

Secundinia blickte furchtsam zwischen ihm und Julia hin und her. Sie wusste nicht, was sie von der Befragung zu halten hatte. »Sie ist nett, aber verschlossen.«

»Ist sie mit irgendwem näher befreundet?«

Die Sklavin schüttelte den Kopf, dabei fielen ihr ein paar Haarsträhnen ins Gesicht. »Nicht, dass ich wüsste.«

Rainolf sah sich interessiert um. Von Ylyntas Bett bis zur Tür war es noch nicht einmal ein Schritt. Sie hätte nachts jederzeit unbemerkt das Zimmer verlassen können.

»Wo sind ihre persönlichen Sachen?«

»Da drinnen«, antwortete Secundinia schüchtern und wies auf eine kniehohe Truhe aus dunklem Holz.

Rainolf hob den Deckel und Julia spähte neugierig über seine Schulter. Ein germanisches Kleid und ein Umhang mit einer Fibel aus Ylyntas Heimat, ein Kleid nach römischer Mode, eine Bürste, eine Halskette und ein Armreif aus Bronze lagen darin. Rainolf wollte die Truhe bereits wieder schließen, als Julia zielsicher eines der Kleider herausfischte. Dabei fiel etwas zu Boden, das in den Stoff eingewickelt war.

Rainolf hob das Ding auf und hielt es hoch. Es war ein kleiner, aus Holz geschnitzter Rabe, noch nicht einmal so groß wie ein Daumen.

»Warum trägt sie so was mit sich herum?«, fragte Julia verwundert.

Das Tier war nicht gerade von Meisterhand gefertigt.

»Es passt nicht zu einer jungen Frau. Oder ist es ein Talisman?«, überlegte die Römerin.

»Hast du das schon einmal gesehen?«, fragte Rainolf Secundinia.

»Nein, Herr.«

»Ambrosius hat die Sachen doch sicher kontrolliert, als Ylynta hier einzog, oder?«, wandte sich Rainolf an Julia.

»Natürlich, das gehört zu seinen Pflichten.«

»Dann lass uns zu ihm gehen!«

Sie ließen die verdutzte Secundinia in dem Zimmer zurück und eilten in die Culina, wo sich Ambrosius zu dieser Uhrzeit aufhalten musste, um die Speisefolge mit dem Koch zu besprechen.

Tatsächlich fanden sie den Atriensis in heftiger Diskussion mit Rufius. Rainolf wusste, dass die beiden sich nicht leiden konnten und ständig miteinander stritten.

Julia gebot ihnen, sofort ruhig zu sein, und winkte Ambrosius, ihr nach draußen zu folgen. Rufius war sichtlich froh, seinen Widersacher loszuwerden, und konnte sich einen hämischen Blick nicht verkneifen.

Ambrosius diente der Familie des Justinus schon sein ganzes Leben lang und war mit der Stellung des Atriensis belohnt worden. Seine Aufgabe bestand darin, dafür zu sorgen, dass die übrigen Sklaven ihre Arbeit ordentlich verrichteten und der Haushalt reibungslos lief. Der hagere Mann mit der übertriebenen Gestik war stets herausgeputzt wie ein Pfau und ölte sich mit Rosenduft ein. Es war offensichtlich, dass Ambrosius dem gleichen Geschlecht zugetan war.

»Ambrosius, ich habe einige Fragen an dich«, eröffnete ihm Julia hoheitsvoll.

Er war nun ganz der ergebene Sklave und erkundigte sich eifrig, was er für seine Herrin tun könne.

»Du hast doch sicher die Sachen von Ylynta kontrolliert, nachdem sie gekauft worden war.«

»Ja, Herrin, sie hatte aber kaum etwas dabei, nur ein scheußliches Kleid und einen Umhang. Außerdem eine Haarbürste und ...«, er schien angestrengt nachzudenken, wobei er übertrieben theatralisch die Hand an die Stirn legte, »ach ja, eine Kette und einen Armreif. Ich habe ihr natürlich zwei neue Kleider gegeben, damit sie bei der Arbeit angemessen angezogen ist. Wie sähe das denn aus, wenn sie in ihren Lumpen dem Herrn das Essen servieren würde?«

Er kicherte albern bei der Vorstellung.

»Wie ist der Kauf von Ylynta eigentlich vonstatten gegangen?«, erkundigte sich Rainolf.

»Ein Sklavenhändler vom Stamm der Nemeter kam zu mir ins Praetorium und bot Ylynta zum Kauf an. Da das Mädchen etwas Latein sprach, außerdem jung und ansehnlich war, bin ich natürlich sofort zum Herrn geeilt und habe sie ihm gezeigt. Er war einverstanden, zumal der Händler ein Dummkopf war und Ylynta zu einem lächerlichen Preis verkauft hat. Er hätte mindestens das Doppelte für sie bekommen können.«

»Wie sah der Händler aus?«, erkundigte sich Rainolf.

»Schrecklich ungepflegt! Er hatte einen struppigen Schnurrbart und grauenhafte Kleidung. Außerdem stank er wie ein ganzer Ziegenstall.«

Rainolf musste grinsen. Ambrosius war dafür berüchtigt, dass er an niemandem ein gutes Haar ließ. Der Ubier zog den geschnitzten Raben hervor und zeigte ihn dem Atriensis. »Hast du das schon einmal gesehen?«

Der Sklave machte ein angeekeltes Gesicht und hob abwehrend die Hände. »Was ist denn das? Primitive Kunst aus Germanien? Nein, das habe ich ganz bestimmt noch nie gesehen! An so etwas Scheußliches würde ich mich sicher erinnern.«

Rainolf nickte und steckte den Raben wieder in seine Tasche. »Mehr wollten wir im Moment nicht wissen. Du kannst zurück zu Rufius und weiterstreiten.«

Doch Ambrosius streckte seine lange, dünne Nase wissbegierig vor. »Hat Ylynta etwas angestellt?«

Er hätte es nie gewagt, eine solche Frage an Julia zu richten, doch in Rainolf sah der Atriensis bloß einen Ubier, der ihm bestenfalls gleichgestellt war – Aedil hin oder her.

Der bedachte ihn mit einem unterkühlten Blick. »Wie man es nimmt: Sie ist tot.«

Rainolf und Julia wandten sich ab, wohlwissend, dass ihnen Ambrosius mit offenem Mund hinterherstarrte.

»Woher kommt dieser Rabe?«, fragte Julia, nachdem sie sich einige Schritte entfernt hatten.

»Da Ylynta ihn nicht aus ihrem Dorf mitgebracht hat, wie wir nun von Ambrosius erfahren haben, kann sie ihn erst hier erhalten haben. Es könnte ein Zeichen sein, dass sie sich mit jemandem treffen sollte. Vielleicht mit ihrem Mörder.«

»Hat sie ihn womöglich von diesem Teruwar?«

»Das glaube ich nicht. Meines Wissens hat er ihr auf dem Forum nur die Tollkirschen zugesteckt. Von einem Raben hat er nichts gesagt, aber ich werde ihn natürlich noch mal befragen.«

Julia blieb abrupt stehen und ergriff Rainolfs Hände. »Ich weiß nicht, wer Agyntir umgebracht hat, und ich weiß auch nicht, warum Ylynta sterben musste. Aber irgendjemand will, dass es zum Krieg kommt.« Sie atmete tief durch. »Taticenus hat sich heute Morgen eingehend mit den Offizieren beraten. Als Stellvertreter meines erkrankten Vaters hat er beschlossen, den Chatten die Macht Roms zu demonstrieren.«

Rainolf fühlte, wie das Grauen von ihm Besitz ergriff. »Wann soll der Feldzug beginnen?«

»Die Legionen aus Bonna und Novaesium werden zwei Wochen für die Vorbereitungen brauchen. Dann segeln sie mit der Classis Germanica nach Rigomagus, um von dort in das Land der Chatten zu marschieren.«

»Zwölftausend Legionäre – das wird ein furchtbares Gemetzel!«

»Ja, und ich fürchte, es wird ein sehr langer Krieg werden mit vielen Toten auf beiden Seiten«, erklärte Julia ernst. Entschlossen reckte sie ihr Kinn vor und hob die Stimme. »Wir müssen das verhindern! Hörst du, Rainolf, es darf nicht sein, dass jemand durch einen feigen Mord Tausende von Menschen in den Tod treibt!«

Sie blickte ihrem Freund tief in die Augen. Das tat sie immer, wenn sie ihn zu etwas überreden wollte. Zu Rainolfs Verzweiflung funktionierte ihre Taktik ausgezeichnet.

»Es gibt nur eine Möglichkeit, Freya davon zu überzeugen, dass mein Vater ihren Vater nicht umgebracht hat: Du musst zu ihr gehen!«

Rainolf brauchte einen Moment, um die Aufforderung zu begreifen. »Ich soll was?«, rief er fassungslos.

»Ich weiß, dass ich viel von dir verlange. Aber wenn jemand diesen Krieg verhindern kann, dann bist du es. Freya würde einem Römer keinen Glauben schenken, aber du bist Germane – und redegewandt genug, um sie überzeugen zu können.«

»Moment!«, protestierte er. »Wir könnten doch Teruwar zu ihr schicken.«

»Kannst du ihm wirklich trauen? Und wäre es nicht viel eindrucksvoller für Freya, wenn du als Aedil von Colonia mit ihr reden würdest? Du würdest damit ein Zeichen setzen, dass der Prokonsul es ehrlich meint.« Julia sah ihn unverändert mit ihren großen Augen an.

Rainolf merkte, wie sein Widerstand schmolz. Wieso konnte er nie Nein sagen?

»Bitte, tu es für Colonia und all die Menschen, die sonst sterben würden! Ich werde die Götter um ihren Beistand für dich anflehen. Glaube mir, es fällt mir nicht leicht, dich zu Freya zu schicken! Ich habe Angst um dich, aber ich sehe keinen anderen Weg, diesen Krieg noch zu verhindern!« Behutsam zog sie ihn an sich und küsste ihn.

Als sie sich voneinander lösten, nickte er und sagte leise: »Gut, ich werde gehen!«

»Ich danke dir, Rainolf. Ich liebe dich!«

Die letzte Bemerkung machte Rainolf regelrecht stolz, sodass sogar seine Angst vor der bevorstehenden gefährlichen Reise etwas in den Hintergrund trat.

Stumm nahmen sie ihren Weg wieder auf und näherten sich dem Cubiculum des Prokonsuls. Schließlich meinte Julia nachdenklich: »Eines bliebe in Bezug auf Ylynta noch zu klären: Wie konnte sie aus dem Praetorium entkommen? Unseren Sklaven ist es verboten, nachts ohne Befehl das Gebäude zu verlassen.«

»Ich werde mich mit der Wache am Haupttor unterhalten«, erklärte Rainolf, froh, den Gedanken an die gefährliche Reise für einen Moment beiseiteschieben zu können.

Sie hatten die Tür erreicht. »Ich muss mich jetzt wieder um meinen Vater kümmern«, sagte Julia und umarmte Rainolf.

Von dem wachhabenden Offizier erfuhr Rainolf den Namen des Mannes, der in der letzten Nacht Dienst am Eingang gehabt hatte. Er hieß Eukidonis und stammte, wie Rainolf kurz darauf feststellte, vermutlich aus Mazedonien oder Thrakien. Eukidonis hatte eng zusammenstehende Augen, eine Knollennase und blinzelte nervös.

Rainolf nannte seinen Namen und sein Amt, obwohl er sich sicher war, dass Eukidonis genau wusste, um wen es sich bei dem Besucher handelte.

»Ist letzte Nacht etwas Ungewöhnliches vorgefallen? Wollte jemand heimlich das Praetorium verlassen?«

»Nein, Herr!«, antwortete der Soldat mit hartem Akzent.

Rainolf baute sich direkt vor dem Mann auf. »Ich frage dich noch einmal, Eukidonis, und ich rate dir, die Antwort gut zu überlegen: Ist letzte Nacht eine Sklavin hinausgelangt?«

Eukidonis wand sich, er schluckte. »Herr, mein Befehl lautet, niemand Unbefugten hineinzulassen.«

»Ach, aber hinaus darf jeder? Du weißt, dass es den Sklaven nicht erlaubt ist, das Praetorium nachts ohne ausdrückliche Erlaubnis zu verlassen!«

»Ja, Herr!«

»Also, ist gestern Nacht eine junge, blonde Sklavin an dir vorbeigekommen?«

»Ja«, antwortete Eukidonis heiser. »Ich wollte sie nicht durchlassen, aber sie bot mir an, morgen Nacht zu mir zu kommen und …«

»Willst du mich für dumm verkaufen?« Rainolf verlor die Beherrschung.

Der Kerl log eindeutig. Mit Sicherheit hatte er sie nur unter der Bedingung hinausgelassen, dass sie ihm dafür gefällig sein müsse. Sklavinnen waren für Legionäre Freiwild.

»Hat sie gesagt, wo sie hinwollte?«

»Nein.«

»Ist sie während deiner Wache zurückgekommen?«

»Nein, Herr.«

»Eine Sklavin des Prokonsuls verlässt heimlich das Praetorium und kehrt nicht zurück. Und du hast es nicht für nötig gehalten, das deinem Vorgesetzten zu melden?«

Schweißperlen standen auf Eukidonis' Stirn. Er wusste, dass sein Verhalten harte Konsequenzen nach sich ziehen konnte. Der Optio der Garde war nicht gerade für seine Zimperlichkeit bekannt.

»Das wird ein Nachspiel für dich haben«, knurrte Rainolf.

Wütend stapfte er davon. Ylynta hatte das Praetorium also noch lebend verlassen. Zu wem konnte sie mitten in der Nacht gewollt haben?

Rainolf beschloss, sich Teruwar noch einmal vorzunehmen.

Er war gerade im Haus seines Vaters eingetroffen und wollte Sigolf und Walraban von dem Raben erzählen, als Baldwin aus dem Hinterhof in den Laden gestapft kam.

»Was für eine Sauerei!«, beschwerte sich der Sklave lautstark. »Da hat irgendjemand eine Ziege oder ein Schwein ausbluten lassen.«

Rainolf fuhr wie vom Schlag getroffen herum. »Was sagst du da? Wo?«

»In der schmalen Gasse hinter dem Hof. Können die Idioten nicht bei sich zu Hause ihr Vieh schlachten? Jetzt muss ich alles aufwischen.«

Rainolf hörte die letzten Worte des Sklaven schon nicht mehr, er hastete nach draußen. Hinter dem Haus seines Vaters befand sich ein kleiner, ummauerter Hof, in dem Walrabans Kammer, eine Art Hütte, lag. Vor Kurzem hatte Sigolf ein Loch in die Mauer brechen lassen, so konnte man das Grundstück hier auch durch eine schmale Tür betreten.

Rainolf riss die Tür zur Gasse auf und erstarrte in der Bewegung: Direkt vor ihm war der Boden rotbraun gefärbt. Er ging in die Hocke, um die Sache näher in Augenschein zu nehmen. Auf dem groben Kopfsteinpflaster und in den Ritzen dazwischen war das Blut bereits eingetrocknet, aber noch deutlich zu erkennen. Es konnte sich erst seit ein paar Stunden dort befinden.

Dann entdeckte er etwas Faseriges zwischen zwei Steinen. Mit spitzen Fingern griff er danach und hielt lange, blonde Haare in die Höhe. Rainolf wäre jede Wette eingegangen, dass sie Ylynta gehört hatten. Die junge Chattin war direkt hinter dem Haus seines Vaters umgebracht worden.

Sigolf, Walraban und die beiden Sklaven hatten sich hinter ihm versammelt. »Wann ist die Tür das letzte Mal geöffnet worden?«, fragte Rainolf, ohne sich umzudrehen.

»Ich habe sie gestern Abend benutzt«, erklärte Walraban. »Da war noch kein Blut zu sehen gewesen.«

»Hat sie danach noch jemand geöffnet?«, fragte Rainolf in die Runde, bekam jedoch keine Antwort.

»Das war kein Tier, das hier getötet wurde, nicht wahr?«, fragte Walraban stattdessen.

Rainolf schüttelte traurig den Kopf. »Nein.« Er stand langsam auf und wandte sich an Albuin. »Hol Teruwar her!«

Der Sklave nickte und lief los. Kaum eine Minute später schleppte er den Chatten herbei.

Rainolf hielt ihm das Büschel Haare hin. »Genau an dieser Stelle ist Ylynta letzte Nacht ermordet worden.«

Teruwar starrte ihn fassungslos an und bekam kein Wort heraus.

»Was wollte sie mitten in der Nacht hier?«, fragte Rainolf.

»Vielleicht hat sie sich verlaufen?«, meinte Baldwin einfältig. »Ist mir in der Dunkelheit auch schon passiert.«

Rainolf ging auf die Bemerkung des Sklaven nicht ein. »Sie war hier verabredet. Was sie nicht wissen konnte, war, dass sie sich mit ihrem Mörder treffen würde.« Sein Blick wanderte erneut zu Teruwar.

»Ich habe sie nicht getötet, das habe ich doch bereits gesagt!«, verteidigte sich der Chatte lautstark.

»Das habe ich auch nicht behauptet«, antwortete Rainolf kühl. »Der Mörder wollte nicht, dass man ihre Leiche hier findet, denn er hat sie fortgeschafft und sie in einer Seitengasse abgelegt.«

Rainolf zog aus seiner Tasche den kleinen Holzraben, der zwischen Ylyntas Sachen gelegen hatte, und hielt ihn Teruwar hin. »Kennst du das?«

»Der Rabe, das heilige Tier unseres Gaus!«, erklärte der Chatte verblüfft. »Seit urdenklichen Zeiten ist der Erhalt eines Rabens aus Holz bei uns das Signal, dass ein Angehöriger unseres Gaus Hilfe braucht. Das Schenken eines Rabens ist allerdings auch ein Zeichen der Freundschaft.«

»Nun, als Freundschaftsgeschenk hat er in diesem Fall kaum gedient. Vielmehr war er ein Lockvogel. Ylynta dachte, dass du ihn geschickt hättest, und kam zu dem Haus, in dem du wohntest.«

»Du meinst, jemand wusste nicht nur über Ylynta, sondern auch über mich Bescheid?«

Rainolf nickte düster. »Ja, und dieser jemand kennt sich mit chattischen Gepflogenheiten aus, zum Beispiel weiß er Bescheid über die Bedeutung von hölzernen Raben.«

»Ich habe keine Ahnung, wer Ylynta diesen Raben geschickt haben könnte«, erklärte Teruwar.

Rainolf sah ihm fest in die Augen und rang sich zu einem Entschluss durch. »Hör genau zu, Teruwar: Ich werde dir die Freiheit schenken, wenn du schwörst, mich sicher zu Freya zu bringen, und mir ermöglichst, mit ihr zu reden.«

Teruwar blickte ihn ungläubig an. »Du willst mit Freya sprechen?«

»Ich muss, wenn ich weiteres Unheil verhindern will.«

Der Chatte nickte langsam. »Ich verstehe, was du meinst. Da ich einen Krieg genauso wenig will wie du, werde ich mich bei Freya dafür einsetzen, dir zu glauben.«

Rainolf hielt ihm die Hand hin. »Also, gilt die Vereinbarung?«

Teruwar schlug ein. »Ich schwöre bei allen Göttern, dich sicher nach Algonsnir zu Freya zu bringen!«

Rainolf spürte einen Kloß in der Kehle. Die Angst nagte an ihm wie ein Raubtier. Er würde zu den Chatten, schlimmer noch, zu Freya gehen und sie von der Unschuld des Prokonsuls überzeugen müssen. Dabei hatte er keinen blassen Schimmer, wie er das anstellen sollte und ob er lebend zurückkehren würde. Doch nun hatte er Julia sein Wort gegeben und es gab kein Zurück mehr.

V. Tag

Rainolf wollte am nächsten Morgen früh aufbrechen, die Zeit drängte. Er trug einfache germanische Kleidung und darüber einen Umhang, der von einer Fibel zusammengehalten wurde. So hoffte er, nicht aufzufallen. Auf ein Schwert hatte er bewusst verzichtet. In Freyas Dorf hätte es ihm gegen eine Übermacht sowieso nichts genützt, außerdem wollte er seine friedlichen Absichten demonstrieren. Lediglich ein Dolch steckte verborgen in seinem Hosenbund.

Als er das Haus seines Vaters betrat, um Teruwar abzuholen, erwarteten ihn bereits alle, sogar seine Schwester Farhild war gekommen. Es wurde nicht viel geredet, jedem war klar, dass Rainolf vielleicht nicht mehr zurückkehren würde.

Farhild brach in Tränen aus, als sie ihn zum Abschied umarmte. Auch Sigolf konnte seine Emotionen kaum unterdrücken. »Viel Glück, mein Junge! Pass gut auf dich auf!«

Der Reihe nach wünschten ihm Walraban, Albuin und Baldwin mit traurigen Gesichtern den Schutz Fortunas für die Reise.

Rainolf nickte dankend. Dann holte er tief Luft. »Denkt dran, es darf niemand erfahren, wo ich hingehe! Das würde mich den Kopf kosten. Offiziell bin ich in Ulpia Traiana, um die dortige Vigiles zu überprüfen.«

Er wandte sich an Teruwar: »Lass uns gehen!«

Die beiden marschierten zum Hafen. Sigolf hatte eine Schiffspassage bis Confluentes organisiert. Er war seit Langem mit einem Magister Navis namens Arbold befreundet, der für ihn regelmäßig Waren über den Rhenus verschiffte. Auf dessen Boot würden Rainolf und Teruwar schneller und bequemer vorankommen als zu Fuß über die Straße.

Von dem ständig wachsenden Ort um das befestigte Castellum apud Confluentes wollten sie auf die andere Seite des Rhenus übersetzen. Einige Meilen im Nordwesten endete der Limes, den die beiden umgehen mussten, um unauffällig ins Land der Chatten zu gelangen. Anschließend lag noch ein Fußmarsch von etwa drei Tagen durch die Wälder vor ihnen, wie Teruwar erklärt hatte, bis sie Algonsnir erreichen würden.

Als sie das Tor zum Hafen passierten, überlegte Rainolf, wie wohl Lucius Curilius reagieren würde, wenn er erfuhr, dass sich sein Amtskollege ohne Vorankündigung auf eine Reise nach Ulpia Traiana begab. Rainolf hatte mit Julia vereinbart, dass sie Curilius noch heute eine entsprechende Nachricht mit dem Siegel des Prokonsuls zukommen lassen würde. Es war für sie ein leichtes, an den Siegelring ihres Vaters zu gelangen.

Rainolf und Teruwar näherten sich einer der Molen im Hafen Colonias. Auf einem Lastkahn herrschte bereits emsiger Betrieb. Vor der Planke, über die Sklaven Kisten und Amphoren schleppten, stand ein langer, dünner Mann und überwachte die Arbeit. Als Rainolf und Teruwar sich ihm näherten, kniff er die Augen zusammen, bis ein Zeichen des Erkennens sein hageres Gesicht aufhellte.

»Rainolf, mein Junge!«, begrüßte er ihn freundlich.

Arbold hatte Rainolf schon als kleines Kind gekannt und sprach ihn deshalb immer noch so an, obwohl er natürlich wusste, dass er es inzwischen zum Aedil gebracht hatte.

»Sei auch du gegrüßt, Arbold!«

»Dein Vater sagte, du und ein Freund würdet gerne bis Confluentes mitkommen.«

»Ja, ich wäre dir sehr dankbar. Das erspart uns einige Tage Fußmarsch.«

»Seid herzlich willkommen an Bord!«

Über die wackelige Planke gelangten sie auf das Schiff. Es war zwar nicht sehr groß, aber aufgrund der Konstruktion konnte es erstaunlich viel Last aufnehmen. Die Sklaven verstauten schon die letzten Waren unter Deck.

»Wir legen sofort ab, dann schaffen wir es bis morgen Mittag nach Confluentes. Ich habe kräftige Ruderer und der Wind steht günstig. Was wollt ihr übrigens dort?« Arbold blickte seine beiden Passagiere listig an.

»Nur einige Verwandte meines Freundes Teruwar besuchen, die in der Nähe wohnen«, log Rainolf.

Arbold brummte etwas Zustimmendes, ehe er plötzlich seine Mannschaft anbrüllte. »Genug gefaulenzt, ihr Nichtsnutze! Legt euch in die Riemen!«

Kurz darauf glitt das Boot aus dem Hafen. Colonia bot vom Fluss aus einen erhabenen Anblick mit seinen mächtigen Mauern und Türmen. Die Ansiedlungen rund um die Stadt zogen sich jedes Jahr weiter, stellte Rainolf fest. Nicht einmal der Prokonsul wusste genau, wie viele Einwohner Colonia inzwischen zählte, da täglich Menschen aus den Provinzen in die blühende Handelsmetropole strömten.

Die Sklaven erwiesen sich als ausdauernde Ruderer. Schon nach zwei Stunden kam Bonna in Sicht.

Von einem der steilen Hügel auf der gegenüberliegenden Seite stieg der Rauch eines Lagerfeuers auf. Eigentlich siedelten in dem Gebiet die Brukterer, aber Rainolf fragte sich, ob es vielleicht Chatten waren, die von dort oben die Truppenbewegungen im Römerlager beobachteten.

»Schon merkwürdig: Vor drei Wochen habe ich Fridugar nach Confluentes mitgenommen«, bemerkte Arbold plötzlich.

Die Nachricht ließ Rainolf hellhörig werden. »Was wollte der alte Halsabschneider dort?«

Arbold zuckte die Achseln. »Keine Ahnung, hat er nicht gesagt. Er hat so gut wie kein Wort geredet, bis wir angekommen sind.«

»Merkwürdig, Fridugar hat keine Niederlassung in Confluentes. Und wenn er Waren von außerhalb Colonias haben will, schickt er normalerweise einen seiner zahlreichen Sklaven. Es muss schon einen wichtigen Grund gegeben haben, dass er selbst die Reise auf sich genommen hat. Noch dazu auf einem Lastkahn und nicht in seiner komfortablen Sänfte.«

»Es hat mich auch sehr gewundert. Vor allem, nachdem er mir extra Geld gezahlt hat, damit ich niemandem erzähle, dass ich ihn mitgenommen habe.« Arbold zwinkerte Rainolf mit einem Auge zu. »Also, du hast diese Information nicht von mir. Und ich erzähle dir das auch nur, weil ich den habgierigen Geizhals nicht ausstehen kann. Fridugar hat nie mit mir Geschäfte machen wollen, weil ich mich geweigert habe, ausschließlich für ihn zu fahren. Ich wollte mich nicht in Abhängigkeit begeben. Ich kenne einige, die den Fehler begangen haben, und jetzt geht es ihnen schlechter als zuvor.«

»Wenn er seine Reise geheim halten wollte, kann nur ein großes Geschäft dahinterstecken«, überlegte Rainolf.

»Das ist aber noch nicht alles: Als ich, wenige Stunden nachdem Fridugar das Schiff verlassen hatte, durch Confluentes gegangen bin, habe ich noch jemanden getroffen, den du kennst.«

»Mach es nicht so spannend!«, forderte Rainolf.

Ein spitzbübisches Lächeln überflog das Gesicht des Schiffers. »Unseren Vize-Prokonsul höchstpersönlich: Aurelius Taticenus …«

Rainolf blickte erstaunt. »Ich weiß, dass er vor etwa einem Monat für einige Tage im Auftrag des Prokonsuls in Aquae war, um sich mit dem dortigen Legaten zu treffen. Wieso ist er danach heimlich nach Confluentes geritten?«

»Das weiß ich nicht. Ich habe Taticenus nur kurz im Gewühl der Straße gesehen. Er hatte zwei Leibwächter, aber sonst kein Gefolge dabei und trug zwar gute, aber keine auffallende Kleidung. Für einen Vize-Prokonsul jedenfalls ziemlich ungewöhnlich.«

In Rainolfs Gehirn begann es fieberhaft zu arbeiten. »Weißt du, wo er hingegangen ist?«

»Nein, ich hatte noch viel zu erledigen und keine Zeit, ihm zu folgen.«

»Und Fridugar? Hast du vielleicht gesehen, wohin er sich begeben hat?«

»Nun, ich weiß zumindest, wo er den Abend verbracht hat: in der Taberna am Hafen. Der Wirt, Gartorix, ist ein Freund von mir und hat es mir später erzählt. Fridugar habe sich dort mit einem Römer getroffen. Wer der Fremde war, wusste Gartorix leider nicht.«

Normalerweise hätte Rainolf Fridugars Reise nach Confluentes keine größere Bedeutung beigemessen. Durch die gleichzeitige Anwesenheit des Vize-Prokonsuls bekam die

Angelegenheit jedoch eine ganz andere Dimension. Immerhin war der wortgewandte Römer ein eifriger Befürworter des Krieges gegen die Chatten. Rainolf dankte Arbold für die wertvolle Nachricht und versprach, sie vertraulich zu behandeln.

Als er sich abends neben Teruwar auf dem Deck schlafen legte, erzählte er ihm leise von seinen Überlegungen. »Was, wenn Taticenus in Confluentes eine Verschwörung vorbereitet hat?«

»Du meinst, er hat den Mord an Agyntir geplant?«, fragte Teruwar erstaunt. »Wozu bräuchte Taticenus dafür Fridugar? Und überhaupt ist es nicht gesagt, dass es der Vize-Prokonsul war, mit dem Fridugar sich in der Taberna getroffen hat.«

Rainolf brummte etwas Unverständliches und drehte sich auf die andere Seite. Es dauerte lange, ehe er endlich in einen unruhigen Schlaf fiel.

VI. Tag

Rainolf konnte es kaum abwarten, bis am nächsten Mittag endlich Confluentes in Sicht kam. Die Stadt war nicht annähernd so groß wie Colonia, doch ihre Lage am Zufluss der Mosella in den Rhenus machte sie strategisch wichtig. Wenn man dem kleineren Fluss stromaufwärts folgte, gelangte man nach Augusta Treverorum, der Hauptstadt der Provinz Belgica.

Confluentes verfügte über ein befestigtes Römerlager. Um dieses herum war im Laufe der Jahre ein geschäftiger Ort entstanden, der regen Handel betrieb.

Nachdem sie angelegt hatten, bedankte sich Rainolf herzlich bei Arbold. Der ältere Mann schlug ihm auf die Schulter und mahnte die beiden, gut auf sich achtzugeben.

Teruwar packte seinen Beutel und wollte die Mole entlanggehen. Es war ausgemacht, dass sie nach einem Fischer suchen wollten, der sie auf die andere Seite des Rhenus bringen würde.

Doch in dem Moment fiel Rainolfs Blick auf eine Taberna, die direkt am Hafen lag. Über dem Eingang prangte in goldenen Lettern ein Schild: *Zum Rhenus.* Er konnte der Versuchung nicht widerstehen.

Rainolf deutete mit dem Kinn zu dem Gasthaus. »Das ist

die Taberna von Gartorix. Lass uns dorthin gehen, eine Cervisia trinken und mit dem Wirt plaudern.«

»Wir sollten so schnell wie möglich auf die andere Seite des Flusses hinübersetzen«, widersprach Teruwar mürrisch.

»Komm schon, ich möchte zu gerne wissen, mit wem sich Fridugar hier getroffen hat. Vielleicht erfahren wir etwas Interessantes.«

Der Blick des Chatten schweifte zwischen dem gegenüberliegenden Ufer und der Taberna hin und her. Schließlich zuckte er mit den Achseln. »Meinetwegen. Auf eine Cervisia.«

Die Taberna war schlicht, aber zweckmäßig eingerichtet. Um diese Uhrzeit herrschte noch nicht viel Betrieb. An einem Weinfass stand ein rundlicher Mann mit roten Wangen und einem gewaltigen rotblonden Schnurrbart und füllte Gläser.

Rainolf steuerte entschlossen auf ihn zu. »Bist du Gartorix?«

»Ja, möchtet ihr etwas essen?«, erkundigte sich der Wirt fröhlich.

»Vielleicht später. Erst mal hätte ich eine Frage an dich: Kennst du Fridugar, den Händler aus Colonia?«

Schlagartig verschwand das Lachen aus dem Gesicht des Wirts. »Seid ihr etwa Freunde von ihm?«, fragte er feindselig.

Rainolf und Teruwar tauschten einen kurzen Blick.

»Nein, das kann man nicht gerade sagen«, antwortete der junge Ubier vorsichtig und beeilte sich hinzuzufügen: »Aber wir sind Freunde von Arbold, dem Schiffer.«

»Euer Glück! Der aufgeblasene Wichtigtuer Fridugar hat doch glatt behauptet, mein Wein sei sauer, und sich geweigert zu bezahlen. Ich habe den Kerl deshalb rausgeworfen und ihm verboten, jemals wieder meine Taberna zu betreten. Aber erst musste er mir die volle Zeche für alle beide bezahlen.« Er fuchtelte mit dem Zeigefinger in der Luft. »Mein Wein zählt zu den besten der Mosella!«

Rainolf grinste. Das war dem Geizhals Fridugar recht geschehen. »Alle beide? Dann war Fridugar nicht allein?«

»Nein, ein Römer hat sich hier mit ihm getroffen.«

»Handelte es sich bei dem Römer zufällig um den Vize-Prokonsul Aurelius Taticenus?«

Gartorix guckte ihn verdattert an. »Der Vize-Prokonsul in meiner bescheidenen Taberna? Nein, das halte ich für ausgeschlossen. Was sollte er hier gewollt haben?«

Rainolf beschrieb dem Wirt das Aussehen von Aurelius Taticenus.

Gartorix schüttelte unwillig den Kopf. »Tut mir leid, ich kann mich nicht erinnern, wie der Mann aussah. Ich habe nur bemerkt, dass sich ein Römer zu Fridugar an den Tisch setzte. Ich brachte dem Fremden einen Becher Wein und habe nicht weiter auf ihn geachtet. Das Haus war voll und ich hatte alle Hände voll zu tun. Als ich das nächste Mal an dem Tisch vorbeikam, war der Römer schon wieder verschwunden. Nur an Fridugar kann ich mich noch sehr genau erinnern, weil er mir kurz danach vorhielt, dass der Wein ungenießbar sei und er mir deshalb auch nichts dafür zahlen würde.«

Rainolf bedankte sich für die Auskunft.

»Wollt ihr nun etwas essen oder nicht?«, fragte der Wirt.

Da beide hungrig waren, willigten sie ein, und bald tischte Gartorix ihnen einen Eintopf aus Hühnerfleisch und Gemüse auf. Das Essen schmeckte vorzüglich, genauso wie der Wein.

Das war wirklich eine Frechheit von Fridugar, dachte Rainolf verächtlich, den herrlichen Tropfen als sauer zu bezeichnen, nur um sich vor dem Bezahlen zu drücken.

Sie hielten sich nicht mehr lange in der Taberna auf. Rainolf hätte zu gern weitere Nachforschungen angestellt, um zu erfahren, was Fridugar und der Vize-Prokonsul in Confluentes gewollt hatten, doch Teruwar sprach sich dagegen aus. Er wollte noch heute eine möglichst große Strecke zu seinem Dorf zurücklegen. Schließlich sah Rainolf ein, dass die Zeit drängte, sonst würden sie ihre Mission nicht mehr rechtzeitig erfüllen können.

So begaben sie sich auf die Suche nach einem Boot, das sie auf die andere Seite des Rhenus bringen konnte. Sie hatten Glück, denn sie trafen schnell auf einen Fischer, der gerade auslaufen wollte. Rainolf drückte dem Mann vier Sesterzen in die Hand und er brachte sie, hochzufrieden über das gute Geschäft, sogar noch einige Meilen stromabwärts.

Als sie aus dem Boot sprangen und durch das flache Wasser wateten, überkam Rainolf ein Gefühl der Endgültigkeit. Ab hier begab er sich völlig in die Hand Teruwars. Das war dessen Rhenusseite, niemand würde Rainolf zu Hilfe eilen, wenn der Chatte ein falsches Spiel treiben sollte.

Rainolf blickte vor sich, den steilen Hang hinauf. Am liebsten wäre er auf der Stelle umgekehrt und über den Fluss zurückgeschwommen. Nur der Gedanke, was Julia oder sein Vater davon halten würden, hinderte ihn daran, seiner Angst freien Lauf zu lassen.

IX. Tag

Der Wald war sehr dicht, und der Marsch erwies sich als beschwerlich. Zwei Tage lang liefen sie durch bergiges und unwegsames Gebiet, das den Brukterern gehörte. Erst dahinter, in Richtung Osten, begann das Land der Chatten. Rainolf und Teruwar mieden ausgetretene Pfade, denn zwischen den beiden Stämmen war es oft zu Grenzstreitigkeiten gekommen.

Gegen Mittag des dritten Tages gelangten sie zu einem Moor, an dessen Rand einige Pfähle mit skelettierten Pferdeköpfen steckten. Vor ihnen erstreckte sich düster und abweisend die rostbraune Wasseroberfläche. Kein Ton war zu vernehmen. Am nervösesten machte Rainolf jedoch das hölzerne Abbild einer Frau. Es war im Vergleich zu den römischen Statuen primitiv gearbeitet, eigentlich nur in Proportionen angedeutet, aber der böse Blick aus den gelben Augen jagte Rainolf Furcht ein.

Es handelte sich um eine heilige Stätte, die der Erdgöttin Nerthus geweiht war. Sigolf hatte seinem Sohn erzählt, dass im Freien Germanien nach einer schlechten Ernte an solchen Stätten Sklaven oder Gefangene geopfert wurden, um die Göttin gnädig zu stimmen. Die Vorstellung ermutigte Rainolf nicht gerade.

Teruwar zeigte sich im Gegensatz zu seinem Begleiter beim Anblick des Moores erleichtert. Ab hier beginne das Land der Chatten, erklärte Teruwar. Nachdem er kurz niedergekniet und eine beschwörende Formel gemurmelt hatte, liefen sie weiter.

Immer wieder mussten sie über umgestürzte Baumstämme klettern, durch Bäche waten oder sie stolperten über versteckte Löcher im Boden. Aber das ist allemal besser, als ein paar übereifrigen Einheimischen in die Hände zu laufen, die sich schnellen Ruhm durch das Erschlagen eines römischen Aedils erhoffen, dachte sich Rainolf, während er seinen Fuß aus einem Kaninchenloch zog.

Unerwartet blieb Teruwar stehen, sodass Rainolf beinahe gegen ihn gerannt wäre.

»Was ist los, hast du schon wieder ein Reh gewittert?«, fragte Rainolf genervt.

Statt einer Antwort hob Teruwar warnend die Hand. Sie standen am Rande eines Hains aus knorrigen Bäumen. Dichtes Gebüsch umsäumte das Terrain. Rainolf verharrte nun ebenfalls regungslos und suchte mit großen Augen die Umgebung ab, konnte jedoch beim besten Willen nichts entdecken.

»Hörst du vielleicht schon die Eichhörnchen husten?«, fragte er schließlich spöttisch und ging an seinem Begleiter vorbei. Dessen Getue kam ihm lächerlich vor. Teruwar führt sich wohl gerne als erfahrener Jäger auf, der alle Tricks im Anpirschen kennt, dachte Rainolf verächtlich. Dabei waren sie bislang nicht einem einzigen Menschen begegnet. Der Chatte behauptete, dass sie das nur seinen Vorsichtsmaßnahmen zu verdanken hätten. Rainolf glaubte jedoch inzwischen, dass in diesem Urwald sowieso niemand lebte.

Er tat noch einen Schritt auf die Lichtung, als plötzlich ein Krieger mit gezücktem Schwert hinter einem Baumstamm hervorsprang. Schlagartig bereute Rainolf es, nicht auf Teruwar gehört zu haben.

Er wirbelte herum und wollte zurückrennen, doch im gleichen Moment brachen rechts und links weitere bewaffnete Männer aus dem Unterholz. Sie umzingelten die beiden sofort – ein Entkommen war unmöglich.

Rainolf fühlte, wie seine Knie weich wurden. War das sein Ende?

»Sieh da, Teruwar, schleicht sich hier durch den Wald! Wie kommt es, dass du nicht mehr in Colonia bist?«, fragte der Mann, der als Erstes aufgetaucht war.

Er war sehr groß, kräftig und trug einen Vollbart. Seine nackten Arme waren so dick wie Rainolfs Oberschenkel und ragten aus einer Lederweste.

»Sei gegrüßt, Slingir! Macht es dir immer noch Spaß, dich auf harmlose Reisende zu stürzen?«, gab Teruwar zurück und versuchte, möglichst gelassen zu wirken.

Rainolf blickte misstrauisch von einem zum anderen. Was wurde hier gespielt?

»Von harmlos kann wohl keine Rede sein. Wen führst du da heimlich in unser Land?«

Teruwar zögerte, ehe er antwortete: »Einen Boten, der eine wichtige Nachricht für Freya hat.«

Die Auskunft schien Slingir nicht sehr zu beeindrucken. Er trat auf Rainolf zu und hob seine Schwertspitze unter dessen Kinn. Rainolf war gezwungen, den Kopf weit in den Nacken zu legen, während er an seiner Nase entlang auf die Klinge schielte.

Slingir betrachtete ihn aus zusammengekniffenen Augen.

»Du bist zwar kein Römer, aber auch kein Chatte. Raus mit der Sprache, wer schickt dich und was für eine Botschaft hast du?«

Die Angst schnürte Rainolf derart die Kehle zu, dass er kein Wort herausbrachte. Fieberhaft überlegte er, ob er dem furchterregenden Kerl die Wahrheit sagen sollte oder ob ihm eher eine Lüge das Leben retten würde. Derweilen formierten sich die zehn Chatten im Kreis um ihn.

In dem Moment trat Teruwar vor und drückte mit der Hand das Schwert von Rainolfs Hals fort. »Lass ihn! Ich habe ihm mein Wort gegeben, dass ich ihn heil und unversehrt zu Freya bringe.«

»Ach wirklich? Das sind ja große Versprechungen! Aber ich kann mich nicht erinnern, dass ich ihm das Gleiche versprochen habe – und sein Gesicht gefällt mir nicht! Für mich sieht er aus wie ein Spion der Römer!«

Teruwar stellte sich vor seinen Reisegefährten. »Ist er nicht. Er ist Ubier und kommt mit friedlichen Absichten.«

»Was will ein Ubier mit Freya besprechen?«

»Das darf er nur ihr persönlich sagen!«

»Also haben ihn doch die Römer geschickt. Ein Verräter, der mit ihnen gemeinsame Sache macht!«

Teruwar und Slingir standen sich drohend gegenüber.

Die Aufmerksamkeit der restlichen Krieger war ganz auf die beiden Kontrahenten gerichtet. In den Augenwinkeln bemerkte Rainolf eine Lücke in dem Ring der Angreifer. Er zögerte nur eine Sekunde, dann sprang er mit einem gewaltigen Satz zwischen zwei Männern hindurch und rannte, was seine Beine hergaben.

Sogleich vernahm Rainolf ein vielstimmiges Brüllen hinter sich. Er verstand nicht, was die Chatten schrien, es war ihm auch egal. Seine sämtlichen Sinne waren auf sein Überleben ausgerichtet.

Zweige schlugen ihm ins Gesicht, Dornen zerkratzten seine Haut, doch nichts konnte seine Flucht aufhalten. Seine Füße rasten im wilden Stakkato über den Waldboden. Sein Herz schlug ihm bis zum Hals und seine Lunge brannte, aber er fühlte keinen Schmerz. Die Todesangst verlieh ihm ungeahnte Kräfte.

Rainolf hatte nicht die leiseste Ahnung, wo er sich befand. Es gab in dem Wald keinerlei Orientierungspunkte. Er rannte einfach immer weiter.

Er hätte nicht sagen können, wie lange seine Flucht schon dauerte, doch endlich schien er seine Verfolger abgeschüttelt zu haben. Er fühlte schon eine gewisse Erleichterung aufkeimen, als sich vor ihm plötzlich ein Abgrund auftat. In letzter Sekunde gelang es ihm, seinen Lauf zu stoppen. Etwa zehn Meter unter ihm rauschte ein wilder Fluss schäumend durch eine Schlucht.

Rainolf blickte sich verzweifelt um, aber weder rechts noch links gab es eine Möglichkeit, den Abhang hinunterzuklettern. Er musste umkehren. Doch schon nach wenigen Schritten vernahm er Stimmen. Seine Verfolger waren ihm dichter auf den Fersen, als er gehofft hatte. Im nächsten Moment erblickte er Teruwar zwischen den Bäumen, der an der Spitze der Krieger auf ihn zulief.

Er macht gemeinsame Sache mit ihnen, schoss es Rainolf durch den Kopf. Wie habe ich nur so dumm sein können, ihm zu vertrauen?

In Sekundenbruchteilen traf Rainolf eine Entscheidung. Er wandte sich der Klippe zu, holte tief Luft, nahm Anlauf und sprang.

Der Fluss näherte sich ihm rasend schnell und fast im gleichen Augenblick schlugen die Wogen über ihm zusammen. Eine Eiseskälte durchfuhr Rainolf und überlagerte den Schmerz des Aufpralls. Er hätte nie gedacht, dass Wasser so hart sein könnte.

Er wurde in dem tosenden Fluss unter Wasser gedrückt und herumgewirbelt. Schließlich wusste er nicht mehr, wo oben und unten war. Seine Lunge drohte zu platzen. Im allerletzten Augenblick durchbrach er die Wasseroberfläche und saugte panisch Luft ein. Eine Welle drückte ihn erneut hinunter, doch diesmal gelang es ihm, sich gleich wieder hochzukämpfen.

Rainolf war ein guter Schwimmer, schließlich war er am Rhenus groß geworden. Durchhalten, schrie es in ihm. Er machte gezielte Arm- und Beinschläge und schaffte es tatsächlich, sich in Richtung des gegenüberliegenden Ufers vorzuarbeiten. Seine Verfolger fielen ihm ein und er blickte sich um. Der Fluss hatte ihn schon eine beachtliche Strecke mitgerissen, doch er konnte die Chatten oben auf der Klippe noch erkennen. In dem Moment sprang einer von ihnen in das reißende Wasser: Teruwar!

Warum tut er das?, fragte sich Rainolf verblüfft. Wollte er ihn um jeden Preis erwischen?

Der Gedanke mobilisierte seine letzten Kräfte. Mit mächtigen Armzügen näherte er sich dem anderen Ufer. Ein abgeschliffener Felsbrocken ragte vor ihm aus dem Fluss, Rainolf trieb genau darauf zu. Wenn es ihm gelänge, sich daran festzuhalten, könnte er sich hochziehen und den rettenden Sprung zum Ufer schaffen.

Kaum war ihm das klar geworden, prallte er auch schon gegen den Stein. Doch der Fels war glatt und seine Finger rutschten haltlos über die Oberfläche. Rainolf riss sich die Fingernägel blutig, aber dann bekam er eine kleine Vertiefung zu fassen. Er konnte sich festhalten! Mit einer verzweifelten Anstrengung zog er sich auf den Felsen.

Völlig ausgepumpt blieb Rainolf dort auf dem Bauch liegen. Als er zum Fluss blickte, sah er kurz einen blonden Haarschopf aus dem schäumenden Wasser auftauchen und gleich wieder verschwinden. Eine Hand fuhr durch die Luft und schien etwas greifen zu wollen. Sekunden später erschien Teruwars Gesicht in den Wellen, keine zwei Schritt von Rainolf entfernt. Der Chatte war ein miserabler Schwimmer, wenn er es überhaupt je gelernt hatte, begriff Rainolf. Er bemerkte die Panik in Teruwars Augen.

»Rainolf! Hilf mir!«, flehte er, ehe es ihn wieder unter Wasser drückte.

Der junge Ubier sah ihm fassungslos nach. Dann wanderte sein Blick zum Ufer. Es wäre nur ein kurzer Sprung und er wäre in Sicherheit. Bis die restlichen Chatten den Fluss irgendwo in einer Furt überquert hätten, konnte er einen uneinholbaren Vorsprung haben. Er musste eine Entscheidung treffen.

»Idiot!«, schrie er laut, holte Luft und sprang Teruwar hinterher.

Wieder wurde Rainolf herumgewirbelt, aber diesmal war er darauf vorbereitet. Er gelangte mit ein paar Beinstößen an die Oberfläche und sah sich suchend nach Teruwar um. Für einen Moment waren die blonden Haare einige Meter vor ihm zu sehen.

Rainolf schwamm darauf zu. Es erschien ihm wie eine Ewigkeit, bis er endlich einen Körper zu fassen bekam und ihn hochziehen konnte. Teruwar war bewusstlos. Verzweifelt versuchte Rainolf, den Kopf des Chatten über den Wellen zu halten und dabei selbst nicht unterzugehen. Er strampelte wild mit den Beinen, schluckte Wasser und glaubte kaum noch daran, es schaffen zu können.

Doch schließlich spürte er Boden unter den Füßen. Mit aller Gewalt zerrte er den reglosen Körper Teruwars ans Ufer. Dort brach Rainolf erschöpft zusammen.

Er rang nach Luft, seine Muskeln brannten wie Feuer. Dann realisierte er, dass Teruwar zwar mit offenem Mund dalag, aber nicht mehr atmete. Rainolf fluchte einmal mehr und kroch auf allen vieren zu ihm. Er packte den Leblosen und schüttelte ihn, schlug ihm mit der flachen Hand ins Gesicht und rief seinen Namen. »Teruwar, verdammt, stirb mir hier nicht einfach!«

Endlich begann der Chatte zu husten und spuckte Wasser aus. Er stöhnte laut und schlug die Augen auf. Offensichtlich begriff er nicht sogleich, was geschehen war. Langsam und unter Schmerzen strecke er seine Hand aus, um sie Rainolf zu reichen.

»Du hast mir das Leben gerettet. Ich stehe in deiner Schuld!«, krächzte er.

Rainolf winkte unwirsch ab. »Warum warst du so blöd und bist in den Fluss gesprungen, obwohl du der mieseste Schwimmer bist, den ich je gesehen habe?«

Ein Lächeln erschien auf Teruwars Gesicht. »Weil ich ernsthaft angenommen habe, du würdest ertrinken und ich könnte dich retten. Schließlich habe ich geschworen, dich zu Freya zu bringen.« Er musste erneut husten. »Und warum hast du mich rausgezogen?«

»Nur um dir sagen zu können, was für ein Idiot du bist!«

Sie sahen sich an, dann begannen sie zu lachen. Obwohl es

ihnen Schmerzen bereitete, konnten sie gar nicht mehr aufhören.

Als sich jedoch eine Schwertspitze in Rainolfs Genick bohrte, erstarb sein Lachen schlagartig.

»Scheint ja sehr lustig zu sein, fast im Fluss zu ersaufen«, ertönte eine tiefe Stimme hinter ihm.

Entsetzt begriff Rainolf, dass er bei dem Rettungsversuch versehentlich ans falsche Ufer geschwommen war. Die Chatten standen grimmig um ihn herum, diesmal würde er nicht entkommen können.

»Es reicht!«, rief Teruwar, so laut es seine Verfassung zuließ. Mühsam rappelte er sich hoch und sah Slingir böse an. »Ich werde Rainolf sicher zu Freya geleiten. Wenn du mich daran hindern willst, wirst du mich töten müssen!«

Die beiden Kontrahenten starrten sich sekundenlang in die Augen. Dann ließ Slingir sein Schwert sinken. »Nun gut, aber um sicherzugehen, dass ihr auch wirklich zu Freya gelangt, werde ich euch nach Algonsnir begleiten, Vetter!«

»Vetter?«, entfuhr es Rainolf verblüfft.

Teruwar zuckte entschuldigend die Schultern. »Für meine Verwandtschaft kann ich nichts!«

Rainolf blickte ungläubig zwischen den Männern hin und her, die sich so gar nicht ähnlich sahen.

»Ihr habt in eurer Familie eine seltsame Art, miteinander umzugehen«, meinte er schließlich.

Sie rasteten noch so lange, bis sich Teruwar und Rainolf erholt hatten. Die Chatten folgten zunächst dem Flusslauf, dann hielten sie auf eine Bergkette zu.

Rainolf befand sich in der Mitte der Reihe, die sich durch den Wald zog. Er hatte ein ungutes Gefühl im Bauch. Es kam ihm absurd vor, als Aedil aus Colonia zusammen mit Kriegern der Chatten, die seinem Vorgesetzten den Tod erklärt hatten, durch deren Land zu ziehen. Sein Überleben war zwar bis zu dem Treffen mit der Schamanin halbwegs gesichert, aber über das, was danach käme, wagte Rainolf nicht nachzudenken.

Sie übernachteten in einer Höhle, am Fuß eines Berges. Die Chatten entfachten ein loderndes Feuer, weniger um sich zu wärmen, sondern vielmehr als Schutz vor wilden Tieren. Es gebe reichlich Bären und Wölfe in der Gegend, erklärte Teruwar.

Rainolf entging nicht, dass ihm Slingir immer wieder misstrauische Blicke zuwarf. Zwei Krieger wurden für die erste Wache eingeteilt und Rainolf war sich sicher, dass Slingir ihnen eingeschärft hatte, den Fremden nicht aus den Augen zu lassen.

X. Tag

Sie marschierten in einem strammen Tempo und mittags traten sie plötzlich aus dem Wald heraus. Vor ihnen lag Algonsnir: eine Ansammlung von mehreren Dutzend Langhäusern aus Holz, die von einem Palisadenzaun geschützt wurden. Für chattische Verhältnisse eine richtige Großstadt. Das Tor stand weit offen und Rainolf konnte einen festgestampften Weg erkennen, der auf ein prächtig verziertes Haus in der Mitte des Ortes zulief.

Als die Einwohner die Neuankömmlinge entdeckten, kamen sie freudig jubelnd auf sie zugerannt.

Zu Rainolfs Überraschung interessierten sich die meisten nur für Teruwar. Man schlug ihm anerkennend auf die Schultern, einige umarmten ihn. Rainolf musterten die Dorfbewohner neugierig, aber nicht feindselig. Offenbar war ein Begleiter Teruwars für sie automatisch ein Freund. Die Erkenntnis beruhigte Rainolf ein wenig. Sie würden ihn also nicht direkt aufspießen.

Ein kleiner Junge mit einem schmutzigen Gesicht sprang Teruwar jauchzend in die Arme. Der hob den vielleicht vierjährigen Knirps hoch, drückte ihn an sich und zerstrubbelte ihm das blonde Haar. Die Ähnlichkeit der beiden war nicht zu übersehen.

»Das ist mein Sohn Nyrdar«, erklärte Teruwar stolz.

Der Kleine lachte den Fremden fröhlich an. Rainolf war bis jetzt nicht in den Sinn gekommen, dass Teruwar eine Familie haben könnte. Eine junge Frau lief auf Teruwar zu. Sie war schlank, nicht sehr groß und hatte ein freundliches Gesicht. Teruwar lachte und hob sie mit seinem freien Arm hoch, als wäre sie ein Spielzeug. Dann drehte er sich mit ihr und dem kleinen Jungen einmal um seine eigene Achse, ehe er die beiden wieder absetzte.

»Das ist Rainolf, ein Freund aus Colonia«, stellte Teruwar vor. »Meine Frau Nelda.«

»Das dachte ich mir«, erklärte der Ubier etwas verlegen darüber, dass Teruwar ihn als Freund bezeichnete.

»Sei willkommen, Rainolf, und sei Gast in unserem Haus!« Nelda strahlte Rainolf an, als wäre er ein alter Bekannter.

Die beiden führten ihn zu einem Langhaus am Rande des Dorfs. Slingir und seine Gefährten waren ebenfalls von ihren Familien herzlich empfangen worden. Es kam Rainolf seltsam vor, dass die Krieger ihn plötzlich nicht mehr beachteten. Als ob mit seiner Ankunft im Dorf keine Gefahr mehr bestünde. Genau genommen stimmte das ja sogar, wurde Rainolf klar. Was konnte er in einem Dorf voller Chatten schon ausrichten? Und an Flucht war auch nicht zu denken. Er kannte sich in den Wäldern nicht aus und sie hätten ihn in kürzester Zeit wieder eingefangen.

Rainolf war nur froh, dass Teruwar allen klargemacht hatte, dass er als Gast in Algonsnir war – denn die Gastfreundschaft war den Germanen heilig. Solange Rainolf sich keine schwerwiegenden Vergehen zuschulden kommen ließ, galt er als unantastbar.

In seinem Haus bot Teruwar ihm ein Bett aus roh zusammengezimmerten Brettern an. Rainolf lehnte dankend ab, denn ihm war klar, dass es sich um Teruwars und Neldas eigenes Bett handelte. Erleichtert stellte Rainolf fest, dass sich in dem Langhaus kein Stall für die Rinder und Schweine befand, wie er es in einigen der übrigen Häuser im Vorbeigehen gesehen hatte. Der Geruch war daher auszuhalten.

Einige Waffen, die an der Wand lehnten, weckten Rainolfs Interesse. Er erinnerte sich, dass Petronius Bassus die Qualtität der chattischen Schwerter und Lanzen gelobt hatte. Über einem rechteckigen Eisenschild war eine gegerbte Lederhaut gespannt, auf die ein erstaunlich echt wirkender Rabe gemalt war. Daneben lehnte ein Frame, der kurze, leichte Wurfspieß der Germanen, mit dem im Nahkampf auch gefochten werden konnte. Seine Spitze bestand aus fein bearbeitetem Eisen.

Am meisten aber fesselte ein Schwert Rainolfs Aufmerksamkeit, dessen Griff eine Gravur des heiligen Tiers des Gaus zierte. Teruwar entging das Interesse Rainolfs nicht, er nahm lächelnd seine Waffe und wirbelte sie aus dem Handgelenk heraus herum. Dann winkte er seinem Gast, ihn nach draußen zu begleiten. Der Chatte visierte am nächsten Baum einen dicken Ast an und schlug ihn mit einem schnellen Hieb des Schwerts ab. Die Schnittfläche war glatt und nicht ausgefranst, wie Rainolf verblüfft feststellte.

»Ein so gutes Schwert wirst du selbst in Colonia nicht finden. Das Eisen ist extrem hart und zerbricht so gut wie nie – im Gegensatz zu den Schwertern der römischen Legionäre. Sie haben unsere Waffen im Krieg gefürchtet.«

»Woher stammen die Waffen?«, erkundigte sich Rainolf.

»Wir schmieden sie selbst«, erklärte der Chatte stolz. »Wir

verfügen über eine Erzmine, etwa eine Stunde von Algonsnir entfernt. Das Eisen, das wir dort schürfen, ist härter als das, was man irgendwo sonst findet.« Teruwar reichte seinem Gast die Waffe. »Probier es selbst!«

Rainolf verstand nicht viel von Waffen. Er hatte sich, im Gegensatz zu den meisten Germanen, nie viel daraus gemacht und den Umgang mit dem Schwert eher widerwillig geübt. Aber sein älterer Bruder Tyrgard war ein hervorragender Kämpfer, und so hatte Rainolf zwangsläufig doch einige Sachen gelernt.

Er wog das Schwert in der Hand. Es erschien ihm nicht schwerer als andere ähnlich große Waffen. Probeweise schwang er es ein wenig hin und her, um den Eindruck zu erzeugen, dass er damit umgehen könne. Teruwar legte einen soliden Holzklotz aus Eiche auf einen Baumstumpf und ermunterte den Ubier zuzuschlagen. Rainolf blickte Teruwar irritiert an. Normalerweise konnte nur ein großes Beil das harte Holz spalten. Rainolf legte all seine Kraft in den Hieb. Das Ergebnis erstaunte ihn vollends, vor ihm lagen zwei sauber getrennte Teile.

»Wie du siehst, sind die Schwerter nicht nur sehr solide, sondern auch mächtig scharf«, erklärte Teruwar. »Man kann damit sogar die Rüstung der römischen Legionäre durchdringen.«

»Stellt ihr viele davon her?«

»Unser Schmied kann sich über Aufträge nicht beklagen.«

»Verkauft ihr die Schwerter auch an andere Stämme oder gar die Römer?«

»Bist du verrückt? Wir würden unseren Feinden doch nicht solche Waffen liefern. Da müssten wir ja schön blöd sein.« Amüsiert über die Vorstellung schüttelte Teruwar den

Kopf. Dann wies er zum Haus. »Ich habe für heute Abend einige Freunde und Verwandte eingeladen, meine Rückkehr zu feiern. Du wirst sehen, wir werden viel Spaß haben.«

Kurz vor Sonnenuntergang trafen die Gäste ein. Teruwar stellte Rainolf vor. Alle begrüßten ihn überaus herzlich, gerade als wäre er ein alter Bekannter.

Vor dem Haus waren Tische und Bänke aufgestellt und ein großes Lagerfeuer war entzündet worden. Nelda fuhr auf, was die Vorratskammer hergab. Sogar ein Schwein war geschlachtet worden. Rainolf war sich bewusst, dass dies einen großen finanziellen Verlust für Teruwar bedeuten musste, denn ein gut genährtes Schwein war teuer. Fast das ganze Dorf hatte sich eingefunden, angelockt sowohl von der Neugier auf den Fremden als auch von dem Essgelage.

Als Ehrengast saß Rainolf neben dem Hausherrn am Kopfende einer langen Tafel. Teruwar hatte sein bestes Hemd aus blau gefärbter Wolle und eine helle Hose aus Leinen angezogen. Die Schnalle seines breiten Gürtels zierte ein Rabe mit ausgebreiteten Schwingen. Auch Nelda hatte sich herausgeputzt: ein grünes Wollkleid mit einem geflochtenen Ledergürtel und einem braunen Umhang, der von einer silbernen Fibel gehalten wurde.

Die Stimmung war ausgelassen. Teruwar wurde nicht müde, für Cervisianachschub zu sorgen und die Teller immer wieder zu füllen. Er sorgte für beste Laune am Tisch, indem er Witze erzählte und regelmäßig seinen Humpen hob, um alle zum Trinken aufzufordern. Teruwar ist ein guter Gastgeber, dachte Rainolf anerkennend. Eine weitere Seite, die er an dem Chatten zu Beginn ihrer Bekanntschaft nicht vermutet hätte.

Zu vorgerückter Stunde tauchte schließlich auch Slingir auf. Im Gegensatz zu denen der übrigen Gäste blieb seine Miene grimmig und er ignorierte Rainolf demonstrativ, als er sich bei Teruwar für die Einladung bedankte. Er machte aus seiner Verachtung für den Ubier keinen Hehl.

Rainolf fragte sich, was Slingir tun würde, wenn er erführe, dass er nicht nur ein einfacher Bote war, sondern sogar das Amt eines Aedils bekleidete.

Doch die Person, auf die Rainolf am sehnlichsten gehofft hatte, tauchte nicht bei dem Fest auf: Freya. Die Schamanin zog es offensichtlich vor, den Boten zappeln zu lassen.

Am Ende des Abends war Rainolfs Hoffnung auf einen erfolgreichen Ausgang der Mission wieder deutlich gesunken.

XI. Tag

Am nächsten Morgen erwachte Rainolf mit Kopfschmerzen und einem Geschmack im Mund, als hätte er auf einer alten Sandale gekaut. Vorsichtig öffnete er ein Auge. Die Umgebung war ihm nicht vertraut, es dauerte einige Sekunden, ehe er sich an die jüngsten Ereignisse erinnerte. Er lag auf einem strohgefüllten Sack, im hinteren Ende von Teruwars Haus.

Ächzend erhob sich Rainolf von seinem Lager. Zu seinem Erstaunen war er allein. Er konnte weder den Hausherrn noch dessen Familie entdecken. Lediglich ein Huhn pickte gelangweilt auf dem Boden aus festgestampftem Lehm herum.

Rainolf schlurfte durch den Raum zu einem alten Lindenholztisch, auf dem ein Krug mit Wasser stand. Durstig wie er war, trank er ihn halb leer. Den Rest schüttete er in eine Schale, tauchte seine Hände in das kühle Nass und benetzte sein Gesicht und die Haare, um einen halbwegs akzeptablen Eindruck zu machen. Als sich die Oberfläche des Wassers wieder beruhigt hatte und er sie als Spiegel benutzen konnte, verwarf er diese optimistische Vorstellung über sein Aussehen. Die durchzechte Nacht forderte ihren Tribut: Er sah zum Fürchten aus.

Rainolf beschloss, sich im Dorf nach Teruwar umzusehen,

und trat aus dem Haus. Ein leichter Wind wehte den Duft von Wiesenblumen heran. Dem Stand der Sonne nach zu urteilen, ging es bereits auf Mittag zu. Einige Männer und Frauen, die ihm begegneten, erkannte Rainolf vom gestrigen Fest wieder. Man grüßte ihn freundlich.

Gemächlich spazierte er weiter. Die meisten Bewohner Algonsnirs waren mit der Zubereitung von Speisen beschäftigt. Einige Frauen besserten Kleidungsstücke aus, ein kleiner Junge fütterte eine Rotte merkwürdig bunter Schweine. Rainolf überlegte, dass es sich um eine Mischung aus Wild- und Hausschweinen handeln musste.

Aus einer halb offenen Hütte drang lautes Hämmern, was Rainolf unwiderstehlich anlockte. Wie aufgrund der Klangkulisse zu vermuten war, handelte es sich um eine Schmiede. Sie unterschied sich kaum von denen Colonias, sie war nur nicht so groß. In dem Raum herrschte eine enorme Hitze, obwohl er zum Weg hin offen war. Ein rußverschmierter, kräftiger Mann schlug unermüdlich mit einem riesigen Hammer auf ein glühendes Stück Eisen ein, das er mit einer Zange festhielt. Hinter ihm qualmte der Ofen, in dem rot siedendes Metall leuchtete. Ein Junge von vielleicht fünfzehn Jahren pumpte mit einem Blasebalg Luft hinein, um die Glut anzufachen.

Geschickt formte der Schmied in kurzer Zeit ein etwa ein Meter langes Schwert. Immer wieder erhitzte er das Eisen in dem Ofen, um es anschließend mit mächtigen Schlägen zu traktieren. Erst nach gut zehn Wiederholungen schien er mit dem Ergebnis zufrieden zu sein und steckte die neu geschaffene Waffe zum Abkühlen in ein Fass mit Wasser.

Das ist also der Mann, der diese unglaublich harten Waffen fertigt, stellte Rainolf bewundernd fest. Im Gegensatz zu den anderen Chatten hatte der Schmied seinen Schädel kahl geschoren und sich glatt rasiert. Von Garawan wusste Rainolf, dass manche Schmiede dies taten, um zu vermeiden, dass ihre Haare in Brand gerieten. Über seinem nackten, überaus muskulösen Oberkörper trug der Schmied eine lederne Schürze.

Während der ganzen Zeit hatte er Rainolf keinerlei Beachtung geschenkt. Nun blickte er plötzlich grimmig zu ihm herüber. Rainolf zog es vor, sich umgehend zu verdrücken. Er lenkte seine Schritte zu dem geöffneten Tor der Befestigung des Dorfes. Dahinter erblickte er einige Pferde, die auf einer Koppel grasten. Es waren die für Germanien typischen kleinen, aber äußerst zähen Tiere, die selbst lange Strecken klaglos zurücklegten.

Interessiert wollte sich Rainolf den Tieren nähern, als er einen heftigen Stoß von hinten bekam und der Länge nach hinfiel. Völlig verblüfft rappelte er sich wieder hoch und wollte dem Angreifer ein paar passende Worte sagen. Doch mitten in der Bewegung hielt er inne. Direkt vor seiner Nase befand sich die Spitze eines Schwertes, an dessen anderem Ende der hasserfüllt dreinblickende Slingir stand.

»Wag es nicht, dich einfach davonzustehlen, du Feigling!«, brüllte der bullige Krieger. »Wir würden dich sofort wieder einfangen und dann wäre es mir ein Vergnügen, dich in kleine Stücke zu zerlegen!«

Rainolf war empört: »Falls du es noch nicht mitbekommen haben solltest: Ich bin den weiten Weg gekommen, um mit Freya zu sprechen! Wieso sollte ich also jetzt davonlaufen?«

»Weil du ein erbärmlicher Feigling bist und Angst vor deinem Schicksal hast! Los, geh zurück zu Teruwar und bleib da!«

Knurrend trieb Slingir Rainolf mit dem Schwert vor sich her, sehr zur Belustigung der Dorfjugend. Johlend folgten ihnen die Kinder und zeigten mit dem Finger auf Rainolf. Auch die Erwachsenen blieben stehen und sahen dem Fremden erstaunt hinterher. Rainolfs Wut wuchs: Das war entwürdigend!

Rainolf betrat Teruwars Haus als Erster. Der Hausherr sah seinen Gast überrascht an. »Rainolf! Als ich eben nach Hause kam, warst du verschwunden. Ich …«

In dem Moment tauchte Slingir mit gezücktem Schwert hinter Rainolf auf und Teruwar verstummte mitten im Satz.

»Gib besser auf den Kerl acht, dass er nicht versucht, sich heimlich aus dem Staub zu machen!«, grunzte Slingir seinen Vetter unfreundlich an.

»Was fällt dir ein? Rainolf ist mein Gast! Behandle ihn nicht wie einen Gefangenen!«, rief Teruwar wütend.

»Darüber hast nicht du, sondern Freya zu bestimmen! Und solange sie ihr Urteil nicht gefällt hat, bleibt er hier. Wehe, wenn er verschwindet«, grollte Slingir.

Damit drehte er sich um und verließ das Haus, nicht ohne mit der Faust gegen die mit Lehm verputzte Innenwand zu hauen. Ein paar Brocken lösten sich und hinterließen einen kleinen Krater in der Wand.

»Es tut mir leid, Rainolf«, entschuldigte sich Teruwar.

»Was soll das bedeuten? Bin ich euer Gefangener?«

»Es ist leider so, wie Slingir gesagt hat. Glaube mir, ich habe versucht, den Rat des Gaus zu überreden, dich anzuhören und dann frei ziehen zu lassen. Aber die Mehrheit des Rats war dagegen. Vor allem Slingir traut dir nicht. Er denkt, dass du ein Spion bist, der für die Römer unser Dorf erkunden soll. Nun liegt es bei Freya, über dein Schicksal zu entscheiden.«

Rainolf klappte der Unterkiefer herunter. Er war unfähig, ein Wort hervorzubringen, und spürte deutlich, wie sich die Cervisia der letzten Nacht ihren Weg aus seinem Magen nach oben bahnte. Er wusste, dass Chatten ihre gefangenen Feinde mit Vorliebe in ihren heiligen Hainen aufhingen – nachdem sie sie gefoltert hatten.

»Bitte verzeih ihnen ihr Misstrauen, aber du musst bedenken, dass unser Oberhaupt erst vor Kurzem heimtückisch von einem Römer ermordet worden ist.«

Rainolf wünschte sich weit weg.

XII. Tag

Rainolf verbrachte einen Tag voller Furcht. Teruwar versuchte, Freya von den lauteren Absichten Rainolfs zu überzeugen und sie zu einem Treffen mit dem Boten des Prokonsuls zu bewegen. Doch die Schamanin hatte sich noch nicht entschieden.

Rainolf lief nervös im Haus auf und ab. Nelda versuchte ihr Bestes, um ihn zu beruhigen. Sie erzählte von Freya, von ihrer Weisheit und ihren magischen Künsten. Sie habe im letzten Winter Nyrdar geheilt, als er schwer erkrankt war. Die Kräuter und Tränke der Schamanin hätten das Fieber vertrieben und nach wenigen Tagen habe er wieder draußen gespielt, als sei nichts gewesen. Und die Leute würden auf Freya hören, weil ihr ihre Urteile von den Göttern eingegeben würden.

»Liegt ihre Macht nicht vielmehr darin begründet, dass sie die Tochter Agyntirs ist?«, fragte Rainolf, wobei seine Stimme abfälliger klang, als beabsichtigt.

Nelda schüttelte bestimmt den Kopf. »Nein, bei uns kann sich nur Ansehen erwerben, wer tapfer und weise ist. Die Abstammung allein reicht nicht aus.«

»Hat Freya denn nun die Position ihres Vaters als Oberhaupt des Gaus der Raben eingenommen?«

Nelda überlegte eine Weile, ehe sie antwortete. »Ihrem Wort wird viel Gewicht beigemessen. Ich glaube, wenn sie es wollte, würden wir ihr alle folgen, genauso wie wir Agyntir gefolgt sind. Aber sie hat bisher nicht versucht, den Platz ihres Vaters einzunehmen.«

»Wie steht es mit den restlichen Gauen der Chatten? Würden sie Freya als Führerin anerkennen?«

Erneut zögerte Nelda mit der Antwort. »Es wäre das erste Mal, dass eine Frau die Chatten anführen würde. Aber wenn Freya auf dem Thing vor den Fürsten spräche, glaube ich, würden ihr alle die Treue schwören.«

»Selbst, wenn sie zum Krieg gegen die Römer aufrufen würde?«

Nelda blickte Rainolf ernst aus ihren blauen Augen an. »Wenn wir jemandem die Treue schwören, folgen wir ihm bis in den Tod. Das gebietet uns die Ehre.«

Rainolf musste sich eingestehen, dass er beeindruckt war. Durch den Einfluss der Römer hatte sich der Begriff der Ehre auf der westlichen Seite des Rhenus doch stark verwässert. Die Kultur der Eroberer differierte einfach zu stark von der der Germanen. Bei den Römern war es normal, dass man die Seiten wechselte, wenn einem die Aussicht auf Erfolg woanders besser erschien. Man war sich in erster Linie selbst treu – was mit Freunden und Gefährten passierte, interessierte nur peripher. Bei den Germanen durfte man sich eine solche Einstellung nicht erlauben, sonst wurde man zu dem gebrandmarkt, was man war: ein Verräter und Ausgestoßener der Gemeinschaft.

»Hat Ylynta ihr auch die Treue geschworen und ist deshalb in den Tod gegangen?«, fragte Rainolf weiter und fühlte plötzlich wieder Wut in sich aufsteigen.

»Das weiß ich nicht, denn ich habe sie nicht gekannt. Sie stammte aus einem anderen Gau.«

»Ylynta selbst hat mir erzählt, dass sie nur deshalb nach Colonia gegangen ist, weil Freya ihr gedroht hat. Sie hatte fürchterliche Angst.«

Nelda senkte den Kopf. »Ihr Tod hat uns alle erschüttert. Freya trauert sehr um sie.«

»Sie trauert?«, wiederholte Rainolf verblüfft. »Aber sie war es, die Ylynta zu dem Anschlag gezwungen hat!«

»Glaubst du wirklich, Freya hat gewollt, dass Ylynta stirbt? Sie wollte Ylynta nach dem Tod des Prokonsuls freikaufen!«

Rainolf blickte Nelda misstrauisch an.

»Freya hatte Ylynta ihr Wort gegeben, sie in ihr Dorf zurückzubringen, und sie bricht ihre Versprechen niemals!«, erklärte Nelda bestimmt.

Am späten Nachmittag endlich kam Teruwar atemlos in das Haus gestürmt. »Es ist so weit: Freya will dich sehen!«

Auch wenn Rainolf sehnlich darauf gewartet hatte, so erschreckte es ihn jetzt doch. Was würde geschehen? Hatte die Schamanin seinen Tod beschlossen?

Ruhig bleiben, ermahnte Rainolf sich selbst. Je näher sie dem Haus in der Mitte des Ortes kamen, desto mehr krampfte sich sein Magen zusammen. Der Dachfirst und die tragenden Balken des hölzernen Gebäudes waren aufwendig mit mystischen Figuren verziert. Über dem Eingang waren Runen eingraviert. Leider beherrschte Rainolf die germanischen Schriftzeichen nicht. Verrückt, schoss es ihm durch den Kopf, er konnte fließend Latein lesen, die Sprache der Eroberer, aber die Schrift seines Volkes war ihm fremd.

Vor dem Haus stand ein mannshoher Pfahl, in den Sonnen-, Stern- und Mondsymbole eingeritzt waren und dessen Spitze ein Rabe bildete. Der Vogel schien feindselig auf Rainolf herabzusehen. Am liebsten wäre er umgedreht und davongelaufen. Doch er zwang sich, seinen Fuß über die Schwelle zu setzen, und tauchte in die dämmrige Atmosphäre des Hauses ein. Es roch nach Rauch und seltsamen Kräutern. In der dem Eingang gegenüberliegenden Wand loderte ein kleines Feuer in einem Kamin.

Rainolf brauchte einen Moment, bis sich seine Augen an das schummrige Licht gewöhnt hatten. Er erkannte Holzfiguren und Masken an den Wänden, außerdem waren bündelweise Kräuter und getrocknete Blumen aufgehangen oder lagen in Schüsseln. Ein mächtiger, dreifüßiger Kessel schwebte an einer Kette unter der Decke. Auf einem kleinen Tisch hockte eine schwarz-weiße Katze und sah ihn mit glühenden Augen an. Rainolf lief eine Gänsehaut über den Rücken.

Vor dem kleinen Feuer stand eine hohe Gestalt, die ihm den Rücken zuwandte. Teruwar blieb in der Mitte des Hauses stehen und sprach eine ehrerbietige Begrüßungsformel. Langsam wandte Freya sich um. Sie erschien Rainolf noch imposanter als bei ihrer ersten Begegnung am Rhenus. Sie war einen halben Kopf größer als er und atemberaubend schön. Ihr Alter vermochte Rainolf nicht zu schätzen. Ihre hüftlangen, blonden Haare umrahmten ein ebenmäßiges, fast faltenloses Gesicht. Hellblaue Augen musterten den Besucher gelassen. Sie trug ein dunkelrotes Kleid mit einem breiten Ledergürtel. Eine goldene Kette mit Mond- und Sternsymbolen, ähnlich wie die an dem Pfahl, hing um ihren schlanken Hals.

Die Frau strahlte eine ungeheure Selbstsicherheit und Kraft aus. So langsam begriff der Ubier, warum so viele unterschiedliche Gerüchte über Freya kursierten: Sie war zugleich faszinierend, schön und furchterregend.

»Willkommen, Rainolf!«, sagte sie, nachdem ihr Blick eine Weile auf ihm geruht hatte. »Teruwar berichtete mir, dass du eine Botschaft des Prokonsuls Quintus Caius Justinus für mich hast.«

Rainolf musste sich einen Ruck geben, um antworten zu können.

»Ja«, kam es krächzend aus seinem Hals. Er räusperte sich und begann erneut. »Quintus Caius Justinus entbietet dir seinen Gruß. Er hat den Fluch, den du gegen ihn ausgesprochen hast, mit Bestürzung vernommen. Doch er weist deine Anschuldigung, er habe Agyntir getötet, weit von sich. Er hat nichts damit zu tun und erfuhr von der Ermordung deines Vaters erst durch dich. Ich soll dir versichern, dass er seinen Tod tief betrauert und mit dir fühlt.«

Rainolf war erleichtert, dass ihm alles fehlerfrei über die Lippen gekommen war. Die Ansprache war er in Gedanken wohl hundert Mal durchgegangen.

»Lügner! Dein Prokonsul ist bei seiner feigen Tat gesehen worden!«, brüllte jemand hinter ihm.

Erst jetzt registrierte Rainolf, dass auch Slingir und ein weiterer Mann anwesend waren. Sie hatten im Halbdunklen an der Wand neben der Tür gestanden, sodass er sie bei seinem Eintreten nicht bemerkt hatte.

Freya gebot Slingir mit einer Handbewegung zu schweigen, denn er wollte erneut zu einer Hasstirade ansetzen.

»In der Tat gibt es einen Zeugen«, sagte sie. »Außerdem haben wir in dem Haus meines Vaters einen mit Metall verzierten Riemen eines Lederschutzes gefunden, wie ihn römische Legionäre an ihren Gürteln tragen.«

»Dafür habe ich leider auch keine Erklärung. Ich kann nur die Beteuerung des Prokonsuls überbringen, dass er nichts mit dem Mord zu tun hat.«

Freya trat einige Schritte auf Rainolf zu, bis sie ihn mit dem ausgestreckten Arm hätte berühren können. Ihm wurde gleichzeitig heiß und kalt, als würde Freyas Aura von ihm Besitz ergreifen.

»Wie geht es dem Prokonsul?«

Ihre Stimme klang zu Rainolfs Erstaunen eher besorgt, denn bösartig.

»Er ist auf dem Weg der Besserung. Sein tüchtiger Arzt Patrokles hat ihm das Leben gerettet. Die Tollkirschen haben Quintus Caius Justinus nur vorübergehend ans Bett gefesselt.«

»Ich habe bereits gehört, dass Justinus' Arzt ein großer Heilkundiger aus dem fernen Hellas sein soll.«

Rainolf nickte. »Ja, das ist richtig.«

»Höre, Rainolf!«, sagte die Schamanin und blickte ihn dabei mit ihren hellblauen Augen so durchdringend an, dass er den Eindruck bekam, sie könne direkt in seinen Kopf sehen. »Ich habe Quintus Caius Justinus verflucht und ihn mit den Tollkirschen vergiften wollen, weil ich überzeugt war, dass er der Mörder meines Vaters ist. Agyntir kann nicht nach Walhalla gelangen, da er nicht tapfer im Kampf gefallen ist, sondern im Bett erstochen wurde. Doch es gibt eine Möglichkeit, wie er doch noch in Walhalla Einzug halten könnte: Wir, seine Familie, müssen den Mörder töten und Agyntirs Körper muss in einer Zeremonie verbrannt werden. Nur so können die Götter gnädig gestimmt werden, dass sie Agyntir in ihre Runde aufnehmen.«

Angespannt lauschte Rainolf den Ausführungen Freyas.

»Doch wenn es stimmt, was du sagst, und der Prokonsul unschuldig ist, wäre alles, was wir unternommen haben, um das Schicksal Agyntirs zu wenden, umsonst gewesen. Das ist eine sehr ernste Angelegenheit, Rainolf. Du musst uns einen eindeutigen Beweis liefern, dass Quintus Caius Justinus nicht der Mörder ist.«

Rainolf kratzte sich am Hinterkopf. Wie sollte er einen Unschuldsbeweis erbringen? »Du sagtest, dass es einen Zeugen für den Mord gäbe. Könnte ich mit ihm sprechen?«

Die Schamanin wandte sich hoheitsvoll um und gab dem Mann neben Slingir einen Wink. Er hatte sehr helle Haare, ähnlich wie Freya, war auch von hohem Wuchs, allerdings nicht so breitschultrig wie Slingir. Wortlos öffnete er eine schmale Tür und verschwand in dem hinteren Raum. Einen Moment später kehrte er zurück. Hinter dem Mann erspähte Rainolf einen Jungen von etwa elf oder zwölf Jahren. Mit stolz erhobenem Haupt trat er neben Freya und blickte den Ubier misstrauisch an. Er hatte strubbelige blonde Haare und die gleichen hellblauen Augen wie die Schamanin.

Wohlwollend legte sie dem Jungen eine Hand auf die Schulter. »Das ist Myrwulf. Er ist der Sohn meines Bruders Wulfir«, dabei nickte sie dem Mann zu, der den Jungen geholt hatte. »Myrwulf hat beobachtet, wie die Römer seinen Großvater töteten. Die Mörder haben ihn zum Glück nicht entdeckt, sonst wäre er jetzt auch tot.«

Sie schob Myrwulf behutsam nach vorn. Der Junge verharrte in seiner trotzigen Haltung.

»Du kannst ihn gerne befragen«, erklärte Freya.

Rainolf fühlte sich schon unsicher genug, von einer Horde Chatten umringt zu sein, aber die Frage, wie er dem Kind gegenüber auftreten sollte, brachte ihn völlig aus dem Konzept. Er entschloss sich, Selbstsicherheit zu demonstrieren. »So, du hast also gesehen, wie die Römer deinen Großvater überfallen haben!«, sagte er mit strenger Stimme.

»Das hat Freya doch gerade gesagt, du Trottel!«

So viel zu meiner Autorität, dachte Rainolf ernüchtert. »Äh, richtig. Könntest du mir genau beschreiben, was du gesehen hast?«

Der Junge verdrehte genervt die Augen. »Sie kamen plötzlich aus dem Wald, als ich Feuerholz sammelte, und schlichen zu Großvaters Haus.«

»Wie sahen sie aus?«

»Na, wie Römer eben.«

»Trugen alle Rüstungen?«

»Ja, klar.«

»Woher wusstest du, dass einer von ihnen der Prokonsul war?«

»Weil er einen weißen Federbusch auf dem Helm hatte, der nach hinten hing. Die Centurionen haben alle einen quergestellten, roten Busch auf ihrem Helm.«

Die genauen Kenntnisse des Jungen verblüfften Rainolf. Tatsächlich trug nur der Heerführer einen Helm, wie ihn Myrwulf beschrieben hatte. Und der Heerführer der Provinz Germania Inferior war nun mal Quintus Caius Justinus.

»Was geschah dann?«

»Die Römer schlichen in das Haus und töteten Großvater.«

Der Junge redete sachlich, ohne offensichtliche Gefühlsregung. Vermutlich hielt sich Myrwulf, trotz seines jungen Alters, schon für einen Krieger, bei dem Tränen ein Zeichen von Schwäche wären.

»Dann kamen sie ganz dicht an meinem Versteck vorbei. Sie redeten in einer fremden Sprache, aber ich habe deutlich verstanden, dass sie ›Colonia‹ sagten.«

»Myrwulf, würdest du das Gesicht des angeblichen Prokonsuls wiedererkennen?«

Der Junge schüttelte den Kopf. »Nein, ich konnte ihn durch das dichte Gebüsch kaum sehen und es dämmerte bereits.«

Rainolf seufzte. Natürlich hätte kein römisches Gericht die Aussage eines kleinen Germanenjungen ernst genommen, aber Rainolf hatte gehofft, dass Myrwulf Anhaltspunkte geben konnte, die bei der Identifizierung des Mörders hätten behilflich sein können.

Rainolf wandte sich wieder an die Schamanin. »Edle Freya, ich glaube, dass sich jemand als Prokonsul verkleidet hat, um den Verdacht auf Justinus zu lenken. Danach hat er das Gerücht streuen lassen, dass der Prokonsul persönlich einen Rachefeldzug gegen Agyntir, den mächtigsten Fürsten der Chatten, geführt hat.«

»Warum sollte jemand so etwas tun?«, fragte Freya scharf und ihre Blicke bohrten sich wie Messer durch Rainolf.

Erneut geriet er ins Schwitzen. »Weil dieser Jemand einen Krieg zwischen Chatten und Römern provozieren will.«

»Und wer soll dieser Jemand sein?«

Rainolf zuckte verlegen mit den Schultern. »Das weiß ich leider nicht«, gab er kleinlaut zu.

Slingir sprang mit wutverzerrtem Gesicht vor. »Das ist alles Unsinn! Du versuchst doch nur, dich und deinen Prokonsul zu retten. Justinus hat Agyntir umgebracht und ist jetzt zu feige, dafür geradezustehen. Er hat Angst vor uns, genau wie du. Wer bist du überhaupt? Ein Germane, der bei den Römern untergekrochen ist und sich von ihrem Abfall ernährt. Du bist es nicht wert, ein Germane genannt zu werden.«

Der Chatte fuchtelte wütend mit der Faust vor Rainolfs Gesicht herum.

Freya trat zwischen sie. »Schweig!«, befahl sie Slingir und wies ihn mit ausgestrecktem Arm zurück.

Zu Rainolfs Überraschung gehorchte der muskulöse Krieger sogleich und trollte sich mürrisch wieder auf seinen Platz an der Wand.

»Ich teile deine Meinung nicht, dass Rainolf ein Feigling ist. Im Gegenteil: Es zeugt von großem Mut, sich allein in unser Land zu trauen«, sagte Freya. »Ich glaube, dass er die Wahrheit sagt, denn nur jemand, der reinen Herzens ist, würde diese Gefahr auf sich nehmen.«

Rainolf stieß erleichtert die Luft aus.

»Das bedeutet, dass wir mit Quintus Caius Justinus einen Unschuldigen zu töten versucht haben«, verkündete Freya weiter. »Rainolf, sage mir, wie du den wahren Mörder finden willst!«

Fast hätte er spontan erwidert, dass er keine Ahnung habe, wie er das anstellen solle, aber das hätte seine Chance, das chattische Dorf unversehrt zu verlassen, vermutlich drastisch reduziert.

»Ich sehe nur eine Möglichkeit: Ich muss nach Colonia zurückkehren. Denn ich glaube, dass sich der Mörder auf römischem Gebiet befindet und in aller Ruhe abwartet, dass sich Chatten und Römer in einen fürchterlichen Krieg stürzen.«

Wieder musterte Freya ihn lange. Rainolf hatte das Gefühl, unter ihrem Blick zu schrumpfen. Er spürte ihre Macht. Ein

Wort von ihr würde genügen, dass er mit einer Schlinge um den Hals an einem Baum endete.

Schließlich nickte Freya. »Gut, es sei! Du wirst wieder nach Colonia zurückkehren, um den Mörder Agyntirs zu finden! Teruwar wird dich erneut begleiten, um dir zu helfen und uns Botschaften zukommen zu lassen!«

»Ich verspreche, alles zu tun, was in meiner Macht steht!«, versicherte Rainolf eifrig. »Immerhin haben wir einen Anhaltspunkt: Ich bin mir sicher, dass der Mörder Ylyntas auch mit dem Tod deines Vaters zu tun hat, vielleicht sogar derselbe Mann ist. Sie wurde nicht umgebracht, um den Mordanschlag am Prokonsul zu rächen, denn dann hätte der Mörder sich offen seiner Tat gerühmt. Ylynta hat etwas gewusst, was auf keinen Fall bekannt werden durfte.«

»Ich trauere sehr um Ylynta. Wir haben viel Vieh verkauft, um sie für den doppelten Preis zurückkaufen zu können. Nächste Woche hätte Wulfir«, sie nickte kurz zu ihrem Bruder hinüber, »erneut als Nemeter verkleidet aufbrechen sollen, um Ylynta aus Colonia zu holen. Ich hatte es ihr versprochen. Es ist meine Schuld, dass sie jetzt tot ist, deshalb werde ich ihrem Vater das Geld geben, auch wenn es seine Tochter nicht wieder lebendig machen kann.«

Rainolf schwieg eine Weile und dachte über ihre Worte nach. »Etwas würde ich gerne wissen«, fragte er schließlich ehrfürchtig. »Du hast tatsächlich vorhergesehen, dass der Prokonsul Ylynta kaufen würde?«

Freya sah ihn mitleidig an. »Dafür braucht man nun wahrlich keine Seherin zu sein. Was glaubst du, warum ich Ylynta ausgewählt habe? Einem so verlockenden Angebot wie ihr konnte kein Mann widerstehen. Ihr Anblick genügte und schon setzte bei den Männern der Verstand aus.«

Eine leichte Röte stieg Rainolf ins Gesicht. Freya hatte recht, wie er ja selbst erlebt hatte. »Eine Frage habe ich noch!«, fiel ihm ein. »Warum hat Borgar die Dörfer auf der anderen Seite des Rhenus angegriffen?«

»Weil er ein Idiot ist!«, kam die prompte Antwort von Freya.

Rainolf hob erstaunt die Augenbrauen.

»Borgar benutzt nie seinen Kopf, sondern nur sein Schwert. Und er hat Spaß am Töten. Das mag in Kriegszeiten von Vorteil sein, aber in Friedenszeiten ist es äußerst dumm. Mein Vater Agyntir hatte ihn beim letzten Thing gewarnt, keinen Beutezug im Römischen Imperium durchzuführen. Doch Borgar hat nur gelacht und ihn einen alten Mann genannt, der keinen Mut mehr habe. Nur die Tatsache, dass uns der Thing heilig ist und dabei keine Gewalttaten begangen werden dürfen, hat Borgar das Leben gerettet.« Freyas Augen nahmen einen wilden Ausdruck an. »Mein Vater hätte das Großmaul für diese Beleidigung sonst auf der Stelle erschlagen. Agyntir war der größte Krieger, den die Chatten je hervorgebracht haben. Jemand wie Borgar kann von so viel Ruhm nur träumen. Er hat gerade einmal einhundert Männer überreden können, mit ihm zu ziehen, alle anderen Stammesangehörigen haben auf das Urteil meines Vaters vertraut.«

Die Schamanin nahm eine gebieterische Haltung ein und befahl Rainolf und Teruwar, am nächsten Morgen nach Colonia aufzubrechen. »Geht nun! Ich werde Wodan um Schutz für euch bitten.«

Die beiden verließen das Haus, gefolgt von den wütenden Blicken Slingirs.

Bei Nelda stieß die Nachricht, dass Teruwar erneut zu einer gefährlichen Mission aufbrach, nicht auf Begeisterung, aber Freyas Entscheidung musste auch sie akzeptieren.

Während Teruwar seinem Sohn eine gute Nacht wünschte, trat Nelda auf Rainolf zu. »Versprich mir, dass du gut auf Teruwar aufpasst!«, flüsterte sie und sah ihn dabei flehentlich an.

Rainolf verspürte tiefes Mitleid mit der jungen Chattin. »So wie mich Teruwar hier beschützt hat, werde ich ihn in Colonia beschützen«, schwor er feierlich.

XV. Tag

Zurück wählten sie eine andere Strecke, die Rainolf kürzer erschien als die verschlungenen Pfade, die sie auf dem Hinweg zurückgelegt hatten. Tatsächlich standen er und Teruwar bereits am Morgen des dritten Tages wieder am Ufer des Rhenus. Sie hatten gehofft, einen Schiffer zu finden, der sie bis nach Colonia mitnahm, doch der Schiffsverkehr war auffallend gering. Die Kunde von einem bevorstehenden Krieg der Römer gegen die Chatten hatte sich offensichtlich schon weit herumgesprochen. Die Schiffer auf den wenigen Booten, die Rainolf und Teruwar sahen, vermieden es tunlichst, Germanen vom rechtsrheinischen Ufer aufzulesen.

Erst nach einigen Stunden Fußmarsch fanden die beiden einen Fischer, der dann doch bereit war, sie über den Fluss zu setzen. Der freundliche Mann brachte sie sogar noch ein beträchtliches Stück stromabwärts.

Der Fluss schlängelte sich an prächtigen Bergen und Höhen vorbei und verlief zum Teil durch mächtige Schluchten. Vereinzelt erkannte Rainolf Villae Rusticae, deren Besitzer an den sonnigen Hängen Weinreben anbauten. Er wusste von seinem Vater, dass hier ein vorzüglicher Tropfen gekeltert wurde.

Wenn es Krieg geben sollte, würden diese Höfe als erste von den Chatten verwüstet werden, dachte Rainolf mit Sorge.

Bei Bonna betraten Rainolf und Teruwar römischen Boden. Von hier aus führte eine breite Straße nach Colonia. Zahlreiche Bauern, Händler und auch einige Trupps römische Soldaten bevölkerten den gepflasterten Weg zu Fuß, mit Karren oder auf Pferden. Rainolf und Teruwar passierten das Castra Bonnensia der XXI. Legion. Um das befestigte Lager herum herrschte emsiger Betrieb. Legionäre exerzierten verschiedene Angriffsformationen. Ochsenkarren mit Proviant holperten durch das stark bewachte Tor. Heftiges Hämmern und Sägen war zu vernehmen. Anscheinend wurden in aller Eile Geräte gebaut oder ausgebessert. Die Kriegsvorbereitungen waren überall in vollem Gange.

Nach einem strammen Marsch ragte am späten Nachmittag endlich die vertraute Silhouette Colonias vor ihnen auf. Ein Gefühl der Erleichterung durchströmte Rainolf. Er war lebend zurückgekehrt. Bei seinem Aufbruch vor zehn Tagen war er alles andere als überzeugt davon gewesen.

Als sie sich der Porta Iovis näherten, musste Rainolf bestürzt feststellen, dass die Kriegsplanung hier sogar noch weiter fortgeschritten war als in Bonna. Das Heerlager der XVI. Legion aus Novaesium war südlich der Stadt aufgeschlagen und schon einsatzbereit. Zwei Schiffe der Classis Germanica kreuzten auf dem Rhenus. Anscheinend zogen die Römer einen Angriff der Chatten auf Colonia in Betracht und wollten mit den beiden Schiffen ein Übersetzen der Feinde verhindern.

Vor der Stadt zogen sich entlang des Cardos die Gräber der Toten. Die steinernen Sarkophage und kleinen Tempel zu Ehren der Verstorbenen hatten Rainolf nie beunruhigt, aber als er nun die dicht daneben lagernde Armee sah, empfand er den Anblick als böses Omen. Als hätten die Götter bereits beschlossen, dass bald viele weitere Menschen in die Unterwelt geschickt würden.

Rainolf und Teruwar marschierten weiter und erreichten wenig später die Ausläufer Colonias. Sie passierten die Unterstadt, in der sich auch die Schmiede von Garawans Vater befand. Rainolf überlegte kurz, dort nach seinem Freund zu fragen, um ihn auf den neuesten Stand der Dinge zu bringen. Nach kurzem Zögern entschied er sich jedoch dagegen, denn er musste so schnell wie möglich mit dem Prokonsul sprechen. Garawan würde er noch früh genug zu Gesicht bekommen.

Die Wache am Tor musterte Rainolf und Teruwar scharf, dann erkannten die Männer den Aedil und winkten die beiden durch. Auf dem kürzesten Weg eilten sie zum Praetorium. Rainolf bat Teruwar, vor dem Gebäude zu warten. Er hielt es für klüger, die Anwesenheit Teruwars in Colonia geheim zu halten. Dem Chatten war das ganz recht.

Als Erstes lief Rainolf Trianides, dem Lehrer Julias, über den Weg. Der Grieche war sichtlich erfreut, den jungen Ubier unversehrt wiederzusehen, und berichtete, dass es Justinus besser ginge. Der Prokonsul sei am Tag nach Rainolfs Abreise aus dem Delirium aufgewacht, erklärte Trianides. Inzwischen habe Justinus sogar die Amtsgeschäfte wieder übernommen, auch wenn er noch etwas schwach auf den Beinen sei.

Trianides geleitete Rainolf zu den Privatgemächern des Prokonsuls. Vor der Tür hielt Siazes Wache. Die sonst so grimmige Miene des Nubiers hellte sich auf, als er Rainolf erblickte.

»Salve, Rainolf! Es tut gut, dich wiederzusehen. Ich hoffe, du bringst meinem Herrn gute Nachrichten.« Ohne eine Antwort abzuwarten, gab er den Weg frei.

In dem mit prächtigen Mosaiken ausgestatteten Raum fand Rainolf den Prokonsul an seinem Schreibtisch vor. Justinus hielt einen Stylus aus Elfenbein in der Hand, vor ihm lag feiner Papyrus.

Auch wenn der Prokonsul noch blass und ausgezehrt wirkte, zeigten seine Augen die gewohnte Vitalität. »Rainolf! Ich bin sehr froh, dich zu sehen!«

»Auch ich freue mich, dich gesund vorzufinden!«

Justinus machte eine wegwerfende Handbewegung. »Es bedarf schon etwas mehr als ein paar Tollkirschen, um mich umzubringen.«

»Julia hat dir alles erzählt? Du weißt, wer dir die Tollkirschen gegeben hat?«, fragte Rainolf vorsichtig.

»Ja, ich weiß von Ylyntas Tat und dem Mord an ihr. Julia sagte mir, du glaubst, dass alles mit dem Mord an Agyntir in Verbundung steht.«

Rainolf räusperte sich verlegen. Hoffentlich sprach ihn Justinus nicht darauf an, warum er Ylynta nicht gleich festgenommen hatte. Er starrte auf den Papyrus, der vor Justinus ausgebreitet lag. Es zeigte eine Landkarte von Germanien. »Was beabsichtigst du zu tun?«

»Mein Stellvertreter Aurelius Taticenus hat die Legionen mobil gemacht. Inzwischen sind die Kriegsvorbereitungen fast abgeschlossen.«

»Ja, ich habe die Truppen vor Colonia lagern sehen und es macht mir Angst.«

Justinus kniff die Augen zusammen und rieb mit Daumen und Zeigefinger über seine Nasenwurzel. Dann deutete er auf einen Stuhl ihm gegenüber. »Setz dich und erzähl mir, was du bei den Chatten erreicht hast!«

Mit einem Seufzer ließ Rainolf sich auf einen Stuhl fallen, der mit weichem Hirschleder überzogen war. Er hatte den gesamten Rückweg darüber nachgedacht, wie er dem Prokonsul die Geschichte beibringen sollte, doch er wusste noch immer nicht, wo er anfangen sollte.

»Ich glaube, dass jemand diesen Krieg provozieren will. Leider habe ich keine Ahnung, wer es ist«, begann er schließlich. So präzise wie möglich berichtete er von seinem Treffen mit Freya und ihrem Übereinkommen, den wahren Mörder ihres Vaters in Colonia zu suchen. Allerdings verlor Rainolf kein Wort über Teruwar, sondern behauptete, allein zu dem Dorf Freyas gereist zu sein.

Denn obwohl Rainolf den Prokonsul überaus schätzte und ihm großen Respekt entgegenbrachte, war er sich nicht sicher, wie Justinus reagieren würde, wenn er die Wahrheit über Teruwar erfahren würde. Es wäre durchaus möglich, dass der Prokonsul den Chatten sofort als Feind verhaften und hinrichten ließ. So weise und verständnisvoll Justinus auch war, es ging hier um einen Krieg.

Als Rainolf geendet hatte, musterte der Prokonsul ihn nachdenklich.

»Wie weit sind die Chatten mit ihren Kriegsvorbereitungen?«, fragte der Römer endlich.

»Kriegsvorbereitungen?«, wiederholte Rainolf verwundert. »Es gibt keine.«

»Was ist mit Borgar?«

»Das weiß ich nicht«, gab der Ubier verunsichert zurück.

»Woher willst du dann wissen, dass Borgar nicht eine Streitmacht sammelt, um uns anzugreifen?«

»Weil Freya davon Kenntnis haben würde, sie aber nichts darüber erzählt hat.«

»Und das bringt dich zu dem Schluss, dass es nicht sein kann?«

Rainolf wurde klar, dass er Justinus noch längst nicht überzeugt hatte, auf den Kriegszug zu verzichten. »Es war Borgar zwar möglich, einige Dörfer zu überfallen, aber es ist doch wohl ausgeschlossen, dass er allein einen Krieg gegen Rom beginnt. Das wäre glatter Selbstmord.«

»Du scheinst der Schamanin sehr zu vertrauen. Hast du je in Erwägung gezogen, dass sie dich hinters Licht geführt hat, um uns in Sicherheit zu wiegen? Vielleicht hat sie bereits heimlich eine Armee aufgestellt, um ihren Vater zu rächen.«

»Selbst wenn sie solche Absichten hegen würde, wüsste sie doch nur zu genau, dass die Chatten nicht zahlreich genug wären, um bei einer Invasion von Germania Inferior siegreich zu sein.«

»Es ist dir vielleicht nicht geläufig, aber Arminius, der Cheruskerfürst, ist damals ein Bündnis mit den Chatten und einigen anderen Stämmen eingegangen, um Varus und seine drei Legionen zu vernichten. Warum sollte Freya sich nicht auch mit anderen Stämmen verbünden?«

Die raffinierte Strategie des Arminius' war Rainolf sehr wohl bekannt. Die Fragen des Prokonsuls verunsicherten ihn. War er zu vertrauensselig gegenüber Freya gewesen? War sein Wunsch, diesen Krieg zu verhindern, so groß, dass er die naheliegendsten Dinge übersah? Hatte Freya ihn manipuliert?

Doch dann tauchte das Gesicht Freyas vor seinem geistigen Auge auf. Diese Frau war keine Lügnerin! Rainolf zweifelte nicht daran, dass sie an ihren Feinden fürchterlich Rache nehmen konnte, aber sie würde niemals ihre Ehre aufs Spiel setzen, indem sie Lügen erzählte.

»Nein, es gibt keine Kriegsvorbereitungen bei den Chatten!«, erklärte Rainolf bestimmt. »Glaube mir, wenn es so wäre, hätte Freya mir es gesagt. Sie hasst Borgar, der schon ein Feind ihres Vaters war. Und Borgar selbst ist zu dumm, als dass er eine Allianz mit anderen Stämmen eingehen könnte.«

Der Prokonsul erhob sich von seinem Stuhl. Er war noch nicht wieder im Vollbesitz seiner Kräfte und hielt sich deshalb an der Lehne fest. Ehe er sprach, atmete er durch: »Rainolf, ich stehe vor der schwerwiegendsten Entscheidung meines Lebens. Die Chatten haben Rom offen gedroht. Sie haben versucht, mich, den Stellvertreter des Kaisers, zu töten. Und sie haben Dörfer auf römischem Boden überfallen. Wir können so eine Kriegserklärung nicht unbeantwortet lassen. Während du weg warst, habe ich mich mit meinen obersten Heerführern eingehend beraten. Wir sind zu dem Schluss gekommen, dass wir den Erstschlag führen und einem Angriff der Chatten, der uns hohe Verluste zufügen könnte, zuvorkommen müssen. Wir haben zwei Legionen und die Classis Germanica mobilisiert und werden in wenigen Tagen über den Rhenus setzen, um bei den Chatten einzumarschieren.« Justinus deutete mit dem Zeigefinger auf Rainolf. »Und jetzt kommst du und erzählst mir, dass die Chatten nie vorhatten, uns anzugreifen. Dass irgendjemand aus unersichtlichen Gründen einen Krieg anzetteln will! Versetze dich an meine Stelle: Was würdest du tun? Die Legionen wieder in ihre Lager zurückschicken und nach Rom melden, es war alles ein Irrtum?«

Der Prokonsul ließ den Stuhl los und trat auf Rainolf zu. »Was ist, wenn du dich täuschst? Was, wenn die Chatten über uns herfallen, sobald ich die Legionen abgezogen habe? Tausende von Römern und Ubiern könnten dabei sterben.«

Rainolf schluckte schwer. In seinem Kopf jagte ein Gedanke den nächsten.

»Ich weiß, was ein Kriegszug in Germanien bedeutet«, fuhr Justinus fort. »Große Feldherren haben es bereits vor mir versucht und alle sind gescheitert. Nie hat sich Rom dauerhaft auf der anderen Seite des Rhenus festsetzen können. Zu gefährlich und unbeugsam sind die Germanen. Du siehst, Rainolf, ich riskiere sehr viel. Wenn ich verliere, wird mein Name mit Schimpf und Schande in Rom genannt werden. Aber selbst wenn wir siegen, wird der Preis hoch sein: Viele Legionäre werden ihr Leben lassen – und vielleicht auch ich!«

Erschöpft ließ er sich auf den Stuhl fallen und stützte seine Stirn mit einer Hand.

»Germania Inferior ist eine blühende, wohlhabende Provinz. Seit Langem herrscht hier Frieden, was für alle Bürger und vor allem für Rom von Vorteil ist. Rainolf, glaube mir: Ich will diesen Krieg nicht, aber ich habe keine Wahl!«

Lange Zeit sagten beide Männer kein Wort. Rainolf fühlte sich wie gelähmt und stellte sich voller Schrecken die grausame Schlacht zwischen Römern und Chatten vor.

Dann sagte Justinus plötzlich leise: »Es gibt nur eine Möglichkeit, diesen Krieg noch zu verhindern: Bringe mir denjenigen, der diesen Krieg provozieren will! Den Mann, der, als Prokonsul gekleidet, Agyntir ermordet hat!«

Justinus erhob sich erneut und diesmal nahm er eine straffe Haltung an, die ihn sichtlich Kraft kostete. »Du hast genau fünf Tage Zeit, dann werden die Legionen und die Classis Germanica vollständig einsatzbereit sein. Wenn du mir bis dahin nicht den Schuldigen präsentieren kannst, muss ich die Armee in Bewegung setzen und die Chatten angreifen.«

Wie unter einer zentnerschweren Last stand Rainolf auf und ging zur Tür.

Bevor er sie erreichte, richtete der Prokonsul noch einmal das Wort an ihn. »Damit dir das klar ist, Rainolf: Es wird keine offizielle Untersuchung geben. Ich kann es mir vor meinen politischen Gegnern nicht erlauben, Schwäche zu zeigen. Du musst deine Nachforschungen heimlich betreiben.« Ein kurzes Lächeln huschte über das blasse Gesicht des Prokonsuls. »Dass du das kannst, hast du ja schon einmal bewiesen. Wenn du etwas herausgefunden hast oder Hilfe brauchst, kommst du zu mir persönlich. Du sprichst mit niemandem sonst darüber!«

»Ja, Prokonsul! Ich danke dir für dein Vertrauen. Ich verspreche, dass ich alles tun werde, um den wahren Schuldigen zu finden.«

Justinus nickte wohlwollend und schloss für einen Moment erschöpft die Augen. »Noch etwas: Ich will keine vagen Verdächtigungen hören. Komm erst wieder, wenn du Beweise für eine Anklage hast!«

Rainolf wollte erneut zur Tür streben, doch dann zögerte er und wandte sich um. »Darf ich Julia einweihen? Du weißt, dass deine Tochter außerordentlich klug ist und sie kennt die Römer in Colonia und deren Gepflogenheiten besser als ich.«

Der Prokonsul musterte ihn mit zusammengezogenen Augenbrauen. Dann nickte er. »Ja, vielleicht kann Julia uns von Nutzen sein. Geh und sprich mit ihr! Aber halte sie aus allen gefährlichen Aktionen heraus!«

Mit diesen Worten entließ Justinus seinen Aedil.

Rainolf fühlte sich hundsmiserabel, ihm schien, als laste die Verantwortung für Colonia allein auf seinen Schultern. Er lenkte seine Schritte zu Julias Cubiculum.

Als er vorsichtig an ihre Tür klopfte und ihren Namen rief, kam sie herausgestürmt und fiel ihm so gar nicht patrizierhaft um den Hals. Sie hatte wohl schon erfahren, dass er sich im Praetorium aufhielt, und ihn erwartet.

Rasch zog sie ihn in ihr Zimmer und neben sich auf ihr Bett. Es dauerte eine geraume Zeit, ehe sie in der Lage waren, sich zu unterhalten. Als sie schließlich atemlos nebeneinander auf dem durchschwitzten Laken lagen, musste Rainolf haarklein berichten, was er bei den Chatten erlebt hatte. Er gab sich redlich Mühe, ließ aber vorsichtshalber eine genauere Beschreibung Freyas aus.

»Was können wir tun, um den Krieg zu verhindern?«, fragte Julia, als er verstummte.

»Wir haben nur eine Chance: Wir müssen den Mörder Agyntirs finden.«

»Wie willst du das anstellen?«

»Ich bin überzeugt davon, dass es ein Römer war. Ein Germane hätte sich nie die Mühe gemacht, sich als Prokonsul zu verkleiden, zudem wäre es ihm kaum möglich gewesen, eine solche Uniform anfertigen zu lassen, und das nicht allein wegen des Preises. Und auch unter den Römern kommen nur Männer infrage, die die Möglichkeit hatten und über die Mittel verfügen, den Anschlag bei den Chatten durchzuführen. Um den Kreis einengen zu können, müsste ich wissen, wer den Krieg befürwortet.«

»Das kann ich dir ganz genau sagen. Die haben sich neulich bei einer Audienz zu erkennen gegeben.«

Rainolf sah Julia verwundert an. »Wirklich? Wer?«

Sie begann die Leute an den Fingern aufzuzählen: »Da war zunächst Marcus Dulcius Tivonius. Der Praefectus Classis ist zusammen mit Titus Celsus, seinem Nauarchus, hier aufgekreuzt. Die beiden meinten, dass man die Provokation der Chatten nicht dulden könne und angreifen müsse. Kurz darauf stieß unser Tribunus Militum, Vitus Flaminius, dazu und hat sich gegen die Mobilmachung ausgesprochen. Ich kann dir sagen, er hat sich mit Tivonius ganz schön in die Haare bekommen.« Ein Lächeln huschte über Julias Gesicht. »Flaminius hält einen Krieg für zu verlustreich und den Ausgang für ungewiss. Auch gab er zu bedenken, dass die Entscheidung vom Kaiser in Rom getroffen werden müsse.«

Rainolf nickte zustimmend. Das war zu erwarten gewesen. Vitus Flaminius galt als besonnener Heerführer, der eine Lage immer erst genau analysierte, ehe er handelte.

»Tivonius widersprach ihm heftig und wies auf die Dringlichkeit der Lage hin. Die Chatten könnten jederzeit angreifen. Die Nachricht an den Kaiser sei aber noch nicht einmal in Rom eingetroffen. Eine Entscheidung Kaiser Hadrians, selbst wenn er sie rasch fällen sollte, würde per Bote frühestens in weiteren zwei Wochen in Colonia eintreffen. Tivonius hält einen sofortigen Erstschlag gegen die Chatten für die einzige effektive Maßnahme, damit der Feind seine Kampfkraft gar nicht erst entfalten kann.«

»Tivonius und Celsus«, sagte Rainolf nachdenklich. »Wer kam noch zu deinem Vater?«

»Am Tag nach dieser ersten Besprechung trafen Paccius Nonianus, der Legatus der Legion XVI Flavia Firma aus Novaesium, und Flavius Eugenius, der Legatus der Legion XXI Rapax aus Bonna, bei meinem Vater ein«, erzählte Julia weiter. »Beide gaben sich eher verhalten. Ich denke, sie wollten sich aus den Streitigkeiten zwischen den Befürwortern und Gegnern des Kriegs heraushalten. Nichts hassen wir Römer mehr, als für einen Fehler verantwortlich gemacht zu werden – das kann sich sehr negativ auf die Karriere auswirken. Beide Legaten missbilligten zwar die Provokation durch die Chatten, gaben aber zu bedenken, dass ein Krieg lang und hart werden würde. Auch zweifelten sie an den Erfolgsaussichten einer dauerhaften Besetzung des Landes. Sie schlossen sich deshalb dem Vorschlag von Vitus Flaminius an, die Patrouillen auf dem Rhenus zu erhöhen, um die Chatten von weiteren Überfallen abzuschrecken.«

Das wäre die weiseste Entscheidung gewesen, dachte Rainolf innerlich seufzend.

»Dann stieß der Sacerdos Naevius Perellus zu der Beratung und beschwor meinen Vater lautstark, die Chatten zu vernichten«, fuhr Julia fort. »Dem Hohepriester, so schien es mir, geht es dabei wohl vor allem darum, die Schamanin Freya tot zu wissen.«

Trotz der Ernsthaftigkeit der Lage musste Rainolf lächeln. Der Sacerdos war in seinen Ansichten tatsächlich sehr durchsichtig.

Julia legte die Stirn in Falten und versuchte, sich genau an weitere Einzelheiten zu erinnern. »Aurelius Taticenus gehört selbstverständlich ebenfalls zu den Befürwortern des Kriegs, wie du ja schon weißt. Er vertritt die Ansicht, dass sich andere Völker ermutigt fühlen könnten, es den Chatten nachzumachen, wenn ihre Dreistigkeit unbeantwortet bliebe. Außerdem wies er auf die Gefahr eines Zusammenschlusses mehrerer Stämme hin, wie es einst Arminius gelang. Er hält einen Großangriff der Germanen auf die römischen Provinzen für durchaus möglich.«

Rainolf schüttelte unwillig den Kopf. »Ich verstehe Taticenus nicht. Ich hatte von ihm den Eindruck, dass er stets auf diplomatische Lösungen setzt, doch jetzt will er unbedingt diesen Krieg.«

Mit einem Mal erinnerte er sich an das, was Arbold, der Schiffer, ihm verraten hatte. Taticenus sei kurz vor dem Mord an Agyntir in Confluentes gewesen. Rainolf berichtete Julia von Arbolds zufälliger Entdeckung.

Julia zuckte die Achseln. »Das muss nichts bedeuten. Ich werde aber versuchen herauszubekommen, was Taticenus in Confluentes gewollt hat.«

»Woher weißt du eigentlich so genau, was bei deinem Vater besprochen wurde? Ich denke, solche Treffen sind streng geheim?«

Julia blickte ihn etwas spöttisch an. »Mein Vater lag zu dem Zeitpunkt bekanntlich noch geschwächt im Bett und konnte kaum aufstehen. Also hat er die Besucher in seinem Cubiculum empfangen. Mein Badezimmer befindet sich direkt daneben. Ich habe in der letzte Woche viel Zeit in der Badewanne zugebracht – man versteht dort jedes Wort, das nebenan gesprochen wird.«

Rainolf musste lachen. Nach der Anspannung der letzten Tage hatte es eine fast befreiende Wirkung. Als er sich wieder beruhigt hatte, zählte er die Verdächtigen auf: »Also stehen bis jetzt Taticenus, Tivonius und Celsus sowie der Hohepriester Perellus auf der Liste der Kriegsbefürworter.«

Ratlos sahen sie sich an.

»Und nun?«, fragte Julia ihn schließlich.

Rainolf kratzte sich nachdenklich am Kopf. »Es wird schwierig, etwas in Erfahrung zu bringen, wenn ich keine offizielle Untersuchung durchführen darf. Wir müssen unsere Nachforschungen leider im Geheimen betreiben. Ich wäre dir dankbar, wenn du dich über die vier Verdächtigen in den Kreisen der gehobenen römischen Gesellschaft umhören würdest: Was weiß man über sie und ihre Vergangenheit, was für Gerüchte sind im Umlauf, mit wem verkehren sie und was für Vorteile hätten sie von einem Krieg.«

»Nichts lieber als das. Ich werde gleich heute einige Freundinnen besuchen. Mal sehen, was sich herausfinden lässt.«

Auch wenn es Rainolf schwerfiel, es war an der Zeit, sich von Julia zu verabschieden. Vor dem Eingang des Praetoriums sah Rainolf sich nach Teruwar um. Schließlich entdeckte er ihn an einer Straßenecke. Die Kapuze seines Umhangs ins Gesicht gezogen, lief er unruhig auf und ab. Der Ubier näherte sich ihm gelassenen Schrittes und bedeutete ihm, unauffällig zu folgen. Es war besser, wenn man sie so nah am Praetorium nicht zusammen sah.

»Wo warst du so lange? Was hat der Prokonsul gesagt?«, drängelte der Chatte schon nach wenigen Schritten.

Rainolf überlegte, wie weit er Teruwar einweihen konnte, ohne die Anweisung von Justinus, Stillschweigen zu bewahren, zu missachten. Schließlich erzählte er seinem Begleiter, dass sie den Mörder Agyntirs unter den Römern suchen sollten, er aber keine offizielle Untersuchung durchführen durfte.

»Und was passiert, wenn wir ihn nicht finden?«, fragte Teruwar.

»Dann wird es zum Krieg kommen.«

Teruwar packte seinen Gefährten am Arm. Er hatte die waffenstarrenden Legionen vor Colonia und in Bonna lagern sehen und eine Vorstellung davon, welch Unheil seinem Volk drohte. »Rainolf, wir müssen den Mörder Agyntirs finden! Sag mir, was ich tun soll, und ich werde es tun, selbst wenn ich dafür in die Tiefen des Totenreichs steigen muss.«

Die Umklammerung Teruwars schmerzte und Rainolf entzog ihm seinen Arm. »Ganz so weit wirst du nicht laufen müssen. Ich bin davon überzeugt, dass wir den Schuldigen hier in Colonia finden werden. Zurzeit haben wir vier Verdächtige.«

Ein Funken Hoffnung war in Teruwars Augen zu erkennen.

»Zunächst aber werde ich dich zu meinem Vater bringen. Ich bin sicher, dass er dich wieder in seinem Haus aufnehmen wird, wenn wir ihm die Lage erklären«, sagte Rainolf und marschierte zügigen Schrittes weiter.

Als Rainolf den Laden betrat, vergaß sein Vater jegliche Zurückhaltung und stürmte auf ihn zu. »Rainolf, mein Junge! Wodan sei Dank, es geht dir gut!«

Er schloss seinen jüngsten Sohn in die Arme. Erst jetzt bemerkte Sigolf, dass Rainolf von Teruwar begleitet wurde. Verblüfft blickte Sigolf den Chatten an.

»Wie kommt es, dass du wieder hier bist?« Sigolfs Ton schwankte zwischen Überraschung und Misstrauen.

Rainolf löste sich von seinem Vater. »Teruwar ist als Zeichen des Vertrauens zurückgekehrt.«

»Das musst du erklären«, sagte Sigolf und bat die beiden in die Culina. Auf dem Weg dorthin rief er nach Walraban, der sogleich angelaufen kam. Auch der Freigelassene konnte sich nicht zurückhalten und umarmte Rainolf.

Sigolf stellte drei Krüge Wein auf den Tisch und forderte Rainolf auf, zu erzählen.

Eine halbe Stunde verging, dann waren auch Sigolf und Walraban im Bilde. »Es wird also Krieg geben«, stellte Sigolf schließlich mit bitterer Stimme fest.

»Nicht, wenn ich den Mörder rechtzeitig finde«, entgegnete Rainolf.

Eine Weile saßen die Männer schweigend um den alten Tisch aus Eschenholz. Dann ergriff Walraban das Wort.

»Du musst sehr vorsichtig vorgehen! Jemand, der einen Krieg will, wird nicht davor zurückschrecken, einen neugierigen Aedil zu töten. Außerdem ist Teruwar hier nicht sicher. Der Mörder konnte Ylynta zu unserem Haus locken, weil er offensichtlich über die Verbindung zwischen ihr und Teruwar Bescheid wusste. Es ist nicht auszuschließen, dass er auch versuchen wird, Teruwar zu töten.«

Daran hatte Rainolf gar nicht gedacht. »Du hast recht, niemand darf ihn zu Gesicht bekommen.« Er wandte sich an den Chatten. »Es tut mir leid, aber um deiner eigenen Sicherheit willen, solltest du hier im Haus bleiben und dich nicht blicken lassen.«

»Nein, ich werde mich nicht feige verstecken! Ich bin hier, um den Mörder Agyntirs zu finden.«

Nun mischte sich Sigolf in das Gespräch ein. »Selbst wenn der Mörder deiner nicht habhaft wird, würde es schon reichen, wenn er das Gerücht streuen würde, dass du ein Chatte aus dem Dorf Freyas bist. Sie würden dich sofort verhaften und foltern, um Informationen aus dir herauszubekommen.«

»Nicht nur ihn«, gab Walraban zu bedenken, »auch uns würden die Römer als Verräter betrachten.«

Rainolf überlegte. »Es gäbe eine Möglichkeit«, erklärte er schließlich.

Alle sahen ihn erwartungsvoll an.

»Er darf nicht als Teruwar, der seit einigen Wochen beim Händler Sigolf arbeitet, erkannt werden.«

»Wie willst du das anstellen?«, erkundigte sich Teruwar.

Doch Rainolf hob abwehrend die Hände. »Das werde ich noch heute Abend klären. So lange aber darf dich niemand sehen.«

Der Chatte zögerte, ehe er antwortete: »Gut, wenn du meinst.«

Auf dem Weg zu seiner Wohnung machte Rainolf einen kleinen Umweg. Er war zwar hundemüde, aber die Sache duldete keinen Aufschub. Vor dem bereits dunklen Geschäft des Schneiders Degamer stoppte er. Rainolf klopfte an die Tür. Es dauerte eine ganze Weile, ehe ihm geöffnet wurde. Degamer stand mit einer Öllampe in der Hand da und sah ihn misstrauisch an. Erst als er das Licht hob, erkannte er den Besucher.

»Sei gegrüßt, Aedil!«, sagte er ehrfürchtig. »Was kann ich für dich zu so später Stunde noch tun?«

»Zum ersten, kannst du mich reinlassen. Ich möchte mein Anliegen ungern auf der Straße vorbringen.«

Rasch gab Degamer den Weg frei und führte den Besucher in seine Nähstube. Mit einem Blick überflog Rainolf die Stoffe und Kleidungsstücke, die herumlagen. Dann wandte er sich an den Schneider. »Wie schnell kannst du arbeiten?«

Degamer sah ihn erstaunt an. »Das kommt darauf an, was ich tun soll.«

Rainolf erklärte dem Schneider sein Anliegen. Degamer überlegte kurz und versicherte, dass er bis zum nächsten Morgen mit der gewünschten Arbeit fertig sein würde.

Mit einem Gefühl der Erleichterung stieß Rainolf die Tür zu seiner Wohnung auf. Als er sie das letzte Mal zugezogen hatte, war er sich nicht sicher gewesen, ob er sie je wieder öffnen würde.

Caledus hantierte gerade mit einer Amphore, als Rainolf eintrat. Beide Männer stoppten in der Bewegung und starrten einander an. Der junge Ubier vermeinte ein Zucken um die Mundwinkel des Alten wahrzunehmen und ein Blinzeln, als stehe er davor, in Tränen auszubrechen. Sollte Caledus tatsächlich zu einer Gefühlsregung wie Rührung fähig sein?

Der Sklave fing sich rasch wieder und räusperte sich. »Sei willkommen zu Hause, Aedil!«

Rainolf hätte es nie für möglich gehalten, dass er sich einmal freuen würde, die Gesellschaft Caledus' zu haben. Doch jetzt war er selbst über den ewigen Nörgler froh.

»Es tut gut, dich wiederzusehen!«, erkärte er in einem Anfall von Überschwang und legte ihm die Hand auf die Schulter.

Caledus schien die Geste zu verblüffen, doch dann deutete er eine Verbeugung an. »Die Freude, dass du lebend zurückgekehrt bist, ist ganz meinerseits.«

XVI. Tag

Am nächsten Morgen begab sich Rainolf in aller Frühe zu Degamer. Der Schneider hatte Wort gehalten.

»Ich habe die Nacht durchgearbeitet, aber ich habe es geschafft«, erklärte er zufrieden.

Rainolf besah sich die Kleidungsstücke und lobte Degamer für die hervorragende Arbeit. Aus Dankbarkeit darüber, dass Rainolf ihn neulich vor dem rabiaten Rinderzüchter gerettet hatte, verlangte Degamer nur einen lächerlich geringen Preis. Rainolf bestand jedoch auf eine angemessene Bezahlung. Die Diskussion ist völlig absurd, seufzte er im Geheimen, normalerweise verlaufen solche Preisverhandlungen doch genau umgekehrt.

Sigolf, Walraban und die beiden Sklaven erwarteten ihn bereits und auch Farhild hatte sich schon in dem Laden eingefunden. Sie begrüßte ihren Bruder stürmisch.

»Wo ist Teruwar?«, erkundigte Rainolf sich.

»Wie abgesprochen auf seinem Zimmer, damit ihn niemand sieht«, erklärte Walraban.

»Hol ihn bitte!«, sagte Rainolf und legte das Kleiderbündel auf einen Tisch.

Als der Chatte den Raum betrat, tippte Rainolf theatralisch auf die Stoffe. »Hier ist deine Rettung.«

Neugierig umringten ihn alle. Mit einer schwungvollen Bewegung entrollte er eine grüne Tunika und eine blütenweiße Toga.

Verblüfft starrte Teruwar darauf. »Was soll ich damit?«

»Dumme Frage! Anziehen natürlich.«

Farhild begriff als Erste und nahm ihrem Bruder die Toga aus der Hand, während sie die Qualität des Stoffes bewunderte. »Wenn du diese Sachen trägst, wird kein Mensch auf die Idee kommen, dass du aus dem Freien Germanien stammst. Man wird dich für einen ganz normalen Bürger Colonias halten, der die Mode der Römer übernommen hat.«

Alle waren begeistert von der Idee.

»Wirklich schlau von dir, Rainolf«, meinte auch Teruwar, blickte aber dennoch ein wenig skeptisch auf die Kleidungsstücke.

»Eine Kleinigkeit fehlt natürlich noch«, meinte Rainolf.

»Und das wäre?«

»Kein Römer trägt lange Haare und einen Schnurrbart.«

Es dauerte einen Augenblick, ehe Teruwar verstand. »Oh, nein, kommt nicht infrage, meinen Schnurrbart rasiere ich nicht ab!«

Doch seine Proteste halfen nichts. Farhild holte eine Schüssel mit heißem Wasser, eine Schere und ein Rasiermesser. Albuin erklärte sich mit Freuden bereit, das Rasieren zu übernehmen. Geschickt schabte der Sklave dem Chatten unter der Nase herum und in wenigen Minuten war der Schnurrbart verschwunden, anschließend schnitt ihm Farhild die Kopfhaare erheblich kürzer.

Mürrisch betrachtete Teruwar das Ergebnis im Spiegel. »Entwürdigend!«, murmelte er.

»Ohne Schnurrbart gefällst du mir sogar noch besser«, erklärte Farhild und strahlte ihn so an, dass Teruwar fast schon überzeugt war.

Während noch alle um Teruwar herumstanden, nutzte Rainolf die Gelegenheit, um die bevorstehende Suche nach dem Mörder anzusprechen. Allerdings nahm er zuvor allen Anwesenden den Schwur ab, kein Wort an andere weiterzugeben.

»Ich kenne die Namen derer, die den Prokonsul zur Schlacht drängen. Die meisten von ihnen hielten sich zum Zeitpunkt des Mordes im Land der Chatten auf und hätten somit die Möglichkeit gehabt, ihn zu töten.«

»Welches persönliche Interesse könnte denn jemand an einem Krieg mit den Chatten haben?«, fragte Walraban.

»Wenn ich das wüsste, bräuchte ich den Täter nicht mehr zu suchen!«, antwortete Rainolf.

»Wer kommt denn überhaupt infrage?«, wollte Sigolf wissen.

Rainolf holte tief Luft. »Außer dem Prokonsul – den ich als Mörder ausschließe – waren noch sein Stellvertreter Taticenus sowie die ranghöchsten Offiziere der Classis Germanica, Tivonius und Celsus, an der Verfolgung Borgars beteiligt. Der Tribunus Militum, Vitus Flaminius, hielt sich zum Zeitpunkt des Mordes in Gallien auf und scheidet damit als Täter aus. Die beiden Legaten der Legionen XVI und XXI aus Bonna und Novaesium entfallen ebenfalls, denn sie waren in ihren Lagern. Auf Befehl von Justinus hielten sie sich dort bereit, um notfalls als Verstärkung anzurücken. Der Prokonsul hatte lediglich eine Kohorte aus dem Castra Bonnensia angefordert, die er Taticenus unterstellte.«

»Es wäre aber doch aufgefallen, wenn der Befehlshaber einer Kohorte plötzlich mit einigen Legionären verschwunden und erst nach ein oder zwei Tagen wieder aufgetaucht wäre«, gab Sigolf zu bedenken.

»Für den Vize-Prokonsul wäre es zwar schwierig, aber nicht unmöglich gewesen, die Tat zu begehen.«

»Was ist mit Tivonius?«

»Vom Oberkommandierenden der Classis Germanica weiß ich, dass er die gesamte Zeit über als engster Berater bei dem Prokonsul war. Seine Chancen, sich heimlich von der Truppe zu entfernen, würde ich als sehr gering einschätzen.«

»Bliebe noch Titus Celsus. Wo war er?«

Rainolf zuckte mit den Schultern. »Keine Ahnung.«

»Dann solltest du bei dem Nauarchus mit deinen Nachforschungen beginnen«, schlug Sigolf vor.

In Gedanken versunken ging Rainolf langsam die Straße hinunter. Er hatte nicht die leiseste Ahnung, wie er etwas über den Nauarchus der Classis Germanica herausfinden sollte. Selbst wenn er die Nachforschungen hätte offiziell betreiben können, wäre er nicht einmal als Aedil befugt gewesen, Untersuchungen bei Offizieren durchzuführen. Das Militär fiel nicht unter die bürgerliche Rechtsprechung.

Aber vielleicht hatte Julia ja auch über Celsus etwas in Erfahrung bringen können. Rainolf war gespannt, was sie ihm gleich erzählen würde.

Die Tochter des Prokonsuls erwartete ihn schon voller Ungeduld in ihrem Cubiculum.

»Na endlich!«, begrüßte sie ihn und und begann sofort mit ihrem Bericht: »Ich habe gestern Abend noch eine gute Freundin besucht: Antistia, die Frau von Aetius Paccius. Sie stammt aus einem noblen römischen Geschlecht und kennt jeden, der hier in Colonia etwas zu sagen hat.«

Rainolf wusste, dass Antistia für Julia, seit sie als Halbwaise nach Colonia gekommen war, mütterliche Gefühle hegte. Es war ihm aber auch bekannt, dass die stets übertrieben aufgetakelte Frau des Duumvirs eine der größten Klatschbasen der Stadt war.

»Fangen wir mit Aurelius Taticenus an«, fuhr Julia fort. »Er stammt aus einer reichen Familie, die große Ländereien in Kampanien, südlich von Rom, besitzt. Sein Vater starb schon früh und Taticenus wurde deshalb von seinem Onkel, einem bedeutenden Politiker, großgezogen. Er durchlief die Karriereleiter, wie es seine Familie für ihn vorgesehen hatte. Taticenus hat den Ruf eines geschickten Redners und klugen Politikers und wird sicherlich einmal bis an die höchsten Stellen des Imperiums gelangen. Seine Berufung zum Stellvertreter des Prokonsuls hat sein Onkel eingefädelt, der beste Beziehungen zum Beraterstab des Kaisers unterhält. Privat ist Taticenus ein Frauenheld. Zahlreiche Verhältnisse werden ihm nachgesagt, auch mit verheirateten Frauen.«

Rainolf hob die Augenbrauen.

»In Rom ist das nichts Ungewöhnliches, mein argloser Aedil«, stichelte Julia. »Wobei Taticenus aber in der Tat ein interessanter Fall ist, denn er hat eindeutig eine Vorliebe für, sagen wir, verruchte Frauen – solche, die für ihr ausschweifendes Liebesleben berüchtigt sind. Da Taticenus aus einer einflussreichen Familie stammt, hat er wenig von den gehörnten Ehemännern zu befürchten. Er genießt den Schutz mächtiger Politiker.«

»Was könnte er für ein Motiv haben, einen Krieg mit den Chatten anzuzetteln?«

Julia kaute nachdenklich auf ihrer Unterlippe. »Vielleicht hofft er, durch den Feldzug militärischen Ruhm zu erlangen. Diesbezüglich hat er sich bisher noch nicht hervorgetan und es würde seinen Aufstieg in Rom erheblich beschleunigen. Immerhin haben schon einige berühmte Feldherren vergeblich versucht, das Germanien östlich des Rhenus zu erobern. Wenn es zum Krieg kommt, wird ihm eine bedeutende Rolle zuteil – als Stellvertreter des obersten Befehlshabers. Bei einem Sieg wäre Taticenus ein Ehrenplatz im Triumphzug in Rom sicher und höchstwahrscheinlich auch ein Sitz im Senat.«

»Was wusste Antistia über den Sacerdos zu berichten?«

»Naevius Perellus? Sie hasst ihn! Aber da ist sie nicht die Einzige.«

Dass der Hohepriester nicht sonderlich beliebt war, wusste Rainolf natürlich. Perellus war erst vor einigen Jahren von Rom nach Colonia gekommen, um hier das Amt des Hohepriesters im Tempel der Kapitolinischen Trias zu übernehmen. Rainolf hatte das Bild des eindrucksvollen Baus vor Augen, der den drei Gottheiten Jupiter, Juno und Minerva geweiht war. Er war der größte und wichtigste Tempel in Colonia.

Perellus hatte mit seinen strengen, konservativen Ansichten die Bürger rasch verärgert. Mit aller Gewalt wollte er die Einwohner zu Askese, Buße und häufigem Besuch des Tempels bewegen. Ansonsten, so drohte er, würden die Götter ihnen zürnen. Bis heute hatte es allerdings kein Gott für nötig befunden, die Bürger Colonias zu bestrafen, sodass hinter vorgehaltener Hand der Witz kursiert, dass Perellus selbst die Strafe der Götter sei.

»Er ist sehr darauf bedacht, seinen Einfluss bei den Einwohnern, aber auch in der Politik zu vergrößern«, fuhr Julia fort. »Er benutzt die Religion zu seinem eigenen Vorteil, als Machtinstrument. Dabei behauptete er immer dreist, er tue alles nur zu Ehren von Jupiter, Juno und Minerva.« Sie konnte sich ein spöttisches Lachen nicht verkneifen. »Leider kriecht er auch immer um meinen Vater herum und versucht, sich bei ihm einzuschleimen.«

Julia lehnte sich nach vorn und senkte die Stimme, als könne sie sonst jemand hören, was in ihrem Cubiculum natürlich völlig überflüssig war. »Ich weiß, dass Perellus meinem Vater fürchterlich auf die Nerven geht, aber aus politischen Gründen darf er den Hohepriester nicht verärgern.«

»Irgendeine Idee, warum Perellus erpicht auf einen Krieg mit den Chatten sein könnte?«

»Aus dem gleichen Grund, warum er hier in Colonia die Leute drangsaliert: Ein Krieg könnte seinen Machtbereich ausweiten. Wenn das Germanien östlich des Rhenus erobert werden würde, kämen auch von dort Menschen, um im Tempel zu opfern. Dass sie dafür Geld bezahlen müssen, ist wohl klar. Und an wen würde das Geld fließen?« Sie tippte Rainolf mit dem Zeigefinger auf die Brust. »Genau: an den Sacerdos! Wie viel er davon nach Rom weitergibt, darf noch nicht einmal der Quaestor kontrollieren. Du weißt, die Opfergaben an die Götter dürfen nicht besteuert werden.«

»Aber wie sollte er es fertiggebracht haben, unauffällig ins Land der Chatten zu reisen und dort in der Verkleidung eines Prokonsuls Agyntir zu ermorden?«

»Antistia hat erzählt, dass Perellus häufig auf Reisen unterwegs ist. Er besucht im ganzen Land Tempel, weniger um dort zu beten, als vielmehr um den Teil der Einnahmen, der dem Haupttempel in Colonia zusteht, gleich an sich zu nehmen. Manchmal ist er wochenlang unterwegs, und wem sollte es da auffallen, wenn er heimlich zu den Chatten gereist wäre?«

Rainolf nickte nachdenklich, ehe er fragte: »Was ist mit Marcus Dulcius Tivonius?«

Julia legte einen Finger an ihr hübsches Kinn und ließ ein lang gezogenes »Hmm« vernehmen. »Es kommt mir ungeheuerlich vor, Tivonius zu verdächtigen, schließlich kenne ich ihn schon mein ganzes Leben. Fortuna war Tivonius in seinem Leben nicht immer hold. Er stammt aus einer Soldatenfamilie, sein Vater hatte es schon zum Praefectus Classis unter Kaiser Traian gebracht. So war es selbstverständlich, dass Tivonius auch zur Flotte ging. Er arbeitete sich die Offizierslaufbahn hoch, hat jedoch den Makel an sich haften, dass er in der Ägäis eine Seeschlacht gegen eine Piratenflotte verloren hat. Das hat man ihm in Rom sehr übel genommen. Und damit nicht genug, einige Jahre später erlitt er vor Hispania in einem Sturm Schiffbruch und wurde erst zwei Tage später mehr tot als lebendig aus dem Meer gefischt. Der Großteil seiner Mannschaft war ertrunken. Viele Römer glaubten daraufhin, dass ihm die Götter nicht wohlgesinnt seien. Doch mein Vater hat ihn immer sehr geschätzt und sich beim Kaiser für ihn eingesetzt. Tivonius hat es meinem Vater zu verdanken, dass er zum Praefectus der Classis Germanica ernannt worden ist.«

»Hätte er einen persönlichen Grund, deinem Vater den Mord an Agyntir unterzuschieben?«

Julia schüttelte bestimmt den Kopf. »Marcus Dulcius Tivonius ist seit Ewigkeiten ein Freund meines Vaters. Ich kann mir beim besten Willen nicht vorstellen, warum er so etwas tun sollte.«

»Wie alt ist er?«

Julia wirkte irritiert. »Er ist fünfundvierzig, wieso?«

»Fünfundvierzig und immer noch Praefectus Classis in der Provinz. Andere haben in dem Alter bereits einen hohen Posten in Rom«, stellte Rainolf fest.

»Er ist mit Leib und Seele Soldat, ihm gefällt sein Leben, so wie es ist.«

»Mir ist zu Ohren gekommen, dass Tivonius Anfang des Jahres um eine Versetzung nach Rom gebeten hat, die aber abgelehnt wurde.«

»Er wollte zu seiner Frau Maia, die in Rom lebt und erkrankt war. Aber wegen der Unruhen, die die Tenkterer verursacht hatten, konnte mein Vater ihm seine Bitte nicht bewilligen. Tivonius wurde hier dringend gebraucht. Er hat das akzeptiert und außerdem geht es Maia längst wieder besser.«

»Falls dein Vater nicht mehr Prokonsul wäre, wer würde dann sein Nachfolger? Aurelius Taticenus ist zwar Vize-Prokonsul, aber nur, um hier politische Erfahrung zu sammeln. Er wäre noch zu jung für das Amt des Prokonsuls.«

»Das entscheidet der Kaiser in Rom.«

»Aber die Chancen von Tivonius, zum neuen Prokonsul von Germania Inferior ernannt zu werden, wären nicht schlecht, oder?«

»Ja, er wäre der ideale Mann«, gab Julia zögerlich zu. »Seine Landeskenntnisse und militärische Erfahrung prädestinieren ihn für den Posten. Mittlerweile genießt er das Wohlwollen des Kaisers und hat sich in Rom einige politische Verbündete gesichert.«

»Nur dein Vater steht seiner Beförderung zum Prokonsul noch im Weg.«

»Mein Vater schätzt ihn sehr als Freund und Berater. Er vertraut ihm blind«, protestierte Julia.

»Das hat Julius Cäsar von Brutus auch gesagt«, erwiderte Rainolf lapidar.

Julia verstummte, denn Rainolf hatte ja recht. In der römischen Geschichte wimmelte es nur so von Verrat und Morden durch vermeintliche Freunde und sogar Verwandte. Wenn es um die Mehrung von Macht und Ruhm ging, konnten selbst die ältesten Gefährten plötzlich zu gnadenlosen Gegnern werden.

Rainolf merkte, dass er seine Geliebte verunsichert hatte. Es bestätigte ihn darin, Marcus Dulcius Tivonius auf seiner Liste der Verdächtigen ganz nach oben zu setzen. Trotzdem wechselte er das Thema. »Was weißt du über Titus Celsus?«

»Ich weiß nicht genau, woher Celsus stammt, aber sicher nicht aus Rom. Vermutlich irgendwo aus dem nördlichen Italia. Er gilt als tüchtiger Soldat, der seine Laufbahn in der Classis Misenensis begann. Unter Kaiser Traian hat er gegen König Decebalus in Dacia gekämpft und später an den Eroberungsfeldzügen in Armenia und Mesopotamia teilgenommen. Schließlich hat er es bis zum Centurio Classicus gebracht.«

»Wie kam Celsus an den Posten des Nauarchus in Colonia?«

Julia blies nachdenklich die Wangen auf. »Ich vermute, dass sich irgendein hoher Militär in Rom an ihn erinnerte, als es hieß, dass bei der Classis Germanica der Posten des Nauarchus neu besetzt werden müsse. Wie gesagt, als Soldat hat Celsus einen untadeligen Ruf.«

Rainolf kannte seine Freundin zu genau, als dass er nicht den verächtlichen Unterton in ihrer Stimme bemerkt hätte.

»Und sein Ruf als Privatperson?«

»Ich finde ihn widerlich«, antwortete sie prompt. »Schon

als er zum ersten Rapport bei meinem Vater erschien, war er mir mehr als unangenehm. Etwas Furchteinflößendes geht von ihm aus. Es würde mich nicht wundern, wenn er regelmäßig Hexen besucht.«

Viele Römer suchten Hexen auf, um ihre Zukunft beeinflussen zu können. Mit allerlei Beschwörungen und Opfern wurden die Götter der Unterwelt um Hilfe angerufen.

»Über ihn wusste Antistia nicht allzu viel. Celsus gilt als brutal und seine Legionäre fürchten ihn. Er scheint keinerlei Gefühle zu besitzen und ist bar jeglicher Kultur. Sein einziges Interesse gilt dem Krieg, und wenn es gerade keinen Krieg gibt, lässt er seine Wut darüber an den Legionären aus. Ich habe gehört, dass er einige halb totgeprügelt haben soll.«

»Von wem hast du das gehört?«, fragte Rainolf erstaunt. Das waren Interna, die normalerweise aus keinem Lager nach außen drangen.

Sie lächelte vielsagend. »Ich habe da so meine Quellen.«

Weil Rainolf nichts erwiderte, sondern sie nur etwas genervt ansah, erklärte sie: »Patrokles ist mit Lesopokles, dem Arzt des Lazaretts der Classis Germanica, befreundet. Beide sind Griechen und gehen manchmal in der Taberna ein paar Gläser Wein trinken. Lesopokles meint, dass der neue Nauarchus von Anfang an hatte klarstellen wollen, dass die Legionäre ihn zu fürchten haben. Celsus soll der Überzeugung sein, dass nur Soldaten, die ihren Befehlshaber mehr fürchten als den Feind, auch wirklich tapfer kämpfen würden.«

»Auch eine Einstellung«, murmelte Rainolf angewidert. »Könntest du Patrokles holen lassen? Ich möchte, dass er ein Treffen zwischen mir und Lesopokles einrichtet.«

Julia rief nach einer Sklavin, die auch umgehend erschien, und schickte sie zu Patrokles.

Es dauerte nur wenige Minuten, bis er an die Tür klopfte.

»Du hast nach mir geschickt?«, fragte der Leibarzt des Prokonsuls und verneigte sich höflich.

Julia erklärte ihm kurz ihr Anliegen, allerdings ohne ihm die Hintergründe zu enthüllen.

Der Grieche strich durch seinen weißen, penibel gestutzten Bart und sein Blick wanderte von Julia zu Rainolf. »Natürlich, ich kann Lesopokles eine Botschaft schicken und ihn für heute Abend in eine Taberna einladen. Das Essen würde dann aber auf deine Kosten gehen, Aedil.«

Rainolf seufzte und nickte. Seine Nachforschungen kosteten ihn eine Stange Geld.

Julia stand auf. »Lasst uns zu meinem Vater gehen! Ich möchte gern nach ihm sehen. Er befindet sich zwar auf dem Weg der Besserung, aber ich finde, er traut sich bereits zu viel zu.«

»Dein Vater ist in der Tat ein sehr willensstarker Mann, der leider seiner Gesundheit manchmal etwas viel zumutet«, stimmte Patrokles zu.

Sie fanden den Prokonsul in der großen Exedra. Um Justinus herum stand eine Gruppe von Besuchern. Rainolf erkannte Taticenus, Perellus, die beiden Duumvirn und einige römische Geschäftsleute. In der hintersten Reihe entdeckte er sogar Petronius Bassus, der ihm freundlich zuwinkte.

Offensichtlich wollte der Prokonsul eine Bekanntmachung verlauten lassen. Rainolf vermutete, dass sich Justinus der Öffentlichkeit als wieder genesen präsentieren wollte. Römischen Politikern und Feldherren war es wichtig, keine Schwäche zu zeigen, um sich nicht angreifbar zu machen. Allerdings sah man Justinus bei näherer Betrachtung an, dass es ihm nicht gut ging.

»Die Vorbereitungen unserer Truppen sind in vollem Gang. Marcus Dulcius Tivonius ist heute Morgen mit einem Teil der Classis Germanica nach Rigomagus ausgelaufen. Die restlichen Truppen werden in Kürze folgen. Ich werde mich morgen Mittag selbst von der Einsatzbereitschaft der Classis Germanica im Lager überzeugen«, erklärte der Prokonsul.

Julia wurde blass vor Entsetzen. Auch Patrokles zeigte sich sehr besorgt und beugte sich zu Rainolf. »Das ist zu früh, er ist noch nicht kräftig genug für einen Ausritt. Eigentlich habe ich ihm noch zwei Tage Bettruhe verordnet.«

Anscheinend teilten einige der Anwesenden die Meinung des Arztes, denn ein Gemurmel brach aus. Doch der Prokonsul hob den Arm und sofort trat wieder Ruhe ein. »Ich werde morgen mit Lucullus zum Lager reiten.«

Nun wurden erstaunte Ausrufe laut. Lucullus war das Lieblingspferd des Prokonsuls, ein wunderschöner Hengst, den der Kaiser persönlich Justinus zum Geschenk gemacht hatte. Doch der Rappe galt als äußerst wild.

Julia krallte sich in Rainolfs Arm. »Das müssen wir ihm ausreden!«, rief sie verzweifelt.

»Du kennst deinen Vater besser als ich«, erwiderte er leise, aber eindringlich. »Wenn er sich etwas in den Kopf gesetzt hat, wird er sich davon nicht abbringen lassen. Schon gar nicht jetzt, wo er es bereits verkündet hat. Man würde es ihm als Schwäche auslegen.«

»Was hat er von seinem Mut, wenn er tot ist? Soll er vielleicht genauso unrühmlich enden wie Drusus, der bei dem Versuch, Germanien zu erobern, vom Pferd fiel und starb? Zukünftige Geschichtsschreiber werden Hohn und Spott über meinen Vater ausgießen! Wie kann man nur so dumm sein!«

Julia redete sich in Rage und Rainolf hielt es für besser, sie mit sanftem Druck aus dem Raum zu schieben, bevor es zwischen Vater und Tochter in aller Öffentlichkeit zu einer hässlichen Szene kam. Glücklicherweise wartete Lucilia hinter der Tür und nahm die tobende Julia unter ihre Fittiche.

Als Julia die Geschichtsschreiber erwähnte, war Rainolf eine Idee gekommen. Alle besonderen Vorkommnisse der Provinzen Germania Inferior und Superior mussten schriftlich protokolliert und die Berichte eingereicht werden. Der Übersichtlichkeit halber wurden sie nach Colonia geschickt, wo sie in der Curia archiviert wurden. Vielleicht existierte eine Meldung aus Confluentes, die ihm weiterhelfen konnte. Auch wenn sich seine Nachforschungen im Moment auf Celsus konzentrierten, hatte er nicht vergessen, dass Taticenus kurz vor dem Überfall der Chatten in Confluentes gesehen worden war. Es konnte immerhin sein, dass Taticenus offiziell dort gewesen war – und dann hätte es einen Bericht darüber geben müssen. Normale Bürger hatten natürlich keinen Zugang zu den Berichten, aber als Aedil genoss Rainolf dieses Privileg.

Das Archiv führte ein altes, dürres Männlein, dessen Namen Rainolf dauernd vergaß.

»Ave! Ich brauche alle Meldungen aus Confluentes der letzten zwei Monate!«, erklärte er ohne Umschweife.

Der alte Mann schreckte von seinem Hocker hoch. »Confluentes?«, murmelte er schließlich und nickte eifrig. »Ich fürchte, wir haben nur wenig von dort in letzter Zeit gehört. Ich werde dir die Berichte holen.«

Er schlurfte zu einem Regal, in dem sich Hunderte von Pergamentrollen und Wachstafeln stapelten. Rainolf erkannte in dem Chaos kein System, doch der Archivar griff mit seinen ausgemergelten Händen zielsicher nach einigen Dokumenten und brachte sie ihm.

»Hier, Aedil, das sind alle«, erklärte er und drückte ihm sieben Rollen in die Hand.

Rainolf hatte eigentlich damit gerechnet, dass der Mann lange suchen müsste, und bedankte sich verdutzt.

Mit den Berichten unter dem Arm eilte Rainolf zu seiner Amtsstube. Er schickte alle Wartenden auf dem Gang nach Hause und entschuldigte sich mit einem dringenden Notfall, der seine ganze Aufmerksamkeit erfordere. Murrend folgten die Leute seinem Befehl. Entgegen seiner sonstigen Gewohnheit schloss er die Tür hinter sich ab, denn er wollte ungestört bleiben.

Gespannt rollte er das erste Pergament aus und überflog den Inhalt. Es ging darin um gestiegene Kosten in der Verwaltung von Confluentes und einen Antrag auf mehr Geld aus Rom. Die übliche Bettelei, nichts, was auffällig war.

Auch die nächsten beiden Rollen legte er nach kurzem Studium weg. Doch bei der vierten merkte er auf. Es ging zwar nicht um Taticenus, aber ein Mord an einem Schmied namens Halendrix wurde in dem Schriftstück vermeldet. Der Mann war in der Nacht vor den Iden in seiner Arbeitsstätte erstochen worden. Sein Gehilfe hatte ihn am nächsten Morgen gefunden. Nicht jeder Mord wurde gemeldet, aber die Umstände hatten es dem zuständigen Offizier der Wache geraten erscheinen lassen, eine Meldung zu schreiben.

Rainolfs Lippen formten ein tonloses »Danke« an den pflichtbewussten Wachsoldaten. Der Mörder war unbekannt, hieß es in dem Schriftstück, es gab noch nicht einmal einen Verdächtigen. Halendrix war ein gefragter Schmied und entsprechend nicht ganz unvermögend gewesen, aber der oder die Täter hatten keinerlei Wertgegenstände gestohlen, was den Offizier hatte stutzig werden lassen. Es hatte sogar noch Geld offen auf einem Tisch gelegen. Der entscheidende Satz stand am Schluss des Berichts: Halendrix habe Rüstungen für die Legion angefertigt. Rainolf spürte ein Kribbeln im Nacken.

Langsam ließ er das Pergament sinken. Die Mörder Agyntirs hatte Rüstungen wie römische Legionäre getragen und der vermeintliche Prokonsul die prächtige Uniform eines Feldherrn. Bislang hatte Rainolf angenommen, dass sie irgendwo gestohlen worden waren. Doch hier tat sich eine neue Möglichkeit auf. Natürlich war es bei Strafe verboten, Rüstungen und Waffen der römischen Armee für Zivilisten anzufertigen. Hatte dieser Halendrix das Verbot etwa ignoriert und dann, statt der versprochenen Zahlung, ein Schwert zwischen die Rippen bekommen?

Rasch überflog Rainolf die drei übrigen Pergamentrollen, fand jedoch nichts mehr von Bedeutung. Weder Taticenus noch Halendrix wurden darin erwähnt.

Nachdenklich verließ Rainolf die Curia.

Er hatte Teruwar versprochen, am Nachmittag vorbeizukommen, um ihm zu berichten, was er herausgefunden hatte. Als Rainolf nun sein Elternhaus betrat, erblickte er zu seiner Überraschung erneut Petronius Bassus.

»Salve, Rainolf! Du warst eben bei der Ansprache des Prokonsuls so schnell verschwunden, dass ich mich gar nicht mit dir unterhalten konnte. Dein Vater erzählte mir neulich, dass du in Ulpia Traiana warst.«

»Ja, ich war fast zwei Wochen dort, um die Vigiles auf

Vordermann zu bringen«, antwortete er. Erst jetzt registrierte Rainolf den Leibwächter Zaraxes, der sich wie ein Schatten wachsam im Hintergrund hielt.

»Dann hast du in Ulpia Traiana sicher meinen alten Freund Lucius Iustus, den dortigen Duumvir, kennengelernt.«

Rainolf wusste nicht, was er sagen sollte. Er hatte den Namen zwar schon gehört, aber da er in Wirklichkeit noch nie in Ulpia Traiana gewesen war, kannte er den Mann natürlich nicht persönlich.

Bassus zog erstaunt die Augenbrauen hoch. »Das verstehe ich nicht. Als Aedil muss du doch dem Duumvir deine Aufwartung gemacht haben, zumal Lucius die Aufsicht der Vigiles in Ulpia Traiana obliegt.«

In dem Moment kam Teruwar die Treppe herunter. Als er die Anwesenheit von Bassus registrierte, blieb er wie angewurzelt stehen.

Der Römer beäugte den Chatten verwirrt, dann hellte sich seine Miene auf. »Das ist doch dein Angestellter Teruwar!«, wandte er sich an Sigolf. »Warum ist er wie ein Römer gekleidet und frisiert?«

Der Hausherr sah sich in Erklärungsnöten und suchte verzweifelt nach Worten.

»Was ist hier los?«, fragte Bassus nun misstrauisch und sah Rainolf an. »Du warst gar nicht in Ulpia Traiana, nicht wahr?«

»Nein«, gestand Rainolf.

»Und Teruwar soll nicht erkannt werden«, schloss der Römer messerscharf.

Bassus lässt sich nicht so einfach täuschen, stellte Rainolf fest. »Auch das ist richtig. Edler Petronius Bassus, als Aedil muss ich dich bitten, Stillschweigen darüber zu bewahren. Ich kann dir keine näheren Auskünfte geben, nur so viel: Es geht um die Sicherheit unserer Stadt und der gesamten Provinz.«

Bassus blickte ihn lange an. Man hätte eine Nadel fallen hören können. »Es geht um die Chatten und den bevorstehenden Krieg, vermute ich?«

Rainolf hob in einer hilflosen Geste die Arme.

»Schon gut«, erklärte der Römer. »Du darfst es mir nicht verraten. Aber wenn ich dir helfen kann, dann sag mir Bescheid, denn auch mir ist viel an der Sicherheit des Landes gelegen. Schließlich möchte ich weiterhin ungehindert Handel mit Colonia treiben.«

»Ich weiß dein Angebot zu schätzen, aber ich wüsste nicht, wie du helfen könntest.«

Bassus blickte zu Teruwar hinüber. »Nun, offenbar fürchtet ihr, dass Teruwar etwas passieren könnte, sonst hättet ihr ihn kaum so verkleidet. Ich könnte euch Zaraxes überlassen, er stammt aus einem wilden Bergvolk in Persien. Ein sehr angenehmer Sklave, weil er nie ein Wort zu viel sagt.«

»Spricht er kein Latein?«, erkundigte sich Sigolf neugierig.

»Doch, aber es liegt einfach nicht in seiner Natur, viel zu reden. Dafür hat er andere Qualitäten: Er kann mit dem Messer auf zehn Schritt Entfernung eine Fliege an der Wand treffen. Und ein hervorragender Bogenschütze ist er auch. Sein Volk hat die Kunst des lautlosen Tötens zur Perfektion gebracht. Er ist der beste Leibwächter, den ich je hatte. Mit ihm an seiner Seite wäre Teruwar sicher.«

Rainolf musterte den Perser. Zaraxes stand völlig unbeweglich da, doch seinen wachsamen, schwarzen Augen entging nicht die kleinste Bewegung.

»Wenn du ihn wirklich entbehren könntest«, sagte Rainolf

schließlich, »wäre ich dir überaus dankbar. Tatsächlich ist das keine schlechte Idee.«

»Was soll das heißen?«, protestierte Teruwar. »Ich brauche keinen Aufpasser.«

»Du missverstehst das: Er soll nicht auf dich aufpassen, er soll darauf achten, dass dir niemand zu nahe kommt.«

Der Chatte schien nicht wirklich glücklich über diese Entscheidung, blieb aber still.

Bassus winkte seinem Sklaven. »Zaraxes, du hast es gehört! Ab sofort sorgst du für die Sicherheit dieses Mannes.«

Der Perser verbeugte sich leicht. »Wie du befiehlst, Herr! Ich werde ihn mit meinem Leben schützen.« Zaraxes hatte eine harte, kehlige Aussprache, redete aber Latein, ohne zu stocken.

Rainolf fühlte sich zu seinem eigenen Erstaunen ein wenig erleichtert. Er hatte sein Versprechen an Nelda, ihren Mann zu schützen, nicht vergessen. Mit einem Leibwächter an Teruwars Seite würde Rainolf sich viel weniger Sorgen machen.

Bei Einbruch der Dunkelheit verließ Rainolf in Begleitung von Patrokles das Praetorium und machte sich auf den Weg zu der Taberna *Zur Traube.* Der griechische Arzt traf sich gerne mit Lesopokles in dem Lokal, weil es für seine edlen Weine berühmt war. Der Wirt hieß Diodensis, stammte aus Latium und war nach seinem Dienst in der römischen Armee in Colonia geblieben. Die Taberna betrieben er und seine ubische Frau mit großem Erfolg, selbst die sonst so anspruchsvollen Römer kamen gerne her.

Patrokles entdeckte Lesopokles an einem Tisch in einer Nische. Rainolf war ihm bisher noch nie begegnet, obwohl der Arzt auch schon seit drei Jahren in Colonia lebte. Lesopokles hatte einen kantigen Schädel, den angegraute Locken umrahmten. Er machte einen kräftigen und vitalen Eindruck. Vor ihm stand ein fast geleertes Glas, er hatte also bereits einige Zeit auf sie gewartet.

Mit ausholenden Gesten orderte Lesopokles beim Wirt drei weitere Gläser des ausgezeichneten Weins aus Kampanien, die postwendend vor ihnen auf den sauber gescheuerten Tisch gestellt wurden.

»Patrokles sagte, du wolltest mich sprechen«, kam Lesopokles nach einigen Höflichkeitsfloskeln zum Punkt.

»Ja, es geht um die Classis Germanica«, erwiderte Rainolf mit gedämpfter Stimme und kratzte sich verlegen am Hinterkopf. »Genauer gesagt, um den Nauarchus Titus Celsus.«

»Was willst du über ihn wissen, Aedil?«

»Mich würde interessieren, was du von ihm hältst.«

Der Arzt zögerte. Sein Misstrauen war ihm deutlich anzumerken, also legte Patrokles ihm beruhigend die Hand auf den Unterarm. »Das ist keine offizielle Befragung, du kannst Rainolf vertrauen. Was wir hier besprechen, wird unter uns bleiben.«

Lesopokles' Anspannung löste sich etwas und er nickte zustimmend. »Gut, denn meine ehrliche Meinung könnte mir viel Ärger einbringen.« Er wandte sich an Rainolf. »Titus Celsus ist zwar ein tüchtiger Soldat und hochdekorierter Offizier, aber, wie es bei Soldaten häufig der Fall ist, auch brutal und gnadenlos.«

»Das heißt im Klartext, dass niemand den neuen Nauarchus leiden kann«, stellte Rainolf fest.

»Du hast es treffend ausgedrückt. Celsus scheint sogar eine gewisse Freude daran zu empfinden, Legionäre zu bestrafen.« Der Grieche seufzte. »Ich muss die armen Kerle dann wieder zusammenflicken. Sein erstes Opfer war ein Legionär, der aus Germanien stammte. Celsus war kaum bei der Classis Germanica eingetroffen, als er ihn schon rauspickte. Er warf dem armen Kerl vor, er habe seine Uniform nicht ordentlich geputzt. Zunächst hat er ihn nur angebrüllt und beschimpft, doch dann begann er, den Legionär zu schlagen, und zwar so lange, bis der sich nicht mehr rührte. Viele Legionäre der Classis Germanica haben seitdem das gleiche Schicksal erlitten.« Lesopokles schüttelte missbilligend den Kopf. »Es ist zwar normal, dass Legionäre für Vergehen bestraft werden, aber das erfolgt sonst in Maßen. Zwei oder drei Schläge mit der Vitis tun weh, haben aber noch keinen umgebracht. Celsus prügelt hingegen jedes Mal so lange, bis der Bestrafte nicht mehr aufsteht. Ich befürchte, dass irgendwann jemand dabei stirbt.«

»Wieso hat keiner Meldung beim Praefectus Classis gemacht?«, fragte Rainolf empört.

»Ist das nicht offensichtlich? Weil sie alle Angst vor Celsus haben! Was glaubst du, was der mit jemandem anstellen würde, der sich über ihn beschwert?«

Der Ubier schluckte eine böse Bemerkung hinunter, um Lesopokles' Redefluss nicht zum Versiegen zu bringen.

»Celsus hegt eine tiefe Abneigung gegen alle Nichtrömer. Selbst ich als Lagerarzt habe das schon zu spüren bekommen. Er macht keinen Hehl daraus, dass er Griechen für dekadent und faul hält. Gegenüber Angehörigen anderer Völker zeigt er sogar einen regelrechten Hass. Er ist zutiefst davon überzeugt, dass Stämme, die die Überlegenheit der Römer nicht anerkennen oder sich gegen deren Herrschaft auflehnen, ausgerottet gehören.«

Das ließ Rainolf aufhorchen. »Was denkt er über die Chatten?«

Lesopokles lachte bitter. »Es hält es für das legitime Recht der Römer, die Chatten vollständig zu vernichten. Das hat er noch gestern gegenüber einigen Offizieren geäußert, als zufällig auch ich anwesend war.«

Rainolf beugte sich vor und senkte seine Stimme noch weiter. »Warst du mit der Classis Germanica an der Verfolgung der Chatten beteiligt?«

Der Arzt nickte nur bestätigend.

»War Titus Celsus die ganze Zeit über bei euch?«

»Nein, sein Befehl lautete, die Schiffe am Ufer des Rhenus zu sichern und sich in Bereitschaft zu halten. Daher habe ich Celsus zwei Wochen lang nicht gesehen.«

Rainolf dachte über die Information nach. War das eine Spur? Der Nauarchus hätte theoretisch die Möglichkeit gehabt, sich mit einigen Legionären auf den Weg zu Agyntirs Dorf zu machen und den Chattenfürsten umzubringen. »Wie weit, glaubst du, würde Celsus gehen, damit Rom in einen Krieg gegen die Chatten zieht?«

Das Misstrauen kehrte in Lesopokles' Gesicht zurück. »Wie meinst du das?«

»Genau so, wie ich es gesagt habe. Würdest du ihm zutrauen, dass er sogar versucht, einen Krieg anzuzetteln?«

Der Arzt schwieg und starrte in sein Weinglas. »Zutrauen würde ich es ihm«, brummte er schließlich leise.

»Gibt es sonst noch etwas, was du mir über Celsus berichten könntest? Trifft er sich außerhalb seines Dienstes mit irgendwelchen Leuten?«

»Nein, er ist nicht gerade der gesellige Typ, wie du dir vorstellen kannst. Die meisten Abende verbringt er in seinem Quartier, soviel ich weiß. Nur einmal die Woche geht er nach Colonia. Was er dort macht, entzieht sich allerdings meiner Kenntnis.«

Rainolf lehnte sich zurück. Vielleicht war er ein kleines Stück weiter.

Er verabschiedete sich bald von den beiden Griechen. Doch statt nach Hause zu gehen, steuerte er eine weitere Taberna an. Er hoffte, Garawan zu finden. Tatsächlich entdeckte er bald dessen roten Haarschopf. Sein Freund saß, wie so oft, beim Würfelspiel. Dem Münzhaufen vor ihm nach zu urteilen, war er schon eine Weile hier.

Rainolf trat neben ihn. »Salve, Garawan!«

Überrascht blickte Garawan hoch. »Salve, Rainolf! Wieder zurück aus Ulpia Traiana?«

»Ich muss mit dir reden.«

»Aber ich habe gerade eine Glückssträhne. Ich kann jetzt nicht aufhören.«

»Glückssträhne?«, fragte Rainolf gedehnt. Er wusste nur zu gut, dass Garawan Leute, die ihn nicht kannten, beim Spielen gerne betrog.

Die beiden kräftig gebauten Mitspieler blickten sofort misstrauisch. Garawan wurde nervös. »Also, Leute, ihr habt es gehört! Dringende Geschäfte rufen mich. Tut mir ehrlich leid, aber ihr müsst ohne mich weitermachen!« Hastig sammelte er das gewonnene Geld ein und folgte Rainolf zu einem entfernten Tisch.

»Bist du verrückt?«, fragte Garawan vorwurfsvoll, als er sich setzte. »Die hätten mich in kleine Stücke gehauen, wenn sie den Betrug bemerkt hätten.«

»Irgendwann wird es sicher mal dazu kommen, wenn du mit solchen Kerlen spielst.«

Garawan atmete tief durch. »Gut, dass ich Freunde wie dich habe«, meinte er ironisch.

»Vergiss endlich deine Würfelei! Ich brauche deine Hilfe. Doch zunächst muss ich dir gestehen, dass ich gar nicht in Ulpia Traiana war.«

In groben Zügen erzählte Rainolf von seiner Reise zu den Chatten und der Suche nach dem Mörder Agyntirs. Als er geendet hatte, starrte Garawan ihn ungläubig an.

»Und du hast mir, deinem besten Freund, kein Wort davon erzählt!«, sagte er beleidigt.

»Versteh doch: Niemand sollte etwas davon erfahren. Und eigentlich hätte ich dir auch jetzt nichts erzählen dürfen. Dafür weiß im Moment nicht einmal der Prokonsul so viel wie du«, beschwichtigte ihn Rainolf.

Die Bemerkung verfehlte ihre Wirkung nicht. Garawan räusperte sich. »Also gut, wie kann ich helfen?«

»Du kennst doch alles und jeden in der Stadt. Hör dich bitte um, wer etwas Interessantes über Titus Celsus weiß. Angeblich verlässt er einmal die Woche das Lager und geht nach Colonia. Ich möchte wissen, wohin.«

»Wenn es weiter nichts ist. Bis morgen hab ich die Information.« Garawan erhob sich, sah noch einmal zu den zwei Würfelspielern hinüber und seufzte. »Ich hätte sie ausnehmen können wie die Hühner. Zu schade!«

XVII. Tag

Rainolf erwachte sogar noch vor Caledus. Ihm gingen so viele Gedanken im Kopf herum, dass er aufstand, statt sich noch einmal umzudrehen, wie er es sonst zu tun pflegte.

Er verspürte Durst, der viele Wein am Vorabend hatte ihm die Kehle ausgetrocknet. Er trank einen großen Schluck Wasser, zog sich an und verließ die Wohnung. Ein Gutes hatte das frühe Aufstehen: So blieben ihm die Moralpredigten des alten Sklaven erspart.

Rainolf schlug den üblichen Weg zur Curia ein. Kurz bevor er sein Ziel erreichte, trat ihm Garawan entgegen. Das wunderte Rainolf sehr, denn sein rothaariger Freund war ein mindestens ebenso überzeugter Anhänger des langen Schlafens wie er selbst.

»Ave, edler Aedil!«, rief Garawan theatralisch.

»Lass den Quatsch! Hast du schon wieder was ausgefressen, wobei ich dir aus der Klemme helfen soll?«, fragte Rainolf ungehalten.

»Nein, im Gegenteil: Ich habe eine Neuigkeit für dich. Du wolltest doch wissen, was Titus Celsus so treibt.«

Rainolf war sichtlich erstaunt. »So schnell hast du etwas rausgefunden?«

Garawan grinste breit. »Wenn du etwas über Celsus wissen willst, dann frag Melissa.«

»Melissa?«

»Eigentlich heißt sie Thusnelda, aber das hört sich für ihre Kunden nicht verrucht genug an.«

»Eine Hure?«

»Sie arbeitet im *Roten Haus.*«

»Dort geht Celsus hin?«

Garawan verdrehte die Augen. »Sag mal, wo lebst du eigentlich? Viele der römischen Offiziere gehen dorthin. Und der Nauarchus hat sich offensichtlich in Melissa verguckt.«

Natürlich wusste Rainolf, dass das *Rote Haus* das exklusivste Lupanar Colonias war. Nur Römer und sehr betuchte Germanen wurden dort hineingelassen – normale Bürger hätten sich auch die Preise gar nicht leisten können. Das Lupanar wurde von Winora geleitet, einer der wenigen Huren, die es zu Reichtum gebracht hatten. Fast jeder in Colonia kannte ihre Lebensgeschichte. In ihrer Jugend hatte die aus ärmlichen Verhältnissen stammende Ubierin wie viele Leidensgenossinnen auf der Straße gearbeitet. Ein römischer Bankier entdeckte die germanische Schönheit und machte sie zu seiner persönlichen Mätresse. Zu dem Zeitpunkt war er jedoch nicht mehr der Jüngste gewesen und verstarb nach zwei Jahren. Auch zur Überraschung Winoras vererbte er ihr eine beträchtliche Summe. Seine Familie, besonders die Ehefrau, war darüber überhaupt nicht erfreut gewesen und hatte versuchte, das Geld zurückzubekommen. Doch Winora erwies sich als geschickter: Sie umgarnte den zuständigen Richter, der auch prompt zu ihren Gunsten entschied.

Das Geld verwendete Winora für etwas, womit sie sich auskannte: Sie gründete ein Lupanar, das sie so prunkvoll ausschmückte, dass sich selbst reiche Römer dort wohlfühlten. Wegen seiner Farbe wurde es bald nur noch das *Rote Haus* genannt und erfreute sich rasch größter Beliebtheit. Es hieß, dort würde fast jeder auch noch so ausgefallene Wunsch von hübschen Mädchen aus aller Herren Länder erfüllt. Tatsächlich arbeiteten im *Roten Haus* nicht nur Germaninnen, sondern auch Frauen aus den Provinzen Gallia, Hispania, Thracia und sogar aus Mesopotamia. Das Geschäft verschaffte Winora großen Einfluss, denn zu ihren Kunden gehörten mächtige Männer aus Politik und Wirtschaft. So bewegte sie sich selbstsicher auch in den höchsten Kreisen Colonias.

»Woher hast du diese Informationen?«, fragte Rainolf nun ein wenig misstrauisch.

Garawans Grinsen wurde noch breiter. »Weil Thusnelda aus Colonia stammt und die Tochter von Elohart ist. Ihm gehört die Töpferei neben der Schmiede meines Vaters. Ich kenne Thusnelda schon seit ihrer Kindheit.«

Rainolf staunte. Er kannte Elohart flüchtig, konnte sich aber nicht an Thusnelda erinnern. »Ich hätte nie gedacht, dass die Tochter von Elohart für Winora …«

»Elohart redet auch nicht darüber, ihm ist die Sache peinlich. Thusnelda ist recht hübsch und ihr Vater hatte für sie schon den passenden Ehemann ausgesucht: einen zwar reichen, aber wesentlich älteren und, ehrlich gesagt, auch ziemlich hässlichen Geschäftsmann aus Novaesium. Doch Thusnelda hatte sich bereits in einen römischen Offizier verliebt und sich geweigert, den alten Mann zu heiraten. Daraufhin hat Elohart sie aus dem Haus geworfen. Dummerweise waren die Absichten des römischen Offiziers nicht sehr ehrenhaft, denn als sie zu ihm ging und ihn bat, sie aufzunehmen, wollte er nichts mehr von ihr wissen. So stand Thusnelda auf einmal auf der Straße. Jemand riet ihr, sich bei Winora zu bewerben. Zuerst wollte sie nicht, doch wenn man Hunger und kein Dach über dem Kopf hat, wirft man irgendwann seinen Stolz über Bord. Sie arbeitet jetzt seit zwei Jahren im *Roten Haus* und verdient sehr gut.«

»Wieso hast du mir noch nie von ihr erzählt?«

»Wie du dir denken kannst, ist Thusnelda nicht gerade stolz auf das, was sie tut. Daher bat sie mich, über sie Stillschweigen zu bewahren. Aber als ich ihr sagte, dass du sie in einem dringenden Fall sprechen müsstest und ich dir absolut vertraue, war sie einverstanden, eine Ausnahme zu machen.«

»Und einer von Thusneldas Kunden ist also Titus Celsus! Wie redselig ist er denn so, wenn er sie besucht?«

»Woher soll ich das wissen? Ich war schließlich nicht dabei. Wir müssen Thusnelda selbst fragen.«

»Wir sollen in das *Rote Haus* gehen?«, fragte Rainolf verlegen.

Garawan musste laut lachen. »Als Aedil passt du doch bestens zu den übrigen Kunden, die sich das Vergnügen dort leisten können.« Dann schüttelte er, jetzt wieder ernsthaft, den Kopf. »Thusnelda nimmt für eine Nacht mehr Geld, als ich in einem Monat verdiene. Und Leute wie ich würden dort normalerweise gar nicht erst reingelassen.«

Rainolf zog fragend die Augenbrauen hoch. »Wie ich dich kenne, hast du aber schon einen Ausweg gefunden.«

»Zufällig kenne ich den Türsteher. Erinnerst du dich an Tinglit, den Gladiator?«

Natürlich tat Rainolf das. Den kräftigen Ubier hatten sie vor ein paar Monaten als Aufseher und Lehrer in der Gladiatorenschule kennengelernt.

»Nun, er hat mittlerweile eine besser bezahlte Arbeit als Türwächter bei Winora angenommen.« Feixend fügte Garwan noch hinzu: »Es ist halt wesentlich angenehmer, jeden Tag hübsche Mädchen um sich zu haben als verschwitzte, stinkende Männer.«

»Und du meinst, er lässt uns rein?«, fragte Rainolf skeptisch.

»Na klar, du Aedil! Ich komme dich am Mittag abholen, wenn das *Rote Haus* öffnet.«

Die Sonne brannte heiß über der Stadt, als sich Garawan erneut vor der Curia einfand. Er musste nicht lange warten, bis Rainolf heraustrat. Sie liefen quer durch Colonia bis zum westlichen Ende. Ursprünglich war das Gebäude, welches nun das *Rote Haus* genannt wurde, die Villa eines römischen Patriziers gewesen, der jedoch wieder in seine Heimat zurückgekehrt war. Das Kaufangebot kam für Winora damals zum richtigen Zeitpunkt, für ihre Zwecke war das Anwesen ideal. Das Haus lag etwas zurückversetzt und verfügte über einen von Säulen getragenen Eingang. Schon von Weitem erkannte Rainolf die muskelbepackte Gestalt Tinglits. Der ehemalige Gladiator war sicher die richtige Wahl, wenn es darum ging, unerwünschte Besucher fernzuhalten oder zahlungsunwillige Kunden zur Vernunft zu bringen.

Als sich die beiden jungen Männer bis auf wenige Schritte genähert hatten, verschwand Tinglits grimmiger Blick und seine Mundwinkel zogen sich amüsiert nach oben. »Sieh da, unser erlauchter Aedil auf der Suche nach ein wenig Vergnügen!«

Rainolf seufzte. Der Spott, mit dem ihm seit seinem Amtsantritt begegnet wurde, war langsam nicht mehr komisch.

»Tritt ein, hier bist du genau richtig! Du wirst alles finden, was dich befriedigt – egal, was es ist!« Der Türsteher wandte sich dann an Garawan: »Nur für dich wird der Spaß zu teuer sein, Garawan.«

Der Angesprochene winkte ab: »Spar dir deine Werbesprüche! Wir sind nicht hier, um uns dem Vergnügen hinzugeben, wir haben ernsthaft zu arbeiten.«

Tinglit zog die Augenbrauen zusammen. »Wie meinst du das?«

Jetzt meldete sich Rainolf zu Wort: »Ich habe einige Fragen an eine von Winoras, äh ...«, er suchte nach einer passenden Bezeichnung, die nicht zu anzüglich klang, »... Angestellten.«

»Wen?«

»Thusnelda.«

»Hä?«

»Melissa«, verbesserte Garawan. Offensichtlich kannte Tinglit ihren richtigen Namen nicht.

»Was hat Melissa denn angestellt, dass ein Aedil sie sprechen will?«

»Gar nichts«, versicherte Rainolf rasch. »Aber sie könnte mir in einem Fall weiterhelfen.«

Tinglit kratzte sich nachdenklich am kurz geschorenen Kopf. »Tja, eigentlich darf ich nur Kunden hineinlassen. Aber wenn es um eine offizielle Sache geht ... Nun gut, aber benehmt euch unauffällig. Ich möchte keinen Ärger mit Winora bekommen.«

Er trat beiseite und ließ die beiden jungen Männer ein. Sie fanden sich in einem großen Raum wieder, in dem Mosaike den Boden und farbenfrohe Gemälde die Wände schmückten. Die sehr freizügigen Darstellungen darauf trieben Rainolf die Röte ins Gesicht.

In einer Ecke gab es einige Liegen und Kissen, auf denen sich leicht bekleidete Mädchen räkelten. Zwei Römer in teuren Togen ließen sich von drei der Damen umschmeicheln. Sie reichten den Kunden Pokale mit Wein.

Garawan starrte die Frauen mit verzücktem Gesichtsausdruck an. Rainolf ergriff seinen Arm und zog ihn weiter, dabei deutete er mit einer Kopfbewegung zu einer rothaarigen Germanin, die hinter einem Tisch saß und sie fragend anblickte. Die Frau war um die dreißig und, im Gegensatz zu den übrigen anwesenden Mädchen, vollständig bekleidet. Sie trug eine blaue Tunika aus Seide, die jedoch ihre weiblichen Reize wenigstens betonte.

Rainolf trat auf sie zu und räusperte sich verlegen. »Wir suchen Melissa.«

Die Frau zeigte ein Lächeln, das sogar einen Eisblock zum Schmelzen gebracht hätte. »Willkommen in unserem Haus! Mein Name ist Flavia.«

Fast hätte Rainolf über ihren lateinischen Namen laut gelacht. Sie sah mit ihren feuerroten Haaren, weißer Haut und blauen Augen ungefähr so römisch aus wie Garawan. Es schien im *Roten Haus* üblich zu sein, sich lateinische Namen zuzulegen, vielleicht damit die römischen Kunden ihn sich merken konnten.

»Habt ihr einen Termin bei Melissa?«, fragte sie. Dabei wanderte ihr Blick zu einer Wachstafel mit Namen, die vor ihr lag.

»Termin?«, fragte Rainolf verdutzt. Ihm war nie in den Sinn gekommen, dass man für den Besuch im Lupanar einen Termin bräuchte. »Nein, wir müssen aber dringend zu ihr.«

Erst im nächsten Augenblick begriff Rainolf, wonach sich das anhörte. »Ich meine, wir wollen nur mit ihr sprechen.«

Flavia bedachte ihn mit einem amüsierten Blick. »Natürlich, du willst nur mit ihr reden.«

Es war offensichtlich, dass sie ihm kein Wort glaubte.

»Ja, wirklich!«, ereiferte er sich laut. »Ich bin doch nicht hier, um …«

In dem Moment spürte er einen Ellenbogenstoß von Garawan. Rainolf hatte unbewusst die Stimme erhoben, die beiden Römer blickten bereits zu ihnen herüber.

»Ihr findet Melissa im *Blauen Raum.* Wart ihr schon einmal hier?«, fragte Flavia immer noch freundlich.

Rainolf war sichtlich erbost. »Nein«, antwortete er gepresst.

Flavia schien sich einen Spaß daraus zu machen. »Nun, ich bin sicher, dass der erste Besuch bei uns auch für dich zum unvergesslichen Erlebnis wird.«

Rainolf stemmte die Fäuste auf den Tisch, beugte sich vor und betonte jedes einzelne Wort: »Wo ist der *Blaue Raum?*«

Sie wies unbeeindruckt auf einen Durchgang neben ihr. »Ihr durchquert das Atrium und folgt dem Gang zu eurer Linken. Dort ist es der letzte Raum.«

Rainolf stapfte davon, ohne ein weiteres Wort zu sagen. Garawan bedankte sich rasch und folgte seinem Freund.

»Was denkt die eigentlich, was wir hier wollen?«, fragte Rainolf aufgebracht.

»Na, das, was alle Männer wollen, die hierherkommen.«

»Sehe ich etwa so aus, als ob ich …«, brauste er auf, verstummte jedoch schlagartig.

Im Atrium befand sich ein großes Becken mit einem Springbrunnen, der die römische Liebesgöttin Venus darstellte. Im Wasser tummelten sich kichernd zwei junge Frauen und ein feister Römer. Alle waren splitternackt.

Während Rainolf erneut die Röte ins Gesicht schoss, fielen Garawan fast die Augen aus dem Kopf. Als ihnen eine der Frauen, eine dunkelhaarige Schönheit, vergnügt zuwinkte, wollte Garawan wie hypnotisiert auf sie zugehen.

Rainolf hielt ihn zurück. »Kommt nicht infrage. Wir haben hier zu arbeiten«, zischte er.

»Was? Ja, klar. Ich dachte nur …«, stammelte Garawan.

»Von wegen denken! Du hast deinen Verstand doch draußen vor der Tür gelassen«, erwiderte Rainolf grob und zog ihn weiter.

Am Ende des von Flavia beschriebenen Ganges befanden sich zwei Türen. Unschlüssig, welche von beiden zum *Blauen Raum* führte, sahen sich die beiden an.

»Eine Fünfzig-Prozent-Chance«, meinte Garawan schließlich. »Ich bin für die rechte Tür.«

Ehe Rainolf etwas einwenden konnte, hatte sein Freund die Tür auch schon aufgestoßen. Ein spitzer Schrei, gefolgt von einem wütenden Fluch, ließ Garawan zurückfahren und die Tür hastig wieder schließen.

»Es ist die linke Tür«, erklärte er, als sei nichts geschehen.

Diesmal drückte Rainolf vorsichtig die Klinke hinunter und spähte in das Zimmer. Tatsächlich waren Wände und Decke in einem hellen Blau gehalten. Mitten im Zimmer stand eine riesige Liege, auf der problemlos eine Großfamilie hätte nächtigen können.

Vor einem Spiegel saß eine junge Frau und zog sich mit einem Stift die Augenbrauen nach. Sie wandte den beiden unangekündigten Gästen den Rücken zu. Auf der anderen Seite des zerwühlten Bettes zog sich gerade ein Mann seine Tunika über den Kopf, sodass er nicht sehen konnte, dass Rainolf und Garawan den Raum betraten. Sie bekamen nur einen dürren, kalkweißen und völlig haarlosen Oberkörper, der auf ein paar bemerkenswert dünnen Beinen stand, zu Gesicht. Einen Augenblick später hatte der Mann sein Kleidungsstück angezogen und erstarrte. Auch Rainolf und Garawan waren verblüfft. Bei dem Mann handelte es sich um Fridugar. Dem sonst so überheblichen Händler klappte der Unterkiefer herunter, er brachte aber kein Wort heraus.

In der Sekunde hatte auch die junge Frau die Neuankömmlinge entdeckt. Sie erfasste die Lage sofort. Ein Lächeln huschte über ihre Züge.

Höflich fragte sie: »Die Herren kennen sich?«

»Ja, wir kennen uns. Ich wollte ...«, antwortete Rainolf.

Doch Fridugar, der im Gesicht hochrot angelaufen war, fiel ihm ins Wort: »Nein, du musst mich verwechseln! Ich habe dich noch nie gesehen!« Im nächsten Moment stürmte er, halbfertig angezogen, aus dem Zimmer, als wären die Furien persönlich hinter ihm her.

Garawan konnte sich vor Lachen kaum halten und auch die Frau hatte Mühe, ernst zu bleiben. Nur Rainolf sah irritiert von einem zum anderen.

Garawan beruhigte sich schließlich wieder. »Darf ich vorstellen: Melissa, die anmutigste Dame in diesem Haus.«

Dic junge Frau deutete eine hoheitsvolle Verbeugung in Rainolfs Richtung an. Sie war Anfang zwanzig und für eine Germanin sehr zierlich gebaut. Ihre blaugrauen Augen lagen weit auseinander, was ihre hohen Wangenknochen noch betonte. Sie war keine klassische Schönheit, aber ihre natürliche Ausstrahlung machte sie durchaus attraktiv.

Mit einer raschen Bewegung griff sie in ihre schwarzen Haare und zog eine Perücke vom Kopf. Ein strohblonder Schopf kam zum Vorschein, der an ihrem Hinterkopf zu einem Knoten gebunden war. Sie öffnete ihn und schüttelte ihre Haarpracht. Offensichtlich bevorzugte Fridugar Schwarzhaarige.

»Das ist Rainolf, Aedil von Colonia und ein alter Freund von mir«, stellte Garawan seinen Begleiter vor.

»Von dir habe ich schon gehört«, sagte Melissa zu Rainolf. Geschmeidig ließ sie sich auf das Bett sinken und stützte sich mit einem Arm auf. »Ich nehme an, du bist nicht aus dem gleichen Grund hier wie Fridugar.«

»Das kann nicht Fridugar gewesen sein, der hätte uns nämlich gekannt«, platzte Garawan erneut heraus.

Rainolf blieb ernst. »Ich brauche ein paar Informationen und Garawan meint, du könntest mir weiterhelfen.«

»So? Meint er das?«

»Es geht nicht um dich, sondern um einen deiner Kunden«, beeilte sich Rainolf zu erklären.

Melissa wirkte mit einem Male sehr misstrauisch.

Garawan merkte, dass es an der Zeit war, sich einzuschalten. »Wie ich dir gestern schon erklärt habe, geht es um eine sehr wichtige Sache, von der viel für Colonia abhängt. Wir werden deinen Namen selbstverständlich heraushalten, aber bitte hilf uns!«

Ihr Blick ruhte wohlwollend auf Garawan. Melissa hob ihre linke Hand und streckte sie nach ihm aus. Er trat einen Schritt auf sie zu und nahm die angebotene Hand in die seine. »Gut, weil du mich darum bittest, werde ich euch helfen, so gut ich kann.«

Sie wandte sich wieder an Rainolf. »Vielleicht weißt du es nicht, aber Garawan war damals einer der wenigen, die zu mir gestanden und mir geholfen haben. Ohne ihn wäre ich wahrscheinlich in der Gosse geendet. Dafür bin ich ihm sehr dankbar. Also, was willst du wissen, Rainolf?«

»Erzähl uns alles, was du über Titus Celsus weißt.«

Ihr Antlitz verdüsterte sich erneut. Sie schwieg einige Sekunden, ehe sie sagte: »Wenn Garawan dir von meiner Vergangenheit berichtet hat, wirst du verstehen, dass ich römische Soldaten nicht sonderlich mag. Titus Celsus bildet da keine Ausnahme. Aber er scheint eine Schwäche für mich zu haben, deshalb kommt er seit etwa drei Monaten regelmäßig einmal die Woche zu mir.«

»Was hältst du von ihm?«

»Er ist rücksichtslos, grob und lässt alle seine Macht spüren. Auch mich.«

Rainolf und Garawan hoben synchron die Augenbrauen.

»Er nimmt sich, was er haben will«, fuhr sie fort. »Ansonsten ist er ziemlich einfaltslos.«

»Also ein unsympathischer Idiot«, fasste Garawan zusammen.

Ein Lächeln huschte über Melissas hübsches Gesicht. »Winora meint, dass manche Männer, die an einer bestimmten Stelle ihres Körpers zu kurz geraten sind«, sie zeigte mit Daumen und Zeigefinger eine kleine Spanne an, »diesen Nachteil mit übertriebener Gewalt und großspurigem Auftreten zu überspielen versuchen.«

»Erzählt er manchmal von seiner Vergangenheit?«, fragte Rainolf.

Sie überlegte. »Ich weiß, dass er irgendwo in Italia bei einer Flotte stationiert war und an einigen Feldzügen im Osten des Imperiums teilgenommen hat. Er redet manchmal von irgendwelchen Feinden und Schlachten, aber ich habe mir die Namen nie gemerkt, weil mich seine Prahlereien langweilen. Celsus wertet seine Beförderung zum Nauarchus der Classis Germanica als seinen eigenen Verdienst. Er hält sich anscheinend für einen sehr fähigen Soldaten und lässt kaum eine Gelegenheit aus, mir gegenüber das zu erwähnen.«

»Hat er über die Chatten gesprochen?«

»Er verabscheut Germanen und hätte die Chatten nur zu gerne massakriert. Celsus ist der Meinung, dass der Prokonsul die Verfolgung viel zu früh aufgegeben habe.« Verschwörerisch lehnte sie sich vor. »Er hat mir etwas anvertraut, was sonst nur der engste Kreis der Heerführung weiß: Der Praefectus Classis, Marcus Dulcius Tivonius, hat ihm eine Rüge wegen Missachtung eines Befehls erteilt. Er kann von Glück reden, dass er nicht schwerer bestraft wurde.«

»Was hat er getan?«, fragte Rainolf neugierig.

»Celsus hat mit den leeren Schiffen und einer Centurie der Classis Germanica in Rigomagus gelegen, während der Prokonsul und der Praefectus Classis mit dem größten Teil der Streitmacht Borgar suchten. Celsus war sauer, dass er nicht an der Verfolgung teilnehmen durfte und untätig am Rhenus bleiben musste. Dann kam ein Gerücht auf, dass Borgar den Prokonsul abgeschüttelt habe und sich auf der anderen Flussseite von Rigomagus herumtreiben solle. Daraufhin ist Celsus, obwohl er den Befehl hatte, im Hafen zu bleiben, übergesetzt und hat mit einigen Legionären vier Tage lang nach dem Chatten gesucht. Aber auch er hat keine Spur von Borgar gefunden. Seine Abwesenheit ist natürlich nicht verborgen geblieben, der Praefectus Classis hat getobt.«

Rainolf dachte nach. Hätten Titus Celsus vier Tagen ausgereicht, um bis zu Agyntirs Dorf zu gelangen, ihn zu töten und wieder nach Rigomagus zurückzukehren? Wenn sie stramm geritten und das Dorf sofort gefunden hätten, wäre es vielleicht möglich gewesen.

»Sag mir, Rainolf«, riss Melissa ihn aus seinen Gedanken,

»verdächtigst du Titus Celsus, dass er etwas mit dem Mord an Agyntir zu tun haben könnte?«

Melissa war nicht dumm, musste Rainolf anerkennen. Aber wie weit konnte er ihr trauen?

Er rang sich zu dem Entschluss durch, ihr einen Teil seiner Vermutungen zu offenbaren. »Ich bin mir sicher, dass nicht der Prokonsul Agyntirs Mörder ist, sondern jemand, der sich für ihn ausgegeben hat. Es könnte sein, dass Titus Celsus weiß, wer Agyntir umgebracht hat.«

Sie blickte den Ubier ernst an, sagte aber nichts.

Rainolf kam noch eine Idee. Er erinnerte sich an die Aussage des Schiffers Arbold, den Händler Fridugar in Confluentes gesehen zu haben. »Besucht Fridugar dich häufiger?«

»Ja, seit er mich vor einem Jahr das erste Mal gesehen hat. Er besteht darauf, dass ich mich als Römerin mit schwarzer Perücke verkleide. Frag mich nicht, warum!«

Rainolf konnte sich die Antwort denken und dachte mit Schaudern an Hildgart, die aufgetakelte, ständig nörgelnde Frau Fridugars. Sie wog etwa doppelt so viel wie ihr Mann und versuchte, ihre Körpermassen mit übertriebenem Prunk und zu viel Schminke zu übertünchen. Ihre Haare waren dunkelblond und sie war damit auf den ersten Blick als Germanin zu erkennen. Kein Wunder, dass sich Fridugar nach einer zierlichen, fügsamen Römerin sehnte.

Wenn Hildgart ahnen würde, dass sich Fridugar mit einer jüngeren und wesentlich hübscheren Frau vergnügte, hätte sie ihn wahrscheinlich sofort erschlagen. Fridugar gab sich zwar gegenüber anderen immer arrogant und herablassend, war aber in Wirklichkeit ein Hasenfuß.

»Erzählt Fridugar viel?«, fragte Rainolf.

Melissa verdrehte die Augen. »Wie ein Wasserfall. Hauptsächlich beschwert er sich über seine Frau und wie wenig sie ihn versteht.«

»Das sieht ihm ähnlich, dem Jammerlappen«, schnaubte Garawan verächtlich.

»Redet er auch über seine Geschäfte?«, erkundigte sich Rainolf.

»Nicht im Detail, aber er protzt gerne damit, wie reich er ist und wen er alles kennt.«

»Hat er je von Confluentes erzählt?«

»Confluentes?«, wiederholte Melissa verwundert. »Nein, hat er nicht.«

»Vielleicht von Geschäften mit den Chatten?«

»Nein, ganz bestimmt nicht. Fridugar verachtet die Germanen jenseits des Rhenus und würde am liebsten ausschließlich mit Römern verkehren.«

Rainolf nickte. Bei Gelegenheit musste er sich Fridugar vorknöpfen, um zu erfahren, warum er in Confluentes gewesen war. Eine Frage fiel ihm noch ein: »Verkehrt eigentlich auch Aurelius Taticenus bei euch?«

»Der Vize-Prokonsul? Nein, wenn der jemals hier gewesen wäre, wüsste ich sicherlich davon.«

Es wäre zu schön gewesen, auf diesem Weg auch etwas über Taticenus in Erfahrung bringen zu können, dachte Rainolf.

»Falls ich noch etwas von Celsus erfahre, werde ich es dich wissen lassen«, versprach die junge Frau.

Rainolf bedankte sich und drängte zum Aufbruch. Garawan wurde innig von Melissa umarmt. Sie muss ihn wirklich sehr mögen, überlegte Rainolf und fragte sich, inwiefern Garawan ihr damals eigentlich geholfen hatte.

Vor dem *Roten Haus* trennten sich die Wege der Freunde und Rainolf eilte zum Praetorium. Er hatte Julia versprochen, ihren Vater zum Lager der Classis Germanica zu begleiten, denn sie war sehr in Sorge. Rainolf bot sich so zudem eine Gelegenheit, sich unauffällig im Lager umzusehen.

Der Prokonsul kam Rainolf schon in voller Uniform entgegen, bereit zum Ausritt. Justinus' Gesicht war bleich und seine Bewegungen hatten noch längst nicht ihre frühere Sicherheit wiedererlangt. Im Hintergrund erhaschte Rainolf einen Blick auf Patrokles. Der Leibarzt sah ziemlich verbittert drein. Offensichtlich hatte er vergeblich versucht, Justinus von seinem Vorhaben abzubringen.

Erst jetzt registrierte Rainolf, in wessen Begleitung sich der Prokonsul sonst noch befand: Es war niemand anders als Titus Celsus. Rainolf schluckte, dann begrüßte er Justinus mit gebührendem Respekt.

»Du kommst gerade noch rechtzeitig, Rainolf. Der Nauarchus wird uns zu seinem Lager begleiten.«

Musste der Prokonsul den Kerl mitnehmen? Ganz abgesehen davon, dass er Celsus nicht leiden konnte, hatte Rainolf ein ungutes Gefühl, den Nauarchus so nahe neben Justinus stehen zu lassen. Wer wusste, was Celsus noch alles einfiel, um seine Ziele zu erreichen?

Mit säuerlicher Miene schritt Rainolf rechts neben dem Prokonsul her, während Celsus sich auf der linken Seite befand. Justinus redete über die bevorstehenden Iden, an denen nach römischer Sitte Jupiter ein Opfer dargebracht wurde. Durch die Aufregungen der letzten Tage waren die Vorbereitungen ein wenig vernachlässigt worden, was dem Prokonsul Sorge bereitete. Es schien Justinus gar nicht aufzufallen, dass Rainolf und Celsus kein Wort von sich gaben. Die Abneigung der beiden beruhte auf Gegenseitigkeit.

Es war ein herrlicher Tag. Die Luft war angenehm mild und ein leichter Wind wehte vom Rhenus herüber. Der Prokonsul hielt sich besser auf dem Pferd, als Rainolf befürchtet hatte. Allerdings wirkte Lucullus heute auch ausgesprochen friedlich und gehorchte jedem Befehl seines Reiters.

Rainolf war fast schon zuversichtlich, dass Justinus den Ausritt ohne Schaden überstehen würde, als sie auf den breiten Waldweg abbogen, der direkt zum Lager der Classis Germanica führte. Der Prokonsul ritt stolz aufgerichtet vorneweg, hinter ihm folgten Rainolf und Celsus sowie zehn Soldaten seiner Leibgarde.

Justinus ritt gerade unter einer mächtigen alten Eiche her, deren knorrige Äste den Weg überspannten, als ohne Vorwarnung ein Mann herabsprang und vor Lucullus' Hufen landete. Der Hengst stieg in Panik auf die Hinterhand. Der Angreifer war zweifellos ein Germane und attackierte den Prokonsul mit einem Dolch. Justinus konnte sich auf dem aufbäumenden Pferd nicht mehr halten und fiel hinab, sodass der Messerstich das Tier traf. Der Prokonsul landete hart auf dem Rücken und blieb benommen liegen. Der Attentäter wollte sich sofort auf ihn stürzen, doch er geriet zwischen die Vorderhufe des scheuenden Pferdes.

Behände wich der Germane beiseite und holte zum tödlichen Hieb aus. Doch die kurze Verzögerung reichte Celsus, um seinem Pferd die Sporen zu geben, sein Gladius herauszureißen und dem Attentäter mit einem glatten Streich eine klaffende Wunde quer über die Brust zuzufügen. Brüllend ließ der Germane seinen Dolch fallen. Celsus zügelte sein Pferd und wendete es für die nächste Attacke, als auch schon die übrigen Gardesoldaten heranpreschten und auf den Mann einschlugen. Der Germane sackte sofort zu Boden. Als die Soldaten den Angreifer regelrecht in Stücke hauen wollten, gebot Rainolf ihnen Einhalt.

Zu spät, der Mann war eindeutig tot, doch wenigstens war das Gesicht noch zu erkennen. Vielleicht konnte den Mann jemand identifizieren.

Rainolf sprang vom Pferd und hastete zu Justinus. Rasch suchte er ihn nach Verletzungen ab, konnte jedoch nichts entdecken.

Ein leises Stöhnen entrang sich der Brust des Prokonsuls, dann schlug er die Augen auf. »Was ist geschehen?«, fragte er verwirrt.

Celsus drängte sich vor und ergriff das Wort. »Ein feiger Germane hat versucht, dich aus dem Hinterhalt umzubringen, Prokonsul. Aber das habe ich ihm sofort ausgetrieben.«

Wie zum Beweis hob er sein blutverschmiertes Schwert hoch. Justinus machte Anstalten, sich zu erheben, war jedoch zu schwach. Rainolf griff ihm unter den Arm und half ihm auf. Justinus' Blick wanderte zu dem Leichnam hinüber.

»Wer ist der Mann?«

»Keine Ahnung«, zuckte Celsus mit den Achseln. »Irgendein Barbar, der sich wohl Ruhm erhoffte, wenn er den Prokonsul töten würde.«

Als Rainolf sicher war, dass Justinus auf eigenen Beinen stehen konnte, ließ er ihn vorsichtig los und begab sich zu dem Toten.

Der Prokonsul wandte sich an den Nauarchus. »Titus Celsus, dein rasches Eingreifen war tapfer. Ich werde dir dafür eine Auszeichnung verleihen.«

»Lucullus hat mehr zur Rettung beigetragen«, murmelte Rainolf erbost und beugte sich über die Leiche, um sie gründlich zu inspizieren. Kopfhaar und Bart trug der Mann zwar lang, aber sie waren gepflegt. Das Hemd und die Hose waren aus grobem Stoff gefertigt. Auch der Ledergürtel mit der einfach gefertigten Schnalle schien aus dem Freien Germanien zu stammen. Um den Hals trug der Mann eine dünne Schnur aus gedrehten Pflanzenfasern. Rainolf zog daran und eine kleine Holzfigur kam zum Vorschein. Verblüfft betrachtete er das Ding: Es war ein Rabe! Die gleiche Figur hatte Ylynta von ihrem Mörder bekommen.

»Was ist das?«, fragte der Prokonsul, der Rainolf beobachtete.

Wortlos reichte ihm der Ubier die Schnitzerei.

Justinus hob sie ins Licht und betrachtete sie eingehend. »Ein Rabe. Du hast mir doch berichtet, dies sei das Zeichen von Agyntirs Gau!« Empört blickte der Prokonsul auf den Leichnam herab. »Dann ist er ein Chatte. So hält diese Freya also Wort! Und du, Rainolf, hast an ihr Versprechen geglaubt!«

Rainolf stand da und wusste nicht, was er sagen sollte.

Wenig später machten sie sich auf den Rückweg. Rainolf hatte darauf bestanden, dass Justinus die Inspektion der Classis Germanica verschob und sich unverzüglich zum Praetorium begab, um sich von Patrokles untersuchen zu lassen. Da sich der sonst so willensstarke Prokonsul protestlos fügte, war Rainolf klar, dass er sich wirklich schlecht fühlte.

Der junge Ubier gab Justinus sein Pferd, denn Lucullus tänzelte immer noch nervös umher. Der Stich im Vorderlauf war aber nicht tief und würde wohl bald verheilen. Rainolf versprach Justinus, den Hengst behutsam nach Colonia zu führen.

Ein Soldat wurde bestimmt, den Toten zum Praetorium zu bringen. Der Mann packte die Leiche auf den Rücken seines Pferdes. Er musste allein reiten, denn die Römer hatten eine tief sitzende Angst gegenüber Toten. Der Prokonsul sollte auf keinen Fall von dem Geist des Verstorbenen heimgesucht werden. Dem ausgewählten Soldaten war die Furcht anzusehen. Der Mann würde sicher noch am gleichen Tag zu einem Priester gehen, um sich rituell reinigen zu lassen.

Die übrige Leibgarde nahm Justinus in die Mitte und ritt mit gezückten Schwertern nach Colonia zurück.

Als auch Rainolf endlich in der Stadt eingetroffen war, übergab er Lucullus dem Stallmeister. Anschließend erkundigte er sich bei Siazes nach dem Befinden des Prokonsuls. Der Nubier erklärte, dass Patrokles und Julia sich bei seinem Herrn befänden. Der Arzt habe strikte Ruhe verordnet, bis auf Weiteres solle der Prokonsul nicht gestört werden.

»Ich hätte mit ihm gehen sollen«, brummte der Nubier grimmig.

»Mach dir keine Vorwürfe, du hättest das Attentat auch nicht verhindern können.«

»Wer war der Kerl?«

Rainolf zuckte mit den Achseln. »Auf jeden Fall ein Germane.«

»So leid es mir tut, aber wir müssen Tivonius und Celsus von der Liste der Verdächtigen streichen.«

Rainolf war vom Praetorium zu Garawans Wohnung geeilt. Wenn jemand herausfinden konnte, wer in Colonia einen germanischen Meuchelmörder auf den Prokonsul angesetzt hatte, dann war es sein rothaariger Freund.

Garawan blickte irritiert. »Wieso verdächtigst du die beiden nicht mehr?«

Rainolf erzählte von dem Angriff des unbekannten Germanen auf Justinus.

»Wie kannst du dir so sicher sein, dass dieser Mordanschlag von dem gleichen Mann geplant worden ist, der Agyntir und Ylynta umgebracht hat? Es könnte ja auch ein Zufall sein, denn nicht jeder liebt den Prokonsul«, gab Garawan zu bedenken.

Rainolf zog die geschnitzte Figur aus der Tasche. »Genau so ein Rabe wurde benutzt, um Ylynta in eine tödliche Falle zu locken.«

Garawan nickte anerkennend. »Leuchtet mir ein. Aber wieso stehen die beiden Offiziere der Classis Germanica nicht mehr unter Verdacht?«

»Tivonius ist bereits gestern Morgen nach Rigomagus ausgelaufen und wusste zu dem Zeitpunkt noch nichts von dem heutigen Ausritt des Prokonsuls. Er fällt als Auftraggeber des Meuchelmörders damit aus.«

»Und warum kommt Celsus nicht infrage?«

»Celsus würde wohl kaum jemanden anheuern und den Attentäter dann kurz vor der Ausführung der Tat selbst töten.«

»Da ist was Wahres dran«, sagte Garawan nachdenklich.

»Außerdem war Celsus genauso überrascht wie ich, als der Kerl plötzlich auftauchte. Ich kann Celsus zwar immer noch nicht ausstehen, aber er ist nicht der, nach dem wir suchen.«

»Zu blöd, er wäre als Verräter einfach ideal gewesen.« Garawan kratzte sich in den roten Haaren. »Und wenn doch Freya den Attentäter geschickt hat? Sie hat es ja immerhin schon mal mit Tollkirschen versucht.«

Statt einer Antwort schenkte ihm Rainolf einen bösen Blick.

»Schon gut«, hob Garawan beschwichtigend die Hände. »Ich habe nur laut gedacht.«

»Freya hat mir ihr Wort gegeben. Eine Schamanin würde es niemals brechen.«

»Was ist mit Borgar? Könnte der Mann einer seiner Leute gewesen sein?«

»Die Frage kann uns nur einer beantworten.«

Garawan sah ihn irritiert an.

»Teruwar«, erklärte Rainolf. »Er muss sich den Attentäter ansehen.«

»Wie willst du ihn zu der Leiche bringen? Wenn herauskommt, dass du den Chatten zurück nach Colonia gebracht hast, werden die Römer ihn töten, und dich wahrscheinlich gleich mit«, ereiferte sich Garawan.

»Ich werde Teruwar natürlich nicht ins Praetorium bringen.«

»Aber dort liegt doch die Leiche.«

»Was glaubst du, wie lange sie sich noch dort befinden wird?«

Jetzt begriff der Rothaarige. »Natürlich nur kurz, die Römer haben eine panische Angst vor Leichen. Sie glauben, dass der Geist eines Toten Unglück über sie bringen könnte. Deshalb wird der Leichenbestatter den Toten bald abholen.«

»Und den Leichenbestatter kenne ich gut, als Aedil habe ich häufiger mit ihm zu tun. Olingar ist zwar ein seltsamer Kauz, aber ich komme bestens mit ihm zurecht.«

Garawan nickte anerkennend.

»Noch etwas Wichtiges hat uns das Attentat aber gelehrt«, erklärte Rainolf.

»Nie alleine aus dem Haus zu gehen?«, fragte Garawan vorsichtig.

»Nein! Es beweist, dass der Mann, der hinter allem steckt, sich immer noch in Colonia aufhält und gute Kontakte zu dem Mordgesindel der Stadt unterhält. Sonst hätte er in der kurzen Zeit, seit der Prokonsul sich entschieden hat, heute auszureiten, keinen Anschlag organisieren können.«

Garawan versprach, sich bei gewissen Leuten umzuhören, ob jemand einen Auftragsmörder gesucht hatte.

Spät am Nachmittag kam Rainolf endlich dazu, Julia aufzusuchen. Stolz baute sie sich vor ihm auf, mit hochgerecktem Kinn und verschränkten Armen. Ihre dunklen Augen loderten. Rainolf kannte diese Körperhaltung, irgendetwas musste vorgefallen sein. Etwas, was ihm nun viel Ärger einbrachte.

»Hallo, Jul…«

Weiter kam er nicht, denn schon hatte sie ihm eine schallende Ohrfeige verpasst.

Völlig verblüfft starrte er sie an und hielt sich mit einer Hand die schmerzende Stelle. »Wofür war das?«

»Das wagst du noch zu fragen?«, schrie sie und holte erneut aus.

Rainolf duckte sich rasch weg und der Schlag ging ins Leere – was Julia nur noch wütender machte.

»Was hast du mit dieser Frau zu tun?«, tobte sie.

»Welcher Frau?«

»Tu nicht so unschuldig, du Mistkerl! Du bist gesehen worden, also lüg mich nicht an!«

»Von wem redest du?« Rainolf konnte sich keinen Reim auf die Anschuldigung machen.

»Ich rede von dem billigen Flittchen im *Roten Haus!*«

Das war es also! Jemand musste ihn im Lupanar gesehen und erkannt haben. Das brachte ihn allerdings in eine heikle Lage. Welche Frau glaubte schon einem Mann, dass er in ein Lupanar gegangen war, nur um Informationen zu bekommen?

»Das verstehst du völlig falsch«, versuchte Rainolf zu erklären und wich der nächsten Ohrfeige aus.

»Was gibt es daran falsch zu verstehen? Eine meiner Sklavinnen hat dich gesehen, wie du das Lupanar verlassen hast, offensichtlich bestens gelaunt.«

»Du wirst es nicht glauben, ich wollte mit einer der Frauen, die dort arbeiten, reden, weil ...«

»Reden!«, unterbrach sie ihn und lachte gekünstelt. »Was Blöderes fällt dir wohl nicht ein! Wie kannst du mir das nur antun? Mich mit einer Hure zu betrügen!«

»Das habe ich doch gar nicht!«, protestierte er. »Garawan hat mich dorthin ...«

»Garawan steckt dahinter? Der Kerl geht also auch in solche ...«, sie rang nach dem passenden Wort, »... solche Häuser!«

Sie griff nach einer Vase und warf sie nach ihm. Ein Sprung rettete Rainolf davor, sie gegen den Kopf zu bekommen. Das Gefäß zersprang klirrend an der Wand hinter ihm.

»Jetzt hör mir doch endlich zu! Ich wollte von der Frau Informationen über Titus Celsus. Nur deshalb war ich dort.«

»Ach ja?« Julias Stimme triefte vor Sarkasmus. »Und woher kanntest du die feine Dame?«

»Ich sagte doch, dass Garawan den Kontakt hergestellt hat.«

»Und es gab keinen anderen Treffpunkt als das *Rote Haus?*«

»Die Zeit drängte, da habe ich ...«

»Euch drängte doch ganz was anderes!«

Zu Rainolfs Erleichterung öffnete sich in diesem Moment die Tür und Lucilia trat ein. »Was ist hier für ein Lärm?«, rief sie vorwurfsvoll.

Rainolf schlüpfte an der fülligen Sklavin vorbei aus dem Raum.

»Ich komme wieder, wenn du dich beruhigt hast!«, rief er in Julias Richtung und ging vor dem nächsten Wurfgeschoss, einer Öllampe aus Bronze, in Deckung.

»Das wird nicht geschehen, du Scheusal!«, waren die letzten Worte, die er hörte, bevor er zum Ausgang hastete.

Wie sollte er aus diesem Schlamassel bloß wieder rauskommen?

Am Eingangstor erkundigte er sich bei einem Offizier der Leibgarde, wo sich die Leiche des Attentäters befand. Tatsächlich waren die sterblichen Überreste bereits an den Totengräber übergeben worden. Man wollte die unheilvolle Leiche so schnell wie möglich loswerden.

Zufrieden mit der Auskunft eilte Rainolf in den Laden seines Vaters. Die Nachricht von dem Attentat war schon bis zu Sigolfs Ohren gedrungen, sodass Rainolf nicht viel zu erklären brauchte.

Rainolf stieg die Treppe hoch. Vor der Tür zu seiner ehemaligen Kammer hockte Zaraxes. Der Perser sprang hoch und zückte ein Messer.

»Schon gut!«, beruhigte ihn Rainolf, der vorsichtshalber Abstand hielt. »Ich bin es, Rainolf. Ich wollte mit Teruwar sprechen.«

Die Waffe verschwand ebenso schnell, wie sie erschienen war, und Zaraxes öfnete ihm die Tür.

»Nicht einmal der Prokonsul wird so gut bewacht wie du!«, begrüßte Rainolf den Chatten. Dann erklärte er sein Anliegen.

»Ich soll mir eine Leiche anschauen?«, fragte Teruwar und ließ keinen Zweifel daran aufkommen, dass ihn die Vorstellung ekelte.

»Ich muss absolute Sicherheit haben, dass der Mann kein Chatte ist.«

Teruwar wollte zum Protest anheben, doch Rainolf zog den geschnitzten Raben aus der Tasche.

»Den trug der Attentäter bei sich.«

Teruwar starrte auf den Vogel. »Es war niemand von unserem Gau«, beharrte er schließlich.

»Ich vertraue Freya, aber es könnte immerhin sein, dass Borgar jemanden geschickt hat, den Prokonsul zu töten, und mit dem Raben den Verdacht auf sie lenken will.«

Teruwar rieb fahrig mit der Hand über seine Toga, dann nickte er.

Rainolf und Teruwar verließen Colonia in Richtung Norden. Zaraxes hatte darauf bestanden, sie zu begleiten. Wenn sein Herr ihm den Befehl erteilte habe, müsse er bei Teruwar bleiben, erklärte er. Achselzuckend akzeptierte Rainolf Zaraxes' Ansinnen. Er wollte sich mit dem Perser nicht anlegen.

Sie folgten erst dem Cardo und bogen nach einer Meile nach links ab. Am Rand einer Siedlung strohgedeckter Lehmhäuser befand sich eine aus Holz gezimmerte Hütte. Sie sah verwahrlost und brüchig aus.

Rainolf klopfte an die vermoderte Tür. Statt einer Antwort vernahmen sie nur ein undefinierbares Krächzen. Schlurfende Schritte näherten sich, dann wurde die Tür geöffnet. Teruwar machte unwillkürlich einen Schritt zurück.

Olingar war eine kauzige Erscheinung. Sein Alter war schwer zu bestimmen, aber sicherlich zählte er weit über fünfzig Jahre. Die Haut spannte sich über den Knochen und war von Tausenden Falten durchzogen. Auf seinem Kopf befanden sich nur noch wenige Büschel Haare und seine Ohren und Nase waren unverhältnismäßig groß. Seine Augen zuckten hin und her, als sei er ständig auf der Hut.

Er blickte zunächst grimmig drein, als er aber den Aedil erkannte, entspannte sich seine Miene.

»Salve, Olingar!«

Der Totengräber entblößte ein fast zahnloses Grinsen. »Salve, Aedil! Willkommen in meiner armseligen Behausung. Dein Besuch ist mir eine Ehre. Mein Haus ist …«

Rainolf unterbrach den Redefluss. »Schon gut! Ich wollte mir nur noch einmal den Toten ansehen, den Mann, der den Prokonsul angegriffen hat.«

»Aber ja, edler Aedil.«

Olingar verbeugte sich mehrere Male und ging in sogar gebückter Haltung vorweg. Teruwar warf einen verstohlenen Blick zu Rainolf. Der nickte und kniff ein Auge zu, um ihn zu beruhigen, dass alles in Ordnung sei.

Mit weit ausholenden Gesten geleitete der Totengräber sie in eine wenige Meter entfernt stehende fensterlose Lehmbaracke. Er zerrte die Tür auf. Teruwar hielt entsetzt den Atem an und Rainolf sich die Nase zu. Ein ekliger Leichengeruch dominierte die abgestandene Luft.

»Du bewachst die Tür!«, befahl Rainolf dem Perser. Es bestand zwar vermutlich keine Gefahr für Teruwar, aber Rainolf wollte Zaraxes bei der Leichenschau nicht dabeihaben. Mit finsterem Blick bezog der Sklave Stellung vor der Hütte.

Der Tote lag nackt auf dem Boden. Olingar hatte ihm alles abgenommen und die Sachen in eine Ecke gelegt, wohl um sie später zu verkaufen. Die Schuhe waren bereits verschwunden. Unter den Armen Colonias waren billige Kleidungsstücke begehrt. Sobald ein Priester sie einer Reinigungszeremonie unterzogen hatte, würde es die neuen Besitzer nicht mehr stören, dass die Sachen von einem Toten stammten.

Olingar würde die Leiche bald mit einem Handkarren in den Wald bringen, um sie einzuäschern. In der Stadt durften keine Leichen verbrannt werden. Arme und Unbekannte wurden in der Regel weitab von Behausungen und Straßen in einer billigen Holzurne verscharrt. Rainolf war sich ziemlich sicher, dass Olingar oft sogar die Urne wegließ und die Asche einfach verstreute, um mehr von dem Geld, das die Stadtverwaltung für jedes Begräbnis zur Verfügung stellte, für sich behalten zu können.

»Seht her, welch merkwürdigen Fund ich da habe! Einen toten Attentäter!«, lachte Olingar gackernd. »Wer hätte gedacht, dass ich einmal jemanden unter die Erde bringe, der vorhatte, den Prokonsul zu töten?«

»Wohl kaum jemand, Olingar«, lächelte Rainolf freundlich. »Sag mal, wo sind denn die Schuhe des Mannes?«

»Die Schuhe?«, fragte Olingar gedehnt und tat so, als müsste er intensiv nachdenken. »Die müsste ich in meinem Haus suchen gehen.«

»Tu das, wir warten solange hier!«, erklärte Rainolf, betont gut gelaunt.

Der Alte würde nun eine Weile suchen und dann völlig zerknirscht verkünden, dass die Schuhe aus ihm unerklärlichen Gründen verschwunden seien.

Grummelnd verließ der Totengräber die Lehmhütte. Kaum war er außer Sicht, stubste Rainolf seinen Begleiter an und gab ihm mit einem Kopfnicken zu verstehen, sich die Leiche genau anzusehen. Teruwar trat nur mit Widerwillen näher, denn auch den Germanen waren Tote nicht geheuer, schon gar nicht, wenn es sich um Fremde handelte. Wer wusste schon, welch böse Mächte in ihnen hausten?

Der Tote war zweifellos ein Germane gewesen, kräftig und gut genährt. Rainolf schätzte ihn auf etwa dreißig Jahre. Die Zähne waren schlecht und einige fehlten, was aber bei den ärmeren Bevölkerungsschichten nichts Ungewöhnliches war. Neben den frischen Wunden hatte der Mann etliche Narben am Körper, einige stammten sicher von Kämpfen, andere wohl eher von Unfällen.

Teruwar schüttelte den Kopf. »Ich kenne ihn nicht und kann nichts Auffälliges an ihm entdecken.«

»Was ist mit seinen Sachen dort in der Ecke?«

Teruwar hob die Kleidungsstücke mit spitzen Fingern hoch und musterte sie eingehend. Dann zuckte er die Schultern. »Die können sonst wo herstammen. Da ist nichts dran, was auf einen Chatten hinweisen würde.«

Rainolf trat zu der Leiche und kämpfte mit seinem Widerwillen, sie anzufassen. Es war jedoch unumgänglich. Teruwar sah entsetzt zu. Eine Leiche sollte man freiwillig nicht berühren.

Die Leichenstarre hatte eingesetzt und es kostete Rainolf einige Mühe, den Toten auf die Seite zu wälzen. Eine daumengroße Tätowierung auf dem Schulterblatt wurde sichtbar.

»Kannst du damit irgendetwas anfangen?«

»Eine Eule!«, rief Teruwar erstaunt aus. »Dann kann er kein Chatte gewesen sein.«

»Wieso nicht?«

»Weil Eulen bei uns als böses Omen gelten. Kein Chatte würde sich ein solches Tier tätowieren lassen.«

»Kein Chatte«, nickte Rainolf zufrieden.

»Bei den Sugambrern hingegen gelten Eulen als heilige Tiere«, fiel Teruwar ein. »Ich habe schon einige von ihnen mit einer solchen Tätowierung gesehen.«

»Ein Sugambrer«, wiederholte Rainolf.

Er winkte Teruwar, die stinkende Hütte zu verlassen. Wie erwartet, entschuldigte sich Olingar voller Demut, dass er die Schuhe nicht mehr finden würde, und wäre beinahe vor dem Aedil niedergekniet. Rainolf winkte ab und verabschiedete sich.

Bei Einbruch der Dämmerung trafen er, Teruwar und Zaraxes wieder bei Sigolf ein. Rainolf zog es vor, sich umgehend nach Hause zu begeben. Er war müde und der nächste Tag würde viel Arbeit bringen.

XVIII. Tag

Mehrmals schreckte Rainolf in der Nacht hoch. Die Anspannung raubte ihm den Schlaf. Im Morgengrauen lag er immer noch wach im Bett und überlegte, wie er weiter vorgehen sollte. Wenn er Celsus und Tivonius als Täter ausschloss, blieben noch zwei Verdächtige übrig: Taticenus und Perellus. Beiden traute er es inzwischen zu, die Morde begangen zu haben, nur über ihre Motive war er sich nicht im Klaren. Und dann war da noch Fridugar, dessen Rolle in dem Intrigenspiel er nicht verstand. Fakt war, dass der Händler kurz vor dem Mord an Agyntir in Confluentes gewesen war.

Seufzend erhob sich Rainolf schließlich und begab sich zur Curia. Die Beschwerdeführer harrten schon seiner auf dem Gang. Geduldig lauschte er den Vortragenden, doch seine Gedanken kreisten beständig um seine Nachforschungen. Wem traute er eher zu, einen Krieg anzuzetteln, dem Vize-Prokonsul oder dem Hohepriester?

Plötzlich stürzte ein Optio der Stadtwache in sein Amtszimmer. Missbilligend sah Rainolf dem Mann entgegen. Er kannte ihn, mochte ihn aber nicht besonders. Es war ein Veteran der römischen Legion, der nach seiner Dienstzeit in die Stadtwache eingetreten war. Der ehemalige Legionär nahm seine Aufgabe übertrieben ernst und war immer schnell mit Schlägen dabei.

»Was gibt's so Dringendes?«, fragte Rainolf schneidend.

Der Optio war völlig außer Atem. »Ave, Aedil! Uns wurde soeben gemeldet, dass sich in Colonia ein Feind eingeschlichen hat!«

Rainolf spürte ein leichtes Kribbeln im Genick. »Wer?«

»Es soll sich um einen chattischen Spion handeln.«

»Weiß man, wo er sich aufhält?«

»Ja, und genau da liegt das Problem«, erklärte der Optio. »Er soll sich bei Sigolf versteckt halten – Eurem Vater!«

Rainolf sprang auf und sein Stuhl fiel polternd nach hinten. Ihm lag auf der Zunge zu fragen, wer Teruwar verraten habe, beherrschte sich aber in letzter Sekunde. »Wer bringt solch infame Verleumdungen vor?«, erkundigte er sich stattdessen.

Der Soldat legte ihm eine Wachstafel auf den Tisch. »Ein kleiner Junge brachte eben diese Nachricht zu uns in die Wachstube. Nachdem ich sie gelesen hatte, fragte ich ihn natürlich, woher er sie habe. Er antwortete, dass ein Fremder ihm auf der Straße einen As gegeben habe, damit er sie bei uns abgäbe.«

Eine ganz normale Wachstafel mit Holzrahmen, stellte Rainolf fest. Davon gab es Hunderte in Colonia. Er las: *Ein Spion der Chatten versteckt sich bei dem Händler Sigolf.* Der Text war in fehlerlosem Latein abgefasst.

Rainolf starrte wie gebannt auf die Tafel, als könnte sie ihm eine Antwort geben. Wie konnte er Teruwar jetzt noch retten?

Der Optio räusperte sich. »Was gedenkst du zu tun?«

Als Aedil war Rainolf verpflichtet, der Sache nachzugehen.

Er durfte den Hinweis nicht unbeachtet lassen, auch, weil er sich sonst verdächtig gemacht hätte.

»Wir werden natürlich zu Sigolf gehen und die Sache aufklären. Du wirst sehen, dass es sich nur eine böswillige Verleumdung handelt«, erklärte Rainolf in einem möglichst überzeugenden Ton.

Die Soldaten der Stadtwache warteten vor dem Gebäude auf ihren Optio. Im Gleichschritt setzten sie sich in Bewegung, mit Rainolf an der Spitze. Fieberhaft überlegte er, wie er Teruwar warnen konnte.

An der nächsten Kreuzung kam ihm eine Idee. Er bog ab, ohne ein Wort zu verlieren.

Doch der Optio bemerkte sofort, dass sie in die falsche Richtung gingen. »Zu Sigolf geht es doch geradeaus«, erklärte er verwundert.

»Ich, äh, möchte vorher noch schnell in meiner Wohnung vorbei. Ich habe dort etwas vergessen.«

»Vergessen?«

»Ja, mein … Mittagessen.«

»Mittagessen?«

»Was wiederholtst du ständig meine Worte?«, herrschte Rainolf den Optio an. »Ich pflege mir mein Mittagessen immer mit zum Dienst zu nehmen und habe es heute Morgen versehentlich zu Hause liegen gelassen. Nun möchte ich die Gelegenheit nutzen und es holen.«

Rainolf sah dem Wachoffizier an, dass er ihm kein Wort glaubte. Aber als Untergebener musste er gehorchen.

Wenige Minuten später gelangten sie vor das Haus, in dem Rainolf wohnte. Er befahl dem Optio, draußen zu warten. Sobald die Wachen außer Sicht waren, stürmte Rainolf die Treppe hinauf.

»Caledus!«, rief er, nachdem er die Tür hinter sich zugeknallt hatte.

Der Sklave trat mit dem üblichen missmutigen Gesichtsausdruck aus der Culina. »Warum bist du schon wieder hier? Die Pflichten deines Amtes ...«

Rainolf packte den Alten an den Oberarmen und schüttelte ihn. »Lauf zu meinem Vater und warne ihn, dass ich gleich mit einem Trupp der Stadtwache bei ihm auftauche! Teruwar muss sofort verschwinden!«

Caledus sah ihn erstaunt an. »Aber du bist Aedil! Befehl der Wache doch einfach, nicht dorthin zu gehen.«

»Diskutier jetzt nicht mit mir, sondern tu, was ich dir sage!«, brüllte Rainolf. Im nächsten Moment schalt er sich einen Idioten und hoffte, dass ihn die Wachen unten auf der Straße nicht gehört hatten.

»Ich gehe jetzt wieder zu den Wachen hinunter. Sobald ich weg bin, läufst auf dem kürzesten Weg zu meinem Vater – und zwar so schnell du kannst!«

Ohne eine Antwort abzuwarten, verließ Rainolf seine Wohnung. Vor dem Eingang erwartete ihn der Optio mit einem fragenden Blick. »Wo ist denn nun dein Mittagessen?«

Rainolf suchte einen Moment nach einer passenden Ausrede. »Mein Sklave hat es kalt werden lassen. Man bekommt heute einfach kein zuverlässiges Personal mehr. Kennst du zufällig einen guten Sklavenhändler?«, entgegnete Rainolf schließlich.

Gemächlich ging er zur Kreuzung zurück und plauderte unverbindliches Zeug. Die übertrieben langsame Geschwindigkeit brachte die Soldaten hinter ihm aus dem Gleichschritt, sodass sie sich fast gegenseitig in die Hacken traten. Rainolf tat so, als würde ihm das nicht auffallen.

Eine Straße weiter bog er nach rechts ab.

»Aedil, wir müssen geradeaus«, machte der Optio ihn auf den Fehler aufmerksam.

»Nein, das ist eine Abkürzung. Glaube mir, ich kenne mich hier aus.«

»Verzeih, Aedil, aber ich bin mir sicher, dass wir geradeaus müssen.«

»Willst du etwa einem Aedil Befehle erteilen?«, fuhr Rainolf ihn an.

»Nein, Aedil, natürlich nicht!«, gab der Optio zähneknirschend zurück.

Rainolf führte die Wache durch einige schmale Seitengassen, in denen Handwerker und Händler ihre Waren feilboten. Entsprechend langsam kamen sie nur voran. Verzweifelt versuchte Rainolf abzuschätzen, wie lange ein alter Mann von seiner Wohnung bis zum Laden seines Vaters brauchte. Wie schnell konnte Caledus laufen? Rainolf konnte sich beim besten Willen nicht erinnern, den Alten jemals rennen gesehen zu haben. Er sandte ein Stoßgebet zu Wodan, dass der alte Sklave sich sputen möge.

Endlich erreichten sie Sigolfs Laden.

»Vielleicht sollten wir erst einmal die Umgebung des Hauses absuchen«, versuchte Rainolf, noch mehr Zeit zu schinden.

In dem Moment ging die Tür auf und Albuin trat auf die Straße. Verwundert blieb er stehen. »Rainolf! Willst du zu deinem Vater? Er ist im Laden.«

Rainolf verwünschte den Sklaven innerlich, ehe er antwortete: »Ah ja, gute Idee!«

Unsicher betrat er den Geschäftsraum. Auch wenn er hier aufgewachsen war, schaute er sich um, als sähe er ihn zu ersten Mal. Caledus konnte er nirgends entdecken, dafür saß Sigolf hinter einem Tisch und zählte Geldstücke. Überrascht blickte er hoch. »Rainolf, mein Junge! Warum der amtliche Auftritt?«

Die Soldaten waren Rainolf gefolgt und füllten den Laden.

»Oh, ich komme wegen einer lächerlichen Verdächtigung. Du wirst es nicht glauben, aber jemand hat dich beschuldigt, einen chattischen Spion zu verstecken.« Rainolf gab ein Lachen von sich, das jedoch nicht sehr echt klang.

»Ein Spion? Bei mir? Ausgeschlossen!«, erklärte Sigolf im Brustton der Empörung, doch spielte er dabei nervös mit einer Münze.

»Siehst du?«, drehte sich Rainolf zu dem Optio um. »Es ist kein Chatte hier. Wir können wieder gehen.«

»Verzeih, Aedil, aber wenn hier kein Spion ist, wird es deinem Vater doch bestimmt nichts ausmachen, wenn wir das Haus durchsuchen. Versteh das bitte nicht falsch, aber ich muss meinem Vorgesetzten später Bericht erstatten, und wenn er hört, dass wir uns nicht gründlich umgesehen haben, wird er mir Pflichtverletzung vorwerfen.«

»Natürlich«, antwortete Rainolf zögerlich, und ehe ihm ein weiterer Vorwand einfiel, schwärmten schon die Wachen aus und durchstöberten den Laden.

Erst da wurde Rainolf bewusst, was der Optio eben gesagt hatte. Er müsse seinem Vorgesetzten Bericht erstatten. Aber er, Rainolf, war sein Vorgesetzter – genauso wie Lucius Curilius. Sein römischer Amtskollege ließ sich also berichten, was Rainolf tat! Er kontrollierte ihn, in der Hoffnung, ihm einen Fehltritt anlasten zu können. Das war eine Frechheit sondergleichen! Rainolf nahm sich vor, Curilius sobald wie möglich zur Rede zu stellen.

Walraban trat aus dem Lager, von den Wachen vertrieben, und blickte Rainolf überrascht an. Als der erste Soldat die Treppe hochsteigen wollte, gebot ihm Rainolf Einhalt.

»Die oberen Stockwerke übernehme ich!«, erklärte er gebieterisch und wollte rasch an dem verdutzten Mann vorbei. Doch in dem Moment tauchte der Optio hinter ihm auf. »Du gestattest, dass ich mitkomme?«, fragte der Römer, sein Misstrauen war nicht zu übersehen.

Ohne eine Antwort abzuwarten, ging der Mann die Treppe hoch. Ein Schauer lief Rainolf den Rücken hinunter. Als sie beide oben ankamen, war von Zaraxes nichts zu sehen. Der Optio riss die Tür zu Rainolfs früherer Kammer auf. Rainolf hielt den Atem an.

»Wen haben wir denn da?«, hörte er den Optio fragen.

Der Ubier machte einen Satz in das Zimmer.

Auf dem Bett saß der verschwitzte Caledus und blickte den Soldaten mit Unschuldsmiene an. »Darf ein alter Mann sich nicht mal ein wenig ausruhen?«

Der Optio blickte unsicher zwischen dem Aedil und dem Sklaven hin und her.

»Das ist doch wohl eindeutig kein Chatte! Also, such woanders weiter!«, herrschte Rainolf ihn an.

»Verzeih die Störung!«, entschuldigte sich der Optio bei Caledus und verließ den Raum.

Rainolf wartete, bis der Soldat außer Hörweite war, und flüsterte dann dem Sklaven zu: »Wo ist Teruwar?«

Caledus zuckte nur mit den Schultern und verdrehte die Augen. »Sie haben ihn weggebracht, keine Ahnung wohin.«

Rainolf stieg zurück in den Laden hinab. Er hoffte inständig, dass Teruwar wirklich Zeit genug gehabt hatte, das Haus zu verlassen.

Kurz darauf kam auch der Optio die Treppe wieder herunter und versammelte seine Männer um sich. »Es ist kein Chatte hier«, stellte er fest.

»Hast du etwa daran gezweifelt?«, fragte Rainolf vorwurfsvoll.

»Natürlich nicht, Aedil.«

»Dann gibt es für euch hier nichts mehr zu tun!«

Der Optio salutierte und verließ den Laden. Alle – Sigolf, Walraban, Albuin, Baldwin und Rainolf selbst – verharrten regungslos, bis die Wachen um die nächste Straßenecke gebogen waren.

Dann brach es aus Rainolf heraus: »Wo ist Teruwar?«

Sein Vater seufzte erleichtert und Walraban konnte sich ein Lächeln über die Aufgelöstheit Rainolfs nicht verkneifen. »Farhild hat ihn schnell zu Markolf gebracht, als Caledus mit der Nachricht kam.«

Rainolf ließ sich auf einen Stapel Felle sinken und vergrub das Gesicht in den Händen. »Mir wäre fast das Herz stehen geblieben«, erklärte er.

»Zaraxes wollte sich auf Caledus stürzen, als der so plötzlich in Teruwars Zimmer stürmte«, berichtete Sigolf weiter. »Der Perser hat darauf bestanden, Teruwar zu begleiten.«

Rainolf dachte nach. »Es ist besser, wenn ich Zaraxes zu Bassus zurückbringe. Bei Markolf fällt er zu sehr auf, die Leute werden sich fragen, was dort ein persischer Sklave verloren hat.«

Sigolf nickte. »Du hast recht, wir dürfen Farhild und Markolf nicht gefährden. Wir sollten uns überlegen, wie wir Teruwar aus Colonia hinaus- und über den Rhenus bringen. Er ist hier nicht mehr sicher. Hast du eine Idee, wer Teruwar verraten haben könnte?«

»Nein, aber vielleicht war es jemand, der Teruwar trotz der Verkleidung wiedererkannt hat – wie Bassus neulich. Und vielleicht war diesem Jemand schon vor Wochen klar, dass Teruwar ein Chatte ist. Jedenfalls sollten wir jetzt nicht in Panik verfallen und überall Verräter sehen«, warnte Rainolf.

Als Rainolf wenig später in die Curia zurückkehrte, war die Besuchszeit noch nicht vorbei. Doch zu seiner Verblüffung war der Gang vor seiner Amtsstube leer. Vielleicht ist den Leuten das Warten zu lang geworden, überlegte Rainolf und betrat erleichtert sein Zimmer. Seine gute Laune verflog schlagartig, denn Lucius Curilius saß auf Rainolfs Stuhl und musterte den Jüngeren missbilligend.

»Ave, Aedil Rainolf!« Curilius sprach die Worte fast höhnisch aus. »Ich habe die Bürger vor deiner Tür nach Hause geschickt. Sie waren alle sehr unzufrieden, weil du nicht da warst. Auch ich warte schon eine Weile auf dich.«

»Ich … ich musste einer Meldung nachgehen. Hat etwas gedauert.«

Der Römer ließ ein verächtliches Schnauben vernehmen und erhob sich. »Handelte es sich bei der Meldung darum, dass sich ein chattischer Spion in Colonia eingeschlichen haben soll?«

Rainolf fühlte erneut einen kalten Schauer über seinen Rücken streichen. In seiner Wut über Curilius, dass er sich über Rainolfs Einsätze Bericht erstatten ließ, mischte sich Verunsicherung.

»Ja, aber das hat sich als Fehlalarm herausgestellt«, antwortete Rainolf und versuchte, möglichst gleichgültig zu wirken.

Curilius baute sich vor ihm auf und sah ihm scharf ins Gesicht. »Dieser mysteriöse Spion soll sich im Haus deines Vaters aufgehalten haben. Hast du es durchsucht?«

»Natürlich, aber es war kein Chatte da.«

»Ich hatte nichts anderes erwartet«, sagte der Römer nun mit einem ironischen Grinsen.

»Dann sind wir uns ja einig«, antwortete Rainolf ungehalten und wollte zu seinem Schreibtisch gehen.

Doch Curilius vertrat ihm den Weg. »Mir ist zu Ohren gekommen, dass im Laden deines Vaters seit einigen Wochen ein Germane von jenseits des Rhenus arbeitet. Woher stammt er?«

Rainolf zögerte einen Moment mit der Antwort. »Ein Cherusker, er ist aber inzwischen wieder zu seinem Volk heimgekehrt.«

Es trat ein Schweigen ein und Rainolf konnte die Spannung zwischen sich und Curilius beinahe physisch spüren. Seine Handflächen waren feucht von Schweiß.

»Ich behalte dich im Auge, Rainolf!«, erklärte der Römer schließlich. Obwohl er seine Stimme gesenkt hatte, klang sie gefährlich drohend.

»Ich habe nichts zu verbergen«, erklärte der jüngere Aedil trotzig.

Mit einem Ruck drehte Curilius sich um und knallte die Tür hinter sich zu.

Rainolf war mächtig wütend. Ruhig bleiben, ermahnte er sich selbst. Wenn er heute keine Beschwerden mehr entgegennehmen musste, konnte er sich auch gleich zu Markolf begeben. Er musste Teruwar klarmachen, dass seine Anwesenheit in Colonia zu gefährlich wurde. Außerdem würde er

Zaraxes zu seinem Herrn Bassus zurückbegleiten. Dabei konnte er die Gelegenheit nutzen, den römischen Händler nach Fridugar zu befragen.

So verließ Rainolf die Curia. Er achtete sorgfältig darauf, dass ihm niemand folgte, und nahm dafür ein paar Umwege in Kauf. Als er schließlich vor der Werkstatt seines Schwagers stand, war er sicher, dass ihn niemand verfolgt hatte.

Die Steinmetze waren eifrig bei der Arbeit, wie er mit einem Blick durch die offene Tür feststellte. Markolf selbst war nirgends zu sehen.

Rainolf stieg die Treppe hinauf und klopfte an die Wohnungstür. Ein Schloss schnappte auf und das rundliche Gesicht Markolfs erschien. Ohne ein Wort zu sagen, ließ der Sohn des Steinmetzmeisters ihn ein. Rainolf befand sich in einem Raum, der als Wohn- und Esszimmer diente. Markolf deutete auf eine gegenüberliegende Tür. »Sie sind dort drin.«

Rainolf zögerte und meinte: »Es tut mir leid, dass ich euch da mit hineingezogen habe. Ich verspreche dir, dass Teruwar nicht lange hierbleiben wird.«

Markolf legte ihm seine schwere Pranke auf die Schulter. »Mach dir keine Gedanken, dafür hat man seine Familie.«

Dankbar nickte Rainolf und trat in den Nebenraum, der eine kleine Culina beherbergte. Erschreckt fuhren die Gesichter von Teruwar und Farhild zu ihm herum, Zaraxes hatte sofort seinen Dolch gezückt und sich zum Angriff katzengleich geduckt.

»Schon gut, ich bin es nur«, beruhigte Rainolf die Anwesenden.

»Rainolf! Was ist geschehen? Warum bist du mit der Stadtwache bei unserem Vater aufgetaucht?«, bestürmte ihn Farhild.

»Warum musste ich fliehen?«, fragte Teruwar gleichzeitig.

Rainolf erklärte, was geschehen war. Als er geendet hatte, sahen sich alle betreten an. Nur Zaraxes zeigte keinerlei Gefühlsregung, wie es seine Art war.

»Jemand, der seinen Namen nicht nennen will, hat mich also an die Stadtwache verraten. Meinst du, es war der Mörder? Schließlich wusste er über die Verbindung zwischen Ylynta und mir Bescheid.«

Rainolf wiegte seinen Kopf bedächtig hin und her. »Möglich, aber es kann auch jemand gewesen sein, der dich einfach wiedererkannt und seine Schlüsse gezogen hat.«

»Wie soll jemand bemerkt haben, dass ich ein Chatte bin?«, fragte Teruwar fast ein bisschen beleidigt.

»Vielleicht an deinem Dialekt. Ist doch auch egal.« Rainolf wandte sich an den Perser. »Zaraxes, es ist besser, wenn du wieder zu deinem Herrn gehst. Es ist zu auffällig, wenn du dich im Haus eines Steinmetzen aufhältst.«

Der Sklave blickte ihn stolz an. »Mein Herr hat mir befohlen, an der Seite dieses Mannes zu bleiben.«

»Er sagte, du sollst ihn schützen. Wenn du hierbleibst, gefährdest du ihn aber. Ich werde dich deshalb zu Petronius Bassus zurückbringen.« Er winkte dem Perser zum Aufbruch.

Zaraxes zögerte, sah unschlüssig zu Teruwar hinüber, schien dann aber ein Einsehen zu haben. »In Ordnung. Wir gehen zu meinem Herrn, um ihn entscheiden zu lassen, was ich tun soll.«

Auf dem Weg zum Forum, wo Bassus residierte, achtete Rainolf erneut darauf, dass ihnen niemand folgte. Wenn man allerdings mit einem auffällig aussehenden Sklaven unterwegs war, ließen sich neugierige Blicke der Passanten nicht vermeiden.

Nach wenigen Minuten standen die beiden vor dem prunkvollen Haus neben dem Tempel des Merkurs. Der Eingang war mit Säulen geschmückt und der Boden bestand aus einem aufwendigen Mosaik.

Ein Hausmeister eilte auf sie zu. »Womit kann ich Euch dienen?«, fragte er ehrerbietig.

»Wir wollen zu Petronius Bassus.«

»Wen darf ich melden?«

»Der Aedil wünscht ihn zu sprechen.«

Der Mann verschwand hastig und kehrte bald zurück. Unter vielerlei Gestik geleitete er sie in das Atrium. Vor einem plätschernden Brunnen stand Bassus und sah ihnen erstaunt entgegen.

»Rainolf! Was führt dich zu mir? Und warum bringst du Zaraxes mit?«

»Ave, edler Petronius Bassus! Die Umstände erfordern es leider, dass ich deinen Sklaven nicht länger gebrauchen kann.«

Der Römer warf Zaraxes einen scharfen Blick zu.

»Missversteh das bitte nicht!«, beeilte sich Rainolf zu erklären. »Zaraxes gab uns keinen Anlass zur Klage, im Gegenteil. Aber ich denke, es ist der Sicherheit dienlicher, wenn er nun nicht mehr bei Teruwar bleibt.«

»Ich fürchte, ich verstehe nicht ganz. Zaraxes ist doch ein ausgezeichneter Leibwächter.«

Rainolf zögerte einen Moment, ehe er sich entschloss, Bassus ins Vertrauen zu ziehen. »Die Stadtwache hat durch einen anonymen Hinweis erfahren, dass ein Chatte sich bei meinem Vater im Haus befand. Deshalb musste Teruwar an einen anderen Ort fliehen. Wenn Zaraxes dort gesehen würde, könnte jemand Verdacht schöpfen.«

Bassus nickte verständnisvoll. »Du hast recht, Zaraxes ist eine auffällige Erscheinung und passt nicht in jede Umgebung.« Mit einer kurzen Handbewegung forderte er seinen Sklaven auf, sich zurückzuziehen, um sich allein mit Rainolf unterhalten zu können. Er bot dem jungen Ubier einen Platz auf einer kleinen Steinbank an und setzte sich dann ihm gegenüber.

»Und sonst, mein lieber Rainolf, bist du deinem Ziel, den Krieg zu verhindern, schon näher gekommen?«

»Leider nicht. Ich habe zwar einige neue Erkenntnisse, aber keine konkrete Idee. Du könntest mir allerdings noch einen Gefallen tun, wenn es deine Großmut nicht zu sehr strapaziert!«

»Nur heraus damit!«, ermunterte ihn Bassus.

Rainolf holte tief Luft. »Was hältst du von Fridugar?«

Der Römer schien erstaunt zu sein. »Nun, ich mache seit Langem Geschäfte mit ihm, wie du weißt. Bisher war er immer zuverlässig.«

»Ich wollte eher darauf hinaus, wie du ihn als Mensch einschätzt.«

Bassus überlegte einige Sekunden. »Nun, ich würde Fridugar nicht gerade zu meinem Freundeskreis zählen. Ich möchte bezweifeln, dass er überhaupt Freunde hat. Sein ganzes Trachten ist darauf ausgerichtet, seinen Reichtum zu mehren.«

»Dann haben wir so ziemlich dieselbe Meinung über ihn. Ihm ist jedes Mittel recht, um noch mehr Geld zu scheffeln und seinen Einfluss in Colonia zu vergrößern.«

»Verdächtigst du ihn, den Krieg gegen die Chatten zu schüren?«

»Ich habe keine Beweise, aber Fridugar ist vor etwa fünf Wochen heimlich nach Confluentes gereist. Von dort ist es nicht weit bis zu den Chatten. Kurz darauf wurde Agyntir ermordet.«

»Das ist eine sehr gewagte Theorie. Du denkst doch nicht ernsthaft, dass Fridugar ihn getötet hat?«

»Nein, natürlich nicht Fridugar selbst, aber er hat sich in Confluentes mit einem Römer getroffen.«

Bassus musterte Rainolf skeptisch. »Auch das wäre nichts Ungewöhnliches, schließlich ist er Händler und hat viele römische Geschäftspartner.«

»Fridugar verreist nur äußerst ungern, und wenn, dann in einer Sänfte und mit viel Gefolge. Doch dieses Mal reiste er völlig allein auf einem Schiff.«

Der Römer dachte über das Gehörte nach. »Ich gebe zu, dass das ungewöhnlich ist, aber dennoch solltest du mit solchen Anschuldigungen vorsichtig sein. Es kann tausend Gründe geben, warum Fridugar die Reise geheim halten wollte.«

»Ich wäre dir unendlich dankbar, wenn du dich ein bisschen für mich umhören würdest. Hat Fridugar in letzter Zeit ungewöhnliche Geschäfte in Confluentes getätigt? Und vor allem: Hat er Handelsbeziehungen zu den Chatten?«

Bassus sah den jungen Ubier lange und ernst an. »Du verlangst viel von mir! Ich soll einen alten Geschäftspartner ausspionieren.« Er seufzte. »Aber wenn es im Interesse des Imperium Romanum liegt, werde ich es tun. Versprich dir aber bitte nicht zu viel davon, ich persönlich glaube nicht, dass Fridugar ein Verräter ist.«

Rainolf bedankte sich herzlich und versprach, Bassus bald wieder aufzusuchen.

Als er abends erschöpft vor seinem Haus eintraf, bemerkte er eine Sänfte, die auf der gegenüberliegenden Straßenseite, nur wenige Schritte entfernt, stand. Vier kräftige germanische Sklaven hatten sie abgesetzt und standen gelangweilt in der Gegend herum, so als ob sie nicht auffallen wollten, was schlicht unmöglich war. Die Sänfte war mit Tüchern aus kostbarem Stoff verhangen, wie sie sich nur reiche Leute leisten konnten. Rainolf beschlich das Gefühl, dass die Person in der Sänfte auf ihn gewartet hatte.

Mit einem Kribbeln im Genick öffnete er die Tür und begab sich in seine Wohnung im ersten Stock.

Caledus empfing Rainolf mit einem tadelnden Blick. »Herr, du kommst spät! Nicht nur, dass ich heute quer durch Colonia hetzen musste, jetzt muss ich auch noch …«

Er brach ab, weil Rainolf, ohne auf ihn zu achten, zum Fenster gelaufen war und vorsichtig hinausspähte. Ein leichter Schauer durchfuhr Rainolf: Der Vorhang der Sänfte war zurückgezogen worden und es standen nur noch zwei der Sklaven auf der Straße. Jemand war auf dem Weg hoch zu ihm. Kaum hatte er das begriffen, klopfte es auch schon an der Tür.

»Wer wagt es, um diese Uhrzeit den Aedil von Colonia …«, empörte sich Caledus, doch Rainolf brachte ihn mit einem ungehaltenen Zischen zum Schweigen.

Auf Zehenspitzen schlich der Ubier in sein Schlafgemach, wo er sein Gladius aufbewahrte. So gerüstet kehrte er zurück und fragte durch die geschlossene Tür, wer davor stünde.

Zu seiner Überraschung antwortete eine Frauenstimme: »Eine Bürgerin Colonias wünscht, den Aedil zu sprechen!«

Rainolf zögerte einen Augenblick, dann schob er den Riegel zurück und öffnete. Vor ihm stand eine in eine dunkelrote Palla gehüllte Gestalt, die von zwei der Trägersklaven flankiert wurde. Mit einer eleganten Bewegung schlug sie den Schleier vor ihrem Gesicht zurück. Auch wenn Rainolf sie noch nie zuvor gesehen hatte, wusste er sofort, dass die Frau Winora war.

Sie mochte bereits vierzig sein, war aber immer noch eine Schönheit, auch wenn sie ihre Falten mit Schminke kaschierte. Sie kleidete sich wie eine Römerin und trug auch ihr Haar nach der Mode der Hauptstadt, doch ihre Gesichtszüge und die grauen Augen verrieten die Germanin. Ihre Figur war makellos, was die eng geschnittene Tunika kaum verhüllen wollte. Rainolf verschlug es regelrecht den Atem. In ihrer Jugend musste sie schön wie die Göttin Venus persönlich gewesen sein.

Winora befahl ihren Sklaven, vor der Tür zu warten, und trat ein. Rainolf war immer noch so perplex, dass er kein Wort herausbrachte.

»Ich bin Winora.« Sie musterte ihn mit einem kühlen Blick. »Du bist überrascht, mich zu sehen?«

»Was? Äh, ja, allerdings!«

»Nun, das war ich auch, als ich von deinem Besuch in meinem Haus vernommen habe. Also habe ich mich entschlossen, dir einen Gegenbesuch abzustatten.« Sie trat so dicht an ihn heran, dass er ihren Atem im Gesicht spüren konnte. Sie duftete nach Rosen und Honig. »Das verlangt doch schon die Höflichkeit, oder?«

Rainolf konnte schlagartig verstehen, warum Winora in dem Ruf stand, auch die mächtigsten Männer um den Finger wickeln zu können. Auch er fühlte, wie sein Herz schneller schlug und sich ein wohliges Kribbeln in seinem Magen breitmachte.

»Natürlich!«, beeilte er sich zu antworten. In dem Augenblick wurde ihm bewusst, dass Caledus hinter ihm stand.

Er drehte sich nach dem alten Sklaven um, der die Frau mit tiefem Misstrauen musterte. »Caledus, bring den Gladius zurück und lass uns allein!«, befahl Rainolf und drückte ihm die Waffe in die Hand.

»Herr, es ziemt sich nicht …«, doch Rainolf unterbrach ihn sofort. »Hast du nicht gehört?«, fragte er barsch.

Caledus blickte seinen Herrn pikiert an, dann drehte er sich um und verließ den Raum. Rainolf hätte darauf wetten können, dass der Alte im nächsten Moment mit dem Ohr an der Tür klebte.

»Nimm bitte Platz!«, forderte er seine Besucherin auf. »Es ist zwar nur eine bescheidene Wohnung, aber zu Liegen habe ich es immerhin schon gebracht«, versuchte er zu scherzen.

Winora lächelte ihn betörend an und legte sich mit einer geschmeidigen Bewegung auf eine der beiden Liegen. Wie zufällig rutschte dabei ihr Kleid über die Knie, sodass ihre schlanken Beine zu sehen waren. Rainolf musste sich mit Gewalt zwingen, nicht dort hinzustarren.

»Ich fürchte, ich habe nichts zu essen hier, aber ich könnte dir einen Wein von der Mosella anbieten.«

»Liebend gerne«, hauchte sie.

Rainolf rief nach Caledus. »Hol uns den Wein von der Mosella, aber misch ihn ordentlich mit Wasser!«

Der Sklave füllte zwei verzierte Gläser und brachte sie seinem Herrn. Rainolf ließ es sich nicht nehmen, Winora persönlich ein Glas zu reichen.

»Es ist ein seltenes Vergnügen, von einem Aedil bedient zu werden.«

»Oh, ich bin ja nicht immer Aedil gewesen«, sagte Rainolf und hätte sich im gleichen Moment für die dämliche Bemerkung ohrfeigen können.

»Ich weiß, du bist der Sohn von Sigolf, dem Händler, der seinen Laden in der Nähe der Porta Iovis betreibt. Ich habe schon viel von dir gehört.«

Rainolf merkte, dass er rot wurde, und ärgerte sich noch mehr über sich selbst.

»Also, was hast du in meinem Haus gewollt?«, fragte sie und führte das Glas zum Mund. Sie öffnete ihre rot geschminkten Lippen und verharrte für einen kurzen Augenblick in dieser Positur, ehe sie einen Schluck nahm.

Rainolf hatte Mühe, sich zu konzentrieren. Wie viel wusste Winora schon? Wie weit konnte er ihr trauen?

»Das hast du sicher bereits von Melissa erfahren«, antwortete er schließlich ausweichend.

Sie neigte ihren Kopf und sah ihm tief in die Augen. »Ich möchte es aber gerne von dir hören.«

»Nun, es ging nur um eine kleine Information über einen ihrer Kunden.«

»Du weißt, dass Verschwiegenheit einer der obersten Grundsätze meines Hauses ist?«

»Als Aedil genieße ich gewisse Privilegien. Dazu gehört, dass man mir Auskunft geben muss.«

»Du warst aber nicht in deinem Amt als Aedil bei Melissa.«

Jetzt hatte sie ihn in der Falle. Wenn er offiziell als Aedil in ihrem Haus gewesen wäre, hätte sie als römische Bürgerin das Recht, den Grund dafür zu erfahren.

»Gut, ich gebe zu, dass ich nicht wegen einer öffentlichen Untersuchung da gewesen bin.«

»Sondern?«

Rainolf war klar, dass Winora nicht davor zurückschrecken würde, das Gerücht zu verbreiten, er hätte sein Amt missbraucht, um ein kostenloses Schäferstündchen im *Roten*

Haus zu genießen. »Versprich mir, es niemandem weiterzuerzählen!«

»Meine Lippen sind versiegelt.«

Er atmete tief durch. »Ich versuche herauszufinden, wer den Mord an Agyntir begangen hat.«

Jetzt blickte sie ehrlich erstaunt. »Was interessiert dich der Tod eines Chatten?«

»Weil es offensichtlich ist, dass jemand dem Prokonsul die Schuld anhängen will, um einen Krieg anzuzetteln.«

»Aber es ist Sache des Prokonsuls, zu entscheiden, ob die Legion gegen die Chatten ins Feld zieht. Das geht dich als Aedil doch gar nichts an.«

»Doch, wenn ich darum gebeten werde, zu ermitteln, damit ein Krieg vielleicht noch verhindert werden kann.«

Er verstummte und blickte Winora bittend an. Es war unmissverständlich, dass es nur der Prokonsul selbst gewesen sein konnte, der ihm inoffiziell die Aufklärung des Mordes befohlen hatte.

Sie betrachtete ihn lange und nachdenklich. Schließlich straffte sich ihre Haltung. »Du hast eine schwere und gefährliche Aufgabe übernommen, Rainolf. Auch wenn ich persönlich befürchte, dass dieser Krieg unvermeidbar ist, werde ich dir helfen. Schließlich würde mein Geschäft darunter leiden, wenn gewisse Offiziere nicht mehr in Colonia weilten.«

»Du wirst also Verschwiegenheit darüber bewahren, was du von mir gehört hast?«

Sie lächelte erneut und diesmal kam es Rainolf nicht professionell, sondern herzlich vor. »Rainolf, ich mag dich! Du bist so herrlich unschuldig. Deshalb werde ich die Geschichte für mich behalten. Und mehr noch: Ich kann dir Informationen beschaffen.«

Rainolf war sichtlich verblüfft. »Das wäre fantastisch«, stammelte er.

»Ich weiß, dass du gern mehr über Aurelius Taticenus wissen würdest.«

Melissa hatte wirklich alles ausgeplaudert, stellte Rainolf fest. »Er ist einer derjenigen, die am vehementesten für den Krieg eintreten«, erklärte er. »Mich interessieren seine Beweggründe. Meinst du, es ist dir möglich, etwas darüber in Erfahrung zu bringen?«

Winora lachte auf. »Da verlasse dich ganz auf mich! Und keine Angst, Taticenus wird es nicht einmal merken, wenn er mir erzählt, was ich wissen will.«

»Kennst du ihn denn?«

»Nur flüchtig, aber ich habe beste Beziehungen in Colonia. Einen Kontakt zu Taticenus herzustellen, ist für mich ein Leichtes«, erklärte sie selbstsicher.

Rainolf fiel es nicht schwer, ihr zu glauben. Er war beeindruckt, mit welcher Entschlossenheit Winora die Dinge anging. Sie erhob sich und er sprang ebenfalls auf.

»Ich werde es dich wissen lassen, wenn ich mich mit Taticenus unterhalten habe.«

Winora hielt seinen Blick fest und trat auf ihn zu. Rainolf spürte, wie sich sein Herzschlag beschleunigte. Sie strich mit ihren Fingerspitzen über seine Wange. »Sieh zu, dass du diesen Krieg verhinderst!«, hauchte sie ihm ins Ohr.

»Natürlich!«, brachte er mühsam hervor.

Rainolf öffnete ihr die Tür, hinter der die beiden bulligen Sklaven auf sie warteten. Als er sich sicher war, dass sich die Sänfte in Bewegung gesetzt hatte, griff er sich einen leichten Umhang und verließ ebenfalls die Wohnung.

»Also, um was geht es?«, wollte Garawan wissen.

Rainolf war sichtlich aufgeregt im *Schwarzen Stier* aufgetaucht und hatte ihn ohne eine Erklärung erneut von einem Würfelspiel zu einem anderen Tisch gezerrt. Garawan hatte natürlich protestiert, sich nach einem bedeutsamen Blick Rainolfs aber gefügt.

Rainolf beugte sich über den Tisch und senkte die Stimme. »Hast du schon irgendwas über den Attentatsversuch auf den Prokonsul herausbekommen?«

Garawan schüttelte den Kopf. »Nein, keiner weiß was über den Kerl. Ich vermute, dass er nicht aus Colonia stammt.«

Das hatte Rainolf befürchtet. »Sei es drum! Ab sofort werden wir uns auf den Sacerdos und Taticenus konzentrieren.«

»Wie stellst du dir das vor? Du kannst schlecht zum Vize-Prokonsul von Germania Inferior gehen und ihn fragen, ob er hinter der Intrige steckt.«

»Wer hat gesagt, dass ich ihn befragen werde?«, grinste Rainolf schelmisch.

Garawan sah ihn verständnislos an.

»Ich habe dir doch erzählt, dass Taticenus fürchterlich hinter den Frauen her ist.«

»Typisch Patrizier!«, sagte Garawan abfällig.

»In der richtigen Gesellschaft und mithilfe einigen Weins dürfte auch der sonst so gewitzte Taticenus redselig werden.«

»Und an wen hattest du da so gedacht? Willst du dich vielleicht als Frau verkleiden?« Garawan wollte sich schier ausschütten vor Lachen.

»Das wäre zwar eine interessante Alternative, aber jemand Erfahreneres als ich wird sich Taticenus vornehmen: Winora!«

»Win…« Garawan blieb das Lachen im Hals stecken. »Bist du verrückt? Wie willst du sie dazu bringen?«

»Brauche ich nicht, sie hat es von sich aus angeboten.«

Nun setzte bei Garawan endgültig der Verstand aus und er glotzte seinen Freund nur dümmlich an. Rainolf berichtete ihm von dem unerwarteten Besuch.

»Du hast Winora kennengelernt!«, flüsterte Garawan schließlich fassungslos. »Sie war bei dir in der Wohnung!«

»Ja, und sie war sehr nett.«

»Und? Was hast du mit ihr so ...?«, fragte Garawan aufgeregt.

»Gar nichts, du Idiot! Ich habe dir doch gerade erzählt, dass ich nur mit ihr geredet habe!«

»Aber sie hat gesagt, sie würde dich mögen!«

Rainolf verdrehte genervt die Augen. »Hör zu, es ist nichts passiert! Aber wenn wir schon gerade dabei sind: Erzähl es bloß niemandem weiter, schon gar nicht Julia! Sie würde mir noch weniger glauben als du. Ich habe schon genügend Ärger mit ihr, weil ich im *Roten Haus* gewesen bin.« Rainolf erzählte von der Szene, die Julia ihm gemacht hatte.

Garawan legte theatralisch die Hand auf sein Herz. »Ich verspreche dir, dass ich dein Geheimnis für mich behalten werde. Und jetzt kannst du mir ja erzählen, was du mit Winora so angestellt hast.«

Rainolf stöhnte und schlug Garawan mit der flachen Hand leicht vor die Stirn. »Während Winora Taticenus aushorcht, können wir uns um Naevius Perellus kümmern.«

»Aber über den Sacerdos ist doch schon alles bekannt: Er ist habgierig, arrogant, rücksichtslos und einfach extrem unsympathisch.«

»Das reicht mir nicht. Wer könnte uns mehr über ihn erzählen?«

Garawan blies die Wangen auf. »Wie wäre es mit Cecilius Sevonius? Du kennst ihn doch durch Julia.«

Rainolf schnipste mit den Fingern. »Gute Idee! Als Hohepriester des Marstempels wird er einiges über Perellus wissen, was die Öffentlichkeit normalerweise nicht erfährt.«

»Aber ob jetzt ein guter Zeitpunkt ist, ihn zu befragen? Die Iden stehen unmittelbar bevor und er wird sicher mit den Vorbereitungen zu tun haben.«

»Garawan, wenn wir eines nicht haben, dann ist es Zeit.«

Die beiden beschlossen, dass Rainolf Sevonius aufsuchen sollte, während Garawan sich in den Tabernae nach Perellus umhören würde. Der junge Aedil lief über den Cardo Maximus, bis das eindrucksvolle Gebäude mit den gewaltigen Säulen vor ihm aufragte. Neben dem Kapitolstempel, der den drei Gottheiten Jupiter, Juno und Minerva geweiht war, stellte der Marstempel das wichtigste Heiligtum in Colonia dar. In ihm wurde das Schwert Cäsars aufbewahrt. Der große Kaiser hatte es nach der Vernichtung der Eburonen vor rund einhundertsiebzig Jahren in Germanien zurückgelassen. Die Reliquie wurde nicht nur von den Römern verehrt. Auch wenn die Germanen Cäsar die Eroberung bis heute übel nahmen, respektierten sie ihn doch als großen Feldherrn und tapferen Kämpfer.

Rainolf erblickte ein gutes Dutzend Priester, die emsige Beschäftigung ausstrahlten. Die Iden, das Fest des Vollmonds, fand immer zur Monatsmitte statt. Darüber hinaus feierten sie aber auch den Neumond sowie den zu- und den abnehmenden Mond.

Eigentlich kommen die Römer aus den Feierlichkeiten kaum heraus, überlegte Rainolf. Zum Glück nahm die Bevölkerung die Feiern nicht ganz so ernst wie die Priester, sonst wäre ein normaler Alltag kaum möglich gewesen.

Trotz des Gewühls entdeckte Rainolf recht schnell Cecilius Sevonius. Der alte Mann mit dem langen, weißen Bart stand etwas abseits und beaufsichtigte offensichtlich die Arbeiten der übrigen Priester.

Zügig durchquerte Rainolf den Tempel. Zunächst bedachte Sevonius den Eindringling mit einem strengen Blick, als er jedoch Rainolf erkannte, glitt ein Lächeln über seine faltigen Züge. »Sieh da, mein junger Freund, der Aedil von Colonia!«

Wenigstens bei Sevonius war Rainolf zuversichtlich, dass die Anrede nicht spöttisch gemeint war.

»Ich habe ein dringendes Anliegen.«

»Das ist bei dir ja nichts Ungewöhnliches. Wie kann ich dir helfen?«

»Was kannst du mir über Naevius Perellus erzählen?«

Schlagartig verdüsterte sich Sevonius' Miene. »Lass uns in meine Gemächer gehen, dort sind wir ungestört.«

Durch eine kleine Verbindungstür gelangten sie in die Wohnung des Hohepriesters. Sie war einfach, aber geschmackvoll eingerichtet. Sevonius wies Rainolf einen Holzstuhl zu, dessen Rückenteil und Armlehnen mit Tierornamenten verziert waren.

»Warum willst du etwas über Naevius Perellus erfahren?«, fragte der alte Mann. Seine Stimme klang fast schon verärgert.

Auf die Frage war Rainolf vorbereitet. »Weil ich als Aedil überprüfen soll, ob er nicht heimlich öffentliche Gelder, die für den Tempel bestimmt sind, in seine eigene Tasche steckt. Dazu möchte ich mir aber vorher ein Bild von ihm machen. Es sind viele Gerüchte im Umlauf, aber ich denke, dass du ihn besser kennst als viele andere.«

Sevonius schwieg eine ganze Weile und betrachtete den Ubier nachdenklich.

»Es gibt zwei Gründe, warum man Priester wird«, begann er schließlich. »Entweder man ist zutiefst gläubig und will sein Leben ganz den Göttern weihen. Oder man ist sehr ehrgeizig und will in eine hohe Machtposition gelangen.« Sevonius legte eine kurze Pause ein.

»Naevius Perellus ist bestimmt kein Berufener. Er entstammt einer Plebejerfamilie, sein Vater war ein einfacher Töpfer in Rom. Naevius wusste, dass ihm deshalb hohe Ämter in der Politik verschlossen bleiben würden, und Soldat wollte er nicht werden, das war ihm zu riskant. Aber es blieb ihm noch eine Möglichkeit, an Macht zu gelangen: Er wurde Priester im Kapitolstempel in Rom, der dem Jupiter, der Juno und der Minerva geweiht ist. Dort habe ich ihn zum ersten Mal getroffen. Ich gestehe, dass ich ihn von Anfang an nicht mochte, aber das ging den meisten so. Trotzdem verstand er es schon früh, sich durchzusetzen. Er nahm auf nichts und niemanden Rücksicht. Doch irgendwann gelangte er an einen Punkt, an dem er in Rom nicht weiter aufsteigen konnte.«

Sevonius holte tief Luft und starrte auf einen imaginären Fleck an der Decke. »Als Perellus hörte, dass der Hohepriester des Kapitolstempels in Colonia verstorben war, erkannte er seine Chance. Hier würde er der wichtigste und einflussreichste Priester der gesamten Provinz Germania Inferior sein. Perellus setzte alles daran, die Stelle zu bekommen, und schaffte es auch. Ich vermute, die Hohepriester in Rom waren sogar froh, ihn loszuwerden.«

»Er kam vor drei Jahren hierher, wenn ich mich recht entsinne.«

»Ja, zu dem Zeitpunkt, als er hier eintraf, befand ich mich schon fünf Jahre in Colonia. Von Anfang an versuchte Perellus, meine Position zu schwächen und keinen Zweifel aufkommen zu lassen, dass er der wichtigste Priester der Stadt sei. Ich glaubte, dass er einfach Angst hatte, ich könnte einiges über ihn aus seiner Zeit in Rom erzählen, und nahm ihn zunächst nicht ernst. Aber irgendwann wurden mir seine Angriffe zu massiv. Schließlich verlangte er sogar, dass ich einen Teil unserer Einnahmen hier an ihn abgab, weil er den Kapitolstempel des Jupiters verwalte. Selbstverständlich weigerte ich mich. Doch er ließ es auf eine Machtprobe ankommen. Daraufhin griff der Prokonsul ein und entschied gemäß dem Gesetz, dass jeder Tempel über seine Einnahmen selbst bestimmen darf. Perellus fügte sich grollend, hat aber seitdem keine Gelegenheit ausgelassen, gegen mich zu intrigieren.«

Der alte Hohepriester seufzte. »Natürlich bin ich nicht der Einzige, der Perellus' Machtbesessenheit zu spüren bekommt. Nur dem Prokonsul kriecht er permanent hinterher, den Duumvirn liegt er dagegen mit immer neuen Bitten um Spenden in den Ohren.«

Rainolf nickte gedankenverloren. Das passte alles zu dem Bild, das er bereits von Perellus hatte. »Weißt du, ob Perellus vor einigen Wochen in Confluentes war?«

»In Confluentes?«, fragte Sevonius überrascht. »Ich weiß zufällig, dass er vor etwa zwei Monaten zu einer Reise nach Germania Superior aufgebrochen ist und rund vier Wochen nicht in Colonia war. Ich habe diese ruhige Zeit sehr genossen.« Der alte Priester schmunzelte. »Perellus' genaue Route kenne ich allerdings nicht. Obwohl ...«, er überlegte, »... in Confluentes steht ein Tempel der Minerva. Der ist Perellus direkt unterstellt. Es ist sehr wahrscheinlich, dass er ihn auf einer Reise durch Germania Superior besucht hat.«

Rainolf bedankte sich herzlich. Perellus war also eine Tat wie der Mord an Agyntir nicht nur zuzutrauen, sondern er hatte auch die Gelegenheit dazu gehabt.

Rainolf war hundemüde, aber er hatte Teruwar versprochen, ihn auf dem Laufenden zu halten. Also begab er sich erneut zum Haus von Markolf. Farhild berichtete ihm schon an der Tür, dass Teruwar den ganzen Tag auf und ab gelaufen sei wie ein Tier im Käfig. Die Untätigkeit machte ihm schwer zu schaffen.

Nachdem Rainolf den Chatten auf den neuesten Stand seiner Nachforschungen gebracht hatte, schwieg Teruwar einige Augenblicke. »Also weißt du immer noch nicht, wer Agyntir ermordet hat«, stellte er schließlich verbittert fest. »Die Legionen brechen bereits auf, der Krieg erscheint mir inzwischen unausweichlich.«

Beschämt senkte Rainolf den Kopf.

Teruwar warf in einer verzweifelten Bewegung die Arme hoch. »Jeder Einwohner Colonias könnte sich als Heerführer verkleidet haben und wir ergehen uns in Spekulationen!«

Ein Geistesblitz durchzuckte Rainolf. »Der kleine Neffe von Freya ... Wie heißt er noch gleich?«

»Myrwulf«, antwortete Teruwar erstaunt.

»Genau, Myrwulf! Woher wusste er, dass nur der römische Heerführer einen Helm mit einem weißen Federbusch trägt? So was erzählt ihr doch kaum euren Kindern schon an der Wiege.«

Der Chatte zuckte mit den Achseln. »Vielleicht hat einer der Krieger es ihm erzählt.«

Rainolf schüttelte bestimmt den Kopf. »Myrwulf hat beobachtet, wie die römischen Legionäre seinen Großvater umbrachten. Hat er da gleich behauptet, dass der Prokonsul beteiligt war?«

Teruwar dachte einen Moment stirnrunzelnd nach. »Nein, hat er nicht. Als wir am Tag nach dem Mord von der Jagd heimkehrten und die schreckliche Botschaft vernahmen, erzählte Myrwulf nur von Römern. Einen Tag später traf ein Bote aus einem Nachbardorf bei uns ein, das seine Trauer über den Tod Agyntirs ausdrücken wollte. Und dieser Bote redete davon, dass der Prokonsul der Mörder sei.«

»Dann war dieser Bote der Erste, der vom Prokonsul sprach?«

»Ja, ganz sicher. Ehrlich gesagt, habe ich mir keine Gedanken deswegen gemacht. Ich war einfach nur wütend über den feigen Mord. Myrwulf hatte zwar erwähnt, dass der Anführer einen weißen Federbusch auf dem Helm trug, aber in unserem Dorf wusste niemand, welches Rangabzeichen dies bei den Römern ist. Ebenso wenig war uns bis dahin bekannt, wer das römische Heer auf der Suche nach Borgar anführte. Die Feldherren wechseln bei den Römern doch ständig. Wir waren dann einfach dankbar, dass wir den Namen des Mörders erfuhren.«

»Und ihr habt den Boten nicht gefragt, woher er sein Wissen über den Prokonsul hatte?«

Teruwar wirkte verlegen. »Du musst bedenken, dass wir alle fürchterlich durcheinander waren. Wir wollten einfach nur Rache für Agyntir.«

Rainolf starrte gedankenverloren aus dem Fenster, während er sein Kinn knetete. Dann ging ein Ruck durch seinen Körper.

»Woher kam der Bote? Nein, lass mich raten: Er stammte aus Borgars Dorf, richtig?«

Verblüfft sah der Chatte ihn an. »Woher weißt du das?« Dann dämmerte ihm die Antwort. »Du meinst, Borgar …?«

»Ja, genau das meine ich: Borgar hat von dem Attentat auf Agyntir gewusst, bevor es stattfand.«

»Borgar ist ein Verräter?«, rief Teruwar empört.

»Wie weit ist das Dorf Borgars von eurem entfernt?«

»Ein Reiter schafft die Strecke in knapp zwei Tagen.«

»Und der Bote stand bereits nach zwei Tagen bei euch im Dorf und wetterte gegen den Prokonsul. Ich frage dich, woher hat er von dem Vorfall gewusst? In der Zeit seit dem Mord hätte er gerade die Nachricht erhalten, aber wohl kaum schon den langen Weg bis zu euch schaffen können.«

Teruwar sagte nichts, sondern sah mit versteinerter Miene in die Ferne. »Borgar hat Agyntir immer gehasst. Er hat ihn um seinen Ruhm beneidet. Aber dass Borgar so weit gehen würde, sich mit den Römern zu verbünden, um ihn ermorden zu lassen, das hätte ich nie für möglich gehalten.«

»Wenn es dich beruhigt: Bei den Römern haben sich schon engste Verwandte gegenseitig umgebracht, nur um ihre Macht oder ihren Reichtum zu mehren.«

Teruwar sah ihn irritiert an.

»Ehre ist unter Römern zwar ein gern benutztes Wort«, erklärte Rainolf, »dient aber oft nur der Rechtfertigung für irgendwelche heimtückischen Verbrechen. Anscheinend sieht Borgar das genauso.«

IXX. Tag

Ein lautes Klopfen schreckte Rainolf am nächsten Morgen aus seinen Träumen hoch.

Er rief nach Caledus, erhielt jedoch keine Antwort. Wo steckte der Kerl? Immer wenn man ihn braucht, ist er nicht da, grollte Rainolf, während er sich rasch Hemd und Hose anzog.

Missgelaunt öffnete er die Tür. Ein finster dreinblickender Kerl mit Glatze stand davor. Rainolf machte unwillkürlich einen Schritt rückwärts.

»Meine Herrin Winora erwartet dich!«, erklärte der Mann kurz angebunden.

Als der Sklave diesen Name aussprach, fiel alle Müdigkeit von Rainolf ab. »Ich ziehe mir eben etwas Ordentliches an.«

Er eilte in sein Cubiculum und griff nach einer Tunika und einem mit Eisen verzierten Gürtel. Er zögerte einen Augenblick. So ganz war ihm der Kerl nicht geheuer. Und gesehen hatte er ihn auch noch nie. Vorsichtshalber steckte Rainolf einen Dolch in die Tunika. Von außen war die Waffe nicht zu erkennen.

Zuletzt suchte er noch seinen Mantel. Rainolf wollte sich mit dem Umhang und der Kapuze auf dem Weg zu Winora tarnen. Es war ihm wichtig, dass sein Treffen mit ihr geheim blieb. Julia ging ihm durch den Kopf, die offensichtlich immer noch wütend auf ihn war, jedenfalls hatte sie sich nicht gemeldet. Er hatte sie seit dem Streit vor zwei Tagen nicht mehr gesehen. Rainolf hatte keine Idee, wie er sie besänftigen sollte. Er seufzte, denn er vermisste Julia sehr.

Rainolf folgte dem Sklaven, der wortlos vor ihm durch die Straßen lief. Sie gingen zunächst über den Cardo Maximus und bogen hinter dem Marstempel in eines der besseren Viertel ab. In den teuren Insulae wohnten fast ausschließlich Römer.

Schließlich lenkte der Sklave seine Schritte zu einem breiten Eingang, der von zwei Säulen getragen wurde. An der Tür stand ein weiterer Sklave, der ihnen mit einem Kopfnicken Einlass gewährte. Sie durchquerten ein großzügiges Atrium, das von einem kleinen Teich mit exotischen Blumen geziert wurde. Der Glatzkopf führte Rainolf eine Treppe hoch. Im obersten Stockwerk klopfte der Sklave an eine Tür. Es hallte unnatürlich.

Eine gedämpfte Stimme forderte zum Eintritt auf. Zögernd überschritt Rainolf die Schwelle.

Er fand sich in einem weitläufigen Zimmer mit riesigen Fenstern wieder. Von hier hatte man einen Blick über das gesamte Viertel bis zum Praetorium. Aufwendige Malereien schmückten die Wände und teure Möbel waren geschickt im Raum drapiert.

Auf einer Liege, die mit einem teuren Stoff bezogen war, räkelte sich Winora. Sie trug kaum mehr als einen Hauch von Seide. Es war das gewagteste Kleidungsstück, das Rainolf je gesehen hatte.

»Salve, Rainolf! Komm doch näher!«, sagte sie und zeigte auf eine leere Liege, die im rechten Winkel zu der ihren stand. Sichtlich nervös folgte Rainolf der Aufforderung.

»Ich habe eine interessante Nacht hinter mir«, eröffnete sie ihm. »Der Vize-Prokonsul kann durchaus unterhaltsam sein. Leider ist er aber auch fürchterlich eingebildet!«

»Du hast ihn bereits ausgehorcht? Wo ist er jetzt?« Nicht dass sich Taticenus noch im Haus befand und ihm gleich über den Weg lief.

Doch Winora winkte ab. »Er schläft tief und fest in seiner Villa.«

»Wie hast du so schnell ...?« Rainolf suchte nach den passenden Worten.

Winora lachte. »Du meinst, wie ich Taticenus so schnell zu einer gemeinsamen Nacht überreden konnte? Ganz einfach: Zufällig wusste ich, dass er mich schon seit geraumer Zeit kennenlernen wollte. Vor einigen Wochen hat er mich auf dem Fest eines reichen Römers gesehen. Da ich aber in Begleitung eines zahlenden Kunden dort war, bin ich auf Taticenus' Avancen nicht eingegangen. Als ich gestern Abend plötzlich vor seiner Tür stand, hat er dies natürlich seinem Charme zugeschrieben. Ich habe ihn dann in seiner Überzeugung bestärkt.« Sie schüttelte amüsiert den Kopf. »Ihr Männer seid so leicht zu manipulieren.«

Rainolf räusperte sich verlegen. »Hast du denn etwas herausgefunden, was mir weiterhelfen könnte?«

»Es hat nicht lange gedauert, bis er betrunken war, und dann hat er gezwitschert wie ein Vögelchen. Er hat mir seine gesamte Lebensgeschichte erzählt und auch keine Frau unerwähnt gelassen, mit der er in Rom etwas gehabt hatte.«

»Entschuldige, aber was hat er über den Prokonsul und die Chatten gesagt?«, unterbrach Rainolf. Die Details über Taticenus' Liebesleben wollte er nicht wissen.

»Sei nicht so ungeduldig, mein kleiner Aedil!«, wies Winora ihn zurecht. »Dazu komme ich gleich. Zunächst einmal ist für dich wichtig, dass schon vor dreißig Jahren sein Vater Antonius Taticenus hier in Germanien als Legatus Legionis unter Kaiser Domitian gedient hat.«

Bei der Erwähnung des Kaisers keimte in Rainolf eine Ahnung auf.

»Antonius Taticenus hat damals an einem Feldzug gegen die Chatten teilgenommen«, fuhr Winora fort, »und fiel in der Schlacht. Aurelius war zwar noch ein kleiner Junge, aber, wie du dir vorstellen kannst, ist er seitdem nicht gut auf die Chatten zu sprechen.«

Rainolf überlegte fieberhaft. Der Verlust des Vaters erklärte, warum sich Taticenus so vehement für einen erneuten Krieg gegen die Chatten ausgesprochen hatte. Aber würde er so weit gehen, Agyntir umzubringen und den Verdacht auf den Prokonsul zu lenken?

»Das ist wirklich interessant. Hat er auch erzählt, wie er zu dem Prokonsul steht?«

»Taticenus ist zutiefst ehrgeizig. Er will bis ganz nach oben – und ich spreche nicht von Colonia, sondern von Rom.« Sie strich sich mit einer Hand durch ihre Haare. »Um das zu schaffen, braucht er natürlich die Unterstützung mächtiger Männer. Zurzeit ist Taticenus noch auf das Wohlwollen des Prokonsuls angewiesen. Was aber nicht heißen soll, dass er Justinus nicht sofort für seine eigene Karriere opfern würde. Seiner Meinung nach hätte Justinus bereits nach dem Überfall Borgars ein Heer zusammenstellen und die Chatten in einem groß angelegten Feldzug angreifen müssen. Die Strafexpedition sei, so Taticenus, nur eine halbherzige Maßnahme gewesen.«

»Aber persönliche Differenzen hat er nicht mit Justinus?«

Sie schüttelte den Kopf. »Er scheint Justinus durchaus zu respektieren. Umgekehrt holt sich der Prokonsul oft bei ihm Rat. Taticenus hätte diesbezüglich also keinen Grund, einen Groll gegen Justinus zu hegen.«

Rainolf war nicht wirklich überzeugt. Auch wenn kein direkter Beweis vorlag, traute er Taticenus nach wie vor die gewaltige Intrige zu.

Winora beugte sich zu ihm. Ihr Ausschnitt klaffte dabei auf, sodass Rainolf ein tiefer Einblick gewährt wurde. Er schluckte trocken.

»Du weißt, dass Aurelius Taticenus einem alten Patriziergeschlecht entstammt?«

Rainolf zwang sich, seinen Blick loszureißen. »Ja, natürlich.«

»Die Taticeni sind eine mächtige Familie in Rom. Wenn du vorhast, Aurelius Taticenus eines Verbrechens zu überführen, dann sieh dich vor! Sein Wort wiegt tausendmal mehr als das deinige. Die Suche könnte für dich tödlich enden.«

Rainolf erhob sich abrupt, bedankte sich in aller Höflichkeit und meinte dann: »Ich habe noch viel Arbeit vor mir.«

Winora nickte mit einem amüsierten Lächeln. »Das hast du wohl, Rainolf! Und ich hoffe, ich konnte meinen Teil dazu beitragen, den Krieg noch zu verhindern. Wenn du den Schuldigen gefunden hast, wirst du mir den Namen mitteilen?«

Rainolf versprach es ihr, auch wenn er der Frau nicht wirklich traute. Winora galt nicht umsonst als mit allen Wassern gewaschen.

Die Zeit zerrann ihm durch die Finger, morgen würde das Ultimatum, das der Prokonsul ihm gesetzt hatte, ablaufen. Rainolf entschloss sich zu einem Frontalangriff und machte sich auf den Weg zur Villa des Vize-Prokonsuls, die nahe am Praetorium lag. Rainolf war nervös und atmete mehrmals tief durch, doch er sah keine andere Möglichkeit. Er musste Taticenus in die Enge treiben und hoffen, dass der Römer einen Fehler beging.

Als Rainolf an die überdimensionierte Bronzetür klopfte, dröhnten die Schläge wie ein Gong. Er musste unwillkürlich grinsen. Winora hatte erzählt, dass sie Taticenus mit Wein abgefüllt hatte. Der Krach dürfte sich daher im Schädel des Vize-Prokonsuls ungefähr doppelt so laut anhören. Bei der Vorstellung klopfte Rainolf gleich noch einmal heftig.

Schließlich öffnete ihm ein Sklave, der hektisch mit den Armen herumfuchtelte. Der Mann war deutlich kleiner als Rainolf, hatte tief gebräunte Haut, auffallend dunkle Augen und rabenschwarze Haare. Es war nur schwer zu sagen, woher er stammte, vielleicht aus Ägypten.

»Nicht so laut, mein Herr schläft noch!«, erklärte er mit einem seltsam singenden Akzent auf Latein.

»Oh, wirklich?«, erwiderte Rainolf in gleichgültigem Tonfall. »Dann wirst du ihn jetzt wecken müssen. Sag ihm, der Aedil wünscht ihn zu sprechen!«

Der Sklave zögerte einen Moment, dann ließ er Rainolf eintreten und murmelte: »Warte hier!«

Interessiert sah sich Rainolf um. Die Villa war stilsicher und mit kostbaren Gegenständen eingerichtet. Griechische Skulpturen und phönizische Vasen standen in den Nischen verteilt und die Mosaike auf dem Boden waren Meisterwerke.

Rainolf riskierte einen raschen Blick in das Triclinium. An den Wänden befanden sich aufwendige Malereien. Eine fesselte Rainolfs Aufmerksamkeit besonders: Es zeigte eine

Schlacht zwischen Römern und Germanen. In geschlossener Formation metzelten die Legionäre die fast nackten Gegner nieder. Ob es sich um eine Darstellung der Chattenkriege Kaiser Domitians handelte?

Als Rainolf Schritte auf der Treppe hörte, huschte er schnell zurück in die Eingangshalle und tat betont gelangweilt.

»Mein Herr ist bereit, dich zu empfangen!«, erklärte der Sklave und sah ihn dabei vorwurfsvoll an.

Er führte Rainolf die Marmortreppe empor in ein prunkvolles Cubiculum, das an Verspieltheit sogar das Winoras übertraf. Es ist bereits das zweite fremde Cubiculum, das ich heute betrete, dachte Rainolf. Gut, dass Julia nichts davon weiß.

»Ave, Aurelius Taticenus! Ich hoffe, es geht dir gut heute Morgen«, rief er gut gelaunt.

Der Römer blinzelte ihn aus kleinen, geröteten Augen an. Er war natürlich noch unrasiert und hatte sich nur rasch eine Tunika übergeworfen. Rainolf registrierte, dass sie aus feinstem Leinen und mit goldenen Stickereien verziert war. Der Hausherr saß auf einem Stuhl mit hoher Rückenlehne, in die ein Löwenkopf geschnitzt war.

»Danke, ausgezeichnet!«, murmelte er, doch sein Aussehen und die krächzende Stimme bezeugten das Gegenteil. »Was willst du von mir?«

»Du hattest mich vor einigen Tagen gebeten, dich über meine Nachforschungen, wer Agyntir ermordet hat, auf dem Laufenden zu halten.«

Taticenus schien schlagartig wach zu werden. »Was hast du herausgefunden?«

Täuschte sich Rainolf oder lag eine Portion Misstrauen in der Frage?

»Nun, es gibt Hinweise, dass der Mann, den wir suchen, von Confluentes aus aufgebrochen ist, um Agyntir zu töten.«

Der Ausdruck des Römers blieb unbeweglich. Kalt und berechnend, dachte Rainolf.

»Näheres weißt du nicht?«

»Es handelt sich um einen Römer, der nicht ganz unvermögend sein kann und sich nur vorübergehend in Confluentes aufgehalten hat«, behauptete Rainolf kühn.

Das kurze Zucken im Gesicht Taticenus' entging Rainolf nicht.

»Kennst du seinen Namen?«, fragte der Vize-Prokonsul.

»Nein, aber ich werde ihn herausbekommen. Ein reicher Römer auf der Durchreise fällt in Confluentes auf.«

»Von wem hast du diese Nachricht?«, fragte der Vize-Prokonsul scharf.

»Aus einer zuverlässigen Quelle.«

Taticenus begann, mit den Fingern auf die Armlehne seines Stuhls zu trommeln. »Und wie kommst du darauf, dass dieser mysteriöse Römer Agyntir ermordet haben könnte?«

»In Confluentes ist wenige Tage vor dem Tod Agyntirs die Leiche eines Schmieds gefunden worden. Er hat vor allem Rüstungen hergestellt. Und wie du weißt, hatten sich die Mörder Agyntirs als Legionäre verkleidet. Ich vermute, dass der Schmied illegal für die Mörder die Brustpanzer und Helme angefertigt hat und zur Belohnung von ihnen getötet wurde.«

»Du ziehst kühne Schlüsse«, spottete Taticenus.

Ohne auf die Bemerkung einzugehen, fuhr Rainolf fort: »Aber der Schuldige macht es uns leicht, ihn zu finden.«

Der Römer hob fragend die Augenbrauen.

»Als der Mörder nach der Tat die Hütte Agyntirs verließ, wurde er von einem Zeugen belauscht, der sich in einem

Gebüsch versteckt hatte«, erklärte Rainolf. »Der hat deutlich verstanden, dass die als Legionäre verkleideten Männer nach Colonia gehen wollten.«

»Noch so ein merkwürdiger Zeuge!« Taticenus hob theatralisch die Arme, als wollte er die Götter um Beistand anflehen. »Jeder Iudex freut sich natürlich über Zeugen – vorausgesetzt, sie sagen vor Gericht aus. Wie steht es mit deinem Zeugen?«

Rainolf schüttelte bedächtig den Kopf. »Er wird wohl nicht vor einem Gericht auftauchen. Aber das wird auch nicht nötig sein, denn es kommen nur eine Handvoll Römer infrage, die sich vor Kurzem in Confluentes aufhielten und nun in Colonia sind.«

Taticenus erhob sich und trat auf Rainolf zu. »Ich fürchte, du verrennst dich in eine fixe Idee. Ohne Zeugen und eindeutige Beweise wird kein Iudex jemanden des Mordes verurteilen.«

»Richtig, und genau deshalb werde ich diese Beweise erbringen.«

»Hast du denn welche?«

»Ja, die habe ich«, log Rainolf.

»Nenn sie mir!«

»Verzeih, aber das werde ich erst vor Gericht tun. Je weniger Leute bis dahin davon wissen, desto besser für die Anklage.«

Taticenus starrte Rainolf an. Natürlich musste ein Aedil vor Beginn eines Gerichtsverfahrens keine Auskünfte geben, nicht einmal einem Vize-Prokonsul. Andererseits war die Weigerung ein mehr als deutlicher Ausdruck des Misstrauens.

Schließlich drehte Taticenus sich um und schlenderte scheinbar unbeeindruckt zum Fenster. »Sehr löblich, dass du so sorgfältig mit den gesammelten Beweisen umgehst. Man kann mit so etwas gar nicht vorsichtig genug sein.« Der Römer sah hinaus auf ein prächtig angelegtes Peristylium, in dem einige Sklaven Hecken zurechtstutzten. »Vielen Dank für deinen Besuch und sage mir, wenn sich etwas Neues ergibt! Doch jetzt entschuldige mich bitte, ich habe heute noch viel zu tun.«

»Es war mir ein Vergnügen, mich mit dir zu unterhalten«, erwiderte Rainolf.

»Sinu!«, rief Taticenus. Es dauerte keine drei Sekunden, bis der Sklave im Zimmer stand. »Begleite den Aedil hinaus!«

Als er dem dunkelhäutigen Sklaven die Treppe hinunterfolgte, kam Rainolf eine Idee. »Woher stammst du, Sinu?«

Überrascht drehte sich der Sklave um. »Aus Ägypten.«

»Bist du hier der Atriensis?«

»Nein«, gab Sinu fast gekränkt zurück. »Ich bin der persönliche Sekretär und Vertraute meines Herrn. Der Atriensis ist zurzeit krank. Nur deshalb übernehme ich vorübergehend seine Aufgaben.«

»Kann es sein, dass ich dich schon einmal in Confluentes gesehen habe?«, versuchte es Rainolf mit einem simplen Trick.

Sinu blinzelte nervös, als er antwortete. »Ich war mit meinem Herrn einmal dort. In seiner Position muss er des Öfteren durch die Provinz reisen.«

»Wann wart ihr dort?«

Der Ägypter zögerte. »Ich kann mich nicht mehr genau erinnern. Vielleicht vor zwei Monaten«, erwiderte er schließlich ausweichend.

»Merkwürdig, ich war vor einem Monat dort und hätte schwören können, dich dort gesehen zu haben.«

»Du musst dich irren!«

Rainolf war überzeugt, dass Sinu log. Ein guter Sekretär hatte nicht nur über alle Termine und Vorkommnisse Buch zu führen, sondern behielt sie auch genau im Gedächtnis. Und ein reicher Römer wie Aurelius Taticenus würde sich nur den besten Sekretär zulegen.

In kühlem Ton verabschiedete Sinu den Aedil. Als mit einem dumpfen Schlag die Tür hinter Rainolf zufiel, lag ein Lächeln auf seinen Lippen.

Vergnügt erreichte Rainolf die Curia. Es war besser gelaufen, als er gedacht hatte. Jetzt hatte er Taticenus unter Zugzwang gesetzt. Er war gespannt, was der Römer unternehmen würde.

Doch kaum hatte er seine Amtsstube betreten, erstarrte er in der Bewegung. Julia saß dort auf seinem Stuhl, hinter ihr hatte sich Lucilia aufgebaut.

»Welch eine freudige Überraschung!«, rief Rainolf verunsichert. Ob ihn gleich eine neue Standpauke erwartete? Er hätte schon längst zu ihr gehen und sie um Verzeihung bitten sollen. Doch eine Mischung aus Stolz und Feigheit hatte ihn zurückgehalten.

»Lass uns allein!«, befahl Julia ihrer Sklavin, die der Aufforderung nur widerwillig nachkam.

Als Lucilia die Tür von außen geschlossen hatte, stand Julia auf und ging auf Rainolf zu.

»Ich hatte dich auch heute aufsuchen wollen, um dir zu sagen …«, begann er behutsam, doch sie legte ihm ihre Fingerspitzen an die Lippen, um ihn zum Schweigen zu bringen.

»Schon gut, ich weiß bereits alles!«, erklärte sie mit sanfter Stimme.

Verblüfft sah Rainolf sie an.

»Garawan war gestern bei mir und hat mir erklärt, warum ihr im *Roten Haus* wart. Es tut mir leid, dich so angeschrien zu haben!«

Rainolf war sprachlos. Dass sich Julia für etwas entschuldigte, hatte er noch nie erlebt. Die Tochter eines Prokonsuls kam selten in die Verlegenheit. Doch anscheinend meinte sie es ernst.

»Dafür war ich nicht untätig und habe etwas Interessantes in Erfahrung gebracht.« Sie machte eine Pause. »Meinem Vater geht es übrigens wieder gut.«

Die Zeit der Gnade war also schon wieder vorbei. Warum hatte er auch nicht gleich daran gedacht, sich nach dem Befinden des Prokonsuls zu erkundigen? »Oh, äh, das freut mich zu hören! Er hat den Sturz vom Pferd also ohne Folgen überstanden?«

»Sogar Patrokles ist zufrieden mit den Fortschritten meines Vaters.«

Rainolf räusperte sich. »Was wolltest du mir doch gleich mitteilen?«

»Ich habe mich gestern Nacht lange mit meinem Vater unterhalten. Dabei hat er mir einiges über die Vergangenheit von Taticenus verraten. Sein Vater war Legatus Legionis in Germania Inferior!«

Rainolf war versucht zu erwidern, dass er dies bereits wusste, beherrschte sich jedoch im letzten Moment. Von seinem Besuch bei Winora sollte Julia besser nichts erfahren.

»Antonius Taticenus hat unter Kaiser Domitian an den Feldzügen gegen die Chatten teilgenommen. In der letzten, entscheidenden Schlacht hatte er das Kommando. Doch er traf auf einen fürchterlichen Gegner: Agyntir. Tatsächlich soll es der Chattenfürst persönlich gewesen sein, der Antonius Taticenus erschlug.«

»Ich nehme an, sein Sohn Aurelius leidet heute noch darunter.«

»Das kann man wohl sagen: In Rom wurde seinem Vater Antonius die Schuld an der Niederlage gegen die Chatten gegeben. Die Familie der Taticeni wurde danach von den übrigen Patriziern lange Zeit gemieden. Schon als Kind soll Aurelius deshalb einen großen Ehrgeiz entwickelt haben, besser als alle anderen zu sein. Wie wir heute sehen, hat er es auch weit gebracht. Mein Vater traut ihm zu, dass er bis in die höchsten Staatsämter aufsteigt.« Julia war sichtlich zufrieden mit sich, so viel über Taticenus herausgefunden zu haben.

»Aurelius Taticenus hätte also allen Grund gehabt, Agyntir zu töten. Es wäre für ihn die perfekte Gelegenheit gewesen, an dem Mörder seines Vaters Rache zu nehmen und sich gleichzeitig durch einen Sieg über die Chatten für höhere Ämter in Rom zu empfehlen«, stellte Rainolf fest.

Er entschloss sich, Julia von seinem Besuch bei Taticenus zu erzählen, und behauptete, der Anlass sei gewesen, dass er Celsus und Tivonius als Verdächtige hatte ausschließen können.

Julia wirkte auf einmal sehr besorgt. »Es war nicht klug von dir, Taticenus zu provozieren. Du hast keine Ahnung, wozu er fähig ist, wenn sich ihm jemand in den Weg stellt!«

»Ich kann schon auf mich aufpassen!«, erklärte Rainolf trotzig.

Julia nahm seine Hände in die ihren. »Wie gehen wir jetzt weiter vor?«

»Höre dich weiter nach Taticenus um. Ich werde mich derweil um Perellus kümmern.«

»Perellus?«, fragte sie erstaunt.

»Ja, auch wenn Taticenus unser Hauptverdächtiger ist, dürfen wir den Hohepriester nicht außer Acht lassen – wir können uns in Taticenus ja auch irren.«

Zwei Stunden nachdem ihn Julia wieder allein gelassen hatte, betraten vier Soldaten der Leibgarde des Prokonsuls die Amtsstube.

Überrascht erhob sich Rainolf. Einen der Besucher kannte er, der Mann war vor zwei Tagen bei dem Ritt zum Lager der Classis Germanica dabei gewesen.

»Ave, Aedil Rainolf! Ich habe vom Prokonsul Quintus Caius Justinus den Befehl, dich sofort zu ihm zu bringen!«

Rainolf hatte bisher geglaubt, ein gutes Verhältnis zur Garde des Prokonsuls zu haben. Doch der Soldat blickte ihn an, als wäre er ein Schwerverbrecher.

»Was ist denn los?«, fragte Rainolf verwirrt.

»Darüber darf ich dir keine Auskunft geben«, schnarrte der Gardist.

Rainolf war nicht wohl. Von der Leibgarde abgeholt zu werden, kam fast einer Festnahme gleich.

Die Soldaten nahmen Rainolf in die Mitte und brachten ihn ohne ein weiteres Wort zum Praetorium. Dort steuerten sie allerdings nicht die Privatgemächer des Prokonsuls an, sondern die Exedra, in der ihn nicht nur der Prokonsul, sondern auch einige hohe Beamte erwarteten. Seine zwölf Liktoren scharten sich um Justinus, was bedeutete, dass Rainolf aus einem offiziellen Anlass hergeholt worden war. Am beunruhigendsten jedoch war, dass neben dem kurulischen Stuhl Taticenus stand und dem Ubier kalt entgegenblickte.

Justinus wirkte immer noch ausgemergelt, doch seine Stimme war voller Kraft. »Rainolf, man erhebt schwere Vorwürfe gegen dich! Du weißt, wir befinden uns im Kriegszustand mit den Chatten. Jeglicher Kontakt mit ihnen muss sofort gemeldet werden. Wer dies unterlässt, wird als Verräter betrachtet und hart bestraft!«

Rainolfs Magen zog sich zusammen. Er wusste, dass die Strafe den Tod vorsah. Gleichzeitig begriff er, dass sich der Prokonsul in einer prekären Lage befand: Er selbst hatte Rainolf zwar den geheimen Auftrag gegeben, Agyntirs Mörder zu finden, offiziell durfte er als Prokonsul aber nichts damit zu tun haben.

Es gab keinen Zweifel, wer Justinus unter Druck setzte. Rainolf sah Taticenus direkt ins Gesicht.

Der Vize-Prokonsul hielt dem Blick stand, als er das Wort ergriff: »Verrat ist eines der schlimmsten Verbrechen, die man begehen kann. Schon eine einzige Information kann Tausende von Leben kosten. Es ist durch nichts zu entschuldigen.«

Er schritt die Stufen zu Rainolf hinab. »Kam es euch nicht allen seltsam vor, dass der Aedil über Nacht für fast zwei Wochen verschwand, angeblich um in Ulpia Traiana beim Aufbau der Vigiles zu helfen? Merkwürdigerweise kann sich aber niemand dort an Rainolf erinnern. Nun, ich habe mittlerweile erfahren, wo er sich in Wirklichkeit aufgehalten hat: bei den Chatten!«

Empörtes Gemurmel erhob sich, doch Taticenus fuhr ungerührt fort. »Nicht nur das, er hat sich mit der Schamanin Freya getroffen! Wie verabscheuungswürdig, sich mit der Frau einzulassen, die kurz zuvor einen Todesfluch gegen den Prokonsul ausgesprochen hat!«

Der Vize-Prokonsul spie die Worte geradezu aus. Rainolf überlegte verzweifelt, wer Taticenus das alles verraten haben konnte.

»Kaum war er wieder in Colonia, begann er, hohe Militärs und die Legionen auszuspionieren, um die Chatten mit Informationen zu versorgen«, fuhr Taticenus fort.

Erneut brandete Gemurmel auf.

Rainolf wurde es zu bunt: »Wer hat dir solche Lügen erzählt, Aurelius Taticenus? Und wie kannst du so einfältig sein, sie zu glauben?«

Ein arrogantes Lächeln umspielte Taticenus' Lippen. »Leugnest du deine Taten?«

»Ich habe niemanden verraten!«

Jetzt mischte sich der Prokonsul in die Auseinandersetzung ein. »Du erhebst schwere Vorwürfe, Aurelius! Kannst du sie beweisen?«

»Dass er mit den Chatten zusammenarbeitet? Natürlich, edler Justinus! Vor wenigen Wochen traf ein Mann von jenseits des Rhenus in Colonia ein und fand sofort Unterschlupf bei dem Händler Sigolf, dem Vater Rainolfs. Der Mann heißt Teruwar und gab sich als Cherusker aus. In Wirklichkeit jedoch ist er ein Chatte! Und er verschwand zur gleichen Zeit wie Rainolf.«

Taticenus wandte sich nun mit einer weit ausholenden Geste an die übrigen Anwesenden. »Er führte Rainolf zum Dorf Freyas. Dort hat die Schamanin Rainolf wahrscheinlich verhext.«

Unwillkürlich rückten die Römer etwas von Rainolf ab und selbst die Soldaten der Leibgarde wirkten plötzlich nervös.

»Rainolf besaß sogar die Unverfrorenheit, diesen Teruwar zurück nach Colonia in das Haus Sigolfs zu bringen.«

»Dort ist kein Chatte!«, protestierte Rainolf. »Ihr könnt gerne im Haus meines Vaters nachsehen!«

Taticenus winkte ab. »Die Stadtwache hat das Haus bereits ohne Erfolg durchsucht. Alles andere wäre auch verwunderlich gewesen, schließlich hat der Aedil Rainolf persönlich die Durchsuchung geleitet. Der Chatte ist natürlich vorher gewarnt worden.«

»Das sind alles bloß Behauptungen, was du hier vorbringst. Du hast nicht einen Beweis!«, hielt Rainolf ihm entgegen.

Solange der Vize-Prokonsul Teruwar nicht fasste, würden weder die Anschuldigung des Verrats noch der Beherbergung eines Feindes vor Gericht Bestand haben. Ohne Zeugen oder Beweise keine Verurteilung.

»Trotzdem verlange ich eine Aufklärung der fraglichen Vorfälle«, beharrte Taticenus.

Rainolf trat erneut vor. »Haben wir nicht wesentlich wichtigere Dinge zu tun? Ein Krieg mit den Chatten steht uns bevor, auf offener Straße werden in Colonia Morde begangen und Attentate auf den Prokonsul verübt! Da sollen wir unsere ohnehin schon überlasteten Beamten mit solchen lächerlichen Anschuldigungen zusätzliche Arbeit bereiten?«

Die Anwesenden sahen ihn nachdenklich an und Taticenus grollte still.

»Doch um die Sache schnell aufzuklären, bin ich gerne bereit, meine Wohnung und auch das Haus meines Vaters abermals durchsuchen zu lassen. Es werden sich dort keine belastenden Dinge finden – und schon gar keine Chatten. Denn ich habe ein reines Gewissen!«

Bei den versammelten Beamten kippte die Stimmung zu Rainolfs Gunsten.

Das blieb auch Justinus nicht verborgen: »Wir nehmen das Angebot des Aedils an und bewerten den freimütigen Beitrag zur Aufklärung sehr wohlwollend! Wenn die Durchsuchungen ohne Ergebnis verlaufen, werden die Vorwürfe gegen ihn fallen gelassen.«

Zustimmendes Gemurmel ließ sich vernehmen.

»Augenblick!«, rief Taticenus. »Wie können wir sicherstellen, dass Rainolf nicht versuchen wird, schnell noch Beweise zu beseitigen?«

»Meine Leibgarde wird die Durchsuchungen vornehmen, und zwar sofort. Bis zur Aufklärung aller Umstände wird Rainolf sein Amt als Aedil ruhen lassen!«, verkündete Justinus.

Letzteres nahm Rainolf mit Missmut zur Kenntnis. Andererseits konnte er froh sein, die Krise vorerst gemeistert zu haben.

Justinus erhob sich. »Ich werde noch heute mit den Legionen nach Rigomagus aufbrechen. Solange wird mein Stellvertreter Aurelius Taticenus die Amtsgeschäfte in Colonia leiten.« Er wandte sich direkt an Taticenus: »Ich erwarte, dass du in der Angelegenheit Rainolf nichts unternimmst, bis ich wieder da bin!«

Der Vize-Prokonsul deutete eine steife Verbeugung an. »Natürlich, Prokonsul.«

Mit gemischten Gefühlen verließ Rainolf das Praetorium. Wenigstens war er ein freier Mann, versuchte er sich zu beruhigen. Dass Taticenus jetzt die Macht in Colonia innehatte, bereitete ihm erhebliche Sorgen. Im Grunde konnte der Vize-Prokonsul nun tun, was er wollte, egal, was er dem Prokonsul versprochen hatte.

Der Gedanke, dass der Heerestross nun endgültig aufbrach, erfüllte Rainolf mit Trauer. Er hatte versagt. Er dachte an die Menschen in Freyas Dorf. Und was musste Teruwar jetzt denken? Wahrscheinlich würde er seine Frau Nelda und den kleinen Nyrdar nie wiedersehen. Ohne dass er etwas dagegen tun konnte, traten Rainolf Tränen in die Augen. Er wischte sie mit einer raschen Bewegung weg.

Die Garde war bereits unterwegs, um seine Wohnung und das Haus seines Vaters zu durchsuchen. Sein Vater würde nicht gerade begeistert sein – die zweite Durchsuchung in zwei Tagen. Darüber, dass die Soldaten etwas finden würden, machte sich Rainolf keine Sorgen.

Unschlüssig, wohin er sich wenden sollte, blieb er auf dem Forum stehen. Nach Hause oder zu seinem Vater zu gehen fiel aus. Julia aufzusuchen hätte zu sehr nach dem Versuch der Einflussnahme auf den Prokonsul ausgesehen. Schließlich entschied er sich, Hadumar einen Besuch abzustatten. Dort würde er zur Ruhe kommen können. Er hatte den alten Fischer schon lange nicht mehr gesehen.

Rainolf verließ Colonia durch das mächtige Tor am Hafen und überquerte die Brücke zur Insel im Fluss. Darauf befand sich die kleine Ansiedlung der Fischer: einige strohgedeckte Hütten nahe des Strands, auf dem die Boote lagen.

Hadumar hockte vor seiner bescheidenen Behausung und flickte ein Netz. Geschickt flocht er die dünnen Hanfstricke ineinander. Als er Rainolf erblickte, glitt ein Lächeln über sein Gesicht.

Rainolf grüßte und setzte sich neben ihn. Für einen Moment hatte er den Einruck, dass er nicht mehr der Aedil von Colonia, sondern einfach nur Rainolf war. Ein normaler Mann, der den Gedanken an den Krieg und seine schrecklichen Folgen verdrängen konnte. Doch Hadumar hatte ein feines Gespür für die Gemütsverfassung von Menschen. Sogleich fragte er Rainolf, was ihn bekümmere.

Die ganze Geschichte brach regelrecht aus Rainolf heraus, als sei ein Damm gebrochen. Fast eine halbe Sunde redete er ohne Unterlass und schilderte ihm die verfahrene Lage, auch wenn er ein paar brisante Einzelheiten unerwähnt ließ. Der alte Fischer hörte stumm zu.

Als Rainolf endlich geendet hatte, nickte Hadumar verständnisvoll. »Gib nicht auf, Rainolf, auch wenn es dir ausweglos erscheint! Geh deinen Weg weiter, nur so wirst du der Gerechtigkeit dienen.«

Für Hadumar war das eine geradezu episch lange Rede. Die Worte taten Rainolf gut, er schöpfte neue Hoffnung.

Sie unterhielten sich, bis die Nacht hereinbrach – meist redete Rainolf und Hadumar gab knappe Kommentare.

Mit einem Blick in den sternenübersäten Himmel erklärte Rainolf schließlich: »Es wird Zeit, dass ich gehe! Ich danke dir für deine Hilfe, Hadumar!«

»Gern geschehen«, antwortete der Fischer und nickte zum Abschied.

Die Brücke, die tagsüber nur so von Menschen wimmelte, lag nun einsam und verlassen vor Rainolf. Als er die ersten Schritte gemacht hatte, schälte sich aus der Dunkelheit eine Gestalt. Ein Mann kam ihm entgegen. Etwas an der Art, wie der andere sich bewegte, ließ ihn innehalten. Rainolf kniff die Augen zusammen und versuchte, den Mann genauer zu erkennen. Ein mulmiges Gefühl meldete sich aus seinem Bauch.

Langsam drehte Rainolf sich um und wollte zurück zur Insel, um dem Fremden nicht auf der Brücke zu begegnen.

Doch auch von dem anderen Ende näherte sich nun ein Mann. Mit einem Schwert in der Hand.

Eine Falle! Gehetzt blickte Rainolf sich um. Was tun? Schreien? Bis ihn jemand hörte und herkam, hätten ihn die Angreifer längst in kleine Stücke gehackt. In den Rhenus springen? Der Fluss hatte an der Stelle gefährliche Strömungen, die jeden unweigerlich unter Wasser zogen, wie Rainolf sehr wohl wusste.

Er riss seinen Dolch aus dem Gürtel und stellte sich in Kampfposition. Oder zumindest in etwas, was er dafür hielt. In dem Moment wünschte er sich sehnlichst, früher öfter mit seinem Bruder Tyrgard geübt zu haben.

Die beiden Männer kamen zügig heran, mit vorgehaltenen Schwertern. Keiner sagte ein Wort. Rainolf merkte, dass der Dolch in seiner Hand zu zittern begann.

»Keinen Schritt näher oder ich schlitze euch beide auf!«, rief er.

Unbeirrt liefen die beiden Unbekannten weiter.

»Habt ihr nicht gehört? Ich bin Aedil von Colonia und befehle euch, die Schwerter wegzustecken und mir eure Namen zu nennen.«

Rainolf glaubte, ein leises Lachen zu vernehmen. Die Männer waren nun so nahe, dass er ihre Gesichter erkennen konnte. Sie waren ihm fremd. Beide trugen Bärte und einfache Kleidung, wie sie bei Germanen vom Land üblich war.

In seiner Furcht entschloss sich Rainolf zu einem plötzlichen Angriff. Mit wenigen Sätzen sprang er auf den Mann zu, der sich von der Insel her näherte. Der war zwar überrascht von der Attacke, konnte jedoch Rainolfs Messerstiche parieren. Mit dem Mut des Verzweifelten versuchte Rainolf, den anderen in Richtung Brückenende zu drängen. Doch es war nur noch eine Frage von Augenblicken, bis der zweite Mann ihn erreicht haben würde.

Für einen kurzen Moment schaute sich Rainolf um. Zu seinem großen Schrecken stand der zweite Mann direkt hinter ihm. Er hatte eine schiefe Nase, die wohl schon mehrfach gebrochen gewesen war, und einen rötlichen Bart. Sein Schwert fuhr in die Luft und für einen Moment schien die Zeit stillzustehen.

Aber der tödliche Hieb erfolgte nicht. Stattdessen steckte wie aus dem Nichts ein Pfeil im Rücken des Mannes. Die Spitze trat eine Handbreit auf der Brust heraus. Mit einem Röcheln kippte der Mann über das Brückengeländer und fiel in die Fluten. Im nächsten Augenblick hatte ihn der Fluss auch schon verschlungen.

Der zweite Angreifer starrte ebenso ungläubig wie Rainolf in das Wasser. Dann stieß er einen Wutschrei aus und stürzte sich auf den Ubier. Im nächsten Augenblick war ein leises Surren zu hören. Ein weiterer Pfeil traf sein Ziel, diesmal bohrte er sich in den Arm des Angreifers. Schreiend ließ er sein Schwert fallen und packte den Schaft des Pfeils, der aus seinem Bizeps ragte. Gehetzt sah er sich um, doch der Schütze blieb unsichtbar. Der Mann wirkte erst unentschlossen, dann rannte er zum Ufer.

Rainolf verzichtete auf eine Verfolgung. Er musste erst einmal seine zitternden Knie unter Kontrolle bringen. Schritte näherten sich von der Insel her. Erschrocken starrte Rainolf in die Schwärze der Nacht.

»Ich habe den Lärm gehört und mir gedacht, dass du in Schwierigkeiten steckst.«

»Hadumar! Wodan sei Dank! Du hast mir das Leben gerettet.«

Der alte Fischer trug einen Bogen aus Eschenholz, auf dessen Sehne er sich einen neuen Pfeil bereitgelegt hatte. »Wer waren die Kerle?«

»Keine Ahnung, ich habe sie noch nie zuvor gesehen!«

Hadumar blickte die Brücke entlang. »Anscheinend mögen sie dich nicht.«

Rainolf war es ein Rätsel, wie Hadumar in der Dunkelheit etwas hatte sehen, geschweige denn mit den Pfeilen ein Ziel hatte anvisieren können. Sein Respekt vor dem alten Mann wuchs ins Unermessliche.

»Du wirst wohl nun unbehelligt nach Hause gelangen.«

Mit diesen Worten ließ Hadumar Rainolf stehen. Der junge Aedil brauchte eine Weile, um seine Fassung wiederzuerlangen.

Auf dem Weg zu seiner Wohnung blickte er sich ständig misstrauisch um und behielt die Hand am Griff seines Dolchs. Als er sein Ziel endlich erreichte, war er schweißgebadet und seine Muskeln schmerzten von der Anspannung.

In seiner Wohnung herrschte Ordnung. Offenbar hatte Caledus die Spuren der Durchsuchung sofort beseitigt.

Der Alte saß in der Culina, vor ihm stand ein Krug Wein. Eigentlich durften Sklaven nicht ohne Erlaubnis Wein trinken, aber in Anbetracht der Umstände ließ ihm Rainolf das durchgehen.

»Haben die Soldaten etwas Verdächtiges gefunden?«

Caledus schüttelte den Kopf. »Nein.«

Es war offensichtlich, dass Caledus beleidigt war.

»Was ist los?«, fragte Rainolf deshalb.

»Wie kann es passieren, dass die Wohnung eines Aedils durchsucht wird? Noch dazu von der Leibgarde des Prokonsuls. Diese Schande! Was hast du getan, Herr?«

»Nichts«, antwortete Rainolf verblüfft. »Man hat mich Sachen beschuldigt, die ich nicht getan habe.«

Caledus sah ihn nur vorwurfsvoll an. Rainolf war sich nicht sicher, ob der Sklave ihm glaubte.

XX. Tag

Am nächsten Tag machte sich Rainolf als Erstes zum Haus seines Vaters auf. Sigolf empfing seinen Sohn mit der befürchteten Frage: »Wieso haben die Römer gestern schon wieder meinen Laden durchsucht?«

Rainolf holte tief Luft und erklärte ihm den Sachverhalt.

»Ich denke, ich bin dem geheimnisvollen falschen Prokonsul zu nahe gekommen«, sagte er schließlich.

Sigolf blickte ihn fragend an. »Wie meinst du das?«

»Zwei Männer haben gestern Nacht versucht, mich umzubringen.«

Rainolf war selbst überrascht, wie ruhig er war.

»Bist du verletzt worden?«, fragte Sigolf besorgt und musterte seinen Sohn gründlich.

Doch Rainolf schüttelte den Kopf. »Nein, mir ist, dank Hadumar, nichts passiert.«

Er erzählte rasch von der unliebsamen Begegnung auf der Brücke.

Trotz des Ernstes der Lage musste Sigolf lächeln. »Hadumar würde nie von sich aus darüber reden, aber er war in seiner Jugend der beste Bogenschütze in Colonia. Er konnte einen Vogel auf hundert Schritt Entfernung treffen – und zwar im Flug! Und dass er im Dunkeln so gut sehen kann, liegt wohl daran, dass er häufig nachts fischt und dabei gelernt hat, auch die schwächsten Bewegungen der Fische zu registrieren.«

Rainolf bekam große Augen. »Auf hundert Schritt?«, wiederholte er ehrfürchtig.

»Ja, aber erzähl weiter. Du scheinst doch einen konkreten Verdacht zu hegen, wer dir die beiden Burschen auf den Hals gehetzt hat.«

»Derselbe, der für die Morde an Agyntir und Ylynta verantwortlich ist.«

»Du denkst dabei an Aurelius Taticenus?«

»Er hätte alle Möglichkeiten und wohl auch keine Skrupel, mich töten zu lassen. Nachdem er mich durch seine Anschuldigungen beim Prokonsul nicht außer Gefecht setzen konnte, hat er es mit einer brutaleren Methode versucht.«

Sigolf schwieg betroffen.

»Ich muss Taticenus seiner Taten überführen«, sagte sein Sohn.

»Wie willst du das machen?«

»Es gibt einen Mann, der bezeugen könnte, dass der Vize-Prokonsul hinter der Verschwörung steckt.«

»Wen meinst du?«, fragte sein Vater verwundert.

»Fridugar! Er hat sich mit einem Römer in Confluentes getroffen. Am gleichen Tag hat Arbold Taticenus dort gesehen.«

»Wenn Fridugar in die Sache verwickelt ist, wird er dir nichts erzählen.«

»Ich werde ihn zum Reden bringen! Verlass dich drauf!«, erklärte Rainolf mit entschlossener Stimme. Zur Not würde er die Wahrheit aus Fridugar herausprügeln.

Der Laden Fridugars war ungemein protzig eingerichtet und entsprach damit ganz dem Charakter des Händlers, dachte Rainolf. Teure Ware lag auf Tischen und dem Boden verteilt. Selbst die Dekoration verströmte luxuriöses Flair. Neunarmige Leuchter an den Wänden und aufwendige Mosaike auf dem Boden signalisierten dem Kunden, dass hier nur vermögende Menschen erwünscht waren.

Rainolf hatte auf das Anlegen seiner Tunika verzichtet, schließlich durfte er sein Amt als Aedil vorerst nicht ausüben.

Der misstrauische Blick des Verkäufers, ein spindeldürrer Kerl mit schmalen Lippen, traf ihn gleich beim Eintritt. »Möchtest du etwas kaufen?«, erkundigte er sich vorsichtig.

»Ist Fridugar hier?«

Offensichtlich ermahnte die Frage nach seinem Herrn den Sklaven zu größtmöglicher Behutsamkeit. Es war bekannt, dass sich Fridugar gern mithilfe eines Stocks Respekt bei seinen Sklaven verschaffte.

»Leider nein, werter Herr! Ich habe ihn heute noch nicht zu Gesicht bekommen und muss das Geschäft ganz allein führen.«

»Weißt du, wo er ist?«

Der Sklave deutete ein Zucken mit den Achseln an. »Ich vermute, er befindet sich noch in seinem Haus.«

Rainolf murmelte ein kurzes Danke und begab sich umgehend zu der pompösen Stadtvilla Fridugars. Der Weg war nicht weit.

An der Tür empfing ihn ein Atriensis. Rainolf hätte beinah laut aufgelacht, dass Fridugar in seinem Eifer, ganz wie ein wohlhabender Römer zu wirken, sogar einen Atriensis hatte. Der Sklave, dem dieses Amt oblag, war ein dicker

Germane und stellte sich mit dem Namen Drostix vor. Dem Akzent nach stammte er aus der Silva Ardenna, hatte ein Doppelkinn, Mundgeruch und künstlich gedrehte kleine Löckchen. Alles in allem eine unangenehme Erscheinung. Mit ihm konnte Fridugar keine römischen Geschäftspartner beeindrucken.

»Der Aedil von Colonia wünscht Fridugar zu sprechen.«

»Ich fürchte, mein Herr schläft noch.«

»Dann weck ihn halt!«, herrschte Rainolf ihn an.

»Ich weiß nicht, ob ich …«, Drostix beendete den Satz nicht, sondern starrte auf eine breite Treppe aus weißem Granit. Offensichtlich lag das Cubiculum seines Herrn dort oben. Es war dem Sklaven anzusehen, dass er sich fürchtete, Fridugar zu wecken.

»Dann werde ich das übernehmen!«, erklärte Rainolf bestimmt und ging einfach an dem Atriensis vorbei.

»Aber Ihr könnt doch nicht einfach zu ihm gehen«, protestierte Drostix und lief wie ein aufgeregtes Hündchen hinter ihm her, wobei sein Doppelkinn schwabbelte.

Um ihn loszuwerden, stieß Rainolf gegen eine Statue, die wohl Fridugar selbst darstellen sollte. Der Hausherr hatte sich allerdings mit vollem Haar und deutlich muskulöser in Stein hauen lassen. Die Statue wankte bedenklich und der Atriensis fing sie im letzten Augenblick ab. Doch das schwere Kunstwerk ließ sich nicht einfach wieder aufrichten und so hielt Drostix die Statue in einem Akt der Verzweiflung umklammert, als wollte er sie liebkosen. Rainolf gewann genügend Zeit, die Treppe hochzulaufen, während er hinter sich den Atriensis nach den anderen Sklaven rufen hörte, die ihm zu Hilfe eilen sollten.

Rainolf betrat das Cubiculum, ohne anzuklopfen. Er wollte den Überraschungseffekt ganz auf seiner Seite wissen und Fridugar gleich drohen, seiner Frau von Melissa zu erzählen, wenn er ihm nicht ein paar Fragen beantwortete.

Doch nach dem ersten Schritt erstarrte Rainolf. Tatsächlich lag Fridugar in seinem Bett, das etwa dreimal so groß war wie ein normales. Doch er würde nie wieder daraus aufstehen. Die Laken waren mit Blut vollgesogen.

Dem Mörder war es offenbar gelungen, Fridugar zu überraschen, er hatte ihm von hinten ins Herz und in die Eingeweide gestochen. Der Rücken war übersät mit Stichwunden.

Neben dem Bett lag ein Schwert, mit dem die Tat wahrscheinlich verübt worden war. Es handelte sich um eine kostbare, aufwendig verzierte Waffe, die eher zu Repräsentationszwecken als zum Kampf benutzt wurde. Rainolf sah sich um: An den Wänden hingen Zierwaffen, doch ein Platz neben einem vergoldeten Schild war leer. Fridugar hatte es seinem Mörder leicht gemacht, der Händler war mit seinem eigenen Schwert umgebracht worden.

Das alles ging Rainolf in Sekundenbruchteilen durch den Kopf. Ohne lange darüber nachzudenken, hob er das Schwert auf und betrachtete die blutbedeckte Klinge. Dann sah er sich suchend in dem Zimmer um, vielleicht hatte der Täter etwas Verdächtiges hinterlassen. Da er nichts fand, nahm er schließlich die Leiche näher in Augenschein.

Er war so in sein Tun vertieft, dass er die Schritte auf der Treppe nicht hörte. Erst als das schrille Kreischen einer Frau ihm fast das Trommelfell zerriss, fuhr er hoch.

Hildgart, die gewichtige Ehefrau Fridugars, stand hinter ihm. Sie zeigte mit dem Finger auf Rainolf und schrie hysterisch: »Du hast ihn umgebracht! Du hast ihn umgebracht!«

Im ersten Moment war Rainolf völlig perplex.

»Bist du verrückt?«, brüllte er schließlich. »Ich habe ihn schon tot vorgefunden.«

Drostix erschien und prallte entsetzt zurück. »Nein! Tu uns nichts!«, kreischte er.

Rainolf sah die beiden verständnislos an. Wieso sollte er ihnen etwas tun? Dann begriff er endlich: Er hielt immer noch das blutige Schwert in der Hand.

»Es lag auf dem Boden«, beeilte er sich zu erklären. »Ich habe es nur aufgehoben.« Demonstrativ warf er die Waffe neben die Leiche.

»Hol den Aedil!«, befahl Hildgart dem Atriensis.

»Ich bin der Aedil!«, stellte Rainolf fest.

»Nein, ich meine den richtigen Aedil, Lucius Curilius!«, widersprach sie.

»Was soll das heißen: richtiger Aedil?«, rief Rainolf erbost über die Unverschämtheit.

Der Sklave sah unsicher zwischen seiner Herrin und Rainolf hin und her, dann drehte er sich um und rannte aus dem Haus. Hildgart keifte weiter und machte viel Theater um ihren toten Ehemann. Wie in einem schlecht inszenierten Drama rief sie immer wieder dessen Namen und betupfte mit einem kleinen Seidentuch ihre Augen. Rainolf glaubte jedoch nicht an ihre Trauer. Böse Zungen behaupteten, dass Hildgart Fridugar als ihren Hauptsklaven angesehen und ihn stets nur herumkommandiert hatte.

Nun war Hildgart schlagartig Alleinerbin eines Vermögens. Ob ihr das schon bewusst war?

Da die Curia ganz in der Nähe lag, dauerte es nicht lange, bis das typische Klirren der Rüstungen im Gleichschritt marschierender Soldaten erklang. Wenig später betrat Lucius Curilius den Raum. Rainolf vermutete, dass sein Kollege alles stehen und liegen gelassen hatte, als er hörte, wer des Mordes beschuldigt wurde. Das war seine Chance, den Ubier endgültig loszuwerden.

»Was ist vorgefallen?«, fragte Curilius mit gestrenger Stimme.

»Das sieht man doch: Fridugar hat sich selbst mehrmals in den Rücken gestochen«, gab Rainolf sarkastisch zurück.

Curilius ignorierte die Bemerkung. »Wer hat ihn getötet?«

»Er war es!«, kreischte Hildgart erneut und fuchtelte mit dem Finger in Rainolfs Richtung.

»Blödsinn, ich bin eben erst hierhergekommen, aber Fridugar ist schon einige Stunden tot, wie unschwer zu erkennen ist.«

Curilius trat zu der Leiche, besah sich die Wunden mit dem eingetrockneten Blut und versuchte dann vorsichtig, einen Arm des Toten anzuheben. Doch die Leichenstarre hatte bereits eingesetzt.

»Er ist tatsächlich schon einige Zeit tot. Wie kommst du darauf, dass Rainolf ihn getötet hat?«

»Weil er das Schwert noch in der Hand hielt, als ich das Zimmer betrat!«, schrie die Witwe.

Wieso kann die Dicke nicht in normaler Lautstärke reden, fragte sich Rainolf genervt.

»Ich habe das Schwert aufgehoben, um es mir anzusehen. Das macht ein Aedil, wenn er den Schauplatz eines Mordes betritt: Er sieht sich die Tatwaffe und die Leiche an!«, erklärte Rainolf und wandte sich dann an seinen Kollegen. »Pflichtest du mir bei, Curilius?«

Der Angesprochene zögerte, ehe er antwortete. »Ja, so ist es, aber soviel ich weiß, bist du kein Aedil mehr!«

»Wie kommst du auf so etwas?«

»Der Prokonsul soll dich gestern deines Amts enthoben haben«, antwortete er etwas verunsichert.

Rainolf trat beinahe schon drohend auf den Römer zu. »Du bist schlecht informiert! Der Prokonsul sagte, ich solle mein Amt ruhen lassen, bis die Wohnungen durchsucht seien – und das ist gestern geschehen!«

So ganz stimmte das natürlich nicht, aber Rainolf hoffte, dass Curilius die Behauptung schluckte. Ohne sich weiter um den Römer zu kümmern, wandte sich Rainolf an den dicken Atriensis, der sich neugierig an den Soldaten vorbei in das Cubiculum gedrängelt hatte. »Hat Fridugar gestern Abend Besuch empfangen?«

Erschrocken, weil sich die Aufmerksamkeit auf ihn richtete, fuhr Drostix zusammen. »Ja, Herr.«

»Wen?«

Dem Artriensis wurde klar, dass der Besuch möglicherweise der Mörder war, und er warf einen gehetzten Blick in die Runde.

»Wir hören!«, drängelte nun auch Curilius.

»Naevius Perellus«, antwortete Drostix schließlich heiser.

»Der Sacerdos?«, rief Curilius verblüfft.

»Warum war Perellus hier?«, fragte Rainolf.

»Das weiß ich nicht«, flüsterte der Artriensis. »Er war mit dem Herrn zum Abendessen verabredet. Aber nachdem ich das Essen aufgetragen hatte, schickte mich mein Herr aus dem Zimmer.«

Also ging es um ein heikles Thema, sonst hätte der Sklave bleiben können. »Und du hast nichts gehört heute Nacht? Keinen Streit, keinen Lärm, keine Schreie?«, vergewisserte sich Rainolf.

Er erntete ein stummes Kopfschütteln.

»Hast du wenigstens mitbekommen, wann der Sacerdos gegangen ist?«, mischte sich nun Curilius ein, der offensichtlich die Initiative wieder an sich reißen wollte.

»Nein, wir hatten einen Wasserrohrbruch im Cella des Hauses. Es ist mir leider nicht gelungen, ihn zu reparieren«, hauchte Drostix. »Deshalb habe ich nichts mitbekommen. Ich bin erst spät in der Nacht völlig erschöpft zu Bett gegangen.«

»Nichts kannst du, du Versager! Nicht einmal ein Rohr reparieren!«, fuhr Hildgart den Sklaven an. »Ich hätte dich gegen eine Ziege eintauschen sollen, die hat mehr Verstand als du!«

Sie schlug ihm auf die Wange. Ihre kräftige Hand hinterließ einen roten Flecken auf der Haut des Artriensis, der aufheulte wie ein Hund.

»Hol die anderen Sklaven!«, befahl Curilius Drostix. »Vielleicht hat von denen jemand etwas gehört.«

Nicht weniger als elf Sklaven versammelten sich in der Halle. Doch auch die hatten in der Nacht nichts Verdächtiges vernommen.

Rainolf trat unauffällig neben Drostix, während Curilius mit gewichtiger Miene einen nach dem anderen vernahm.

»Hattest du die Haustür abgeschlossen?«, fragte Rainolf leise, damit Curilius nichts mitbekam.

»Nein«, antwortete Drostix verängstigt.

Eine Wolke fauligen Mundgeruchs ließ Rainolf die Luft anhalten.

»Ich dachte, weil der Sacerdos doch beim Herrn war, lasse ich die Haustür besser auf«, fuhr der Dicke fort, »sonst hätte der Herr den Schlüssel selbst holen müssen, und das hat er gehasst. Er konnte … er konnte dann sehr grob werden.«

Rainolf wandte sich ab und atmete durch. Er überlegte, dann ging er zu Curilius und fiel ihm ins Wort: »Nun, da du die Untersuchung leitest, werde ich ja wohl nicht mehr gebraucht. Auf mich wartet noch eine Menge Arbeit.«

»Augenblick!«, hielt ihn Curilius zurück. »Ganz so einfach ist das nicht! Es kommt mir sehr merkwürdig vor, dass du ausgerechnet heute Morgen zu Fridugar wolltest. Das wirst du mir genau erklären müssen, aber ...«, er blickte kurz auf die neugierig lauschenden Sklaven, »... nicht hier. Wir reden nachher in deiner Amtsstube weiter.«

»Natürlich«, antwortete Rainolf ausgesucht höflich und trat hinaus in die gleißende Sonne.

Er dachte nicht daran, die Curia aufzusuchen, sondern schlug den entgegengesetzten Weg ein.

Einige Minuten später stand Rainolf vor dem Kapitolinischen Tempel. Heute hatte er keinen Blick für die prächtigen Säulen und das hohe Portal des eindrucksvollen Gebäudes. Rainolf wusste, dass er nicht allzu viel Zeit hatte, bis Curilius hier auftauchen würde.

Im Inneren des Tempels sah er sich suchend um und entdeckte Naevius Perellus schließlich am anderen Ende des weitläufigen Gebäudes vor dem Altar. Der Hohepriester rief gerade einen der Novizen zur Ordnung.

Rainolf steuerte auf den Sacerdos zu. Im gleichen Moment bemerkte ihn Perellus und sein Gesichtsausdruck verdüsterte sich um noch ein paar Nuancen. Er scheuchte den jungen Priester davon, ehe er sich dem Besucher zuwandte.

Rainolf tat betont fröhlich. »Ave, Sacerdos. Welch herrlicher Tag heute, um Jupiter zu opfern!«

Der misstrauische Blick Perellus' saugte sich an Rainolf fest.

»Und ein Opfer wirst du ihm dringend darbringen müssen!«, fuhr der Ubier fort.

»Was soll das heißen?«, knurrte Perellus.

»Oh, ich vergaß: Von wegen Opfer – heute Morgen wurde ein Mordopfer gefunden. Du kennst ihn, es ist Fridugar.«

Der Römer wurde so blass wie der jüngst verstorbene Händler.

»In Kürze wird mein geschätzter Kollege Lucius Curilius dir seine Aufwartung machen, um dich zu vernehmen. Du hast nämlich die Ehre, der Letzte gewesen zu sein, der Fridugar lebendig gesehen hat.«

Perellus machte zwei rasche Schritte auf den Ubier zu und Rainolf dachte schon, dass der Sacerdos ihn schlagen wolle, doch stattdessen zog er ihn in eine Nische.

»Ich habe ihn nicht getötet!«, erklärte Perellus mit gedämpfter Stimme. »Ich habe mit ihm zu Abend gegessen und bin dann gegangen.«

»Wann ist das gewesen?«

»Ich habe gegen Mitternacht das Haus verlassen.«

»Dann hast du ihn also kurz vor Mitternacht getötet?«

»Nein!«, rief Perellus laut, sodass einige der anderen anwesenden Priester erstaunt zu ihnen hinübersahen. Sofort senkte er seine Stimme wieder. »Fridugar hat mich bis zur Tür begleitet und sagte dann, er müsse den Schlüssel holen, um abschließen zu können. Darauf wollte ich nicht mehr warten und bin gegangen.«

Rainolf sah sein Gegenüber durchdringend an und sagte kein Wort.

Auf der Stirn des Sacerdos' bildeten sich Schweißtropfen. »Da fällt mir etwas ein!«, erklärte er hektisch. »Als ich fast an der nächsten Straßenecke angekommen war, habe ich eine

Gestalt bemerkt, die zu Fridugars Villa ging. Ich habe mich noch gewundert, dass da jemand Fridugar so spät noch einen Besuch abstatten wollte, aber es ging mich ja nichts an.«

»Eine Gestalt?«, fragte Rainolf und gab sich keine Mühe, den Spott in seiner Stimme zu verbergen. »Du hast nicht zufällig erkannt, wer es war?«

»Es war ein Mann, aber er war zu weit weg und trug einen dunklen Umhang, den er bis über den Kopf gezogen hatte.«

»Und das soll ich dir glauben?«

»Du wagst es, an meinen Worten zu zweifeln?«, versuchte Perellus, Autorität zurückzugewinnen.

»Mörder leugnen grundsätzlich ihre Tat«, erwiderte Rainolf gelangweilt. »Aber, wie gesagt, ich leite die Untersuchung nicht, sondern Lucius Curilius. Und er ist jetzt schon überzeugt, dass du Fridugar umgebracht hast. Die nächste Nacht wirst du höchstwahrscheinlich im Kerker verbringen.«

»Das kann er nicht machen!« Die Panik war nicht zu überhören. »Er kann doch den Sacerdos des Kapitolinischen Tempels nicht einfach einsperren!«

Wieso glauben Priester eigentlich, sie seien unantastbar, wunderte sich Rainolf. Natürlich war es eine delikate Angelegenheit, einen Sacerdos festzunehmen, aber bei einem Mord an einem angesehenen – und vor allem reichen – Bürger hatte Curilius gar keine andere Wahl.

So sehr Rainolf dem unsympathischen Perellus eine Nacht im Kerker gegönnt hätte, glaubte er den Beteuerungen des Sacerdos'. Seine Überraschung über den Tod Fridugars war nicht gespielt gewesen.

»Über was hast du denn gestern mit Fridugar gesprochen, dass ihr sogar die Sklaven, die euch bedienen sollten, weggeschickt habt?«

Perellus leckte sich über die trockenen Lippen und zögerte. »Eigentlich wollte ich dir helfen, deine Unschuld zu beweisen, aber wenn du lieber den wahren Mörder decken möchtest ...« Rainolf tat so, als wollte er gehen.

»Warte!«, rief Perellus sofort. »Wir haben über ein Geschäft geredet.«

Er verstummte erneut.

»Und?«, fragte Rainolf ungeduldig.

Der Sacerdos schien mit sich zu ringen.

»Lucius Curilius wird gleich hier sein. Dann kann ich nichts mehr für dich tun«, erhöhte Rainolf den Druck.

»Es ging um sehr viel Geld, das Fridugar erwartete«, fuhr Perellus schließlich fort. »Er sagte, er würde es nicht hier, sondern in Rom erhalten. Da er noch nie in der Hauptstadt war und wohl auch Angst hatte, allein in Rom mit viel Geld in der Tasche herumzulaufen, brauchte er einen zuverlässigen Gewährsmann, der das Geld dort in Empfang nehmen und auf eine Bank bringen würde.«

»Und da hat er ausgerechnet an dich gedacht?«

Perellus nickte und ignorierte den Hohn. »Wir haben schon oft miteinander Geschäfte gemacht, schließlich belieferte Fridugar den Tempel. Deshalb wusste er auch, dass ich ohnehin plante, bald nach Rom zu reisen.«

Rainolf hätte es interessiert, wie viel Schmiergeld Perellus von Fridugar verlangt hatte dafür, dass ausschließlich er den Tempel beliefern durfte. Der Ubier wusste, dass sein Vater keinen Auftrag mehr vom Tempel bekommen hatte, seit Perellus Hohepriester geworden war.

»Ich nehme an, dass du für diesen Gefallen einen entsprechend hohen Anteil an dem Geld gefordert hast.«

Das Schweigen des Sacerdos' wertete Rainolf als Bestätigung. »Von wem kam das Geld und wofür sollte Fridugar es erhalten?«

»Das wollte er mir nicht verraten. Es schien ihm Angst zu machen, dass ich danach fragte.«

»Aber du bist trotzdem auf den Handel eingegangen: Um welche Summe ging es?«

Perellus liefen jetzt regelrechte Schweißbäche über die Stirn, er wischte sie mit einer fahrigen Bewegung weg. »Zweitausend«, antwortete er heiser.

»Zweitausend Sesterzen!« Rainolf hob die Augenbrauen.

Perellus schüttelte den Kopf. »Nein, ich rede von zweitausend Aurei!«

Rainolf klappte der Mund auf. Für einen Moment war er unfähig zu sprechen. Eine so gewaltige Summe konnte er sich kaum vorstellen. Wer war in der Lage, so viel Geld zu zahlen? Und wofür?

Nur langsam formten sich seine Gedanken: Auch wenn Fridugar sich stets damit gebrüstet hatte, nur mit edlen Waren zu handeln, hatte er nichts zu bieten, was auch nur annähernd so teuer wäre. Seine gesamten Waren zusammengenommen wären höchstens ein paar hundert Aurei wert, schätzte Rainolf. Also, für was könnte er eine so unglaubliche Summe bekommen?

Der geheimnisvolle Römer in Confluentes, durchzuckte es Rainolf. Er hatte immer vermutet, dass es bei dem Treffen dort um den Mord an Agyntir gegangen war. Aber genügend Meuchelmörder wären schon für einen einzigen Aureus bereit gewesen, den Auftrag zu übernehmen. Darüber hinaus mochte Rainolf nicht glauben, dass der Händler ein paar Mörder angeheuert hatte. Fridugar war zwar rücksichtslos gewesen, aber einen Chattenhäuptling töten zu lassen, wäre ein paar Nummern zu groß für ihn gewesen. Wofür war das Geld dann?

Allmählich dämmerte es Rainolf: Fridugar hatte den Mann, der sogar vor einem Krieg mit den Chatten nicht zurückschreckte, erpressen wollen. Für sein Schweigen hatte der habgierige Händler zweitausend Aurei verlangt – und stattdessen das kalte Eisen seines eigenen Schwertes ins Herz bekommen.

Zweitausend Aurei! Einen derartig hohen Betrag konnten nur sehr reiche Römer aufbringen. Zwar hatte der Täter offensichtlich nie vorgehabt, Fridugar das Geld zu geben, aber der Händler musste davon überzeugt gewesen sein, dass der Mann die Summe bezahlen konnte. Und Fridugar war sicherlich in der Lage gewesen, die Finanzkraft eines Menschen richtig einzuschätzen.

Damit schied der Sacerdos aus dem Kreis der Verdächtigen aus. Auch wenn er als betucht galt, würde er niemals zweitausend Aurei zusammenbekommen. Rainolf sah Perellus unwillkürlich in die Augen. Er erblickte dort Angst, nackte Angst. Nein, das war nicht der Mann, den er suchte. So blieb nur noch Taticenus übrig. Aber verfügte der Vize-Prokonsul über derartig viel Geld? Die Taticeni galten zwar als angesehene Familie in Rom, aber das sagte noch nichts über ihre finanziellen Verhältnisse aus. Viele Patrizierfamilien hatten im Laufe von Generationen ihr einstiges Vermögen mit vollen Händen ausgegeben, bis nichts mehr übrig war.

»Ich rate dir, Curilius gegenüber nichts von dem Geld zu erwähnen, es würde dich in seinen Augen noch verdächtiger machen«, ermahnte Rainolf. »Ich werde mich auf die Suche nach dem Mörder begeben. Bete, dass ich ihn finde, sonst sieht es schlecht für dich aus.«

Der Sacerdos wollte ihn zurückhalten und streckte die Hände nach ihm aus, als könnte er Rainolf wie einen lebenden Schutzschild gegen Curilius benutzen. Doch dann ließ er die Arme kraftlos wieder sinken. Rainolf wandte sich zum Gehen. Da vernahm er hinter seinem Rücken zu seiner Überraschung ein leise gemurmeltes Danke. Er hätte nicht gedacht, dass der Sacerdos das Wort kannte.

Als Rainolf ins Freie trat, sah er, dass sich ein Trupp Soldaten näherte. Auch wenn er den Mann an der Spitze noch nicht erkennen konnte, zweifelte er nicht daran, dass es sich um Curilius handelte. Rainolf beschleunigte seine Schritte in die Gegenrichtung.

Er musste mit Julia sprechen. Sie würde wahrscheinlich wissen, ob Taticenus reich genug war, um zweitausend Aurei bezahlen zu können. Auf dem Weg zum Praetorium hastete er an der Curia vorbei und wäre fast mit Fabius zusammengeprallt. Der Mann von der Stadtwache trat gerade aus dem Eingang.

»Gut, dass ich dich treffe!«, rief der junge Soldat aus. »Ich habe dich bereits in der Curia gesucht. Du musst schnell mitkommen, am Ufer des Rhenus ist eine Leiche angespült worden. Ihr steckt ein Pfeil im Rücken.«

Fabius hatte anscheinend noch nicht mitbekommen, dass Rainolf gestern vom Amt des Aedils suspendiert worden war. Das war ein Wink Fortunas. Rainolf ahnte natürlich, wer der Tote war: Der Germane, der ihn letzte Nacht versucht hatte zu töten. Und nun bekam er Gelegenheit, ihn genau in Augenschein zu nehmen. Vielleicht könnte er mithilfe Garawans die Identität des Mannes und so den Auftraggeber ermitteln.

Rainolf nickte dem Soldaten zu. »Gehen wir!«

Sie begaben sich zum Hafen und folgten dem Fluss stromabwärts. Schon nach wenigen hundert Schritten erreichten sie einen kleinen Trupp Wachsoldaten, der um einen leblosen Körper stand.

Rainolf brauchte nur einen Blick auf den Toten zu werfen, um Gewissheit zu erlangen, dass der Mann sein Angreifer von letzter Nacht war.

Der Optio des Trupps sah ihn erwartungsvoll an. »Nun, Aedil, was sollen wir tun?«

Die Todesursache war eindeutig, trotzdem trat Rainolf näher heran und tat so, als würde er die Leiche inspizieren. Kalkweiß und mit Schlamm bedeckt lag der gedungene Mörder da, der Pfeil in seinem Rücken war abgebrochen.

Der Mann hat versucht, mich zu töten, dachte Rainolf mit Schaudern. Der Tote war ein Germane, kein Zweifel. Sein langer, rötlicher Bart reichte ihm bis auf die Brust. Die Kleidung war von minderer Qualität, schmutzig und oft geflickt. Rainolfs Blick fiel auf das linke Ohr. Es fehlte ein großes Stück, als wäre die obere Hälfte abgeschnitten worden.

Rainolf erhob sich. »Es handelt sich eindeutig um einen Germanen von jenseits des Rhenus. Wahrscheinlich ist er in ein feindliches Stammesgebiet geraten und hat diesen Ausflug mit dem Leben bezahlt«, verkündete er im Brustton der Überzeugung. »Schafft ihn zum Leichenbestatter Olingar! Und erledige bitte den üblichen Schreibkram«, wies er den Optio an.

Seinem Gesichtsausdruck war abzulesen, dass der Soldat nicht begeistert über den Befehl war, aber es stand der Stadtwache nicht zu, sich zu beschweren. Der Optio salutierte stramm.

Kurzfristig änderte Rainolf seinen Plan und suchte Garawan auf. Zu seiner Erleichterung war sein Freund zu Hause.

Der Rothaarige konnte es nicht lassen: »Sieh da, der Aedil inspiziert meine Wohnung!«

»Keine blöden Sprüche jetzt, es geht um Leben und Tod!«

»Sonst nichts?«

»Gestern Nacht haben zwei Männer versucht, mich zu töten.« Rainolf schilderte die Ereignisse und sparte nicht an Lob für Hadumar. »Heute ist die Leiche ans Ufer gespült worden. Ich habe sie mir eben angesehen: ein Germane, vielleicht Ubier, ziemlich ärmlich gekleidet. Er hat einen roten, langen Bart und eine schiefe Nase. Außerdem nur noch wenige Zähne im Mund und ein Stück von seinem linken Ohr fehlt. Wir müssen ausschwärmen, um festzustellen, wer der Mann war. Trommel die Jungs zusammen, es eilt sehr!«

Zu seiner Überraschung winkte Garawan ab. »Nicht nötig, die Beschreibung ist eindeutig.«

»Du kennst den Mann?«, fragte Rainolf verblüfft.

»Der Kerl heißt Dilentrix, eine ziemlich üble Kreatur. Wenn jemand einen Schläger brauchte, wandte er sich an ihn. Meistens trieb er sich im *Krähenden Hahn* herum, wo sich der Abschaum von Colonia trifft. Dilentrix war nicht der Hellste, aber kräftig und brutal. Für eine Handvoll Asse hätte der seine eigene Mutter umgebracht. Er kam vor ein paar Jahren aus Novaesium nach Colonia, zusammen mit seinem Bruder Hiltjadir. Gerüchten zufolge haben die beiden schon einige Auftragsmorde begangen, aber Genaueres weiß ich nicht.« Garawan zuckte mit den Schultern. »Über das Thema schweigen sich die meisten aus, weil sie Angst vor den beiden haben.« Der Rothaarige holte tief Luft.

»Wenn du wissen willst, wer der Auftraggeber des Mordanschlags ist, solltest du Hiltjadir fragen.«

»Genau das werde ich tun«, knurrte Rainolf, wütend über die Vorstellung, dass ihn beinahe zwei dumme Schläger getötet hätten. »Wo finde ich ihn?«

»Er haust in einer Hütte im Norden vor der Stadtmauer. Ein finsteres, stinkendes Loch, passend zu seinem Charakter.«

Rainolf nickte zufrieden. »Wir werden ihm zusammen mit Albuin und Baldwin einen Besuch abstatten.«

Rainolf fand seinen Vater im Gespräch mit Petronius Bassus vor. Sigolf hatte seinem Gast ein aufwendig verziertes Glas mit Wein kredenzt und redete lebhaft.

»Bassus will uns heute verlassen«, erklärte er auf den fragenden Blick Rainolfs.

»Leider rufen mich meine Geschäfte zurück nach Rom«, ergänzte Bassus in bedauerndem Tonfall. »Ich verlasse nur ungern diese gastliche Stadt. Ich muss gestehen, sie ist mir ans Herz gewachsen. Aber du siehst bedrückt aus, Rainolf!«

Der nickte und erzählte, dass er nun die Namen seiner beiden Attenäter kannte. »Ich bin inzwischen überzeugt, dass es Taticenus war, der die Mörder beauftragt hat«, schloss Rainolf.

»Was sagst du da?«, rief Bassus. »Der Spross einer vornehmen Familie soll so etwas Hinterhältiges getan haben? Ich kann es nicht glauben!«

»Solange der Prokonsul auf dem Feldzug ist, hat Taticenus die Macht in Colonia«, warnte Sigolf. »Wenn er es auf dich abgesehen hat, Rainolf, ist es hier sehr gefährlich für dich. Du bist in der Stadt nicht mehr sicher!«

»Er hat recht«, pflichtete Bassus ihm bei. »Du solltest Colonia verlassen. Ich könnte dich in meiner Kutsche unauffällig hinausbringen, so wird Taticenus nicht erfahren, wohin du verschwunden bist.«

»Ich bin dir zwar sehr dankbar für dein überaus großzügiges Angebot«, schüttelte Rainolf den Kopf, »aber ich muss leider ablehnen. Ich werde nicht weglaufen, sondern Taticenus vor den Iudex bringen!«

»Wie willst du das anstellen?«, fragte Bassus verwundert.

Rainolf deutete auf Garawan. »Er weiß, wo wir den zweiten Attentäter von gestern Nacht finden. Wenn wir ihn haben, können wir vielleicht beweisen, dass Taticenus ihn beauftragt hat.« Er wandte sich an seinen Vater. »Ich brauche dafür Albuin und Baldwin. Kannst du sie für ein paar Stunden entbehren?«

Sigolf stand auf und legte seinem Sohn die Hand auf die Schulter. »Natürlich. Dennoch solltest du über das Angebot von Bassus noch einmal nachdenken. Es wäre ja nur vorübergehend, bis der Prokonsul wieder nach Colonia zurückkehrt.«

Doch Rainolf wollte davon nichts wissen und brach mit Garawan und den beiden Sklaven seines Vaters auf.

Es hatte zu regnen begonnen und langsam kroch die Feuchtigkeit durch ihre Kleidung. Rainolf zog den Mantel etwas enger um seinen Körper. Zum Glück dauerte es nicht lange, bis Garawan die richtige Hütte gefunden hatte. Er hatte nicht übertrieben: Die Behausung Hiltjadirs war dreckig und stank erbärmlich. Die Hütte stand in einer Ansammlung ähnlicher Bauten etwa eine halbe Meile von Colonia entfernt.

Der Weg hierher hatte die vier Männer durch Gassen geführt, auf denen Unrat lag und sie an manchen Stellen knöcheltief im Matsch versanken. Verstohlene Blicke durch mit Stofffetzen verhangene Fenster und durch Türspalte waren ihnen gefolgt. Die vier trugen ihre Mäntel nicht nur wegen des nassen Wetters, sondern auch, um ihre Waffen zu verbergen, obwohl das eigentlich überflüssig war. Jeder, der sich in dieses Viertel begab, war bewaffnet.

Sie postierten sich vor den Eingang der Hütte, und auf ein Kopfnicken Rainolfs trat Albuin die Tür ein. Sie zerbarst krachend und im nächsten Augenblick standen alle im Inneren.

Hiltjadir schreckte von seinem Strohlager hoch und griff nach seinem Schwert, das an der Wand lehnte. Doch bevor er es erreichte, traf ihn ein Hieb mit der flachen Seite von Baldwins Streitaxt am Hinterkopf und der Bärtige ging benommen zu Boden. Die beiden Sklaven fesselten ihm die Hände auf den Rücken. Dann schlug Rainolf ihm so lange ins Gesicht, bis er wieder zu sich kam.

Voller Panik blickte Hiltjadir die Männer an. »Ich habe nichts getan!«, schrie er.

Rainolf gebot ihm, leiser zu sprechen, und drückte zur Bekräftigung seiner Aufforderung seinen Gladius an Hiltjadirs Brust. »Erkennst du mich?«

Hiltjadir nickte heftig, bis ihm die fettigen Haare vor den Augen hingen.

»Dein Bruder ist tot. Wenn du ihm nicht folgen willst, sag mir, wer euch beauftragt hat, mich umzubringen!«

»Ich weiß es nicht!«

Der Kerl war nicht nur dumm, sondern auch ein schlechter Lügner. Sein Oberarm war mit einem schmutzigen, blutdurchtränkten Tuch umwickelt. Hiltjadir hatte sich offensichtlich selbst Hadumars Pfeil aus dem Bizeps gezogen und musste ziemliche Schmerzen haben. Rainolf tippte mit seiner Fußspitze gegen die verbundene Stelle und Hiltjadir schrie laut auf.

»Ich habe dich gerade nicht richtig verstanden: Wer hat euch beauftragt?«

»Ein kleiner Kerl aus den südlichen Provinzen, der uns im *Krähenden Hahn* ansprach«, wimmerte Hiltjadir.

Rainolf runzelte die Stirn. »Was meinst du mit südlichen Provinzen?«

»Aus Asia oder Afrika. Ich kenne mich da nicht so aus.«

»Beschreibe ihn mir!«

Hiltjadir schien Hoffnung zu schöpfen, lebend aus der Sache rauszukommen, und redete nun hektisch. »Er ging mir gerade bis zur Schulter und hatte dunkle Haut, wie Bronze. Seine Haare waren schwarz. Er sprach kein Germanisch, nur Latein. Ich kann kein Latein, aber mein Bruder konnte es. Deshalb weiß ich auch nicht genau, was der Mann gesagt hat, ich habe nur gesehen, dass er einen Beutel mit Geld zückte. Dilentrix hat mir später erklärt, um was es ging.«

»War der Mann vielleicht Ägypter?«

»Kann gut sein«, bestätigte Hiltjadir eifrig.

»Wie viel Geld hat er euch gegeben?«

Hiltjadir leckte sich die trockenen Lippen. Rainolf begriff, was in dem Kerl vorging: Er hatte Sorge, dass sie ihm das Geld abnahmen.

»Fünfzig Sesterzen«, antwortete er schließlich heiser.

Rainolf hob seinen Fuß und tat so, als ob er erneut auf den Arm treten wollte.

»Einhundert!«, schrie Hiltjadir sofort. »Er hat uns einhundert Sesterzen gegeben.«

»Hat er deinem Bruder seinen Namen genannt?«

»Nein!«

Diesmal genügte schon ein Blick Rainolfs, um Hiltjadir aufschreien zu lassen: »Wirklich! Ich sage die Wahrheit!«

Rainolf gab Albuin und Baldwin einen Wink. »Fesselt und knebelt ihn!«

Während die beiden Sklaven dem Befehl nachkamen, teilte er Hiltjadir mit: »Wir nehmen dich mit, damit du den Südländer identifizierst, der euch beauftragt hat. Wenn du das tust, werde ich dich mit dem Leben davonkommen lassen, auch wenn du das nicht verdient hast. Aber falls du versuchen solltest zu fliehen, werden die Schmerzen, die du jetzt verspürst, die reinste Freude im Vergleich zu dem sein, was dann kommt. Hast du das verstanden?«

Hiltjadir nickte, die Augen weit aufgerissen.

Sie verließen die Hütte und durchquerten schweigend das Armenviertel. Auf dem Decumanus begann Garawan plötzlich zu lachen. Ohne dass die anderen wussten warum, mussten sie mitlachen.

»Was ist?«, fragte Rainolf schließlich irritiert.

»Du enttäuscht mich, dass dein Leben nur einhundert Sesterzen wert ist«, kicherte Garawan.

»Wenigestens ist meines noch etwas wert, bei dir hätten sie es wahrscheinlich umsonst gemacht«, gab Rainolf zurück.

Es dauerte bis zur Stadtmauer, bis sie sich wieder beruhigt hatten.

»Ich nehme an, du weißt, wer der mysteriöse Auftraggeber aus dem Süden ist?«, fragte Garawan endlich.

»Taticenus hat einen ägyptischen Sekretär namens Sinu, auf den die Beschreibung passt«, erkärte Rainolf.

Als sie das Stadttor passiert hatten, trennte sich Rainolf von seinen Begleitern. Er schärfte den Sklaven ein, den Gefangenen nicht aus den Augen zu lassen und ihn vorerst in Sigolfs Lager einzusperren. Es wurmte Rainolf mächtig, dass er ausgerechnet auf die Hilfe des Mannes angewiesen war, der versucht hatte, ihn umzubringen. Aber es war die einzige Chance, Taticenus zu überführen.

Rainolf selbst begab sich zur Curia. Er wollte in Erfahrung bringen, wie weit Lucius Curilius mit seinen Ermittlungen war und ob er den Hohepriester tatsächlich festgesetzt hatte. Es war immer eine gefährliche Angelegenheit, bedeutende Persönlichkeiten festzunehmen. Selbst ein gewissenhafter Beamter wie Curilius, der geradezu besessen von seiner Pflichterfüllung war, würde sich nicht die Finger verbrennen wollen. Es könnte seiner Karriere ein jähes Ende bereiten.

Rainolf betrat die Curia und pirschte sich vorsichtig zum Amtszimmer von Curilius. Zu seiner Erleichterung war es leer. Er zögerte, dann ging er entschlossen in den Raum der Stadtwache. Erstaunt stellte er fest, dass sich nur ein einziger Soldat dort aufhielt: Fabius. Normalerweise taten immer vier Männer Dienst in der Curia.

»Salve, Fabius! Wo sind die restlichen Wachen?«

Der junge Soldat sprang von dem Hocker hoch, auf dem er lässig, mit dem Rücken an die Wand gelehnt, gesessen hatte.

»Ave, Aedil, ich meine, ehemaliger, also …«

»Schon gut, sag einfach Rainolf! Wie du anscheinend inzwischen erfahren hast, muss ich zurzeit mein Amt als Aedil ruhen lassen. Trotzdem könntest du mir verraten, wo Curilius steckt.«

»Er bespricht sich mit dem Vize-Prokonsul. In Anbetracht der brisanten Anschuldigung gegen den Sacerdos

Perellus will er sich von Aurelius Taticenus Rückendeckung holen, ehe er weitere Schritte unternimmt.«

Ausgerechnet von Taticenus, dachte Rainolf. So was nennt man wohl Ironie des Schicksals. »Und warum ist außer dir niemand hier?«

»Zwei bewachen Perellus – er steht unter Hausarrest. Und der dritte ist eben …« Er brach verlegen ab.

Rainolf sah ihn auffordernd an. »Er ist eben was?«

Fabius holte tief Luft. »Eigentlich dürfte ich dir das nicht sagen, Rainolf, deshalb musst du mir versprechen, dass du es nicht von mir weißt.«

Rainolf zog misstrauisch die Augenbrauen zusammen, nickte dann aber.

»Eben kam ein kleiner Junge zu mir, mit einer Wachstafel. Er sagte, dass sie ihm ein fremder Mann ein paar Straßen weiter gegeben hätte. Er sollte sie hier abliefern, dafür hat er einen As von dem Fremden bekommen.« Erneut zögerte Fabius. »Die Nachricht besagt, dass sich ein Chatte bei dem Steinmetz Markolf verstecken würde. Er sei von dem Aedil Rainolf zu seinem Schwager Markolf gebracht worden. Ich habe meinen Kameraden losgeschickt, damit er die Wachstafel zu Curilius ins Praetorium bringt.«

Entsetzt starrte Rainolf Fabius an. Er wandte sich zum Gehen, doch als er die Tür erreichte, kam ihm ein Gedanke. »Fabius, gib mir dein Gladius!«

»Aber das darf ich nicht!«, protestierte der Wachsoldat.

Rainolf duldete keinen Widerspruch. »Gib es mir, ich habe jetzt keine Zeit für Diskussionen! Wenn jemand fragt, dann habe ich es dir gestohlen.«

Eingeschüchtert schnallte Fabius seinen Gürtel mit dem Kurzschwert ab und reichte es ihm. Ohne ein weiteres Wort nahm Rainolf es und rannte wie von Furien gehetzt aus der Curia.

Wenn sie Teruwar bei Markolf finden würden, wäre alles aus. Dann würden sie nicht nur Teruwar als feindlichen Spion hinrichten, sondern auch Farhild, Markolf und dessen Vater Einher. Ein Gladius nützte Rainolf zwar nicht viel, aber er hatte Nelda versprochen, Teruwar zu schützen. Notfalls eben mit Gewalt. Rainolf war entschlossen, es lieber auf einen Kampf mit den Wachen ankommen zu lassen, als ehrlos zu werden.

Und ihn, Rainolf, würde Taticenus auf jeden Fall verhaften lassen, selbst wenn es ihm noch gelang, Teruwar aus der Stadt zu bringen. Der Vize-Prokonsul würde die anonyme Botschaft mit Vergnügen zum Anlass nehmen, um mit mehr Härte vorzugehen. Rainolf hatte keine Wahl: Auch er musste die Stadt verlassen.

Und er wusste auch schon, wie. Nur wenige Straßen weiter klopfte er an die Tür der edlen Stadtvilla neben dem Tempel des Merkurs.

Es dauerte eine Weile, bis der Hausmeister öffnete. »Was wünschst du?«

»Ich muss sofort Petronius Bassus sprechen!«

Der Hausmeister bat Rainolf mit einer Verbeugung hinein. »Ich werde dich ankündigen!«

Ein Sklave schleppte eine Truhe an Rainolf vorbei. Offensichtlich war Bassus kurz davor aufzubrechen. Wenige Augenblicke später kehrte der Hausmeister zurück und führte den Besucher in den ersten Stock.

Bassus empfing ihn mit ausgebreiteten Armen. »Rainolf, so eine Überraschung! So sehen wir uns doch noch einmal, ich wollte gerade abreisen.«

»Edler Petronius Bassus, ich brauche deine Hilfe!«

Der Römer lächelte väterlich. »Was kann ich für dich tun?«

»Gilt dein Angebot noch, mir zu helfen, ungesehen aus der Stadt zu kommen?«

»Natürlich!«

»Auch wenn ich deine Großzügigkeit sehr strapaziere, aber wäre es möglich, Teruwar ebenfalls mitzunehmen?«

Bassus sah seinen Besucher erstaunt an, doch dann nickte er. »Sicher, ich kann euch beide in meiner Kutsche verstecken.«

Rainolf stieß einen Seufzer der Erleichterung aus. »Ich habe jetzt leider keine Zeit, dir alles zu erklären. Brich bitte sofort auf und erwarte mich an der letzten Straßenkreuzung des Cardo vor der Porta Iovis!«

Irritiert über die Hektik, stimmte Bassus zu.

Rainolf wollte schon wieder aus der Tür stürmen, doch er hielt noch einmal inne. »Ich danke dir vielmals! Du bist ein wahrer Freund!«

Der Ubier rannte durch die Seitenstraßen und schlängelte sich durch das Gewühl der Menschen. Er hütete sich, den Cardo oder Decumanus zu benutzen, wo die Gefahr, entdeckt zu werden, zu groß war. An der letzten Ecke vor der Werkstatt Einhers, dem Vater Markolfs, wollte er schon erleichtert aufatmen, da sah er, dass ihm eine Patrouille der Stadtwache entgegenkam. Rainolf zog sich die Kapuze tief ins Gesicht. Sein Herz klopfte bis zum Hals, der Schweiß rann ihm den Rücken hinab.

Er schickte ein Stoßgebet zu Wodan, dass die Soldaten ihn nicht beachteten, und hielt sich dicht an der Hauswand. Vorsichtig linste er zu den Wachen hinüber. Deren Anführer hatte im selben Moment die gleiche Idee. Rainolf fuhr der Schreck in alle Glieder: Es war der Optio, der mit ihm zusammen das Haus seines Vaters durchsucht hatte. Für eine Sekunde trafen sich ihre Blicke. Rainolfs Atem stockte. Doch der Wachoffizier passierte ihn, ohne den Aedil zu erkennen.

Rainolf lief wieder schneller. Hastig betrat er den Hauseingang neben der Steinmetzwerkstatt und eilte die schmale Treppe hinauf. Ohne anzuklopfen, öffnete Rainolf die Tür zur Wohnung und schlug sie hinter sich sofort wieder zu.

Farhild kam aus dem Nebenzimmer, um zu sehen, wer da ungefragt eingetreten war. »Rainolf! Was ist passiert?«

»Ich habe keine Zeit für lange Erklärungen. Wo ist Teruwar? Wir müssen sofort weg!«

Seine Schwester ging ohne ein weiteres Wort an Rainolf vorbei und winkte ihm, ihr zu folgen. Unten in der Werkstatt bearbeiteten die Angestellten ihres Schwiegervaters mit Hammer und Meißel Steine verschiedenster Art. Einher und Markolf konnte Rainolf nirgends entdecken, wahrscheinlich befanden sie sich auf einer Baustelle. Farhild öffnete die Tür zum Lager und nahm eine kleine Öllampe, die an der Wand hing. In dem Raum war es dämmrig und Staub hing in der Luft. Mächtige Steinblöcke und bereits fertige Säulen lagerten hier. Farhild führte ihren Bruder bis zu einem Haufen Granitquader, vor dem eine mannshohe Statue des Kriegsgotts Mars stand.

»Schieb das zur Seite«, forderte sie Rainolf auf.

»Was?«, fragte er ungläubig.

Es dauerte einen Moment, ehe er begriff. Dann stemmte er sich gegen die Statue, bekam sie jedoch nur langsam bewegt. Schließlich lag ein schmaler Spalt zwischen den Blöcken frei.

Farhild beugte sich in das entstandene Loch und sagte leise: »Teruwar, ich bin es! Du kannst rauskommen.«

Das staubbedeckte Gesicht Teruwars erschien. Er quetschte sich durch die enge Öffnung nach draußen. »Ich hätte es nicht mehr lange da drin ausgehalten. Mir tut jeder Knochen weh.«

»Wir haben keine Zeit zum Jammern, wir müssen sofort weg. Die Römer wissen, dass du dich in der Werkstatt versteckst.«

»Wie das?«, fragte er entsetzt.

»Keine Ahnung, das muss ich später klären. Los jetzt!« Rainolf wandte sich an Farhild. »Sag Markolf, wenn ihn jemand fragt, soll er leugnen, Teruwar überhaupt zu kennen!«

Er zog den Chatten am Arm hinter sich her und wollte die Tür zur Werkstatt öffnen, da hörte er lautes Klirren und Rufen.

»Im Namen Roms: Geht zur Seite! Wir suchen einen Feind, der sich hier versteckt haben soll!«

Die Stimme erkannte Rainolf sofort: Sie gehörte niemand anderem als Lucius Curilius. Sein Kollege übernahm höchstpersönlich die Durchsuchung.

Rainolf öffnete die Tür und lugte durch einen schmalen Spalt. Eine Abteilung der Stadtwache hatte die Werkstatt betreten und scheuchte die anwesenden Steinmetze von ihren Arbeitsplätzen. Mit weit ausholenden Gesten gab Curilius seine Befehle.

»Wir sitzen in der Falle!«, flüsterte Rainolf, nachdem er die Tür vorsichtig wieder geschlossen hatte.

»Es gibt ein Tor an der Rückwand, durch das die großen Blöcke hier hereingebracht werden«, erklärte Farhild leise und deutete hinter sich.

Die drei rannten wie auf Kommando los, kletterten über einige behauene Steine und standen wenige Augenblicke später vor einem Holztor. Rainolf riss den Riegel hoch und spähte nach draußen. Ein paar Passanten kamen die Gasse entlang, nahmen jedoch von der Gestalt in dem Tor keinerlei Notiz.

Curilius hat es in seinem Übereifer versäumt, nach einem Hinterausgang zu sehen, stellte Rainolf fest. »Dilettant«, murmelte er schadenfroh.

»Farhild, du gehst in die Werkstatt und versuchst, die Wachen so lange wie möglich aufzuhalten! Tu empört über die Verdächtigung, einem Feind Unterschlupf zu gewähren. Erkläre ihnen, dass du dich beim Prokonsul persönlich beschweren wirst. Das wird sie verunsichern und uns Zeit geben.«

Rainolf wollte sich sogleich in Bewegung setzen, als Teruwar ihn zurückhielt. »Einen Moment noch!« Der Chatte wandte sich an Farhild. »Ich danke dir für alles, was du für mich getan hast! Ich werde es dir und Markolf nie vergessen.«

Er nahm sie in die Arme und drückte sie an sich.

»Hört auf, sonst fang ich noch an zu weinen!«, unterbrach Rainolf die beiden.

Die beiden Männer schlüpften durch das Tor, das Farhild sogleich wieder von innen verschloss. Sie liefen die Gasse entlang, bogen ab und erreichten den Cardo. Gehetzt sah sich Rainolf um. Zu dieser Uhrzeit schoben sich Menschenmassen über die Hauptstraße Colonias, aber Stadtwachen waren nicht zu sehen. Rainolf beruhigte sich wieder und bedeutete Teruwar, gelassenen Schrittes neben ihm herzulaufen.

Einen Häuserblock weiter stand die Kutsche von Petronius Bassus. Der römische Händler bemerkte die beiden im gleichen Moment und winkte sie zu sich.

Erleichtert wollte Rainolf zu der Kutsche eilen, doch Teruwar hielt ihn zurück. »Was hast du vor?«, zischte der misstrauisch.

Etwas verwundert musterte Rainolf den Chatten. »Petronius Bassus wird uns helfen, die Stadt zu verlassen.«

»Aber er ist ein Römer!«

»Hast du schon vergessen, dass er dir sogar seinen Leibwächter zur Verfügung gestellt hat?«, fragte Rainolf gereizt. »Wenn du es vorziehst, hierzubleiben und dich erwischen zu lassen, bitte schön!«

Für ein paar Sekunden sahen sich die beiden an.

»Also gut, wenn du ihm vertraust!«, lenkte Teruwar ein.

Sie versuchten, nicht zu rennen, um keine Aufmerksamkeit auf sich zu lenken. Die fünfzig Schritte bis zu der zweispännigen Kutsche kamen Rainolf wie eine Meile vor.

Ohne ein Wort zu sagen, stiegen die beiden ein und der Römer gab seinem Sklaven, der auf dem Kutschbock die Zügel hielt, das Zeichen zum Losfahren. Die Pferde setzten sich in Bewegung.

»Ich danke dir für deine Hilfe, edler Petronius Bassus!«, sagte Rainolf.

»Auch ich habe dir für meine Rettung zu danken«, schloss Teruwar sich an.

Bassus hob abwehrend die Hände. »Noch haben wir die Stadt nicht verlassen. Hebt euch eure Danksagungen für später auf!«

»Wie sollen wir unerkannt an den Torwachen vorbeikommen?«, fragte der Chatte besorgt.

Statt einer Antwort stand der Römer auf und klappte die gepolsterte Sitzbank hoch. Darunter wurde ein Hohlraum sichtbar.

Die beiden Germanen bekamen große Augen.

»Unter dem anderen Sitz befindet sich ebenfalls ein Hohlraum. Ich benutze die Verstecke manchmal, um gewisse Dinge an neugierigen Augen vorbeizuschmuggeln«, erklärte der Händler lächelnd. »Es ist zwar nicht sehr bequem, aber dafür sicher. Falls die Wachen auf die Idee kommen sollten, die Kutsche durchsuchen zu wollen, werde ich sie hiermit umstimmen.« Er klimperte mit einigen Geldstücken, die sich in einem kleinen Lederbeutel befanden.

Teruwar kletterte in den Hohlraum, faltete seine große Gestalt zusammen und Petronius Bassus klappte die Sitzbank herunter. »Nun du, Rainolf!«, forderte er ihn auf.

Der Ubier rümpfte die Nase. »Ziemlich unwürdig für einen Aedil«, murrte er.

»Keine Angst, ich werde es niemandem erzählen«, lachte Bassus.

Mit einem Seufzer legte sich Rainolf in das Versteck und im nächsten Moment wurde es schwarz, weil sich der Deckel schloss. Es roch muffig in dem Kasten und durch das Geholpere auf dem Pflaster schlug sich Rainolf ständig die Knochen an.

Es dauerte jedoch nicht lange, bis sie anhielten und er gedämpft die Stimmen eines Wachsoldaten vernehmen konnte. »Halt! Was hast du in der Kutsche?«

»Nur einige wenige Waren und meine persönliche Habe. Ich bin Händler aus Rom und will in meine Heimatstadt zurückkehren. Lass mich passieren, ich will noch vor Einbruch der Dunkelheit Bonna erreichen!«

»Öffne die Tür!«, forderte die Wache.

Unter normalen Umständen hätte Rainolf den pflichtbewussten Mann gelobt. Er versah seinen Dienst gründlich.

Doch jetzt fing Rainolf an zu schwitzen und seine Nackenhaare stellten sich auf. Er vernahm das Quietschen der Tür. Vor seinem geistigen Auge stellte er sich vor, wie die Wache den Kopf in den Innenraum steckte und sich suchend umsah.

»Wo sind denn deine Waren?«, sagte die misstrauische Stimme.

Rainolf war körperlich so angespannt, dass er plötzlich einen Krampf in der Wade bekam. Es schmerzte höllisch, doch er biss sich auf die Zunge, um nicht zu schreien. Er konnte es jedoch nicht vermeiden, dass er kurz zuckte und mit dem Ellenbogen gegen das Holz stieß. Es ertönte ein trockenes Pochen. Vor Schreck riss Rainolf die Augen auf. Hatte die Wache das Geräusch gehört?

Im gleichen Moment befiel Bassus ein heftiger Hustenanfall, der gar nicht mehr aufhören wollte.

»Was ist mit dir?«, fragte die Wache irritiert.

»Ich kann es mir nicht erklären«, röchelte der Römer zwischen zwei Hustenattacken. »Als ich letzte Woche durch Argentorate kam, wütete dort das Fleckenfieber. Aber ich kann mich doch in der kurzen Zeit dort unmöglich angesteckt haben.«

Ein Laut war zu vernehmen, als ob die Wache hastig einen Sprung rückwärts machte.

»Fahr weiter! Los, schnell!«, befahl der Mann hektisch.

Mit einem Ruck setzte sich die Kutsche wieder in Bewegung. Endlich konnte Rainolf nach seiner Wade greifen, um sie zu dehnen, dass der Krampf nachließ. Als der Schmerz vorbei war, musste er unwillkürlich lachen. Ein solches Talent zur Schauspielerei hätte er Bassus gar nicht zugetraut. Der Händler beherrscht es meisterlich, Leute hinters Licht zu führen, überlegte Rainolf anerkennend.

Es dauerte noch eine ganze Weile, ehe der Deckel seines Verstecks hochklappte. Rainolf blickte in das zufriedene Gesicht des Römers.

»Du kannst wieder herauskommen. Colonia ist schon fast außer Sichtweite.«

Ächzend erhob sich Rainolf und stieg wegen der Schmerzen etwas ungeschickt aus dem Hohlraum. Auch Teruwar schien es nicht gerade gut zu gehen, dennoch lächelte er.

»Das hast du sehr geschickt gemacht!«, lobte der Chatte Bassus.

»Eine meiner leichtesten Übungen. Man muss nur wissen, was die Leute hören oder eben nicht hören wollen.«

Die Kutsche rumpelte weiter über den Weg nach Süden. Immer wenn sie Fußgänger oder Reiter passierten, rutschten die beiden Germanen auf ihren Sitzen nach unten, damit sie von außen nicht mehr zu sehen waren. Als ihnen ein Trupp Legionäre entgegenkam, drückten sich die zwei sogar platt auf den Holzboden.

Etwa auf halber Strecke nach Bonna sagte Teruwar plötzlich mit einem prüfenden Blick aus dem Fenster: »Leider muss ich nun auf eure Gesellschaft verzichten. Habt noch einmal Dank für alles, was ihr für mich getan habt!«

Sowohl Petronius Bassus als auch Rainolf sahen ihn erstaunt an.

»Nicht weit von hier ist ein geheimer Treffpunkt«, erklärte der Chatte. »Dort wartet ein Bote, der Nachrichten von mir an Freya überbringen soll.«

Ein wenig verlegen sah er Rainolf an. »Tut mir leid, dass ich dir das verschwiegen habe, aber Freya hatte mich darum gebeten. Das ist kein Misstrauen gegen dich, sondern eine

Schutzmaßnahme für unser Volk. Wir mussten einfach wissen, ob du den Schuldigen findest oder ein Krieg unausweichlich ist. Ich war schon gestern mit dem Boten verabredet. Da ich das Haus nicht verlassen durfte, konnte ich dieses Treffen nicht wahrnehmen. Der Bote wird also, ebenso wie Freya, schon ungeduldig sein.«

Teruwar bat den Kutscher anzuhalten und stieg aus, die beiden anderen Passagiere folgten ihm.

Der Chatte umarmte Rainolf. »Du bist ein wahrer Freund, Rainolf!«

Nachdem er sich auch bei Bassus für die Hilfe bedankt hatte, lief Teruwar los und verschwand im Wald, der sich zwischen der Straße und dem Rhenus entlangzog.

Verdattert über die unerwartete Trennung, sah Rainolf dem Chatten hinterher. Rainolf war eigentlich davon ausgegangen, dass Teruwar ihm helfen würde, Taticenus zu überführen. Er hatte sich überlegt, mit dem Chatten nach Confluentes zu gehen, um endlich jemanden zu finden, der bestätigen konnte, dass sich Taticenus dort mit dem Schmied Halendrix und Fridugar getroffen hatte. Nun sah sich Rainolf auf sich allein gestellt. Es gab ihm einen Stich ins Herz.

»Du solltest ihm folgen!«, unterbrach Bassus die Stille.

»Wieso?«, fragte Rainolf verwundert.

»Es ist vielleicht die letzte Chance, den Krieg zu verhindern. Teruwar vertraut dir, dann wird es der Bote auch tun. Mach ihm klar, dass der Prokonsul diesen Kampf gar nicht will. Wenn sich die Chatten zu Friedensverhandlungen bereit erklären, muss niemand sterben.«

Rainolf starrte Bassus an. Vielleicht gab es ja doch noch einen Funken Hoffnung! Er rannte los.

»Hab Dank, Petronius Bassus!«, brüllte er über die Schulter zurück.

Im nächsten Moment tauchte er in das Dickicht ein. Von Teruwar war jedoch schon nichts mehr zu sehen. Der Ubier traute sich nicht zu rufen, falls der ihm unbekannte Bote in der Nähe sein sollte. Immerhin könnte der Mann Rainolfs Suche nach Teruwar missverstehen und ihn angreifen.

Vorsichtig pirschte Rainolf durch den Wald. Nach einer Weile gelangte er auf eine kleine Lichtung. In der Mitte fand er ein heruntergebranntes Feuer. Rainolf kniete nieder und zog einen halb verkohlten Ast aus der Asche. Die Spitze war noch warm. Offenbar hatte der Bote hier auf Teruwar gewartet.

Rainolf vermutete, dass sich die beiden Chatten bereits auf dem Weg zum Rhenus befanden. Er sprang hoch und eilte weiter in die Richtung, wo er den Fluss glaubte. Es dauerte nicht lange, bis er durch die Bäume die Sonne auf den sanften Wellen des Rhenus glitzern sah.

Am kiesbedeckten Ufer angelangt, blickte er sich suchend um. Schließlich entdeckte er einen kleinen Punkt auf der gegenüberliegenden Seite des Flusses.

Rainolf kniff die Augen zusammen. Teruwar zog dort drüben gerade ein winziges Boot in ein Gebüsch. Die Distanz war zu groß, als dass er Rainolfs Rufe hätte hören können. Im nächsten Moment war der Chatte im Wald verschwunden. Rainolf stieß einen Fluch aus. Er war zu spät gekommen.

Enttäuscht wandte sich Rainolf um. Es half nichts, jetzt musste er doch nach Confluentes. Nur dass Bassus mit seiner Kutsche sicherlich schon wieder unterwegs war und er nun zu Fuß gehen musste. Rainolf ärgerte sich, dass er seine Lage noch verschlimmert hatte.

Erneut betrat er die Lichtung im Wald. Doch diesmal lag sie nicht verlassen da. Zu Rainolfs Verblüffung stand Bassus dort und sah ihm entgegen.

»Petronius! Fortuna ist mir doch noch hold! Schnell, wir müssen zur Kutsche, alles ist schiefgelaufen.«

»Nein, alles verläuft genau nach Plan.«

Rainolf sah den Römer irritiert an. »Ich verstehe nicht, was du meinst. Teruwar ist schon auf der anderen Seite des Rhenus, ich habe ihn nicht mehr erwischt.«

»Teruwar wird nun zu Freya eilen und ihr erzählen, dass du den Mörder Agyntirs nicht finden konntest. Die Legionen setzen bereits über den Rhenus und eine Schlacht ist somit unausweichlich.«

Schlagartig begriff Rainolf. Es war wie ein Vorhang, der sich plötzlich öffnete und den Blick auf die Wahrheit enthüllte. »Du ...?«

Bassus lachte auf. »Hast du es endlich begriffen?«

Im gleichen Moment warf der Römer seinen Mantel ab, darunter kam ein germanisches Langschwert zum Vorschein. Bassus zog die Waffe und hielt sie bewundernd hoch. »Es ist ein Schwert der Chatten, wahrlich eine Wunderwaffe! Geschmiedet aus dem härtesten Eisen der Welt – und bald gehört das Eisen der Chatten mir!«

Ohne Vorwarnung stach er mit dem Schwert nach Rainolf, der sich durch einen raschen Sprung in Sicherheit bringen konnte. Rainolfs Hand fuhr zu dem Gladius, das an seinem Gürtel hing. Das Kriegsschwert der römischen Legionäre war ein ganzes Stück kürzer als das der Chatten, was für Bassus einen deutlichen Vorteil bedeutete.

Welch Ironie des Schicksals, durchfuhr es Rainolf, dass ein Römer mit einem germanischen Schwert kämpfte, während er sich als Germane mit einer römischen Waffe verteidigte.

Die beiden Kontrahenten umkreisten sich langsam.

»Teruwar hat mir die Sache sehr erleichtert – euch beide zu töten, wäre wesentlich schwieriger geworden«, erklärte Bassus mit einem sardonischen Lächeln.

»Ich muss blind gewesen sein, dass ich nicht auf dich gekommen bin!«, sagte Rainolf bitter. »Du hattest als Händler natürlich Kontakte ins Freie Germanien und auch das nötige Geld, um Borgar zu bestechen, damit er auf unserer Seite des Rhenus Dörfer überfällt. Du hofftest, dass der Prokonsul daraufhin einen Eroberungsfeldzug gegen die Chatten führen würde.«

»Justinus ist ein Feigling!«, antwortete Bassus mit unverhohlener Verachtung. »Er hat sich nicht getraut, diese verdammten Chatten ein für alle Mal niederzumachen.«

Der Römer machte einen Ausfallschritt und stach erneut zu, doch es gelang Rainolf, rückwärts auszuweichen. Die beiden verharrten wieder, auf eine Lücke in der Deckung des anderen lauernd.

»Um dein Ziel doch noch zu erreichen, hast du dir in Confluentes von Halendrix die Rüstung eines Feldherrn anfertigen lassen.«

»Der arme Halendrix!« Bassus setzte eine bedauernde Miene auf. »Er verstarb ganz plötzlich. Du weißt schon: Nur Tote schweigen für immer!«

»Du warst der geheimnisvolle Römer, mit dem sich Fridugar in der Taberna am Hafen von Confluentes getroffen hat.«

Wieder lachte Petronius Bassus auf. Es klang jedoch in Rainolfs Ohren nicht sehr belustigend.

»Fridugar, der Habgierige! Er war es, der mich auf das Eisen der Chatten aufmerksam gemacht hat. Das Schwert befand sich seit Jahren in seiner Waffensammlung. Fridugar hatte vor langer Zeit das Dorf von Agyntir auf einer Handelsreise besucht und wusste, dass die Mine in der Nähe von Algonsnir lag.«

Ein erneuter Angriff folgte, doch Rainolf parierte die Schläge.

»Als ich hörte, dass der sich Prokonsul aus dem Land der Chatten zurückzog, legte ich mir rasch einen neuen Plan zurecht und bestellte Fridugar zu einem geheimen Treffen nach Confluentes. Gegen eine angemessene Belohnung hat er mir den Weg nach Algonsnir gezeigt.«

»Fridugar war bei dem Mord dabei?«, rief Rainolf erstaunt.

»Nein, dafür war er ein zu großer Hasenfuß. Kurz vor dem Dorf hat er es vorgezogen, sich wieder auf den Heimweg zu machen. Mir war es egal, ich brauchte ihn nicht mehr. Ich habe Agyntir mit diesem Schwert erschlagen.« Bassus ließ die Waffe aus dem Handgelenk kreisen.

»Aber in Colonia ist Fridugar auf die Idee gekommen, dich mit seinem Wissen zu erpressen, und verlangte zweitausend Aurei von dir.«

»Fridugar konnte den Hals nie voll genug kriegen, da habe ich ihm den selbigen durchgeschnitten.«

»Und ich habe Taticenus verdächtigt!«, entfuhr es Rainolf.

»Es hat mich sehr erheitert, als ich es erfuhr.«

Rainolf runzelte die Stirn. »Aber man hat Taticenus zur gleichen Zeit wie Fridugar in Confluentes gesehen.«

»Seine Frauengeschichten werden irgendwann Taticenus' Verderben sein! Er reist regelmäßig heimlich nach Confluentes, weil er dort eine Geliebte hat, die Ehefrau des dortigen Quaestors.« Bassus' Miene drückte Verachtung aus. »Aber Geheimnisse werden erst interessant, wenn man sie verrät. Deshalb habe ich der Stadtwache einen anonymen Hinweis auf deine Verbindung zu dem Chatten Teruwar zugespielt. Dein Auftritt bei Taticenus zu Hause hat ihn dann heftig gegen dich aufgebracht. Seine zarte Patrizierseele war zutiefst gekränkt, von einem Ubier des Verrats verdächtigt zu werden. Es war klar, dass er versuchen würde, dich dafür in Misskredit zu bringen. Darin waren die Taticeni schon immer groß.«

Kaum hatte Bassus ausgesprochen, griff er wieder an. Ein heftiger Schlagabtausch folgte, aus dem jedoch keiner der beiden einen Vorteil ziehen konnte. Nach Atem ringend, trennten sie sich.

»Was für Mordgesindel hast du zu den Chatten mitgenommen?«

»Das waren acht ehemalige Legionäre. Aber das viele Geld, das ich ihnen bezahlt habe, hat sie unvorsichtig werden lassen. Nun ruhen sie alle im Land der Chatten in einer tiefen Grube. Es war für Zaraxes eine Sache von wenigen Sekunden, sie im Schlaf zu erstechen. Ich bin immer wieder erstaunt, wie schnell er mit dem Messer ist.«

»Dann hast du durch Borgar das Gerücht unter den Chatten verbreiten lassen, der Prokonsul habe Agyntir umgebracht, und hofftest, dass umgehend der schönste Krieg im Gange wäre. Aber du hast nicht damit gerechnet, dass Freya, statt einen Krieg zu beginnen, einen Fluch gegen Justinus aussprechen würde.«

»Ein lächerlicher Fluch! Was glaubte Freya damit zu erreichen?«, rief Bassus. »Immerhin dann dieser raffinierte Giftanschlag! Das hätte ich einer Schamanin der Barbaren gar nicht zugetraut.«

Rainolf hielt sich weiter geschickt außer Reichweite von Bassus' Schwert. »Wie bist du darauf gekommen, dass Ylynta versucht hat, den Prokonsul zu vergiften?«

»Ich hatte sie in dem Dorf Borgars gesehen, als ich mit ihm verhandelte. Ihr Vater verkaufte dort Wolle. So einen schönen Anblick wie dieses Mädchen vergisst man nicht so schnell. Aufällig lief sie in Colonia im Gefolge von Rufius, dem Koch, direkt an mir vorbei. Ich habe sie sofort wiedererkannt und folgte ihr heimlich bis zum Forum. Dort beobachtete ich zu meiner Überraschung, wie Teruwar, der Gehilfe deines Vaters, ihr unauffällig einen Beutel zusteckte. Als der Prokonsul dann an dem Abend im Praetorium zusammenbrach, war mir klar, wer hinter dem Giftanschlag steckte.«

»Aber auch Ylynta hat dich an jenem Abend als denjenigen erkannt, der mit Borgar in ihrem Dorf verhandelt hatte, und deshalb musste sie sterben. Du hast ihr den geschnitzten Raben zukommen lassen und wusstest, dass sie noch in der gleichen Nacht reagieren würde. Sie musste natürlich annehmen, dass Teruwar ihn gesandt hatte. Zaraxes hat auf deinen Befehl Ylynta aufgelauert und sie getötet.«

»Es gibt keinen tödlicheren Sklaven als ihn.«

»Und ein guter Spion ist er sicher auch: Während er als Teruwars Leibwächter fungierte, hat er dir alle Neuigkeiten zugetragen. Aber warum hast du nicht ihn, sondern zwei Germanen geschickt, um mich zu töten?«

»Weil Zaraxes in jener Nacht zu einer besonderen Mission aufgebrochen ist. Dieser Abschaum, den Zaraxes vorher in einer finsteren Taberna angeheuert hatte, hat sich leider als unfähig herausgestellt, eine so simple Aufgabe zu erledigen.«

Rainolf ärgerte sich, dass er nicht an Zaraxes gedacht hatte. In seiner Fixiertheit auf Taticenus hatte Rainolf den Ägypter Sinu in Verdacht gehabt, der geheimnisvolle südländische Auftraggeber gewesen zu sein.

»Und wo steckt dein heimtückischer Sklave jetzt?«, fragte Rainolf misstrauisch.

»Er sorgt für die Erfüllung meines Plans.«

Das bösartige Grinsen des Römers jagte Rainolf einen Schauer über den Rücken.

»In der Auswahl deiner Attentäter warst du insgesamt nicht sehr geschickt. Der Kerl, der dem Prokonsul auflauerte, hat ebenfalls versagt«, provozierte Rainolf Bassus weiter.

»Das war auch meine Absicht. Er war ein Sugambrer, dem ich eine Menge Geld für den Tod des Prokonsuls versprochen habe. Natürlich war mir klar, dass er nie die Leibgarde überwinden und Justinus töten könnte. Deshalb habe ich ihm befohlen, einen Raben aus Holz um seinen Hals zu tragen. Deutlicher konnte ich die Spur zu den Chatten nicht legen. Irgendwie musste ich den zaudernden Justinus überzeugen, die Chatten endlich anzugreifen.«

Wieder parierte Rainolf eine Attacke des Römers. Das Schwert seines Gegners sauste haarscharf an seinem Kopf vorbei. Bassus drang mit weiteren Schlägen auf ihn ein, doch Rainolf zog sich immer wieder rechtzeitig zurück.

»Und das alles nur, um an die Eisenmine der Chatten zu gelangen«, keuchte Rainolf. Das Schwert in seinen Händen schien inzwischen doppelt so schwer zu sein wie zu Beginn des Kampfes.

»Du weißt nicht, was der Besitz dieser Mine bedeutet!«, rief Bassus, während er eine Finte antäuschte. »Es gibt kein Eisen im gesamten römischen Imperium, das es mit dieser

Härte aufnehmen kann. Die Schwerter der Chatten können sogar Rüstungen durchbohren.«

Rainolf startete einen Versuch, Petronius Bassus mit einem geraden Stich zu treffen, doch der blockte den Angriff gekonnt ab.

»Und du hast natürlich sofort viel Geld gewittert, als du von der Mine hörtest.«

»Viel Geld?«, rief Bassus höhnisch. »Die Mine sichert dem Besitzer unermessliches Vermögen und Macht. Nach dem Krieg werde ich sofort ein kleines Stück von dem eroberten Land kaufen. Und zufällig wird sich genau dort eine Eisenmine befinden. Der Kaiser wird, sobald ich ihm die Härte der Waffen demonstriert habe, seine gesamte Armee mit Waffen aus dem Metall meiner Mine ausrüsten. Ich werde zu den reichsten Männern Roms gehören und mehr Einfluss auf den Kaiser haben als irgendwer sonst im Reich.«

»Bei solchen Zukunftsaussichten darf man natürlich nicht kleinlich sein – was zählen da schon ein paar tausend Tote?«, entgegnete Rainolf spöttisch.

Mit einem wütenden Schrei griff der Römer erneut an und trieb den jungen Ubier mit mächtigen Hieben vor sich her. Rainolf versuchte, so gut es ging, sich zu wehren, doch er spürte, wie seine Kräfte schwanden. Bassus blieb dies nicht verborgen und er schlug weiter mit aller Härte zu.

Ein Streich erwischte Rainolf am rechten Oberarm. Ein brennender Schmerz schoss durch seinen Körper. Obwohl er nicht wagte hinzusehen, wusste er, dass die Wunde klaffte. Rainolf fühlte sich kaum noch in der Lage, sein Gladius zu halten.

Aber er wollte nicht aufgeben, er wollte leben! Verzweifelt umklammerte er die Waffe.

Doch im nächsten Augenblick führte sein Gegner einen heftigen Schlag und Rainolf wurde der Gladius aus der Hand geschleudert. Er stolperte rückwärts und fiel hin. Sein Schicksal war besiegelt.

Petronius Bassus blickte verächtlich auf ihn herab. »Du wärst besser Händler geblieben, Rainolf! Als Aedil lebst du zu gefährlich!«

Der Römer hob das Schwert mit beiden Händen über den Kopf, um seinem Gegner den tödlichen Hieb zu versetzen.

Entsetzt riss Rainolf die Arme vor sein Gesicht und kniff die Augen zu, in Erwartung des Todes. Die Zeit dehnte sich zur Ewigkeit.

Plötzlich vernahm er ein leises Rascheln und Klirren von Metall hinter sich.

»Auch Händler leben gefährlich, wenn sie zu gierig werden, Petronius Bassus!«

Rainolf glaubte für einen Moment, schon tot zu sein und eine melodische, aber kraftvolle Stimme aus dem Jenseits zu vernehmen. Dann riskierte er es, ein Auge zu öffnen. Von unten herauf erblickte er Freya, die nur zwei Schritte von ihm entfernt stand.

Sie erschien ihm gleichzeitig überirdisch schön und schrecklich. Auf ihrem Kopf saß ein Eisenhelm, unter dem ihre langen, blonden Haare herabflossen wie ein Wasserfall. Ihr Oberkörper wurde von einem Brustharnisch aus Leder geschützt und statt eines langen Kleides trug sie Hemd, Hose und Lederstiefel. In der Linken hielt sie einen rechteckigen Schild, auf dem ein schwarzer Rabe abgebildet war. Am eindrucksvollsten war aber das Langschwert, das Freya in ihrer Faust hielt. Rainolf hatte es schon einmal gesehen: Es war Agyntirs Schwert.

Freya war gekommen, um mit dieser Waffe den Blutzoll für ihren Vater einzufordern. Nur so konnte Agyntir doch noch an Wodans Tafel Platz nehmen.

Tausend Gedanken jagten Rainolf durch den Kopf: Wo kam Freya so plötzlich her? Wo waren ihre Krieger? Würde sie etwa allein den Kampf mit Petronius Bassus wagen?

Auch der Römer sah die Chattin zunächst fassungslos an. Dann fing er sich wieder und stellte sich in Kampfposition.

Rainolf nutzte Bassus' Unaufmerksamkeit und krabbelte rasch aus der Gefahrenzone.

Obwohl der Römer nicht klein an Wuchs war, überragte ihn die Chattin deutlich. Ihre Bewegungen waren elegant und fließend, während die von Bassus zwar kraftvoll, aber eher abgehackt wirkten. Rainolf hielt unwillkürlich die Luft an, als die beiden anfingen, sich zu umkreisen.

Plötzlich stürmte Bassus vor und schlug nach Freyas Kopf. Die Schamanin parierte den Hieb mit einer schnellen Bewegung ihres Schwertes, ebenso den nächsten Angriff. Der Römer ging auf Distanz, überrascht von der mühelosen Abwehr seiner Angriffe.

Offensichtlich hatte Freya von ihrem Vater nicht nur das kluge Handeln, sondern auch den Schwertkampf gelernt. Sie startete ansatzlos eine Attacke und nun wich Petronius Bassus vor der raschen Schlagkombination zurück.

Keuchend ging der Römer in Abwehrhaltung. Mit einer solch starken Gegnerin hatte er nicht gerechnet. Zum ersten Mal sah Rainolf die Angst in Bassus' Augen aufflackern. Die Blicke des Römers schossen hektisch hin und her, er suchte nach einer Ausweichmöglichkeit.

»Stell dich dem Kampf, du Feigling!«, dröhnte es plötzlich über den Platz.

Rainolf sah fassungslos zu der Chattin. Auch wenn die Worte aus ihrem Mund gekommen waren, konnte das unmöglich ihre Stimme gewesen sein. Das war nicht der helle, klare Klang Freyas, sondern eine viel tiefere Stimmlage. Was ging hier vor? Sprach etwa Agyntirs Geist aus seiner Tochter und führte ihre Hand? Rainolf kroch noch einen Meter weiter zurück und konnte dennoch nicht den Blick von der Szene lösen.

Bassus fiel vor Entsetzen die Kinnlade herab. Mit festen, ruhigen Schritten, das Schwert zum Schlag erhoben, näherte sich ihm die Chattin. Der Römer wollte fliehen, doch Freya schnitt ihm den Weg ab. Gehetzt, wie ein in die Enge getriebenes Wild, starrte er seine Gegnerin an. Nichts war mehr übrig von dem selbstherrlichen, überheblichen Verhalten des Händlers.

Den Schild lässig in der linken Hand, noch nicht einmal zur eigenen Deckung erhoben, drang Freya unerbittlich weiter vor. Im nächsten Moment überschüttete sie den Römer mit einer Serie wuchtiger Hiebe. Verzweifelt versuchte Bassus, sie zu parieren. Der Schweiß lief ihm über das Gesicht.

Jetzt schien Freya erst richtig in Fahrt zu kommen. Sie trieb ihren Gegner nach Belieben vor sich her, ließ ihm keine Sekunde zum Erholen. Die Abwehr des Römers wurde immer schwächer. Schließlich stand er, nach Luft ringend, in der Mitte der Lichtung. In dem Moment fiel ein Sonnenstrahl durch die Wolken und tauchte Freya und Bassus in gleißendes Licht. Das Bild brannte sich tief in Rainolfs Gedächtnis.

Freya holte mit einer blitzschnellen Bewegung aus und schwang das Langschwert in einem Halbkreis gegen Bassus. Sein Schwert flog unter der Wucht des Schlages aus seiner

Hand. Die Waffe schwirrte im hohen Bogen durch die Luft und landete weit entfernt klirrend auf dem Boden.

Petronius Bassus stand entwaffnet vor Freya und sah seine Feindin angsterfüllt an.

»Die Götter vernichten Menschen, die versuchen, den Lauf des Schicksals zu ändern, Petronius Bassus«, stellte Freya fest, diesmal wieder mit ihrer eigenen Stimme.

»Warte, wir könnten das Eisen aus der Mine doch teilen! Du würdest immens reich werden!«, schrie er verzweifelt.

Die Chattin blickte ihn verächtlich an. »Geld interessiert mich nicht, Römer!«

Bassus begriff, dass er dem Tod geweiht war.

»Rache für Agyntir!«, erscholl es laut über die Lichtung.

Ein scharfes Zischen durchschnitt die Luft, als das Schwert seinen tödlichen Weg nahm. Im nächsten Moment trennte sich der Kopf Bassus' von seinem Rumpf.

Mit einem dumpfen Geräusch schlug der Schädel auf. Die toten, weit aufgerissenen Augen starrten Rainolf an. Blut sickerte aus den Fleischfetzen, die einmal ein Hals gewesen waren.

Rainolf saß wie versteinert da, unfähig sich zu bewegen. Dann wanderte sein Blick langsam zu Freya. Als sie auf ihn zutrat, jagte ihm ein Schauer der Angst über den Rücken. Doch sie steckte ihr Schwert weg und beugte sich zu ihm hinab.

»Deine Wunde muss verbunden werden«, sagte sie sanft.

Rainolf hatte vor lauter Entsetzen den Schnitt in seinem Arm vergessen. Erst jetzt kehrte der Schmerz in sein Bewusstsein zurück.

»Ach, das ist nichts!«, versuchte er mit gepresster Stimme, die Sache herunterzuspielen.

Freya zerschnitt den Mantel des Römers und wickelte die Streifen um die Wunde.

»Als ich vorhin Bassus' Worte hörte, wusste ich, dass diese Zusammenkunft hier der Wille der Götter war. Sie haben mich zum Mörder meines Vaters geführt.«

Als Freya von ihm abließ, stand Rainolf auf.

»Du solltest den Arm für eine Weile ruhig halten, damit der Blutfluss aufhört«, ermahnte ihn die Schamanin.

»Ich fürchte, dafür haben wir keine Zeit. Wir müssen nach Rigomagus, um den Krieg zu verhindern.«

Die Schamanin sah ihn fragend an. Rasch erklärte Rainolf ihr die Lage.

»Wenn wir sofort losreiten, können wir es vielleicht noch schaffen, die Legionen einzuholen, ehe sie auf dein Heer treffen«, meinte er schließlich.

Sie schüttelte den Kopf. »Mein Pferd steht leider am gegenüberliegenden Ufer des Rhenus. Weil die Zeit drängte, habe ich mich selbst mit Teruwar hier getroffen, um seine Nachrichten zu hören. Ich habe ihn mit dem Boot losgeschickt, um einige Krieger zu holen, die auf der anderen Seite des Flusses lagern. Sie müssten im Laufe des Nachmittags hier eintreffen. Ich wollte mit ihnen die Truppenbewegungen der Römer auf dieser Flussseite ausspähen.«

Rainolf musste erneut ihren Mut bewundern. Sich in das Land des Feindes zu begeben, hätten nicht viele Kriegsherren gewagt. Doch Freya schien ein unerschütterliches Selbstvertrauen zu besitzen.

»Solange können wir nicht warten, wir müssen sofort losreiten.«

Sie zeigte einen resignierten Gesichtsausdruck. »Wo sollen wir Pferde herbekommen?«

Die Frage brachte Rainolf auf einen Gedanken und trotz der Schmerzen lächelte er. »Kannst du ohne Sattel und Zaumzeug reiten?«

Wenig später galoppierten sie den Weg nach Rigomagus entlang.

Bassus' Sklave hatte sofort Reißaus genommen, als die Schamanin auf ihn und die Kutsche zukam. Freya bot mit ihrem Eisenhelm und dem riesigen Schwert einen wilden Anblick.

Mit ein paar Handgriffen lösten sie die beiden Pferde aus dem Geschirr und schwangen sich auf deren Rücken. Auch wenn sein Arm fürchterlich wehtat, krallte Rainolf sich in die Mähne des Tiers.

Nun hatte er endlich Gelegenheit, Freya einige Fragen zu stellen, die ihn brennend interessierten. »Wie weit sind eure Kriegsvorbereitungen?«

»Als mir gemeldet wurde, dass sich die römischen Legionen auf einen Krieg einrichten, habe ich sofort alle Fürsten unseres Stammes benachrichtigt. Doch in der Kürze der Zeit haben sich bisher nur viertausend Mann eingefunden. Ich erwarte noch einmal so viele, aber bis sie eintreffen, werden noch einige Tage vergehen.«

»Wo lagert euer Heer?«

»Einen halben Tagesritt von Rigomagus entfernt. Es wartet dort auf mich. Falls die Römer vor meiner Rückkehr angreifen sollten, hat Slingir den Befehl, sie unter allen Umständen aufzuhalten. Wenn es ihm nicht gelingt, werden die Legionäre unsere Dörfer niederbrennen.«

»Ich fürchte, eure Chancen stehen schlecht. Der Prokonsul verfügt über zwölftausend schwer bewaffnete Fußsoldaten und eine Auxiliareinheit Reiterei.«

»Du vergisst, dass sie sich auf fremdem, unwegsamem Terrain befinden, wo sie ihre Kampfkraft kaum entfalten können. Wir hingegen sind in den Wäldern zu Hause.«

Rainolf verkniff sich den Hinweis, dass der Prokonsul noch weitere Legionen hinzuziehen konnte, wenn sein Angriff nicht rasch von Erfolg gekrönt war. Gegen eine solche Übermacht könnten sich die Chatten nicht lange halten. Aber die Verluste würden auf beiden Seiten immens hoch sein.

Rainolf fiel noch ein weiteres Problem ein. »Was ist mit Borgar? Wird er nicht versuchen, die Stimmung bei deinen Kriegern gegen dich zu wenden?«

»Borgar wird nie wieder Unfrieden stiften«, erklärte Freya mit grimmiger Miene. »Wir hatten einen Thing einberufen, um über den Krieg zu entscheiden. Borgar hat dort das Andenken meines Vaters beschmutzt. Nach der Versammlung hat Slingir ihn zum Zweikampf gestellt.«

»Und wo ist Borgar jetzt?«, fragte Rainolf vorsichtig.

»Bei Hel, wo er für alle Ewigkeiten ruhelos durch die Schattenwelt streifen wird. Slingir hat ihn getötet.«

XXI. Tag

Sie ritten die Nacht durch, machten nur eine Pause, damit Rainolfs verletzter Arm sich ein wenig erholen konnte. Am nächsten Morgen erreichten sie Rigomagus. Die Pferde und Reiter waren völlig erschöpft. Doch zu spät: Von der Anhöhe aus mussten sie feststellen, dass die römische Armee längst über den Rhenus gesetzt hatte. Fast alle Boote lagen auf der anderen Seite, nur wenige befanden sich noch im Hafen von Rigomagus. Von den beiden Legionen war nichts mehr zu sehen.

Enttäuscht trieben sie die Pferde den steilen Hang hinunter zu dem Dorf, das sich rund um das befestigte Römerlager gebildet hatte. Leute, die sie passierten, starrten dem seltsamen Paar verwundert hinterher.

Am Hafeneingang wollte ihnen ein Legionär den Weg versperren. Freya und Rainolf tauschten einen kurzen Blick und hielten dann im vollen Galopp auf den Mann zu. Nur durch einen Sprung konnte die Wache sich retten.

Natürlich erregte die wilde Aktion die Aufmerksamkeit der Männer auf den Booten, was Rainolf und Freya sehr entgegenkam. So mussten sie nicht lange nach dem kommandierenden Offizier suchen. Von dem größten der noch vor Anker liegenden Schiffe lief ihnen ein Trupp Legionäre entgegen. An ihrer Spitze erkannte Rainolf niemand anderen als Titus Celsus.

Die Soldaten umringten die beiden mit vorgehaltenen Speeren.

»Du schon wieder?«, schleuderte der Nauarchus Rainolf unfreundlich entgegen. »Was willst du hier und wer ist das?« Er zeigte misstrauisch auf Freya.

Rainolf ließ sich etwas unbeholfen vom Pferd gleiten. Sein verletzter Arm behinderte ihn und er konnte sich vor Müdigkeit kaum aufrecht halten.

»Das ist der einzige Mensch, der den Krieg noch verhindern kann«, erklärte er.

»Sag nicht, dass das die Schamanin der Chatten ist!«

Freya saß stolz auf dem Pferd und blickte abschätzig auf Titus Celsus herab – eine Antwort erübrigte sich.

Ein wölfisches Grinsen überzog das Gesicht des Nauarchus. »Bestens! Mit ihr in unserer Gewalt haben wir schon so gut wie gewonnen.«

»Bist du verrückt?«, empörte sich Rainolf. »Hast du nicht begriffen, was ich eben gesagt habe? Nur sie kann jetzt noch Tausende von Leben retten! Der Prokonsul muss sofort erfahren, dass es Petronius Bassus war, der Agyntir getötet hat, um diesen Krieg auszulösen.«

Titus Celsus schien nicht im Mindesten beeindruckt. »Wen interessiert dein Gefasel?«

»Wir müssen uns beeilen, bevor die Heere aufeinandertreffen. Als Aedil befehle ich dir, uns unverzüglich mit einem der Boote überzusetzen!«

»Du bist nicht mehr Aedil und hast mir gar nichts zu befehlen!«, brüllte Titus Celsus.

Unverhohlener Hass lag in den Augen des Römers. Rainolf begriff zu seinem Schrecken, dass er nicht an dem Nauarchus vorbeikommen würde.

Celsus wandte sich den Legionären zu: »Nehmt sie fest!«

Rainolf riss sein Gladius hoch und stellte sich demonstrativ vor Freya. »Nur über meine Leiche!«

»Wenn du es so haben willst!«, entgegnete der Nauarchus.

Rainolf verfolgte entsetzt, wie die Legionäre vorrückten, und hielt verzweifelt sein Schwert vor. Auch Freya zog ihre Waffe. Rainolf machte sich keine Illusionen: Die Legionäre würden ihn in winzig kleine Stücke hauen und auch Freya würde sich nicht lange der Übermacht erwehren können.

In dem Moment erscholl eine laute Stimme: »Was geht hier vor?«

Im Eilschritt näherte sich Marcus Dulcius Tivonius, der Praefectus der Classis Germanica. Sein Blick glitt irritiert zwischen Celsus, Rainolf und Freya hin und her. »Nauarchus, machen Sie Meldung!«, rief er scharf.

Celsus nahm Haltung an. »Ave, Legatus! Wir beabsichtigen die Schamanin Freya vom Stamm der Chatten festzunehmen. Der ehemalige Aedil Rainolf will das verhindern und so müssen wir Gewalt anwenden.«

Der Kopf des Praefectus zuckte empört zu Rainolf. »Ist das wahr?«

Rainolf hob abwehrend die Hand. »Moment, lass mich das in Ruhe erklären!« Er fasste die jüngsten Ereignisse kurz zusammen.

Der Gesichtsausdruck des Praefectus zeigte steigende Verwunderung. »Nauarchus«, rief er schließlich, »bring die beiden sofort auf die andere Seite des Rhenus! Von dort begleitest du sie mit einer Eskorte so schnell wie möglich zum Prokonsul!«

Mit säuerlicher Miene bestätigte Celsus den Befehl. Rainolf konnte sich ein hämisches Grinsen nicht verkneifen.

»Hoffentlich kommt ihr nicht zu spät«, zeigte sich Tivonius besorgt. Er wandte sich an die Schamanin. »Du, Freya, hast freies Geleit bis zum Prokonsul. Was dann mit dir geschieht, liegt in seiner Hand. Ich rate dir, zu deinem Wort zu stehen und dich mit deinen Kriegern friedlich in eure Dörfer zurückzuziehen.«

»Du hast mein Wort darauf, Marcus Dulcius Tivonius.«

Rainolf war erstaunt, dass sie den Namen des Praefectus Classis kannte. Aber Freya war eben immer für eine Überraschung gut.

Die Situation war fast ein wenig absurd: Zwanzig bewaffnete Legionäre ritten durch die germanischen Wälder und führten in ihrer Mitte die Anführerin der Chatten, gegen die sie gerade einen Krieg begonnen hatten. Rainolf jedenfalls musste immer wieder zu Freya schauen, um es zu glauben. Mit jedem raumgreifenden Schritt seines Pferdes wurde seine Sorge vor dem Eintreffen im Heerlager größer: Was würde passieren?

Rainolf verspürte eine nagende Ungewissheit, ob Justinus so besonnen reagieren würde, wie er hoffte. Schließlich wäre die Gefangennahme von Freya fast schon gleichbedeutend mit einem Sieg. Die Demoralisierung der Chatten, wenn sie ihre Anführerin in Ketten oder – Rainolf mochte gar nicht daran denken – tot in den Händen des Feindes sahen, wäre vernichtend.

Was, wenn die Legionen bereits angegriffen haben, durchfuhr es ihn. In dem Fall wäre Freyas Leben ohne Zweifel verwirkt. Rainolf warf einen unauffälligen Blick auf die

Chattin, die neben ihm ritt. Ihr Gesichtsausdruck ließ keine Gefühlsregung erkennen, signalisierte nur Unnahbarkeit.

Der Weg zog sich scheinbar endlos durch den Wald. Einige Male passierten sie bewaffnete Posten, die sie jedoch sofort durchwinkten, als sie den Nauarchus an der Spitze des Trupps erkannten.

Nach fünf Stunden erreichten sie endlich einen Bergkamm und der Blick über eine weite Ebene eröffnete sich. Vor dem Reitertrupp erstreckte sich das eindrucksvolle Heerlager. In aller Eile hatten die Legionen Gräben ausgehoben, Palisaden und Wehrtürme errichtet und Zelte aufgebaut. Unzählige Soldaten machten sich zum Kampf bereit.

Nach einem Befehl von Titus Celsus traten die Wachen vor dem gut drei Meter hohen Tor zur Seite. Die Gruppe ritt bis zur Mitte des Lagers, wo das imposante Zelt des Prokonsuls stand. Es war blutrot und doppelt so groß wie die anderen. Vor dem Eingang waren die Standarten der beiden Legionen und der Classis Germanica aufgepflanzt. Rainolf sprang vom Pferd und lief auf die Leibgarde zu, die ihm pflichtgemäß den Weg zum Zelt versperrte.

»Wir müssen sofort den Prokonsul sprechen!«, rief Rainolf. »Freya, die Anführerin der Chatten, wünscht Friedensverhandlungen!«

Die Soldaten tauschten misstrauische Blicke, dann stürzte einer von ihnen in das Zeltinnere. Man hörte ihn die Meldung brüllen. Wenige Sekunden später trat der Prokonsul ins Freie. Ihm folgten sein Beraterstab und Siazes, der einen langen Speer in der Faust hielt, wie sie in seiner Heimat Nubien verwendet wurden.

Verblüfft blickte Justinus zuerst zu Rainolf, dann zu Freya. »Was, beim Jupiter, geht hier vor?«, rief er fassunglos.

»Ave, Prokonsul! Gestatte, dass ich spreche!«, begrüßte Rainolf ihn betont förmlich. »Der römische Bürger Petronius Bassus war es, der sich für dich ausgab und den chattischen Fürsten Agyntir erstach. Er wollte einen Krieg schüren, um sich eine Vormachtstellung im Handel mit den Chatten zu sichern.«

Rainolf hatte sich diese Aussage reiflich überlegt. Er hielt es für besser, wenn kein Römer über die Eisenerzmine Bescheid wusste. Die Vorstellung von extrem harten Schwertern und Lanzen hätte sonst unter den Militärs Begehrlichkeiten wecken können.

»Die Chatten hatten nie einen Krieg gewollt, und deshalb ist ihre Anführerin zu dir gekommen, um dich um Frieden zu bitten«, fuhr Rainolf fort.

Langsam näherte sich Justinus der Schamanin, dicht gefolgt von seinen Leibwächtern. Freya stieg ruhig von ihrem Pferd, damit sie auf gleicher Augenhöhe mit dem Römer verhandeln konnte. Allerdings musste sie feststellen, dass sie den Prokonsul trotzdem um Haupteslänge überragte.

»Ich komme in Frieden, Prokonsul Quintus Caius Justinus! Rainolf hat die Wahrheit gesagt: Der hinterhältige Petronius Bassus hat meinen Vater Agyntir ermordet und wollte dir die Tat anlasten. Er hat es so geschickt angestellt, dass ich auf die Lüge hereinfiel und dich verfluchte. Ich möchte dich um Verzeihung und gleichzeitig um Frieden zwischen unseren Völkern bitten.«

Zur Bekräftigung ihrer Absichten neigte sie ihr Haupt, sodass ihr blondes Haar fast die Knie berührte.

Für einige Sekunden war es totenstill. Ein Zustand, den Rainolf in einem sonst stets lärmenden Heerlager für unmöglich gehalten hätte.

»Komm mit in das Zelt! Dort sprechen wir weiter!«, entschied Justinus schließlich.

Rainolf hätte am liebsten laut gejubelt. Das bedeutete, dass der Prokonsul zu Verhandlungen bereit war.

Doch bevor Justinus den Eingang erreichte, deutete er auf Rainolf. »Und du kommst mit! Du hast mir einiges zu erklären, Aedil!«

Das letzte Wort betonte er so, dass es wie ein Tadel klang. Doch vor allem hatte er Rainolf damit vor aller Ohren wieder in sein Amt eingesetzt.

Rainolf nickte und wandte sich zum Gehen, als er aus den Augenwinkeln eine Bewegung wahrnahm. Es war mehr eine Ahnung als eine Gewissheit und doch zuckte Rainolfs Blick suchend wieder zurück. Es hatten sich scharenweise Legionäre um sie versammelt. Und ganz hinten, hinter den Reihen der Soldaten entdeckte Rainolf einen kalten Blick, der ihm bekannt vorkam. Zaraxes!

Er trug die Uniform eines einfachen Legionärs und hockte auf einem Holzkarren, der sonst zum Transport von Verpflegung diente. Zaraxes wollte sich vor Rainolf verbergen, der ihn als Einziger im Lager als Bassus' Sklaven erkennen konnte. Es war jedoch genau der Versuch, sich zu verstecken, der Rainolfs Aufmerksamkeit erregt hatte. Jetzt lugte Zaraxes verstohlen über die Planke – und sein Blick traf sich mit Rainolfs.

Der Perser verstand sofort, dass seine Tarnung aufgeflogen war. Eine blitzschnelle Bewegung und Zaraxes hielt einen Bogen in der Hand. Doch nicht er war das Ziel, begriff Rainolf. Er brüllte eine Warnung und machte einen gewaltigen Satz auf Freya zu. Er packte sie um die Hüften und riss sie mit sich zu Boden. In der nächsten Sekunde hörte Rainolf über sich das Sirren eines Pfeils. Mit einem trockenen Knall durchschlug das Geschoss die Zeltwand.

Verwirrt blickten alle auf die seltsame Szene zu ihren Füßen. Niemand wusste, woher der Pfeil auf einmal gekommen war. Die Legionäre schrien sinnlos durcheinander und blickten sich hektisch um. Rainolf war auf seinem verletzten Arm gelandet und stöhnte. Er nahm alle Kraft zusammen, deutete in Zaraxes' Richtung und rief: »Im Wagen!«

Der Prokonsul reagierte als Erster. Ohne eine Sekunde zu zögern, wirbelte er herum, riss Siazes den Speer aus der Hand, erfasste sein Ziel und warf mit einem mächtigen Zug seines Arms die Waffe nach dem Bogenschützen. Alles geschah in einer einzigen fließenden Bewegung.

Der nächste Pfeil lag bereits auf der gespannten Sehne, doch Zaraxes kam nicht mehr dazu, ihn abzuschicken. Der Speer bohrte sich mit Wucht durch seine Brust und warf ihn nach hinten. Zaraxes öffnete den Mund zu einem Schrei, der jedoch seine Kehle nicht mehr verließ.

Wie gebannt starrten alle auf den Toten. Der Speer ragte aus seiner Brust wie ein Mahnmal. Dann stürzten sich einige Legionäre auf ihn und schleiften den Leichnam zum Zelt des Prokonsuls.

Justinus betrachtete das Gesicht des Persers, der mit glasigen Augen in den Himmel blickte.

»Das ist Zaraxes, der Leibwächter von Petronius Bassus. Seine Spezialität waren heimtückische Morde«, erklärte Rainolf und hielt sich den verletzten Arm.

»Wieso hat niemand den falschen Legionär entdeckt?«, schrie der Prokonsul wütend Paccius Nonianus an.

Doch bevor sich der sichtlich verlegene Tribunus Militum der XVI. Legion äußern konnte, beantwortete Rainolf die

Frage. »Die Uniform besaß Zaraxes noch von dem Mord an Agyntir. Er war dabei, als Bassus den Chattenfürsten tötete. Und es ist keine Kunst, sich in dem Gewühl eines Heerlagers einzuschleichen, wenn man eine römische Uniform trägt.«

Justinus stutzte kurz angesichts der Erkenntnis, wie leicht man seine Sicherheitsvorkehrungen umgehen konnte. »Warum hat Bassus seinen Leibwächter überhaupt hergeschickt?«

»Zaraxes hatte den Auftrag, Freya zu töten.«

»Freya töten?«, fragte der Prokonsul verblüfft und sein Blick wanderte von Rainolf zu der Schamanin. »Wie das? Niemand konnte wissen, dass sich Freya heute hier aufhalten würde.«

»Ich vermute, Zaraxes sollte nachts durch die feindlichen Linien in das Lager der Chatten schleichen und Freya im Schlaf umbringen. Ohne Freya wären die Chatten führerlos gewesen und du hättest einen leichten Sieg errungen – was ganz im Sinne von Bassus gewesen wäre.«

Alle starrten ungläubig den Toten an.

»Das hätte er geschafft?«, fragte Justinus schließlich zweifelnd.

Rainolf wiegte abschätzend sein Haupt. »Das Risiko war natürlich hoch, aber Zaraxes war seinem Herrn treu ergeben. Und dass er sich völlig lautlos bewegen konnte, kann ich dir versichern.«

»Aber es hätte ihm doch klar sein müssen, dass es glatter Selbstmord war, Freya jetzt hier in unserem Lager zu töten.«

»Er hat alles versucht, den Befehl seines Herrn auszuführen, in dem Bewusstsein, dass es seinen eigenen Tod bedeutete – die Ehre hat es von ihm verlangt.«

Die Unterredung zwischen Freya und Justinus zog sich über Stunden hin. Es war nicht leicht, zu einer Einigung zu kommen, keiner der Wortführer wollte das Gesicht verlieren.

Die Versammelten bildeten einen Kreis im Zelt. Der Prokonsul saß auf einem mit einem Leopardenfell bedeckten Stuhl, rechts und links standen die beiden Tribunen. Die höchsten Offiziere reihten sich an der Zeltwand entlang. Genau gegenüber dem Prokonsul hatte man Freya einen Stuhl angeboten. Rainolf hielt sich im Hintergrund, denn eigentlich hatte er als Aedil von Colonia auf einem Feldzug nichts zu suchen.

Freya bewies viel Verhandlungsgeschick. Zunächst versprach sie, den Fluch, den sie gegen Justinus ausgesprochen hatte, durch ein Opfer an die Götter wieder zurückzunehmen. Das war das Mindeste, was der Prokonsul erwartet hatte. Dann begannen die schwierigen Punkte einer Friedensverhandlung: Wer trug Schuld und wer sollte was dafür leisten?

Auch wenn Freya den Begriff Rhetorik gar nicht kannte, gelang es ihr immer wieder, den Prokonsul zu Zugeständnissen zu bewegen. Sie wies darauf hin, dass es ein Römer gewesen sei, der durch den Mord an ihrem Vater fast den Krieg ausgelöst habe. Justinus erwiderte, dass die Chatten schon vorher in römisches Gebiet eingedrungen seien. Auch die Nachricht, dass Borgar tot war, konnte den Prokonsul nur geringfügig von seiner Meinung abbringen.

Als die Verhandlungen zu scheitern drohten, weil die Schuldfrage nicht geklärt werden konnte, trat Rainolf mutig in den Kreis.

Alle starrten ihn erstaunt an. Entschlossen erhob er seine Stimme und wies darauf hin, dass Freya den wahren Mörder ihres Vaters eigenhändig getötet und Agyntir nun endlich nach Walhalla gelangen konnte.

»Das war doch der Grund, warum du überhaupt den Todesfluch ausgesprochen hast«, wandte er sich an die Chattin. »Die Ehre deines Vaters ist wiederhergestellt. Ich bin sicher, dass er sehr stolz auf seine Tochter ist. Doch weitere Forderungen hätte auch der große Agyntir nicht gestellt. Belass es dabei!« Dann wandte er sich an Justinus. »Bassus war ein römischer Bürger. Er hat zweifelsohne den Mord an Agyntir begangen, um einen Krieg zu provozieren. Also trägt er die alleinige Schuld. Doch er ist tot und kann nicht mehr zur Verantwortung gezogen werden.« Rainolf holte tief Luft. »Demnach ist keinem der hier Anwesenden eine Schuld anzulasten.«

Rainolf stellte sich wieder artig neben den Zelteingang und wartete ab. Er hatte beiden Parteien eine Möglichkeit eröffnet, ohne Gesichtsverlust aus der verfahrenen Situation herauszukommen.

Sowohl der Prokonsul als auch die Schamanin dachten intensiv über die Worte nach. Schließlich erklärten sich beide mit Rainolfs Ausführungen einverstanden. Freya und Justinus verkündeten feierlich, dass weder die Chatten noch die Römer diesen Krieg gewollt hatten. Beide Heere würden friedlich abziehen und den Limes als Grenze anerkennen.

Rainolf konnte es kaum glauben: Die Gefahr eines Krieges war gebannt.

Als der Prokonsul die Zeltplane beiseiteschlug, trat erneut absolute Stille im Lager ein. Jeder, vom Centurio bis zum Koch, starrte auf den Feldherrn. Justinus ließ seinen Blick über die Menge streichen.

Dann erteilte er laut die Anweisung zum Abzug der Truppen. Jubel brach aus. Es war keiner unter den Legionären, der nicht erleichtert war, dass die Schlacht gegen die Chatten nicht stattfinden würde. Zu viele grausame Geschichten über deren Krieger waren bekannt geworden. Ein paar Befehle schwirrten durch die Luft und umgehend begannen die Soldaten, das Lager abzubrechen.

Plötzlich geriet Bewegung in den Waldrand. Zu Rainolfs Erstaunen traten einige hundert Chatten aus dem Dickicht. Begeistert schwenkten sie ihre Schwerter, Speere und Äxte über den Köpfen. Ihre Rufe steigerten sich ins Ohrenbetäubende, als Freya aus dem Lagertor trat und ihren Kriegern zuwinkte. Dann gebot sie ihnen mit erhobenen Armen, still zu sein.

»Volk der Chatten! Ich habe mich mit dem Prokonsul Quintus Caius Justinus beraten. Es war ein Verräter in den Reihen der Römer, der diesen Krieg herbeiführen wollte. Dieser Mann ist nun tot, erschlagen durch meine Hand. Der Rache Agyntirs ist Genüge getan. Kehrt in eure Dörfer zurück! Der Friede zwischen Römern und Chatten ist wiederhergestellt!« Freya drehte sich um und begab sich erneut zum Prokonsul.

Rainolf verharrte in einiger Entfernung und beobachtete die Szene. Justinus schickte seine Berater außer Hörweite. Die Chattin und der Römer redeten noch eine ganze Weile miteinander und auf beiden Gesichtern zeichnete sich Zufriedenheit ab.

Auf einen Wink des Prokonsuls brachte schließlich ein Legionär der Schamanin ein Pferd. Anscheinend hatte Justinus ihr den Schimmel geschenkt, damit sie zurück zu ihrem Dorf reiten konnte.

Sie schwang sich mit Leichtigkeit auf das Tier und wollte das Lager verlassen. Vor dem Tor stellte sich ihr Rainolf in den Weg.

Freya zügelte ihr Pferd. »Rainolf, ich habe selten einen tapfereren Menschen kennengelernt als dich! Du hast viele Leben gerettet und dafür danke ich dir! Du bist uns jederzeit willkommen.«

Rainolf war sichtlich verlegen, doch er hatte auch noch etwas auf dem Herzen. »Ich wollte dich noch etwas fragen.«

»Ja?«

Er räusperte sich und wusste nicht so recht, wie er es formulieren sollte. »Bei deinem Kampf mit Bassus, da ...«, stammelte er unbeholfen, »... habe ich eine Männerstimme vernommen – aus deinem Mund! War das Agyntir, der durch dich gesprochen hat?«

Freya sah ihn sehr ernst an, dann senkte sie den Kopf, bis ihr Kinn fast den Hals berührte.

»Fürchtest du dich, Rainolf?«, sagte sie in tiefem Tonfall.

Dem Ubier klappte die Kinnlade herab und er starrte sie entgeistert an.

Freya musste lachen, nun wieder in einer deutlich höheren Tonlage. »Es ist sehr praktisch für eine Schamanin, Stimmen imitieren zu können. So bekommen Weissagungen mehr Glaubwürdigkeit. Aber behalte dieses Geheimnis bitte für dich. Gehabe dich wohl, mein Freund!«

Freya trat dem Schimmel in die Flanken und das Tier trabte los.

Kurz bevor sie den Wald erreichte, warf sie Rainolf einen letzten Blick zu. Er hätte schwören können, ein schelmisches Grinsen auf ihrem Gesicht zu erkennen.

Sechs Wochen später

Der Herbst hatte Einzug gehalten und der erste heftige Sturm fegte über Colonia hinweg. Rainolf zog seinen Mantel enger um seinen Körper, damit das Kleidungsstück nicht im Wind flatterte. Er schritt schneller aus, um rasch zu seiner Wohnung zu gelangen.

Den ganzen Tag hatte Rainolf in der Curia zugebracht, Schreibkram erledigt und sich wie üblich Beschwerden der Einwohner angehört. Dennoch eilte er nun gut gelaunt nach Hause, denn er hatte eine Einladung ins Praetorium erhalten. Der Prokonsul wollte im kleinen, aber erlauchten Kreis ein Abendessen ausrichten.

Natürlich wusste Rainolf, dass Julia ihren Vater dazu gedrängt hatte. Seit seiner Rückkehr legte sie Wert darauf, dass ihre römischen Landsleute Rainolfs Verdienste gebührend würdigten, was ihm selbst eher unangenehm war. Er hatte Julia gleich am ersten Abend alles haarklein erzählen müssen. Um keinen Ärger zu riskieren, hatte er sich allerdings mit seiner Bewunderung für Freya zurückgehalten.

Julia barst geradezu vor Stolz auf ihren Freund. Rainolf nutzte die Gunst der Stunde und bestand darauf, dass Caledus ins Praetorium zurückkehrte. Er hatte von dem pedantischen Sklaven endgültig genug.

So war Rainolfs Leben wesentlich angenehmer und entspannter geworden. Endlich konnte er sogar die nächtlichen Ausflüge mit Garawan und seinen Freunden in diverse Tabernae der Stadt genießen, ohne zu Hause Vorwürfe befürchten zu müssen.

Der Prokonsul selbst hatte am Tag nach ihrer Ankunft in Colonia Rainolf zu Ehren ein riesiges Bankett gegeben. Alles, was in der Stadt Rang und Namen hatte, war eingeladen gewesen. Zu dem Anlass hatte Justinus Rainolf wieder offiziell in das Amt des Aedils eingesetzt. Das grimmige Gesicht Lucius Curilius' war dem jungen Ubier eine echte Genugtuung gewesen.

Selbst Taticenus hatte Rainolf gratuliert und ihm sogar Versöhnung angeboten. Der Ubier war überrascht von dem Angebot, so viel Großmut hatte er dem Vize-Prokonsul nicht zugetraut. Dankbar willigte er ein, froh, Taticenus nicht mehr als Gegner zu haben.

Julia hatte Rainolf anschließend nur vielsagend angelächelt. »Habe ich dir nicht gesagt, dass wir Römer uns immer mit den Siegern verbünden? Es kann für uns selbst nur von Vorteil sein!«

Doch über Taticenus' Beweggründe wollte Rainolf nicht weiter spekulieren, zumal der Vize-Prokonsul ihm eröffnet hatte, dass er im nächsten Frühling nach Rom zurückkehren würde. Taticenus strebte einen Posten im Senat an. Rainolf wünschte ihm viel Glück.

Am nächsten Tag hatte er von Garawan erfahren, dass Taticenus Winora angeboten hatte, ihn nach Rom zu begleiten. Sie hatte jedoch dankend abgelehnt. Diese Frau schafft es, tatsächlich jedem Mann den Kopf zu verdrehen, dachte Rainolf amüsiert.

Der Sacerdos Naevius Perellus würde ebenfalls bald nach Rom zurückkehren müssen, allerdings unter Bewachung. In der Hauptstadt würde der Rat des Kapitolinischen Tempels über Perellus' Schicksal entscheiden. Als er sich mit einer Mordanklage konfrontiert sah, hatte der Sacerdos gestanden, zwar viele Spenden für den Tempel in die eigene Tasche gesteckt zu haben, aber beteuert, niemanden umgebracht zu haben. Justinus war überzeugt, dass der Rat Perellus irgendwo in eine Wüstenei in einer entfernten Provinz abschieben würde, wo er sich für den Rest seines Lebens um einen Tempel kümmern musste.

Sein erster Gang nach der Ankunft im Praetorium hatte Rainolf natürlich zum Haus seiner Familie geführt. Dort hatte er nicht nur seinem Vater und seiner Schwester in dem Armen gelegen, sondern auch Walraban, Markolf und sogar Albuin und Baldwin. Für ihre Größe und Schlagkraft hatten die beiden Sklaven erstaunlich nah am Wasser gebaut. Auch Rainolf kamen schließlich die Tränen.

Stundenlang hatte er allen von den Ereignissen erzählen müssen. Irgendwann fiel ihm Hiltjadir wieder ein. Doch Sigolf winkte ab.

Nachdem Rainolf mit Teruwar aus Colonia geflohen war, hatte die Stadtwache zum dritten Mal seinen Laden durchwühlt. Dabei hatten sie den gefesselten Hiltjadir im Lager gefunden. Sigolf hatte den Soldaten weisgemacht, dass er den Kerl beim Einbruch ertappt und sowieso gleich bei der Stadtwache hatte abliefern wollen. Curilius war das Gesicht von Hiltjadir durchaus bekannt gewesen, der Germane war schon mehrmals wegen Schlägereien und Diebstahls verhaftet worden. So steckte der Aedil Hiltjadir gleich in den Kerker, wo er nun seine Strafe verbüßte.

Ein letzter heftiger Windstoß fuhr Rainolf durch die Haare, dann hatte er endlich seine Wohnung erreicht. Erschöpft ließ er sich auf sein Bett fallen und schloss für einen Moment die Augen. Fast war er eingeschlafen, als es klopfte. Mit einem gedämpften Fluch schlurfte Rainolf zur Haustür.

Ein fremdes Gesicht blickte ihn an. Der Mann war groß, kräftig und seine einfache, grobe Kleidung wies ihn eindeutig als Germanen von jenseits des Rhenus aus. Er machte einen entschlossenen und furchtlosen Eindruck. Rainolf fühlte ein nervöses Kribbeln im Genick.

»Bist du Rainolf?«, fragte der Fremde.

Für einen Moment überlegte Rainolf, ob es klüger wäre zu leugnen. »Ja, der bin ich, was willst du von mir?«, fragte er schließlich vorsichtig.

Statt einer Antwort zog der Mann etwas aus einem ledernen Beutel und hielt es Rainolf hin. »Teruwar bat mich, dich zu grüßen und dir das zu geben!«

Rainolf griff danach, konnte jedoch den Blick nicht von dem muskulösen Chatten nehmen. Der nickte noch einmal kurz, drehte sich wortlos um und verschwand die Treppe hinunter.

Erst jetzt sah Rainolf auf seine Hand. Er hielt eine dünne, geflochtene Schnur, an deren Ende ein geschnitzter Rabe baumelte.

Die Worte Teruwars kamen ihm in den Sinn: »Seit urdenklichen Zeiten ist es bei uns Brauch, einen Raben als Zeichen der Freundschaft zu schicken.«

Lächelnd schloss er die Faust um den Talisman.

Glossar

Aedil: In Rom gab es vier Aedile, die die Bau- und Marktaufsicht führten, die Polizei und Feuerwehr befehligten, für die Lebensmittelversorgung der Stadt zu sorgen hatten und Gladiatorenspiele veranstalten mussten. In den Provinzen gab es nur zwei, die hierarchisch nicht ganz so hoch standen wie die in der Hauptstadt. Die Zuständigkeit der Aedile in den Provinzhauptstädten beschränkte sich mehr auf die Überwachung der öffentlichen Ordnung.

Aesculapius: Römischer Gott der Heilkunst.

Aquae: Aachen.

Ara Ubiorum: Altar der Ubier.

Argentorate: Straßburg.

As: Römische Münze. Vier Asse entsprachen einem Sesterz.

Atriensis: Hausmeister im Sinne eines Verwalters, der unter anderem auch die Sklaven beaufsichtigte.

Atrium: Überdachter Hof. Über dem Atrium befand sich eine Dachöffnung (compluvium), durch die Licht und Luft hereinkam. Darunter lag eine Vertiefung im Boden (impluvium), in der sich Regenwasser sammelte.

Augusta Treverorum: Trier, damals Hauptstadt der Provinz Belgica.

Aureus: Römische Goldmünze, unter Kaiser Augustus eingeführt. Ein Aureus entsprach fünfundzwanzig Denaren bzw. einhundert Sesterzen.

Auxiliares: Hilfstruppen, bestehend aus Soldaten fremder Völker. Sie unterstützten die römische Armee und stellten den Großteil der Reiterei. Die Auxiliares waren nicht in Legionen, sondern in Kohorten und Alae (Reiterei) eingeteilt.

Bonna: Bonn.

Cardo Maximus: Eine der beiden Hauptstraßen Colonias, die die Stadt von Nord nach Süd durchquerte.

Cella: Keller.

Centurio: Befehlshaber einer Zenturie, die aus einhundert Mann bestand, entspricht etwa dem Rang eines Hauptmanns.

Cervisia: Vorläufer des Biers, benannt nach der römischen Göttin des Ackerbaus, Ceres. Schon die Sumerer sollen rund 5000 v. Chr. Bier aus Getreide gebraut haben. Die Römer brachten die Cervisia bei ihren Eroberungszügen mit nach Germanien.

Chatten: Germanischer Volksstamm, der im Gebiet des heutigen Hessen siedelte. Der Name ›Hessen‹ leitet sich von ›Chatten‹ ab. Im Jahr 69 n. Chr. beteiligten sich die Chatten am Aufstand der Bataver, mit denen sie verwandt waren, gegen die Römer. Während der Chattenkriege in den Jahren 83 und 85 kam es zu Schlachten zwischen den römischen Truppen des Kaisers Domitian und den Chatten. Als 89 Saturnius gegen Kaiser Domitian putschte, brach erneut ein Krieg aus. Die Chatten hofften, den Gegner jenseits des Rheins nun schlagen zu können. Im Jahr 162 fielen die Chatten in Obergermanien und Rätien ein, 170 schließlich plünderten sie die römische Provinz Belgica.

Classis Germanica: Die römische Rheinflotte mit Hauptlager in Colonia Claudia Ara Agrippinensium. Das Lager lag im heutigen Stadtteil Marienburg. Rund eintausend Mann Schiffsbesatzung und Marineinfanteristen waren auf einem Areal von etwa sechs bis sieben Hektar relativ komfortabel untergebracht. Ursprünglich zum Transport der Truppen und zur logistischen Unterstützung während der Germanienfeldzüge eingesetzt, übernahm die Classis Germanica später die Sicherung der Grenze (Rhenus) und auch die Versorgung der Lager und Städte mit Baumaterial.

Classis Misenensis: Flotte im Stützpunkt Misenum in Süditalien.

Cohortes Urbanae: Stadtwachen.

Colonia Claudia Ara Aggripinensium: Lateinischer Name des heutigen Kölns. Auf Drängen seiner Frau Agrippina verlieh Kaiser Claudius C. C. A. A. die Stadtrechte um 50 n. Chr. ›Colonia‹ bedeutet Kolonie römischen Rechts, ›Claudia‹ weist auf Kaiser Claudius hin, der die Stadtrechte verlieh, ›Ara‹ steht für einen zentralen Altar und ›Agrippinensium‹ ist der Hinweis auf Kaiserin Agrippina, die in Köln geboren wurde.

Confluentes: Koblenz. Ursprünglich: Castellum apud Confluentes (Kastell bei den Zusammenflüssen).

Cubiculum: Schlafzimmer.

Culina: Küche.

Curia: Rathaus mit Sitz der städtischen Verwaltung.

Duumvir: Bürgermeister der Stadt. An der Spitze des Magistrats standen zwei Bürgermeister, die als Repräsentanten der Stadt auch deren Geschäfte besorgten.

Etruria: Heimat der Etrusker, deren ursprüngliches Siedlungsgebiet etwa der heutigen Toskana entspricht. Ab 800

v. Chr. entwickelte sich die etruskische Hochkultur und ihr Gebiet reichte von der Po-Ebene im Norden bis nach Latium im Süden. Im 5. Jh. v. Chr. begann ihr Niedergang und Rom übernahm allmählich die Vormachtstellung in Italien.

Exedra: Gesellschaftszimmer in großen Häusern.

Fasces: Rutenbündel, in dem ein Beil steckte. Liktoren trugen die Fasces als Zeichen der Macht des von ihnen begleiteten hohen Beamten.

Fluch: Die Römer und Germanen sprachen Flüche aus, um einen Gott zu bitten, jemand anderem zu schaden. Der Vorgang wurde durch entsprechende Gestik unterstützt. Die Römer verwandten auch Tafeln aus Blei (tabellae defixiorum), in die der Fluch geritzt wurde und die in der Nähe des Verfluchten versteckt wurden. Die Folgen eines Fluches konnten vielfältig sein, von wirtschaftlichem Misserfolg über Frigidität bis hin zum Tod.

Frame: Germanischer leichter und kurzer Wurfspieß.

Freies Germanien: Das Gebiet östlich des Rheins. Es wurde mehrmals erfolglos von römischen Eroberungsfeldzügen heimgesucht. Das Freie Germanien reichte vom Rhein bis in das heutige Polen hinein und von Dänemark bis an die Alpen. Es handelte sich aber nie um einen eigenen Staat, sondern um lose Ansammlungen diverser Stämme, die sich häufig untereinander bekriegten und sich daher auch nie als eigene Nation verstanden.

Freigelassener: Sklaven konnten von ihren Herren – Bürgern des Römischen Reiches – die Freiheit geschenkt bekommen. Damit erhielten sie zwar nicht automatisch das Bürgerrecht, galten jedoch auch nicht mehr als rechtlose Sklaven, die von ihrem Herrn sogar getötet werden durften.

Gallia: Gallien, das heutige Frankreich.

Gau: Ein germanischer Stamm gliederte sich meist in mehrere Gaue, unter denen man größere Siedlungsgemeinschaften verstand.

Germanen: Die Bedeutung des Begriffs ›Germanen‹ ist bis heute umstritten. Als Erster erwähnte der griechische Historiker Poseidonis 80 v. Chr. die ›Germanoi‹, rund dreißig Jahre später beschrieb Julius Cäsar in seinem Buch über den gallischen Krieg die ›Germani‹. Lange Zeit war die Übersetzung mit ›Speerträger‹ populär, doch die Historiker halten noch etliche andere Bedeutungen wie ›gesamtes Volk‹, die ›Grimmigen‹ oder nach dem lateinischen ›germanus‹, die Verwandten, die Wahren für möglich.

Germania Inferior: Provinz des römischen Imperiums. Sie reichte von der Nordsee bis zur Mosel und schloss einen Teil der heutigen Niederlande ein. Die Grenze zum Freien Germanien bildete der Rhein. Die Hauptstadt war Colonia Claudia Ara Aggripinensium, das heutige Köln.

Germania Superior: Provinz des römischen Imperiums. Sie erstreckte sich etwa von der Mosel im Norden bis an die Alpen. Die Hauptstadt war Mogontiacum, das heutige Mainz.

Gjöll: In den germanischen Mythen der Fluss vor dem Totenreich.

Gladius: Römisches Kurzschwert mit zweischneidiger Klinge, Standardwaffe der römischen Armee bis ins 3. Jh. n. Chr.

Hadrian: Römischer Kaiser, Regierungszeit von 117 bis 138 n. Chr.

Hellas: Griechenland.

Hispania: Spanien.

Iden: Feiertage im römischen Kalender. Im März, Mai, Juli und Oktober fielen sie auf den 15., in den übrigen Monaten auf den 13. Tag des Monats. Die Römer feierten die vier

Mondviertel eines jeden Monats: Iden (Vollmond), Terminalien (abnehmender Halbmond), Kalenden (Neumond) und Nonen (zunehmender Halbmond).

Insula: Mehrstöckiges Haus mit vielen Wohnungen, antike Mietskaserne.

Italia: das heutige Italien.

Iudex: Richter.

Jupiter, Juno und Minerva: Die obersten Götter der römischen Mythologie. Sie entsprechen dem griechischen Göttervater Zeus, seiner Gemahlin Hera und seiner Tochter Pallas Athene, der Göttin der Weisheit. An der Stelle des römischen Tempels in Colonia Claudia Ara Agrippinensium steht heute die Kirche St. Maria im Kapitol.

Kohorte: Die Kohorte bildete die taktische Grundeinheit der Legion und bestand aus 480 Mann, die auf sechs Zenturien aufgeteilt waren.

Legatus Legionis: Oberbefehlshaber einer Legion.

Legion: Eine Legion (ca. 5.200 Mann) war in zehn Kohorten bzw. in sechzig Zenturien gegliedert. Zwei Zenturien bildeten ein Manipel. Dazu kamen noch verschiedene Handwerker, Schriftführer, Ingenieure und Zeltbauer.

Liktoren: Wächter hoher Staatsbeamter. Dem Prokonsul, Prätoren und kaiserlichen Legaten standen zwölf Liktoren zu, nur der Kaiser selbst durfte sich mit vierundzwanzig Liktoren umgeben.

Limes: Von Kaiser Domitian ab 85 n. Chr. erbauter Grenzwall, um sich gegen die Germanen zu schützen. Der ›obergermanische Limes‹ begann auf der östlichen Rheinseite bei Rheinbrohl, schlängelte sich durch den Taunus nach Osten und knickte dann nach Süden ab bis Lorch (bei Schwäbisch Gmünd). Hier bog der ›rätische Limes‹ scharf nach Osten ab und endete bei Hienheim an der Donau, westlich von Regensburg. Der 550 Kilometer lange Limes bestand zunächst aus etwa neunhundert einzelnen Wachtürmen, die in Sichtweite zueinander standen. Später wurde er mit Palisaden, Erdwällen, Gräben und steinernen Wachtürmen, die entlang einer Militärstraße verliefen, ausgebaut und durch rund sechzig Kastelle im Hinterland geschützt. Im Jahr 260 n. Chr. durchbrachen die Alemannen den Limes und machte ihn in weiten Teilen wirkungslos.

Lugdunum: Lyon.

Lupanar: Bordell.

Magister Navis: Kapitän.

Massilia: Marseille.

Meile: Eine römische Meile entspricht 1,478 Kilometer. Sie bestand aus eintausend Doppelschritten zu je fünf Fuß.

Mosella: Mosel.

Mulsum: Mit Honig vermischter Wein.

Nauarchus: Lagerkommandant eines Flottenstützpunktes, dem Befehl des Prokonsuls und des Praefectus Classis unterstellt.

Neapolis: Neapel.

Nemeter: Germanischer Volksstamm, der im Gebiet des heutigen südlichen Rheinland-Pfalz siedelte.

Palla: Umhang der Frauen, den sie außerhalb des Hauses trugen.

Patrizier: Der Adel. Die alteingesessene Oberschicht in Rom bezeichnete sich selbst als Patrizier (abgeleitet von *patris* = Väter, Vorfahren) und behauptete, von den Gründungsvätern Roms abzustammen.

Pax Romana: Römischer Frieden. Bezeichnet die von Kaiser Augustus eingeführte Ideologie der wachsenden Wirtschaft und erblühenden Kultur durch gesicherte Grenzen und befriedete Völker innerhalb des römischen Imperiums.

Plebejer: Das einfache Volk. Ursprünglich zielte der Ausdruck auf die Handwerker und Bauern, später waren damit auch die römischen Bürger gemeint, die nicht dem Patrizier- oder Ritterstand angehörten.

Praefectus Classis: Oberbefehlshaber einer Flotte.

Praetorium: Residenz des Statthalters. Ursprünglich wurde der Begriff für das Hauptquartier des Heerführers im Krieg benutzt. Das Praetorium in Colonia Claudia Ara Aggripinensium lag an der rheinseitigen Stadtmauer und ist heute noch unter dem Rathaus zu besichtigen.

Prokonsul: Statthalter einer Provinz und oberster Heerführer. Er verfügte über absolute Macht und war nur dem Kaiser gegenüber verantwortlich.

Quaestor: Ein gewählter Beamter. Er verwaltete die Finanzen einer Region oder einer Stadt und war zuständig für die Auszahlung öffentlicher Gelder sowie die Einnahmen von Steuern. Normalerweise ein Jahr im Amt.

Rhenus: Rhein.

Rigomagus: Remagen. Dort befand sich ab dem ersten Jh. n. Chr. ein Auxiliarlager (Hilfstruppen) der Römer.

Sacerdos: Oberster städtischer Priester. In Colonia versah er seinen Dienst am ›Ara Ubiorum‹, dem höchsten Heiligtum der Stadt.

Sesterz: Römische Münze. Ein Sesterz entsprach vier Assen.

Silva Ardenna: Eifel.

Sugambrer: Germanenstamm, der zum Zeitpunkt der Handlung etwa im Gebiet des heutigen Westerwalds siedelte.

Taberna: Gasthaus.

Therme: Römisches Badehaus mit Schwimmbad, Sauna,

Massage und Sportmöglichkeiten. Für die Römer war die Therme ein beliebter Freizeittreffpunkt.

Thing: Germanische Ratsversammlung.

Thracia: Thrakien, das Gebiet umfasst etwa das heutige Bulgarien und Rumänien.

Toga: Gewand, das aus einem großen, rechteckigen Tuch bestand, welches locker um den Körper geschlungen wurde. Adlige trugen sie in Weiß; je nach Rang und Amt waren die Togen aufwendig mit bestimmten farbigen Säumen und Stickereien versehen.

Tribunus Militum: Zweithöchster Offizier einer Legion, ranghöchster der sechs Militärtribunen und Stellvertreter des Legatus Legionis.

Triclinium: Esszimmer.

Tunika: Langes Hemd ohne Ärmel, das bis auf die Oberschenkel reichte.

Ulpia Traiana: Xanten.

Vigiles: Ursprünglich die Feuerwehr, die aufgrund einiger Großbrände in Rom gegründet worden war.

Villae Rusticae: Gutshöfe.

Vitis: Aus dem Holz des Weinstocks gefertigter Stock des Centurios. Er war nicht nur Rangzeichen, sondern diente auch zur Bestrafung.

Wodan: Oberster Gott der Germanen, später auch Odin genannt.

Zenturie: Eine einhundert Mann starke Einheit der Legion.

Rainolfs erster Fall

Ingo Gach

Caligulas Rache

ISBN 978-3-89425-602-9

Im römisch besetzten Colonia wird ein Steuereintreiber bestialisch ermordet. Ein Verdächtiger ist schnell gefunden, einzig der junge Germane Rainolf glaubt nicht an die Schuld seines Freundes. Unterstützt von Julia, der Tochter des Prokonsuls, setzt er alles daran, den wahren Mörder zu finden. Dabei ahnt Rainolf nicht, in welch große Gefahr er sich und die seinen bringt: Hinter der Tat steckt ein Mann mit Macht und einer Vision …

»In seinem historischen Kriminalroman ›Caligulas Rache‹ erzählt der Kölner Autor Ingo Gach nicht nur eine spannende Detektiv-Geschichte, sondern zeigt auch das Zusammenleben der Römer und Germanen zur Zeit der Besetzung auf.«
Kölnische Rundschau

»Autor Ingo Gach versteht es geschickt, römisch-germanische Geschichte und moderne Spannungsbögen miteinander zu vereinen – ein Kriminalroman, der eine prickelnde Unterhaltung verspricht.« Hanauer Anzeiger

»Gut gelungen ist Gach in seinem Krimidebüt die Darstellung eines bunten Sittengemäldes der Stadt Köln zur römischen Besatzungszeit – damals eine der wichtigsten Handelsstädte nördlich der Alpen.« ekz-Informationsdienst